LES COULEURS DE L'OUBLI

DU MÊME AUTEUR

L'Arbre à pain, De Borée 2003 ; « Les Éternels », De Borée 2021

Le Chemin des larmes, De Borée 2004 (prix Mémoire d'Oc 2004) ; Presses de la Cité 2018

L'Appel des drailles :

1. *L'Appel des drailles*, De Borée 2004 ; Omnibus 2017 ; Presses de la Cité 2023
2. *Les Drailles oubliées*, De Borée 2005 ; Omnibus 2017 ; Presses de la Cité 2024

Le Secret des Terres blanches, De Borée 2006

L'Arbre d'or, De Borée 2007 ; Omnibus 2017

Le Saut du Loup, De Borée 2008 ; Presses de la Cité 2021

Les Sarments de la colère, De Borée 2009 (prix Lucien-Gachon 2011) ; Presses de la Cité 2019

L'Arbre à palabres, Éditions Mélis 2009 (prix Découverte 2001) ; De Borée 2018

Les Bonheurs de Céline, De Borée 2010 ; Presses de la Cité 2020

Le Brouillard de l'aube, De Borée 2011

Les Hauts de Bellecoste, De Borée 2011

Terres noires, De Borée 2012

Les Rives Blanches, Presses de la Cité 2013 (prix de l'Académie cévenole Le Cabri d'or 2013) ; Pocket 2020

La Saga des Rochefort

1. *Les Rochefort*, Presses de la Cité 2014 ; Éditions Openroad New York 2015 ; Pocket 2015
2. *L'Enfant rebelle*, Presses de la Cité 2015 ; Pocket 2017
3. *Le Goût du soleil*, Presses de la Cité 2016 ; Pocket 2018
4. *La Promesse à Élise*, Presses de la Cité 2017 ; Pocket 2019
5. *L'Héritier du secret*, Presses de la Cité 2018 ; Pocket 2020

Dans les yeux d'Ana, Presses de la Cité 2019 ; Pocket 2021

Les Enfants de Val Fleuri, Presses de la Cité 2020 ; Pocket 2021

Les Fiancés de l'été

1. *Les Fiancés de l'été*, Presses de la Cité 2021 ; Pocket 2022
2. *Le Retour d'Ariane*, Presses de la Cité 2022 ; Pocket 2023

Les Naufragés du déluge, Presses de la Cité 2022 ; Pocket 2023

À l'ombre des souvenirs interdits, Presses de la Cité 2023 ; Pocket 2024

Christian Laborie

LES COULEURS DE L'OUBLI

Roman

TERRES DE FRANCE

Les Presses de la Cité

92, avenue de France – 75013 Paris
ISBN 978-2-258-20204-7
Dépôt légal : août 2024

Avertissement

Cette histoire est un roman. Toute ressemblance avec des personnes existant ou ayant existé ne pourrait être que coïncidence. Toutefois, l'auteur a mis en scène des personnages qui ont eu un rôle dans l'Histoire et les a mêlés librement à la fiction sortie de son imagination. De même, il a pris quelques libertés avec les lieux décrits au fil des pages.

À Viviane,
pour tout le bonheur
qu'elle me donne chaque jour...

PREMIÈRE PARTIE

1

Première rencontre

Aigues-Mortes, 1910

En ce début du mois de mai, les esprits étaient particulièrement agités.

Depuis les précédentes élections législatives de 1906, qui avaient consacré la victoire de la gauche, trois gouvernements s'étaient succédé – Sarrien, Clemenceau et Briand. L'instabilité ministérielle, mal français, continuait à fragiliser le régime républicain. De plus, l'entrée en vigueur de la loi de séparation de l'Église et de l'État, la révolte des vignerons dans le Midi en 1907 et les troubles au Maroc la même année n'avaient pas contribué au renforcement de la crédibilité du pouvoir en place.

Aussi le député radical-socialiste Florian Nozière s'inquiétait-il depuis déjà de longs mois. La gauche en effet avait perdu sa cohésion à la suite de l'affaire des fiches et des inventaires.

« Si nous ne sommes pas vigilants, répétait-il, la prochaine législature nous sera fatale… »

Les amis de son parti n'étaient pas de son avis. Tous rangés derrière Émile Combes, ils soutenaient que la gauche vaincrait une fois de plus et étaient persuadés qu'ils gagneraient de nombreux sièges aux élections législatives de 1910.

Florian Nozière ne s'était pas trompé. Si les résultats du 8 mai donnèrent à nouveau une majorité de gauche à l'Assemblée, celle-ci ne progressait pas. Au reste, beaucoup de radicaux-socialistes étant très modérés, le nouveau gouvernement, conduit par le socialiste indépendant Aristide Briand pour la seconde fois, se composa au centre, le parti conservateur étant devenu la deuxième force politique du pays.

Florian Nozière sauvegarda son poste de député de l'Hérault de justesse et évita de parader le soir de la victoire des siens.

— Tu es trop pessimiste ! lui reprocha le maire de Ganges. Nous sommes au pouvoir pour longtemps. La droite est trop distancée pour nous menacer.

*

Florian Nozière était un nouveau venu dans le monde de la politique. Il s'était lancé dans le combat législatif à la fin de l'affaire Dreyfus, qui avait déchaîné les passions au début du siècle. Protestant et républicain convaincu, farouchement hostile à l'antisémitisme, il s'était insurgé contre le vent de haine et d'ostracisme qui avait alors déferlé sur le pays. Malgré son statut social, il ne s'était jamais rangé dans le camp des nantis, et dans sa bonneterie de Ganges, héritée de son père, il veillait à ne jamais exploiter ses ouvriers, très ouvert qu'il était aux idées de partage et de solidarité prônées en leur temps par les saint-simoniens et les fouriéristes. Il rêvait de créer un jour un familistère comme en avaient imaginé les socialistes utopiques du XIXe siècle.

Florian passait pour un patron de gauche, modéré certes, mais acquis à la cause ouvrière, et son personnel lui en savait gré. Jamais de grèves dans son usine, jamais de mouvements de mécontentement. Il devançait intelligemment les demandes des plus mal payés et apaisait à temps les inquiétudes des uns ou des autres.

Cependant, ses affaires commençaient à péricliter. Faute d'investissements et de rénovation, son entreprise, la Bonneterie de l'Hérault, continuait de fabriquer à l'ancienne des bas et autres pièces de lingerie féminine, qui s'écoulaient principalement dans la région et de plus en plus difficilement. Or, le siècle s'annonçait sous de nouveaux auspices, dans le textile comme dans l'acier et l'énergie. Les petits patrons de l'industrie devaient sauter dans le train de la modernité s'ils ne voulaient pas être sacrifiés sur l'autel du rendement et de la concurrence internationale.

Son ami Anselme Rochefort, à Nîmes, l'avait bien compris, qui s'était lancé dans la toile de jean en commerçant avec la société américaine Levi Strauss[1]. La Bonneterie de l'Hérault ne rivalisait

1. Voir *Les Rochefort*, du même auteur, chez le même éditeur.

pas avec les grosses usines du nord de la France. Elle devait donc se démarquer en proposant à la clientèle féminine des produits de qualité et différents de ce qui était fabriqué ailleurs.

Mais Florian Nozière était plus préoccupé par sa carrière politique que par son héritage. Il avait toujours considéré ce dernier comme un fardeau encombrant. Quand en 1901, alors âgé de vingt-six ans, il s'était soudain, à la mort de son père, retrouvé patron, il avait rapidement compris que son destin allait être scellé et que ses rêves de politique étaient menacés. Toutefois, ne pouvant abandonner les ouvriers de son père, il se refusa à vendre l'entreprise familiale en déclin et se promit d'en améliorer la situation.

Son succès électoral lui fit oublier ses promesses. En 1906, sa première élection en tant que député de l'Hérault le persuada que sa voie était toute tracée. Son devoir l'appelait au service de ses concitoyens. Son combat serait celui des idées auxquelles il croyait – justice sociale, égalité, laïcité, droits des femmes… –, quitte à délaisser pour un temps son patrimoine personnel. Il nomma un directeur général à la tête de son usine, en qui il plaça toute sa confiance. Il établit un plan prévisionnel de redressement à la hauteur de ses moyens financiers et se jura de jouer de ses nouvelles relations pour échapper au désastre.

Malheureusement, d'année en année, la situation ne fit qu'empirer.

La Bonneterie de l'Hérault était au bord du dépôt de bilan quand, quelque temps avant le scrutin d'avril 1910, son ami Anselme Rochefort lui proposa, au cours d'une réception donnée par le préfet de l'Hérault, de lui faire rencontrer une jeune veuve fortunée.

Rochefort était un industriel peu scrupuleux. Mais il avait su, deux décennies plus tôt, éviter à son entreprise une faillite inéluctable.

— Suis donc mon exemple, lui conseilla-t-il. Moi aussi, j'étais en grande difficulté. Je n'ai pas hésité à épouser par deux fois de riches héritières. Elles m'ont sauvé la vie et celle de mes manufactures.

— Je ne suis pas ce genre d'homme, répliqua Nozière. J'ai une autre vision de l'amour.

— À ton âge, tu devrais sérieusement songer à te marier, et réfléchir à choisir un bon parti. Pense également à tes ouvriers. Ne les abandonne pas.

— Tu voudrais que je fasse un mariage de raison pour redorer mon blason ?

— Joindre l'utile à l'agréable n'est pas interdit ! En ce qui me concerne, j'ai fondé une belle et grande famille, ma succession est assurée, j'ai une épouse dévouée. Et j'ai toujours pignon sur rue. On me respecte.

Florian Nozière semblait choqué par les propos de son ami. Ce dernier, de vingt-cinq ans son aîné, jouait au père protecteur, au bon conseilleur :

— Je connais une jeune veuve qui ne te déplairait pas, lui glissa-t-il à l'oreille. Elle s'appelle Emma.

Emma Lacombe. Elle est l'héritière des Salins du Sud, à Aigues-Mortes. Suis-moi, je vais te présenter.

Sous les lambris de la salle de réception de la préfecture, les défenseurs de la République de tous bords se bousculaient afin de témoigner de leur présence en cette période particulière de campagne électorale. Certes, le préfet, représentant le gouvernement en place, était un homme acquis à la gauche, mais il n'était pas interdit de nouer certaines amitiés dans le camp adverse, au cas où le vent viendrait à changer de direction. Aussi républicains et libéraux côtoyaient-ils radicaux et socialistes, et commençaient-ils secrètement à amorcer des rapprochements en vue de futures alliances.

Dans la foule des invités, des femmes, épouses de personnalités en vue du monde politique mais aussi de la sphère financière, accompagnaient leurs maris afin de donner à ceux-ci l'image rassurante de pères de famille au plus près des préoccupations des Français.

Rochefort était un habitué de ce genre de réception. Malgré des idées très conservatrices qu'il ne cachait nullement, il entretenait des liens avec tous ceux qui étaient susceptibles de servir ses intérêts. On l'apercevait partout, dans les cercles d'amitiés de droite comme de gauche, on le portait en haute estime dans toute la région, et on oubliait volontiers les malversations dans lesquelles il avait parfois trempé. Homme d'affaires brillant, il était une figure incontournable à Nîmes, où son entreprise de toile de jean était devenue une référence en termes de réussite commerciale.

Il abandonna son épouse aux bons soins de son fils Jean-Christophe, qui le secondait, et, prenant Florian par le bras, s'approcha d'une jeune personne esseulée dont le visage était dissimulé par une voilette de tulle noir.

— Ma chère Emma, permettez-moi de vous présenter mon ami Florian Nozière...

La jeune femme souleva sa voilette, découvrant son visage afin de répondre à l'invite de Rochefort.

— Florian, je te présente Emma Lacombe.

Florian, quelque peu gêné par cette manière hardie de le présenter à une femme qui portait encore le deuil de son mari, prononça les compliments qu'il est de bon ton de prononcer en pareille situation mais n'osa s'aventurer davantage, de crainte de paraître importun.

La jeune veuve l'avait troublé. Ses yeux reflétaient toute la tristesse du monde mais la rendaient d'une incroyable beauté. Sa voix, d'une douceur angélique, le toucha au plus profond de son être. À sa façon de le regarder, sans ostentation, d'une timidité maîtrisée, elle lui sembla à la fois fragile et digne.

Nozière, ému par le malheur de cette inconnue qu'il découvrait pour la première fois, frappé aussi par sa jeunesse déjà meurtrie et sa prestance en de si pénibles circonstances, sentit son cœur battre plus fort dans sa poitrine.

Rochefort les laissa seuls aussitôt les présentations terminées. Florian hésita à la questionner, ne tenant pas à paraître indiscret. Il parla de lui, de son entreprise de bonneterie, de ses ambitions politiques.

— Je vais être candidat à ma propre succession lors des prochaines élections législatives, lui apprit-il. Je reconnais que la politique m'attire plus que le monde des affaires... J'ai aussi hérité de l'usine que mon père m'a léguée à sa mort.

Peu à peu, au fil de la conversation, Emma s'ouvrit à son interlocuteur, qu'elle trouva charmant au demeurant. Florian était l'opposé d'Anselme Rochefort. Il n'aimait pas se mettre en avant, ne vantait jamais ses mérites. Il se montrait toujours à l'écoute et admettait volontiers ses erreurs.

— Et vous, qui êtes-vous ? Si je puis me permettre, qu'est-ce qui vous amène en ce lieu où les hommes cherchent à nouer des liens à des fins bien précises ? Ne me dites pas que la politique vous anime comme tous ces fins limiers, dont je fais partie d'ailleurs, je le reconnais !

Emma, embarrassée, expliqua :

— Le préfet est le frère de mon mari. Ce dernier était le patron des Salins du Sud à Aigues-Mortes. Ils étaient très proches, tous les deux. J'ai répondu à son invitation. Édouard – c'est son prénom – m'a beaucoup soutenue dans mon malheur. À chaque occasion, il essaie de me divertir afin de ne pas me laisser emporter par le chagrin. Il est d'une gentillesse extraordinaire. Mais j'avoue que ce type de réception m'ennuie plus qu'il ne me distrait...

— Veuve, à votre âge ! osa Florian. Il est clair que la vie ne vous a pas épargnée…

— Nous n'avons même pas eu le temps de fonder une famille. Je n'ai pas d'enfants, c'est mon plus grand regret.

— Qui s'occupe des Salins du Sud à présent ?

— Moi… enfin, sur le papier. Mon mari a fait de moi son unique héritière. C'est une très lourde charge. De plus, je n'étais pas préparée à ce genre de responsabilités. Heureusement, son neveu Thibaud le secondait depuis plusieurs années. C'est lui qui, aujourd'hui, en assume la direction. Je me repose entièrement sur lui. Je suis devenue la propriétaire d'une florissante exploitation de sel, mais je n'ai aucune compétence en la matière.

— Il faudrait envisager de vous y atteler. Une femme à la tête d'une telle entreprise serait un exemple dans les années à venir ! Je défends l'idée que les femmes conquerront bientôt plus de droits. Et d'abord le droit de voter, afin d'être des citoyennes à part entière. C'est inéluctable.

— Vos idées vous honorent et font de vous un avant-gardiste. Vos amis vous soutiennent-ils dans cette voie ?

— Il n'y a pas que ce sujet, hélas, qui m'oppose même à ceux de mon propre parti. En tant que patron de gauche, j'ai peu de crédibilité aux yeux de certains, qui me taxent de démagogie. La politique est un monde de requins où chacun cherche à ravir la place d'un autre souvent au détriment des intérêts de ceux qu'il représente.

La jeune veuve écoutait Florian d'une oreille attentive. Visiblement, elle était tombée sous le charme de ce candidat aux élections un peu particulier. Certes, comme son défunt mari, il n'était plus de première jeunesse ; il avait la trentaine bien sonnée, mais il ne manquait ni d'attraits ni de charisme. Et ses idées la séduisaient autant que son allure décontractée et sa simplicité, qui détonnaient dans cette foule venue uniquement pour parader, se démarquer et nouer des relations intéressées.

À la fin de la soirée, Florian prit congé d'Emma en lui demandant s'il pouvait espérer la revoir. Elle lui sourit et ne refusa pas son invitation déguisée :

— Ce sera avec plaisir, lui répondit-elle. Mais nos chemins risquent de ne pas se croiser de sitôt !

— Peut-être pendant ma campagne électorale. Je passerai sans doute dans votre ville, à la rencontre de vos concitoyens…

— Vous oubliez qu'Aigues-Mortes se trouve dans le Gard et non dans l'Hérault ! Vous sortiriez de votre département !

— Effectivement, je dois être un peu troublé, Emma. Ce sera donc pour une autre occasion.

Ils se quittèrent ainsi. Emma sentait la vie reprendre en elle. Florian n'osait admettre qu'il était tombé amoureux d'une jolie veuve fortunée, ce qui le gênait, car il n'était pas dans son esprit d'allier l'amour et l'argent, même pour tenter de sauver son patrimoine familial.

— Alors ? lui demanda Rochefort quand ils se retrouvèrent, quelques jours plus tard à Montpellier, au cours d'une assemblée organisée par le Parti radical-socialiste en vue d'annoncer aux électeurs les candidats des différentes circonscriptions. Comment as-tu trouvé Emma Lacombe ? Charmante, non ?

— Charmante, effectivement.

— C'est tout ?

— Elle est ravissante, intelligente, clairvoyante. Elle a une conversation très intéressante et elle sait écouter les autres, qualité que j'apprécie chez une femme. De plus, ses idées vont dans le même sens que les miennes.

— L'objectif est atteint !

— Qu'est-ce que tu insinues ?

— Il y a anguille sous roche. Tu lui as fait la cour… et elle a mordu à l'hameçon !

Florian n'éprouvait aucune fierté d'avoir touché la sensibilité d'Emma. Au contraire, il se blâmait presque de s'être laissé convaincre par Rochefort d'aborder la jeune veuve à des fins peu honorables.

— Tes métaphores me paraissent déplacées, Anselme. Cette femme mérite mieux que tes allusions douteuses. Elle mérite tout mon respect.

Rochefort se vexa :

— Je te l'ai présentée pour te venir en aide, mon ami. Ne me reproche pas maintenant de ne pas respecter cette jeune personne !

— Nous nous reverrons peut-être, admit Florian. Même si ce n'est pas ce que tu penses.

— Sois clair !

— J'avoue qu'Emma me plaît beaucoup. Et je crois que je ne lui déplais pas. Mais n'imagine pas que je nourris l'ombre d'une arrière-pensée. Si Emma était désargentée, mes sentiments envers elle seraient les mêmes.

— Bigre ! Alors, tu es vraiment tombé amoureux ! Comme ça, dès la première rencontre ! Quand je te disais... joindre l'utile à l'agréable ! Où est le mal ?

Florian n'insista pas. Son ami manquait décidément de délicatesse et de savoir-vivre. Tout Rochefort qu'il était, il demeurait à ses yeux, comme beaucoup d'autres, un homme sans scrupules.

Pour le moment, Florian devait se consacrer à sa campagne électorale. Le 24 avril approchait, date du premier tour. Il ne pouvait se disperser. Toutes ses pensées devaient converger vers un seul objectif : rassembler le plus de voix possible pour ne pas être distancé au second tour. Sa réélection était à ce prix.

Après... après, il verrait s'il était opportun ou non de renouer avec Emma.

*

Quelle ne fut pas sa surprise quand, une fois sa victoire proclamée au lendemain du 8 mai, il aperçut Emma Lacombe, plus radieuse que jamais, avançant dans sa direction !

Monté sur une estrade au pied de la fontaine des Trois-Grâces sur la place de l'Œuf à Montpellier, il était en train de remercier la foule de ses partisans pour sa réélection, quand il l'aperçut, habillée de clair et le visage découvert. Sa beauté lui sauta aux yeux davantage encore que lors de la réception préfectorale.

Il s'arrêta de discourir.

La foule crut un bref instant qu'il se sentait mal.

Dans son regard, nul doute possible. Le député était troublé.

Il bafouilla quelques paroles, butant sur chaque mot :

— Je... je voudrais remercier tous ceux et celles qui m'ont apporté leur confiance... Je ne... je ne les décevrai pas... Je porterai sans cesse en moi leurs espoirs et... et je veillerai à ce que leurs attentes soient comblées...

Les applaudissements plongèrent la place de l'Œuf dans un vacarme assourdissant.

Florian descendit de son estrade, se fraya difficilement un chemin dans la multitude des gens qui tentaient de l'agripper pour lui serrer la main.

Emma n'avait pas bougé. Elle était restée à l'écart, derrière la foule en liesse.

Il lui fallut plus d'une minute pour la rejoindre.

Quand, enfin, il arriva devant elle, il se retrouva comme paralysé par l'émotion.

— Vous êtes venue ! ne parvint-il qu'à lui dire.

2

Le cœur et la raison

Florian devait agir rapidement.

Sa réélection à la Chambre des députés l'occupait énormément. Souvent absent de l'Hérault pour cause de session parlementaire, il sacrifiait quelque peu la gestion de son patrimoine familial. Son directeur, Pierre Dhombre, avait beau lui tenir des discours alarmistes, il ne semblait pas l'écouter. Il lui accordait toute sa confiance et se reposait sur lui pour maintenir son entreprise à flot. Quand il demeurait à Ganges, dans son manoir de la Renardière – un château datant du XVIIe siècle, en partie délabré faute de moyens pour le restaurer –, il passait plus de temps auprès de ses électeurs que dans les ateliers de son usine.

— Si nous ne parvenons pas à redresser notre balance des comptes avant Noël, le prévint Pierre Dhombre ce matin-là, ce sera le dépôt de bilan. Il faudra nécessairement mettre vos ouvriers au chômage. Avec les conséquences que vous imaginez sur leur situation familiale…

Florian avait conscience que, du fait de la conjoncture économique dans cette petite ville des Cévennes, beaucoup ne retrouveraient pas facilement du travail à proximité. Peu éloignées, les villes du Vigan et de Sumène dans le Gard étaient tout aussi réputées pour leur production de bas de soie et d'articles en coton, ainsi que Nîmes, la Romaine, dont les fabriques très importantes avaient des succursales à Meaux et à Fère-Champenoise. Dans la ville même de Ganges, la rivalité était forte entre les entreprises du textile, toutes malmenées par la concurrence.

Florian s'assombrit.

Pierre Dhombre lui rappela sans détour :

— Bon nombre de vos ouvriers ont voté pour vous aux élections législatives. Vous ne pouvez pas les abandonner alors qu'ils vous ont assuré la victoire. Ce serait les trahir !

Ces dernières paroles eurent sur Florian l'effet escompté :

— Vous avez raison, Pierre. Atermoyer serait une faute. Je n'ai plus le choix.

— Qu'avez-vous envisagé pour redresser l'état de vos finances ? De nouveaux emprunts ? Je vous signale que nous sommes déjà très endettés et que les banques ne vous suivront certainement pas dans des projets hasardeux...

— Qui vous parle de projets hasardeux ?

— Une cession d'une partie de vos actifs à une entreprise plus florissante, alors ?

— Pour que je ne sois plus maître chez moi ! Vous n'y songez pas ! Il n'en est pas question. Que penserait mon père s'il apprenait de là-haut que son usine est passée en partie aux mains d'un étranger ?

— Nous pourrions demeurer majoritaires. Nous garderions tout droit de décision. Les fonds ainsi obtenus permettraient de maintenir notre niveau de production sans mettre en péril notre main-d'œuvre...

— Notre associé exigerait des coupes sombres dans le personnel afin de réduire les dépenses de fonctionnement. Il tiendrait aussi à réviser nos méthodes de travail pour améliorer la productivité... ce serait trop de bouleversements. Nous mécontenterions tout le monde, ceux qui seraient menacés de licenciement et ceux qui resteraient mais qui seraient obligés de se soumettre aux nouvelles normes de fabrication. Nous risquerions un mouvement de grève...

— Malheureusement il n'y a pas d'autres solutions !

Pierre Dhombre ignorait ce qui trottait dans la tête de Florian. Ce dernier, pas très fier de lui, ne s'autorisait ces pensées que de mauvaise grâce, peu désireux de mêler amour et argent.

Depuis qu'il avait rencontré Emma Lacombe, il n'avait cessé de penser à elle. Non pour ce qu'elle représentait, mais parce que son cœur avait chaviré dès les premières secondes.

Deux mois s'étaient écoulés.

Discrètement, Florian s'était renseigné sur elle et son entourage. Il avait appris qu'elle n'avait que vingt-quatre ans et qu'elle était issue d'une famille de petite noblesse dont les origines remontaient à Saint Louis, ce roi pieux parti en croisade de sa bonne ville d'Aigues-Mortes. Emma avait une sœur jumelle, Julie, qui vivait à Nîmes. À vingt et un ans, Emma avait épousé le riche propriétaire des Salins du Sud, qui avait été emporté, affirmaient certains, par une mauvaise fièvre contractée dans les eaux stagnantes de ses marais salants. Emma avait courageusement réagi, sans se laisser anéantir par le malheur, même si elle en avait été très affectée.

Florian s'était arrangé pour rendre visite à un de ses amis, le maire de Nîmes et député du Gard. Il l'avait annoncé dans la presse locale, dans l'espoir qu'elle le remarque et accoure l'écouter sur la place des Arènes, où il avait prononcé un discours de pure forme devant un public conquis d'avance.

Emma n'était pas apparue.

Florian avait presque abandonné l'idée de la revoir, quand, confronté à la dure réalité des affaires, il se ravisa.

Les paroles inquiétantes de Pierre Dhombre, en effet, l'avaient interpellé.

— J'ai une solution, lui avoua-t-il.

— Laquelle, si je ne suis pas indiscret ?

— Vous le saurez dès que je serai certain que je ne cours pas à l'échec.

Avec beaucoup de scrupules, Florian amorça une approche délicate d'Emma… pour la bonne cause, se persuadait-il.

*

Il ne lui fut pas difficile de croiser à nouveau la route de la jeune femme.

Elle ne sortait presque jamais d'Aigues-Mortes, où elle occupait la belle maison camarguaise léguée par son mari, les Salicornes. Elle y était entourée d'une domesticité dévouée et discrète, et recevait parfois la visite de son neveu par alliance, Thibaud Lacombe, un dandy de vingt-cinq ans, qui dirigeait les Salins à sa place. Emma consacrait son temps à des œuvres de charité, ne comptant pas ses heures pour répandre un peu de bonheur autour d'elle. Elle recevait régulièrement la visite de sa sœur. Celle-ci, d'un caractère plus radieux, opposé au sien, lui apportait la joie de vivre qui lui manquait depuis le décès de son mari. Ensemble, elles se promenaient à cheval dans les vastes étendues salines et multipliaient les longues promenades dans la Camargue, à la rencontre des flamants roses et des chevaux sauvages.

Malgré ses réticences, Florian eut recours à Anselme Rochefort pour provoquer une nouvelle rencontre avec Emma Lacombe. Rochefort, trop heureux de jouer les entremetteurs, accepta volontiers. Il chargea sa propre épouse de s'en occuper. Élisabeth Rochefort animait également des œuvres de charité. Elle convia plusieurs amies chez elle, à

Nîmes, pour organiser une campagne d'aide aux jeunes femmes isolées, et envoya une invitation à Emma. Celle-ci s'en réjouit, sans se douter que Rochefort avait prévu la présence de Florian en tant que mécène de l'opération.

Alors que la réunion caritative approchait de son terme, Élisabeth annonça les différentes sources de financement sur lesquelles elle comptait :

— Le député de l'Hérault, Florian Nozière, sera le porte-parole de notre projet au Parlement et nous soutiendra pécuniairement, ainsi que mon mari évidemment.

Au nom de Nozière, Emma avait tressailli.

— Florian Nozière ! Le député ?

— Oui, vous le connaissez, Emma ! Mon mari vous l'a présenté lors de la réception du préfet.

Le teint d'Emma rosit. Élisabeth s'en aperçut, mais se garda de relever.

— Notre association a besoin d'hommes dévoués comme lui, poursuivit-elle. Il a des amis à Paris qui nous seront très utiles. D'ailleurs, il vous en parlera mieux que moi. Anselme lui a demandé de venir. Il ne devrait pas tarder.

Élisabeth eut à peine le temps d'ordonner à sa gouvernante d'apporter le thé que la porte du salon s'ouvrit. Anselme entra d'un pas décidé, suivi de Florian Nozière.

— Mesdames, je vous présente mon ami Florian Nozière, annonça aussitôt Rochefort. Il s'est libéré de ses obligations pour vous honorer de son soutien.

Le visage d'Emma rayonnait.

Élisabeth l'encouragea à mi-voix :

— En réalité, je crois qu'il s'est déplacé spécialement pour vous. J'ai ouï dire que vous ne lui avez pas été indifférente !

Emma ne répondit pas. Sa réserve l'empêchait de dévoiler ses sentiments, même à une amie intime.

Elle demeura discrète, évita de remercier la première le député de l'Hérault, s'attarda pour pouvoir lui parler.

Quand Florian eut terminé de s'expliquer, il s'approcha d'Emma et, en aparté, lui avoua :

— Enfin, je vous retrouve ! Je suis tellement heureux !

Ils ne se séparèrent pas de tout l'après-midi. Florian avait une telle prestance, un tel charme, que tous les yeux étaient rivés sur lui. Très vite, les amies d'Élisabeth comprirent qu'entre son hôte de marque et Emma Lacombe il se passait quelque chose.

Quand ces dames se décidèrent à prendre congé après avoir formulé l'espoir que l'intervention du député serait suivie d'effet, Florian et Emma semblaient ne pas pouvoir se quitter.

Anselme Rochefort les retint, comme il en avait été convenu avec son épouse, et les invita à dîner.

Ils acceptèrent volontiers.

Une fois le repas terminé, Florian proposa à Emma de la ramener chez elle.

— Mon chauffeur va venir me chercher, lui répondit-elle.

— Décommandez-le. Ma voiture est garée à deux pas d'ici. Je vous raccompagnerai avec plaisir.

— J'habite à Aigues-Mortes, ce n'est pas la porte à côté !

— Je ne crains pas de conduire la nuit.

Emma y consentit, le cœur empli de joie.

Trois quarts d'heure plus tard, il arrêta sa Peugeot 143 devant la belle demeure d'Emma. Il coupa le moteur. Maintint ses mains sur le volant. Sans se tourner vers elle, il lui déclara :

— Emma... je voudrais que vous sachiez...

— Non, ne dites rien, Florian ! Laissez-moi deviner.

Elle ferma les yeux, gardant le silence. Puis elle se retourna vers Florian. Rouvrit les paupières.

— Regardez-moi, Florian.

Une larme perlait sur son visage.

Il l'attira vers lui, essuya délicatement sa joue du bout de son index. L'embrassa.

— Je vous aime, lui murmura-t-il. Depuis le premier jour.

Elle se blottit dans ses bras, enfouit son visage au creux de son épaule.

— Moi aussi, Florian, je vous aime. J'avais tellement hâte de vous retrouver.

Elle lui proposa de se revoir.

— Est-ce bien raisonnable ?

Elle n'insista pas, comprenant qu'il ne souhaitait pas brûler les étapes. Elle se reprocha sur le moment d'avoir été si téméraire.

— Quand vous reverrai-je ? ajouta-t-il finalement.

— Quand vous le désirerez.

— Alors, demain, de bon matin, je serai devant votre porte. Avec des croissants !

— Je vous préparerai le café !

Cette nuit-là, Emma veilla longtemps. Ses pensées, toutes accaparées par Florian Nozière.

Celui-ci tint sa promesse. Mais en plus des viennoiseries il apporta un immensc bouquet de roses rouges.

Ils passèrent toute la journée ensemble. Et quand tomba le soir Florian ne refusa pas l'invitation d'Emma à rester auprès d'elle.

Plusieurs jours s'écoulèrent. Florian n'avait pas prévenu son entourage de son absence prolongée. À Montpellier, son secrétaire parlementaire s'impatientait. À Ganges, Pierre Dhombre, le directeur de son usine, ignorait également où se trouvait son patron. À la Renardière, les domestiques chargés de l'entretien du manoir croyaient leur maître à Paris. Florian ne les avertissait pas toujours quand il partait plusieurs jours d'affilée.

Quand il réalisa que tous devaient s'inquiéter, il réagit :

— Je te quitte, ma chérie, mais pas pour longtemps, dit-il à Emma, la mort dans l'âme. Le devoir m'appelle.

Emma venait de vivre des moments inoubliables, comme elle n'en avait plus connu depuis son malheur. Certes, Florian n'avait pas effacé de son cœur son défunt mari, mais il lui avait permis de prendre conscience que la vie continuait et qu'il ne servait à rien de se noyer dans le chagrin.

— Tu es trop jeune pour te sacrifier. Si tu m'aimes autant que je t'aime, alors demain nous appartient.

Ils se séparèrent en se promettant de songer sérieusement à ce qui adviendrait ensuite, à leur avenir commun.

L'aube avait les reflets de l'espérance. Dans le ciel, un vol de flamants roses dessinait pour Emma les contours d'un nouveau destin.

*

Florian revint vite auprès d'Emma.

Le temps lui étant compté, il ne tarda pas à lui déclarer ses intentions.

— Veux-tu m'épouser ? lui proposa-t-il un mois environ après leurs premières déclarations.

Emma, prise de court, ne donna pas sa réponse immédiatement.

Elle baignait dans le bonheur retrouvé. Toutefois, elle estimait qu'il lui fallait patienter. Comment réagiraient ses amies, sa famille, si elle leur annonçait déjà son remariage, deux ans à peine après le décès de son mari ?

— Qu'attends-tu pour accepter ? la bouscula sa sœur Julie, quand elle l'informa du souhait de Florian.

Emma n'avait pas le tempérament de sa jumelle. Elle était plus réfléchie, plus prudente. Moins expansive, elle cachait davantage ses pensées et ne se confiait pas facilement. Avec Florian, elle reconnaissait en son for intérieur qu'elle s'était surprise elle-même. Son cœur avait parlé avant sa raison.

— On me jugera mal ! s'inquiéta-t-elle.

— Ne prête donc pas l'oreille aux médisances ! Agis selon ce que tu ressens.

Julie n'était pas toujours de bon conseil. À maintes reprises, elle avait fourvoyé sa sœur sur des chemins hasardeux quand celle-ci lui avait demandé son avis. Emma se souvenait du jour où elle avait déploré son intention d'épouser Hervé Lacombe, son défunt mari. Elle entendait encore ses paroles :

« Ce n'est pas un homme pour toi… Il est trop riche… Il se lassera très vite de toi… »

Pourtant Hervé avait été un mari exemplaire, attentionné, très amoureux de sa femme. Il se souciait en permanence de ses désirs, de ses attentes, et ne partait jamais au travail, tôt le matin, sans l'embrasser alors qu'elle paressait encore au lit. Il ne regrettait qu'une chose : que son épouse ne lui donne pas un héritier. Très vite en effet, le couple comprit qu'il n'aurait pas d'enfants. Emma prit sur elle ce drame conjugal, sans penser que son mari pouvait en être à l'origine. Ils eurent beau consulter les meilleurs spécialistes, aucun ne parvint à déceler la cause exacte de leur échec. Hervé ne reprocha jamais à sa femme sa stérilité. Il tâchait de la déculpabiliser en jetant le doute sur ses propres capacités à engendrer.

Aussi Emma finit-elle par se méfier des a priori de sa sœur.

Cette fois, elle lui prêta davantage attention. Ses conseils n'allaient-ils pas dans le sens qu'elle souhaitait ?

— Je suis étonnée de ta réaction ! releva Emma. Je redoutais que tu me désavoues. À chaque fois que j'ai rencontré quelqu'un qui me plaisait, tu t'es toujours efforcée de me dissuader de m'engager trop loin…

— Nous n'avons plus seize ans, hélas ! Il faut se rendre à la raison. À vingt-quatre ans, je ne suis pas encore casée. Toi, au moins, tu as essayé…

— Tu n'as rien fait à l'époque pour m'encourager !

— J'étais un peu jalouse, je le reconnais. Avec ton air de petite fille timide, tu avais conquis le meilleur des partis, alors que je me démenais comme une diablesse pour attirer leur attention ! Je ne suis parvenue qu'à éblouir des sans-fortune, beaux, certes, mais sans avenir.

— Aujourd'hui, tu as changé ton fusil d'épaule ?

— Je crains fort, à ce rythme-là, de finir vieille fille !

Les discussions entre les deux sœurs ne se terminaient jamais sans éclats de rire. Julie aimait l'autodérision et ne s'interdisait aucune limite.

— Vieille fille, toi ! Alors là, ça ne risque pas d'arriver. Célibataire, peut-être, mais vieille fille, je n'y croirai jamais.

— Hé ! Dans un an je coifferai Sainte-Catherine.

— Avec tous les amants que tu as, je n'ai aucun souci pour toi !

— Détrompe-toi ! En ce moment, je suis seule. Désespérément seule. À notre âge, ma vieille, on ne peut plus refuser ce qui se présente !

Et les jumelles de s'esclaffer de concert.

Les propos de Julie convainquirent Emma.

Celle-ci surmonta ses scrupules.

Dès que Florian fut de retour de Paris, où il devait délibérer avec les députés de son groupe parlementaire sur la question de confiance au gouvernement à la suite du mouvement de colère des cheminots, elle décida de le rejoindre à Ganges, dans son manoir de la Renardière.

Au préalable, elle prévint de son arrivée afin de ne pas effectuer le trajet en vain.

Florian avait été surpris par l'annonce de sa venue. Sur le moment, il avait eu un mauvais pressentiment. Aussi ne lui laissa-t-il pas le temps de s'expliquer :

— Je te demande pardon de m'être absenté aussi longtemps sans te donner des nouvelles. Ça allait très mal à Paris. Aristide Briand, le président du Conseil, a provoqué des combats de rue en envoyant les forces de l'ordre contre les cheminots grévistes[1]. Du coup, nous, les radicaux-socialistes, avons posé la question de confiance pour mettre le gouvernement en minorité.

— Et donc ?

— Peine perdue. L'Assemblée a accordé sa confiance à Aristide Briand… Mais ce n'est pas pour m'entendre commenter l'actualité que tu t'es déplacée jusqu'ici, je suppose !

Florian s'attendait à ce qu'Emma lui apprenne qu'elle avait réfléchi et qu'elle ne souhaitait plus poursuivre leur relation.

— En effet, répondit-elle, émue.

Florian s'assombrit.

— Tu ne veux pas m'épouser ! C'est cela, n'est-ce pas ? Je ne te le reproche pas, tu sais, je comprends…

— Non ! s'écria Emma. Pas du tout ! Au contraire !

Florian se détendit. Son regard s'illumina.

Il prit Emma dans ses bras.

— Alors ?

— Oui, je veux être ta femme.

---

1. Grève des employés de la Compagnie des chemins de fer du Nord, en octobre 1910.

3

Deux sœurs

Le mariage de Florian Nozière et d'Emma Lacombe serait organisé en toute simplicité, entre membres des deux familles et quelques amis. Emma en effet ne tenait pas à passer pour une jeune veuve vite consolée. Son chagrin était sincère, mais elle reconnaissait que la rencontre avec Florian lui avait permis de tourner la page.

Mariée trop jeune à Hervé Lacombe, elle ne désirait pas perdre les belles années qui lui restaient. Elle comptait bien en profiter sans a priori, même si, dans son entourage, les commentaires n'étaient pas tous très élogieux.

Sa sœur Julie lui rapportait souvent les paroles de ceux et celles qui, à demi-mot, la critiquaient derrière son dos.

— Certains affirment que tu t'es remise un peu facilement. Que tu devrais patienter encore avant de convoler à nouveau…

— Je me moque de ce que l'on dit. J'ai vingt-quatre ans. La solitude me pèse. De plus, Florian est vraiment l'homme que je souhaitais pour reconstruire ma vie. Je ne vais quand même pas le repousser sous prétexte que nous nous sommes rencontrés trop tôt, ou lui demander d'attendre deux ans pour respecter les convenances... Ma vie n'appartient qu'à moi.

— Je ne te juge pas, ma chérie. Ne pense surtout pas que je te désapprouve. Je voulais seulement te prévenir. Les gens médisants font plus de mal qu'on ne le croit. Méfie-toi d'eux.

Julie n'était pas toujours d'accord avec sa sœur. Elle lui reprochait souvent sa trop grande sagesse, son manque d'audace, sa réserve. Cette fois, par ce mariage, elle admettait volontiers que sa jumelle avait enfin écouté ses conseils.

— Je suis heureuse que tu assumes la tête haute une situation qui ne crée pas l'unanimité dans la bonne société... Remarque, épouser un député n'est pas donné à toutes les femmes ! Beaucoup t'envient. Il y a de la jalousie dans leurs critiques. Je suis certaine qu'au fond d'elles-mêmes elles aimeraient être à ta place.

Emma était bien décidée à ne pas prêter l'oreille aux calomnies. Sa position à la tête des Salins du Sud la hissait parmi les rares femmes chefs d'entreprise. Elle escomptait prouver qu'en ce début de XXe siècle les temps avaient changé et que les femmes seraient bientôt les égales des hommes. Aussi n'avait-elle cure ni des principes désuets ni des préjugés. Elle s'était mis en tête de montrer la voie à toutes celles qui refusaient de demeurer dans l'ombre de leurs maris, de n'être que leurs épouses et les mères de leurs enfants.

— Ce siècle, affirma-t-elle, sera celui de l'émancipation de la femme. Qu'on le veuille ou non ! Des hommes comme Florian se lèveront avec nous pour le proclamer et faire triompher l'égalité entre les hommes et les femmes…

— C'est lui qui t'a entré tout cela dans la tête ? s'étonna Julie.

— Je n'ai pas besoin qu'on me souffle ce que je dois penser. J'ai pris conscience, du vivant d'Hervé, qu'au fond je n'étais qu'une potiche, l'épouse modèle au service de son mari…

— Pourtant tu l'aimais !

— Oui, je ne le nie pas. Cela n'empêche pas que je me sentais parfois assignée à un rôle de second plan. Je n'étais que « madame Lacombe », l'épouse d'Hervé Lacombe, le riche propriétaire des Salins du Sud…

— Et aujourd'hui, tu t'enorgueillis d'être la patronne !

— Pas du tout ! Mais on me regarde différemment. Même si les Salins sont dirigés par Thibaud, le neveu d'Hervé…

— C'est lui qu'il te faudrait épouser ! Il a notre âge, il est plutôt beau garçon. Il plaît aux femmes et il est très compétent, d'après ce que tu m'as laissé entendre. Tu n'éprouverais aucune difficulté à lui imposer tes idées. Il serait un mari des plus dévoués, car dépendant de sa femme. Les rôles pour une fois seraient inversés !

— Dans le couple, les époux sont à égalité. Sur ce point, Florian et moi sommes tout à fait du même avis.

Julie s'étonnait de constater combien sa sœur avait changé. Jusqu'à présent, elle lui avait opposé son manque de personnalité, son effacement, sa trop grande docilité. Elle-même était considérée comme une jeune femme libre, osant dire tout haut ce que les autres murmuraient à voix basse. Son franc-parler, l'éclat vif de ses yeux, ses cheveux déployés sur ses épaules lui donnaient des airs de sauvageonne qui aiguisaient la convoitise des hommes volages préférant les aventures d'un soir, alors qu'Emma, sous ses allures de fille introvertie et trop sage, n'avait séduit que des hommes mûrs et pleins de préséances.

— Et pourquoi ne serait-ce pas toi qui épouserais Thibaud ? releva Emma. Tu cherches un bon parti, tu aimes les hommes dynamiques et sans attaches… Il te tend la main !

Julie s'esclaffa.

— C'est toi qui me tiens de tels propos ? Tu connais les idées de ton neveu par alliance. Je ne les approuve pas plus que toi. D'ailleurs, Florian ne doit pas beaucoup l'apprécier.

Emma savait que Thibaud Lacombe était un jeune homme aux principes très arrêtés. Il ne cachait pas son attirance pour les extrêmes et se vantait d'avoir des amis bien placés parmi les Camelots du roi. Aux élections d'avril-mai, il avait ouvertement soutenu la liste Action française, menée par Maurice Pujo, qui avait obtenu quarante sièges à l'Assemblée.

— Florian a eu la délicatesse de ne pas aborder le sujet devant moi. Mais il est vrai que la présence de Thibaud à la direction des Salins du Sud risque de poser un jour un problème de cohabitation entre eux. D'autant que j'ai la ferme intention de demander à Florian de m'aider à gérer personnellement l'entreprise. Il m'a déjà assuré de sa collaboration. En tant que chef d'entreprise lui-même, il est le mieux placé.

— Et Thibaud se trouvera donc sous ses ordres !

— On peut l'entendre ainsi. Après tout, c'est moi la patronne à présent ! Thibaud a eu les mains libres pendant deux ans. Je n'ai jamais renoncé à ce que mon premier mari m'a légué. Il sera bien obligé de l'accepter.

Julie semblait se réjouir de voir sa sœur aussi déterminée.

Elle poursuivit :

— J'ai une bonne nouvelle à t'annoncer, qui te surprendra et répondra à ta question.

— Tu as quelqu'un ? s'étonna Emma.

— Tu as deviné.

— Non ! Qui est-ce ? Je le connais ?

— Un gentil garçon, plein de charme et de délicatesse. Et beau comme un Apollon, ce qui ne gâche rien !

— Que fait-il ? Il est riche ?

— Pas du tout, hélas ! Il est journaliste au *Petit Méridional.* Mais il a tout l'avenir devant lui.

— Comment s'appelle-t-il ?

— Jean Delattre. Son père est avocat au barreau de Marseille.

Julie ne s'attarda pas sur sa liaison.

Quand Emma lui demanda si elle était heureuse, elle parut dubitative.

— J'évite de m'emballer, ajouta-t-elle. Pour l'instant, nous sommes bien ensemble. Je n'en exige pas plus.

Emma n'insista pas. Elle sentait sa sœur peu enthousiaste.

Julie n'était pas fille à s'attacher. Elle passait pour une personne libre et indépendante. Elle n'avait jamais envisagé de se ranger, de prendre un mari, de fonder une famille à l'image de ses parents, qui l'avaient pourtant élevée de la même manière que sa jumelle, avec une certaine rigueur, selon les principes moraux de la bonne bourgeoisie de l'époque.

Si Emma était considérée comme l'exemple à suivre, Julie représentait l'anticonformisme, voire la rébellion. Aussi n'était-il pas rare, autrefois, que les deux sœurs s'opposent et se disputent violemment.

Avec les années, cependant, leurs relations s'étaient apaisées. Emma la douce et Julie l'exaltée semblaient s'être rapprochées et étaient redevenues complices comme au temps de leur petite enfance, quand rien dans leur courte existence ne les différenciait.

*

La date du mariage fut fixée au samedi 24 décembre 1910. Florian ne désirait pas attendre les beaux jours, comme le lui avait suggéré Emma. Sans l'avouer, il avait besoin de prouver aux banques que ses arrières étaient assurés pour éviter la mise en liquidation de son entreprise. Une fois marié, la fortune de sa femme lui servirait de garantie et lui permettrait d'obtenir l'indulgence de ses créanciers.

— Ainsi, prétexta-t-il, nous célébrerons Noël le soir même de notre union. La fête n'en sera que plus radieuse.

Emma n'opposa aucune objection.

Bizarrement, Julie estimait maintenant que Florian précipitait un peu les événements.

— Il n'y a pas un an que vous vous connaissez ! Il aurait pu se montrer un peu plus patient !

— Florian a eu trente-cinq ans le mois dernier. Il est conscient qu'il n'est plus ce qu'on appelle un jeune homme. Je comprends son envie de mettre un terme à son célibat. De plus, il m'a avoué son profond désir d'être père le plus vite possible. Je ne l'ai pas prévenu de ce qui risque d'arriver.

— Tu lui as caché la vérité ?

Emma n'avait pas de secret pour sa sœur. Julie savait donc qu'elle n'avait pas réussi à avoir un enfant avec Hervé. Certes, le doute subsistait. Emma n'en était peut-être pas la cause. Mais, dans le doute, elle déclara à Florian qu'elle nourrissait le même espoir que lui.

— Avec Florian, je serai fixée. Si nous ne parvenons pas à avoir d'enfants, c'est que le problème viendra de moi.

— Il pourrait te le reprocher ! Tous les hommes ne réagiraient pas comme Hervé. Lui, au moins, n'a jamais rejeté la cause sur toi.

Emma avait confiance en Florian pour ne pas la repousser au cas où elle serait irrémédiablement stérile. Elle percevait en lui un être bon, plein d'humanité et de sentiments sincères.

— Ne l'encense pas trop, lui conseilla Julie, non sans une pointe de jalousie. Reste lucide. Les hommes sont tous les mêmes. Quand leur virilité est en question, ils n'entendent jamais raison. La faute incombe toujours à leurs épouses.

Depuis quelque temps, Julie semblait désabusée. Elle ne montrait pas beaucoup de passion à l'égard de celui qu'elle appelait sa « nouvelle conquête ». D'ailleurs, elle ne l'avait pas encore présenté à Emma et ne lui en parlait presque jamais. Elle gardait une certaine distance. Jean Delattre, cependant, lui avait déjà demandé sa main trois mois après leur première rencontre. Julie lui avait ri au nez, lui objectant :

« Je suis une fille de l'air ! Pour m'attraper, il te faudra avoir beaucoup de persévérance. Tu me plais beaucoup, mais je tiens avant tout à ma liberté. »

Jean, qui avait bon caractère et était doté d'une ténacité sans limites, ne s'était pas découragé. Il adorait Julie et était prêt à attendre le temps nécessaire pour qu'elle lui cède. En charge de la rubrique politique de son journal, il s'absentait fréquemment hors de la région. Ce qui convenait parfaitement à la jeune femme qui, ainsi, gardait son indépendance. Elle lui avait donné l'espoir cependant de concrétiser un jour prochain leur union.

« Laisse-moi encore réfléchir pour envisager de devenir "madame Delattre". Pour le moment, nous sommes amants, c'est beaucoup plus excitant que d'être mariés. »

Julie considérait le mariage comme une institution bourgeoise dépassée. Une mise en conformité des êtres trop contraignante et réglementée, plaçant les époux devant des devoirs en contrepartie de la reconnaissance sociale. À ses yeux, la femme n'avait rien à y gagner. Les divorces en faveur de l'épouse étaient rares et le problème des enfants souvent insoluble.

Néanmoins, les années se succédant, elle commençait à s'inquiéter pour sa vie future au cas où elle ne trouverait pas, comme sa sœur, un bon parti lui garantissant une certaine aisance. Issues d'une famille désargentée, elles avaient vécu tant bien que mal grâce au pécule que leurs parents leur avaient légué avant de mourir, quelques années plus tôt. Emma, par son premier mariage, avait eu la chance de voir très vite son destin assuré. Julie, quant à elle, se savait en danger si elle continuait à vivre dans l'insouciance.

Si, avec Jean, son avenir n'était plus compromis, elle espérait toujours mieux. Aussi ne se précipitaitelle pas pour s'engager.

Elle accepta de le présenter à sa sœur un mois seulement avant les noces.

Pour l'occasion, Emma organisa un repas aux Salicornes, sa maison d'Aigues-Mortes, où elle convia également son neveu Thibaud et les Rochefort, considérés comme des membres de la famille. Elle désirait leur annoncer son mariage avec Florian.

Les futurs époux avaient convenu de se passer de fiançailles. L'union serait uniquement civile et en petit comité. Emma et Florian tenaient à garder la plus grande discrétion.

Ce jour-là, Jean fit enfin la connaissance d'Emma et de Florian, et reconnut Anselme Rochefort, dont la notoriété dépassait les limites du département. À l'aise avec tout le monde, il conquit aussitôt Florian, qui l'entraîna très vite sur le terrain de la politique.

— Votre succès aux législatives va dans le sens de l'histoire, lui dit Jean, qui se sentit rapidement en concordance avec le député de l'Hérault. La gauche prend de plus en plus de place sur l'échiquier politique. Si les radicaux et les socialistes sont capables de rester unis, ils garderont le pouvoir longtemps. Ce qui est une garantie de paix en cette période où les ambitions de l'Allemagne font planer sur l'Europe l'ombre d'un nouveau conflit.

— La montée de l'extrême droite nous préoccupe, reconnut Florian. Leurs idées sont très populaires. Il ne faudrait pas grand-chose pour que le peuple, aveuglé par les démagogues, se laisse entraîner par leurs beaux discours.

Quand Thibaud se mêla à leur conversation, il jeta un froid en dévoilant ses pensées. Fier des progrès de ses amis à l'Assemblée, il osa provoquer Florian :

— Aristide Briand est en train de mécontenter la classe ouvrière en cassant les grèves. Sa démission en novembre prouve combien il est contesté.

— La politique n'est pas une sinécure. Il doit composer avec tous les courants de la gauche. Mais je vous annonce une grande avancée sociale : dans un mois, fin décembre, le Parlement entérinera le Code du travail et de la prévoyance sociale. Ce sera une énorme garantie pour les travailleurs. À porter au crédit de la gauche !

— En tant que patron, vous ne devriez pas vous en réjouir !

— Je suis avant tout un homme de gauche. Je ne souhaite que le bien-être de la classe ouvrière. Sans elle, nous, les patrons, nous n'existerions pas, j'en suis conscient.

Rochefort évitait de se mêler à la conversation. N'étant pas du même bord que son ami Nozière, il demeura en retrait, préférant la compagnie des femmes.

Le repas terminé, tous se regroupèrent au salon pour porter un toast aux futurs époux.

Julie fut la première à les féliciter, mais, dans sa voix, Emma perçut une sorte de tristesse qu'elle mit sur le compte de l'émotion.

Quand elles furent sur le point de se quitter, Emma se rapprocha de sa sœur et lui dit :

— Ton fiancé est vraiment adorable ! Je suis sûre que vous serez très heureux ensemble. Je te le souhaite du fond du cœur.

— Jean n'est pas mon fiancé ! Et nous ne sommes pas encore mariés, tu peux me croire !

— En tout cas, il semble avoir conquis Florian. Je m'en réjouis.

— Ton futur mari est aussi un homme charmant. Il a tout pour lui. J'aimerais être à ta place !

— Et moi, je t'affirme que Jean est celui qu'il te faut, crois-moi. Je vous ai observés tous les deux pendant le repas. Il n'a d'yeux que pour toi. Il est très amoureux. Il est jeune, très beau garçon et intelligent. Ne le laisse pas partir.

— Tu veux absolument me caser !

— Je veux surtout ton bonheur.

Tandis que les hommes terminaient leurs cigares sous la véranda en admirant une nuée d'oiseaux migrateurs qui tournoyait dans le ciel embrasé, au-dessus des étendues rouge amarante des Salins, les deux sœurs s'étreignirent chaleureusement et se quittèrent en se promettant de ne jamais se séparer, quoi qu'il arrive.

4

Un nouveau départ

1911

Malgré sa volonté de ne pas créer l'événement autour de son mariage, Florian ne put éviter que la presse locale et régionale s'en fasse l'écho. Jean Delattre lui-même avait rédigé un article dans *Le Petit Méridional* afin d'annoncer à ses lecteurs que le député de l'Hérault, Florian Nozière, avait épousé la riche héritière des Salins du Sud, Emma Lacombe. Jean, pourtant, avait été invité à la cérémonie et au repas qui avaient réuni la famille et les amis proches des époux, et savait que ceux-ci désiraient rester discrets. Julie le lui avait expliqué et lui avait demandé de s'abstenir de parler d'eux dans son journal.

Quand son article parut, les adversaires politiques de Florian ne se privèrent pas d'y aller de leurs commentaires. La plupart propagèrent le bruit que le patron de la Bonneterie de l'Hérault avait sauvé son entreprise par son mariage. Et d'insister sur le dépôt de bilan qu'il risquait s'il n'avait pas trouvé cette solution in extremis.

Ces insinuations parvinrent aux oreilles d'Emma, qui, sans lire les journaux régulièrement, en fut informée par Thibaud. Elle n'en tint aucun compte. En revanche, Thibaud se réjouit de l'attaque dont Florian était l'objet. Ils n'éprouvaient aucune sympathie l'un pour l'autre, leurs idées étant diamétralement opposées.

Entre Emma et son neveu régnait une sorte de pacte depuis le décès d'Hervé Lacombe. Emma n'avait pas jugé opportun de remettre en question l'organisation de l'entreprise de son défunt mari. Thibaud, comme directeur des Salins du Sud, se montrait très compétent et avait prouvé sa capacité à remplacer son oncle au pied levé. Son père, le préfet de l'Hérault Édouard Lacombe, soutenait ses initiatives. Il lui ouvrait les portes pour obtenir les faveurs des hommes politiques influents, le conseillait dans ses choix, notamment lors de revendications sociales de la part des sauniers. Si bien que Thibaud passait depuis deux ans pour le véritable patron des Salins. À vingt-cinq ans, il avait déjà beaucoup d'autorité, le personnel le craignait et se heurtait rarement à lui malgré son jeune âge.

Quand un mouvement de grève menaçait d'éclater, il prenait immédiatement les mesures nécessaires pour endiguer la contestation et l'écraser dans l'œuf. Habile, il manipulait les ouvriers hostiles à la grève pour être le premier renseigné et contrer les éléments les plus déterminés.

Jusqu'à présent, Emma ne s'était pas intéressée à la vie de l'entreprise. Elle avait beaucoup à apprendre si elle voulait être reconnue maintenant comme la véritable patronne. La majorité du personnel des Salins était composée d'hommes rompus à un dur labeur. Ils travaillaient dans des conditions pénibles et étaient pour la plupart mal rétribués. Parmi eux, une communauté d'Italiens, qui semblaient plus dociles que les autres ouvriers. Sans doute à cause de leur état précaire d'immigrés. Aux yeux de leurs camarades français, ils passaient pour des étrangers venus prendre leur travail. Et leurs femmes, aussi ! affirmaient certains maris jaloux. Cette situation n'était pas propre aux Salins d'Aigues-Mortes. Partout où en France, depuis le siècle précédent, les Piémontais étaient arrivés en grand nombre pour s'embaucher qui dans les vignes, qui dans les usines ou sur les chantiers de voies ferrées, on déplorait de telles réactions.

À la mi-janvier, Emma convoqua son neveu chez elle. Elle ne souhaitait pas lui parler dans les bureaux mêmes de l'entreprise, où elle craignait de ne pas avoir suffisamment d'emprise et de fermeté, Thibaud y régnant en maître des lieux. Elle avait minutieusement préparé ce qu'elle désirait lui annoncer. D'un commun accord avec Florian, elle avait décidé d'éclaircir la situation afin d'effacer tout malentendu.

Thibaud ne se doutait de rien. Il s'étonna cependant de ne pas être reçu au salon, comme à chacune de ses visites.

Lorsque la gouvernante l'introduisit dans la bibliothèque, qu'Hervé avait aménagée pour y passer de longues heures en compagnie de ses auteurs préférés, Emma l'attendait, assise derrière l'immense bureau Louis XV d'Hervé. Il comprit aussitôt qu'il n'avait pas été invité pour le thé mais pour une affaire beaucoup plus sérieuse.

— Que puis-je pour vous, ma tante ? s'enquit-il à peine entré.

Bien que du même âge, Thibaud s'évertuait à appeler Emma « ma tante » et à la vouvoyer, non sans un certain sarcasme. Cela agaçait Emma, qui de son côté s'efforçait de l'appeler par son prénom et de le tutoyer.

Emma se troubla. Elle n'avait pas l'habitude d'affronter les hommes dans leur pré carré. Thibaud avait beau être un proche, devant lui elle se sentait inférieure, ramenée à ce qu'elle avait toujours été en tant qu'épouse. De plus, Thibaud représentait les Lacombe, la famille de son défunt mari. Certes, les Salins du Sud ne leur appartenaient pas et elle n'avait aucun compte à rendre puisqu'elle était l'unique héritière. Toutefois, elle était consciente du rôle joué par Thibaud dans la bonne marche de l'entreprise. Elle craignait qu'il ne balaie ses arguments d'un revers de main et ne la remette à la place qu'elle occupait du vivant de son mari.

— Voilà… Je voulais t'avertir que je désire diriger en personne les Salins du Sud. Remplacer Hervé dans ses fonctions de chef d'entreprise.

Thibaud ne s'attendait pas à une telle déclaration. Sur le moment, il ne dit mot.

Emma poursuivit :

— Rassure-toi, je ne te chasse pas. Tu demeureras à ton poste de directeur… J'exige seulement que tu m'informes désormais de toutes les décisions à prendre. Nous les envisagerons de concert et étudierons ensemble les nouveaux projets, les budgets annuel et prévisionnel, les embauches et les licenciements éventuels…

— Mais… mais vous n'y connaissez rien, ma tante !

— C'est la raison pour laquelle j'aurai besoin de ton aide. Je compte sur toi pour m'initier aux rouages d'une entreprise. De plus, Florian sera derrière moi pour corriger mes erreurs. En tant que patron d'une usine textile, il me sera très utile.

— Tu as l'intention de demander à ton mari de te seconder ?

Le tutoiement avait échappé à Thibaud. Emma le remarqua mais ne releva pas.

— Y vois-tu une objection ? Florian ne peut être que de bon conseil !

— Étant donné la situation de la Bonneterie de l'Hérault, j'en doute ! osa Thibaud.

— Qu'est-ce que tu insinues ?

— Que ton mari n'est peut-être pas le mieux placé pour te donner des conseils et te servir de tuteur dans un domaine traditionnellement réservé aux hommes.

Le ton montait petit à petit. Thibaud se sentait humilié, soudain rabaissé à un second rôle.

Emma, de son côté, sentait son cœur cogner de plus en plus fort. Elle abhorrait ce genre de confrontation. L'affrontement avec ses proches l'avait toujours perturbée. Elle n'était pas de taille à s'opposer aux autres pour imposer ses idées.

Elle se souvint du discours qu'elle avait tenu à Julie à propos de la femme dans la société moderne, de la confiance qu'elle mettait en Florian pour défendre la cause égalitaire.

Et se reprit :

— Ah, nous y voilà ! Parce que je ne suis qu'une femme, je devrais m'effacer devant toi et t'abandonner toute prérogative !

— Le rôle d'une femme n'est pas de commander les hommes dans leur travail. Tu n'ignores pas que le personnel des Salins est essentiellement masculin. Comment agiras-tu quand ils redresseront la tête et contesteront l'une de tes décisions, quand ils te conspueront en te vouant aux gémonies, quand ils te bousculeront et te menaceront ? Sauras-tu les affronter sans perdre ta dignité, avec toute l'autorité nécessaire pour ne pas fléchir devant eux ?

— Tu ne parles qu'en termes de rapports de force. Que fais-tu de la discussion, du consensus, de la paix sociale ?

— Avec de telles idées, je ne donne pas cher de ton entreprise. Elle ira tout droit à la faillite, comme celle de ton mari !

— La Bonneterie de l'Hérault n'est plus au bord de la faillite. Elle est hors de danger.

— Tu sais très bien pour quelles raisons. Tu as servi de garantie à ton mari. Mon père me l'a confirmé. Les banques lui accordent leur confiance uniquement parce que tu es sa femme et que tu es fortunée…

— Tais-toi, Thibaud ! Je t'interdis de…

Emma était révoltée par les propos de Thibaud. Elle n'avait pas retenu ce que la presse avait sous-entendu à propos de leur mariage. Elle aimait Florian et ne mettait pas en doute la sincérité de ses sentiments à son égard.

— Tu peux te retirer, lui ordonna-t-elle. Tu connais à présent mes intentions. Mais je n'ai qu'une parole. Malgré ce que nous nous sommes dit, je ne changerai pas d'avis : tu conserveras ton poste de direction.

Thibaud se leva, regarda Emma droit dans les yeux et, reprenant le vouvoiement, ajouta :

— Vous commettez une grave erreur, ma tante. Je vous aurai prévenue. Mais vous pouvez compter sur moi pour veiller à la bonne marche des Salins.

Une fois Thibaud éloigné, Emma soupira d'aise. Elle se doutait que l'entrevue ne se passerait pas dans le calme et la compréhension réciproque. Thibaud était un être fier et entier. Il s'était déjà heurté à Hervé, quand ce dernier avait embauché des immigrés italiens. Les deux hommes n'avaient pas la même conception du travail, de la solidarité, du rapport entre salariés et patrons.

Le soir, elle relata à Florian son entretien avec son neveu.

— Tu t'en es bien sortie… la félicita son mari, sans montrer toutefois beaucoup d'enthousiasme.

— Tu as quelque chose à me confier ? devina Emma.

— Je… je voudrais couper court à toute médisance.

— Je n'y prête aucune attention !

— Certes, mais j'aimerais que tout soit clair entre nous… Voilà, j'ai une confession à te faire.

Emma parut contrariée. Elle redoutait une mauvaise nouvelle.

— Tu renonces à m'aider ? À cause de Thibaud ?

— Non, il ne s'agit pas de cela…

— Thibaud n'est qu'un parent par alliance. Nous ne sommes pas de la même famille. Et je ne suis plus « madame Lacombe ».

Elle se rapprocha de Florian, se glissa dans ses bras, lui souffla à l'oreille :

— Je suis madame Nozière. Je suis ta femme.

Florian la serra très fort contre lui puis, s'écartant, se lança dans une confession qui lui coûtait :

— Quand je t'ai rencontrée, la première fois, il est vrai que ce n'était pas par hasard. Mon ami Rochefort avait joué les entremetteurs, car il souhaitait me venir en aide pour sauver mon entreprise. Il m'avait persuadé d'agir comme lui-même l'avait fait par deux fois : épouser un bon parti pour m'éviter la faillite. J'étais réticent, puis je me suis laissé convaincre…

— Alors, ce que les journaux ont insinué est la vérité !

— Je suis désolé.

Emma en demeura sans voix.

Florian poursuivit :

— Mais quand je t'ai vue, au cours de cette soirée donnée par le préfet, je suis immédiatement tombé amoureux de toi. Je ne savais plus où poser mon regard, tant tu m'avais subjugué, ni comment me comporter… Comme j'ai regretté de ne pas t'avoir rencontrée en d'autres circonstances !

Les larmes coulaient lentement sur les joues d'Emma.

Loin de le repousser, elle se blottit plus près encore dans ses bras.

— Moi aussi, je n'ai plus pensé qu'à toi, reconnut-elle. Je t'aime, Florian. Personne ne nous séparera.

— Tu ne m'en veux pas ?

— La plus belle preuve de confiance que je peux t'offrir, c'est de mettre ma fortune entre tes mains pour sauver ton entreprise… À une condition.

— Laquelle ?

— Que tu acceptes de diriger les Salins du Sud avec moi.

— Et Thibaud ?

— Il ne renoncera jamais à son poste.

*

L'année 1911 commençait donc sous de bons auspices. La satisfaction d'Emma d'avoir réglé aussi facilement son problème avec Thibaud était à l'égal de l'espoir qu'elle nourrissait d'offrir à Florian ce qui lui tenait le plus à cœur : être père. Il ne cessait de lui rappeler que c'était son vœu le plus cher. Emma s'en trouvait réconfortée.

Si son intention était seulement d'assurer à son entreprise de nouvelles bases, songeait-elle dans ses moments de solitude, il ne s'obstinerait pas autant pour que nous ayons un enfant. D'autant plus qu'il désire une fille, contrairement à la plupart des hommes d'affaires qui ne pensent qu'à un héritier mâle pour garantir leur succession…

« Tu es jeune, lui répétait-il. Moi, j'ai trente-cinq ans passés. Notre différence d'âge se marquera davantage avec les années. Je ne veux pas attendre davantage. »

Emma avait beau lui affirmer qu'il n'était pas vieux, que d'autres hommes de leur connaissance, plus âgés que lui, avaient été pères après la quarantaine, Florian insistait :

« Un enfant, voire deux ou trois ! Si tu es d'accord, ma chérie ! »

À ses côtés, Emma retrouvait sa joie de vivre. Florian se montrait toujours de bonne humeur. Il plaisantait sans cesse, ne se prenant jamais au sérieux.

Il ne s'était pas encore immiscé dans les comptes des Salins du Sud, préférant laisser à sa femme le soin de décider elle-même du moment opportun pour lui demander son avis ou ses premiers conseils. Emma lui en était reconnaissante.

Elle craignait en effet les premières obstructions de Thibaud, quand les deux hommes s'opposeraient à propos de la marche de son entreprise. Leur rivalité ne manquerait pas de se révéler au grand jour dès lors qu'ils seraient confrontés à un problème touchant au personnel. Thibaud proclamait que les Salins employaient trop d'ouvriers et qu'il était urgent de réduire la main-d'œuvre pour diminuer les frais de fonctionnement et lutter contre la concurrence en abaissant les coûts de production. Il en avait averti Emma depuis longtemps. Celle-ci n'avait pas réagi.

Emma avait d'autres préoccupations en tête. Désireuse avant tout de satisfaire son mari, elle l'attirait tous les soirs dans ses bras afin de tomber enceinte. Paniquée à l'idée de ne pas en être capable, elle ne parvenait jamais à l'orgasme et feignait de l'atteindre pour ne pas inquiéter Florian. Elle n'avait pas osé lui révéler qu'avec Hervé ses tentatives avaient toutes échoué. Aussi lui laissait-elle croire qu'ils étaient sur le bon chemin et que leurs vœux seraient bientôt exaucés.

Devant l'insuccès des premiers mois, Florian, en homme compréhensif et très amoureux, la tranquillisait et lui affirmait, comme Hervé avant lui, que le problème venait peut-être de lui. Emma se retenait de lui avouer la vérité et commençait à désespérer.

Elle ne confiait ses doutes qu'à Julie, dont elle ne pouvait se passer des conseils. Les deux sœurs demeuraient très fusionnelles malgré leurs différences et leurs divergences passagères. Elles ne décidaient jamais rien sans en parler entre elles, au préalable.

En avril, Emma n'avait encore perçu aucun changement dans son état.

Sans avertir son mari, en compagnie de Julie, elle partit à Montpellier consulter un médecin. Elle ne souhaitait pas, en effet, être aperçue dans un cabinet d'Aigues-Mortes, où on l'aurait vite reconnue. Le médecin l'examina superficiellement. Il ne se prononça pas. Il lui proposa d'aller voir un de ses confrères, spécialiste en gynécologie, et en conclut qu'étant donné ses antécédents avec son premier mari il était possible qu'elle n'ait jamais d'enfants.

— Encore que, se reprit-il pour la rassurer, à la palpation vous ne présentez aucune anomalie qui viendrait corroborer mes soupçons ! La nature est parfois lente à se déclencher. Ne perdez pas espoir. À votre âge, tout est permis. Ne baissez pas les bras.

Restée en retrait dans le bureau du médecin, Julie lui lança un regard d'encouragement. Emma lui répondit par un timide sourire qui trahissait son manque de confiance.

Sur le chemin du retour, dans l'après-midi, elle eut un malaise. Elle fut obligée de demander à Antonin, son chauffeur, qui les avait amenées toutes les deux à la consultation, de s'arrêter et de lui apporter un verre d'eau. Antonin s'exécuta, affolé par son teint blême et les gouttes de sueur qui perlaient sur son front. Julie crut que le voyage jusqu'à Montpellier était la cause de sa fatigue passagère. Elle rassura Antonin et lui demanda de ne pas traîner.

À peine rentrée chez elle, aux Salicornes, Emma s'allongea sur son lit, Julie à ses côtés. Elle pria Maria, sa jeune gouvernante, de ne pas la déranger et surtout de ne pas inquiéter son mari quand ce dernier téléphonerait.

Elle finit par s'endormir. Alors Julie s'en alla discrètement, non sans demander à Maria de l'avertir si sa sœur éprouvait un nouveau malaise avant le retour de Florian.

Ce dernier était monté à Paris pour la session parlementaire de printemps. Il devait rester absent de sa circonscription pendant toute une semaine. Il appelait Emma chaque soir pour la rassurer et lui expliquer ce qui se décidait dans l'hémicycle.

Malgré la consigne, Maria s'était empressée d'informer Florian que son épouse était souffrante.

— Faites venir le docteur Ménard sans tarder, lui ordonna-t-il. Ne la laissez pas seule. Veillez-la toute la nuit s'il le faut. Je saute dans le premier train demain matin.

Quand Florian arriva aux Salicornes, Maria était dans tous ses états. Elle ne contenait pas ses larmes. Sur le moment, il crut à une mauvaise nouvelle.

— Où est Madame ? s'enquit-il sans prendre le temps d'ôter son manteau.

— Dans sa chambre, Monsieur, en compagnie de madame Julie. Elle se remet tout doucement. Le médecin a recommandé de la ménager. Elle ne doit surtout pas se surmener.

Florian n'écoutait pas, affolé.

En pénétrant dans la chambre où Emma se reposait dans la pénombre, tentures fermées, la tête calée sur un gros oreiller, le teint blafard, les paupières mi-closes, il pensa au pire.

Il s'approcha du lit sur la pointe des pieds, retenant sa respiration.

Julie, au chevet de sa sœur, se leva aussitôt de sa chaise et, le doigt sur la bouche, lui conseilla de ne pas faire de bruit.

— Chérie, lui susurra-t-il. C'est moi. J'ai accouru aussi vite que j'ai pu.

Emma ouvrit lentement les yeux. Sourit. Son visage s'illumina, comme éclairé par le premier rayon du jour naissant.

— J'ai... j'ai... balbutia-t-elle.

— Chut ! Ne dis rien. Tu te fatigues inutilement.

Il se pencha au-dessus d'elle, lui essuya les larmes qui perlaient sur ses joues.

— Je suis là, maintenant. Tout ira bien. Je reste avec toi.

— J'ai... quelque chose d'important à t'annoncer...

— Cela peut attendre, ma chérie. Rien ne presse. Et surtout, tranquillise-toi, je vais appeler les plus grands spécialistes de Montpellier. Ils te guériront.

— Mais… mais je ne suis pas malade !

Florian pensa que sa femme délirait. Il lui tâta le front.

— Tu es fiévreuse. Tu devrais éviter tes longues promenades à cheval dans les étangs. C'est un milieu malsain.

— Il ne s'agit pas de cela, s'efforça Emma en souriant. Tu es pire que le médecin de Montpellier !

— Tu as consulté un médecin à Montpellier ?

— Oui, mais il a été incapable de diagnostiquer ce que j'avais.

— Sans analyse approfondie, ces microbes des marais sont difficiles à déceler…

— Ce n'est pas un microbe, mon chéri… Je suis… enceinte !

Florian en resta deux secondes sans voix.

— Enceinte ! répéta-t-il enfin. Tu es enceinte ? Tu attends un enfant ? insista-t-il comme s'il ne comprenait pas ce que cela signifiait.

— Oui… Tu vas bientôt être père.

5

La couleur de l'aube

Camille naquit début novembre, avec un mois d'avance. C'était un beau bébé, bien que prématuré. Dès que son père l'accueillit dans ses bras, elle ouvrit grand ses yeux comme pour le remercier d'être là pour sa venue au monde.

À l'époque, il était rare que les pères soient présents à l'accouchement de leurs femmes. Florian avait insisté pour se trouver auprès d'Emma au moment où elle donnerait le jour à leur enfant. La sage-femme lui avait demandé d'attendre à l'extérieur de la chambre, prétextant que le mari ne devait pas assister aux souffrances de la parturiente, que cela n'était pas un spectacle. Elle n'accepterait que la présence de sa sœur Julie, parce que c'était une femme. Florian l'avait aussitôt chapitrée et avait exigé de rester au plus près d'Emma :

« Certes, il ne s'agit pas d'un spectacle, mais bien du plus merveilleux jour de la vie de notre enfant… Et vous voudriez que cela se passe sans ses deux parents réunis ! De plus, en cas de complications, mon épouse doit se sentir entourée et aimée… »

La sage-femme avait fini par céder.

Dès les premiers jours, Camille ravit ses parents par son calme et ses jolis sourires. Florian en fut immédiatement fasciné, comme si sa paternité lui paraissait extraordinaire. Il ne cessait de veiller sur elle quand elle dormait, tenait à la langer et à l'amener lui-même au sein de sa mère. Il avait fait aménager une belle chambre d'enfant aux Salicornes, s'ouvrant sur les étendues salines et, au loin, sur la Méditerranée, dont les reflets bleus se diluaient dans l'azur du ciel.

Tous les matins, quand son emploi du temps le lui permettait, il la promenait dans son landau tout autour de la maison. Il lui parlait comme si l'enfant comprenait les mots d'amour qu'il lui adressait. Il tendait le bras vers le ciel et, du doigt, lui montrait le vol des oiseaux, lui décrivait dans les moindres détails les grues cendrées et les spatules blanches. Il lui expliquait comment les hérons cendrés édifiaient leurs nids pour nourrir leurs petits et les mettre à l'abri des prédateurs, à quoi les flamants roses devaient leur magnifique robe à la couleur de l'aube naissante, comment les minuscules guêpiers d'Europe au plumage bariolé ou les majestueuses avocettes au long bec recourbé étaient capables de traverser la mer et le désert pour retrouver chaque année la chaleur de l'Afrique avant l'arrivée de l'hiver.

Après son accouchement, Emma dut se ménager. Le médecin lui avait conseillé de garder la chambre quelques semaines pour reprendre des forces et se rétablir au plus vite. Elle souffrait d'anémie et n'était pas en état de s'occuper de son bébé, sauf à lui donner le sein. Mais ce fut de courte durée. Très vite en effet, à son grand désarroi, elle ne parvint plus à allaiter.

Aussi, quand Florian s'absentait, il confiait sa fille aux bons soins de Maria. La jeune gouvernante avait accepté de s'occuper de l'enfant, ce dont elle s'acquittait à merveille. Encore célibataire, elle fréquentait Antonin, le chauffeur embauché du vivant d'Hervé Lacombe. Emma n'avait pas souhaité se séparer de lui, d'autant plus qu'aux Salicornes, au début de son veuvage, elle avait éprouvé une profonde solitude. Maria espérait qu'Antonin la demande en mariage. Mais celui-ci ne se décidait pas à franchir le pas, prétextant qu'il ne se sentait pas prêt à fonder un foyer et à avoir des enfants, ce qu'attendait Maria avec impatience.

*

Dès le début de son mariage, Florian s'était installé aux Salicornes. Située à proximité de l'Hérault, la maison d'Emma présentait certains avantages pour prospecter sa circonscription et rejoindre rapidement Montpellier, où il possédait un petit hôtel particulier, rue de la Loge, son pied-à-terre électoral. Il ne délaissait pas pour autant sa bonne ville de Ganges, où se trouvait son usine de bonneterie. Il avait appelé un architecte dans son manoir de la

Renardière afin d'y procéder à des petits aménagements en vue de l'arrivée de son épouse et de son enfant. Il voulait que la vieille demeure soit la plus confortable possible pour y vivre en famille chaque fois qu'il aurait le temps de prendre quelques jours de repos. Il tenait en effet à offrir aux siens un cadre de vie aussi agréable dans ses Cévennes qu'au bord de la mer, aux Salicornes.

La Renardière comportait deux ailes perpendiculaires séparées par une tour d'angle. Au Moyen Âge, le seigneur du lieu, dont Florian ignorait le nom, avait bâti une tour de guet sur une motte de terre érigée selon la coutume de l'époque. Il en restait le soubassement en grosses pierres de taille et un pan de muraille, vestiges de l'ancien château féodal. Plusieurs siècles plus tard, les nouveaux occupants, issus d'une famille de petite noblesse, avaient transformé ce dernier en un manoir dont les fenêtres à meneaux avaient remplacé les meurtrières. À la Révolution, la Renardière avait été confisquée et revendue en bien national. Par la suite abandonnée, elle était tombée en ruine. Quand le grand-père de Florian en avait fait l'acquisition, sous Napoléon III, auprès d'un vieux notaire de Ganges, elle n'était pratiquement plus habitable en l'état. Il entreprit les réparations les plus urgentes pour y vivre décemment, mais délaissa l'aile secondaire, qui servit longtemps de débarras, puis de magnanerie pour l'éducation des vers à soie. Ni Florian ni son père avant lui n'avaient réhabilité la totalité de la demeure. Ils s'étaient contentés de rendre plus habitable l'aile principale, celle que Florian désirait à présent occuper avec sa femme et sa fille.

Depuis qu'il avait obtenu le soutien des banques, Florian était rassuré. Il avait élevé son directeur, Pierre Dhombre, au poste de fondé de pouvoir et, sans se dégager de ses responsabilités, lui avait remis les clés de son usine.

« Mes fonctions politiques m'accaparent beaucoup, lui avait-il expliqué. De plus, ma femme souhaite que je supervise sa propre entreprise. Je ne veux pas courir plusieurs lièvres à la fois. Je compte sur vous pour procurer à la Bonneterie de l'Hérault le rebond dont elle a besoin. L'accord des banques vous y aidera. »

Dhombre avait accepté cette lourde tâche sans rechigner. Il n'avait pas le charisme ni le savoir-faire de son patron auprès des ouvriers. Piètre négociateur, il se montrait plus compétent dans le domaine économique et financier que dans les relations humaines. Néanmoins le personnel dans son ensemble l'appréciait. Il ne l'avait jamais trahi et avait toujours garanti l'emploi au détriment parfois des bénéfices réalisés. Florian ne le désavouait pas quand il lui exposait ses arguments. Son directeur avait autant que lui le souci de la paix et de la justice sociale dans son usine. En tant que fondé de pouvoir, Pierre Dhombre aurait dorénavant les coudées encore plus franches pour moderniser les structures vieillissantes de la bonneterie et accroître sa compétitivité dans un univers soumis à la concurrence internationale, notamment avec la montée en puissance des pays asiatiques et du Moyen-Orient. Florian en était conscient. Député, il était bien placé pour observer l'évolution du monde. L'Angleterre, l'Allemagne et maintenant les États-Unis étaient sur les rangs pour assurer leur hégémonie sans limites.

*

Mais Florian était un homme comblé. Il faisait beaucoup d'envieux autour de lui. Il avait épousé une jeune femme très belle et convoitée, il était le père d'une ravissante petite fille et ses affaires avaient bénéficié d'un second souffle. De plus, son succès électoral le mettait en bonne place pour briguer d'autres responsabilités au sein de son parti, voire plus encore si les portes de certains ministères s'ouvraient devant lui. On parlait de lui, en effet, au ministère du Travail. Ce dernier, créé pour la première fois en 1906 par Georges Clemenceau, alors président du Conseil, dans un contexte de grèves et de tensions sociales, avait pour Florian une forte valeur symbolique et offrait la possibilité d'une réforme structurelle majeure. Il ne cessait de l'expliquer à Emma, lorsqu'ils se retrouvaient le soir à la veillée, une fois Camille endormie dans sa chambre.

— Ce nouveau ministère est le garant du dialogue entre patronat et ouvriers. Il veille à la réglementation du travail, aux relations entre employeurs et employés, aux conditions d'existence du personnel.

Pour nous, patrons, il est l'outil indispensable pour la médiation.

Nouvelle dans le monde ardu des affaires, Emma l'écoutait toujours avec attention.

— J'ai beaucoup à apprendre, reconnut-elle. Je bénis le ciel de t'avoir placé sur mon chemin. Sans toi, j'aurais laissé les Salins du Sud sous l'égide de Thibaud. Or je ne suis pas certaine qu'il ait les mêmes visions humanistes que toi.

— Je crains en effet qu'avec lui les affrontements ne se multiplient. À ses yeux, seul le patron a le pouvoir de tout décider. Il n'a pas encore admis que le dialogue social est fondamental.

Depuis son entrevue avec son neveu, Emma n'avait entamé aucune démarche personnelle pour montrer sa prise en main de la société fondée par son premier mari. La naissance de Camille l'ayant accaparée, elle n'avait pas eu le cœur à se plonger dans les comptes financiers et les projets en cours. Les Salins étaient une entreprise florissante, que les contestations et les revendications n'avaient pas perturbée outre mesure, même à l'époque des grandes grèves, quelques années plus tôt, quand Clemenceau n'avait pas hésité à avoir recours à l'armée pour rétablir la paix sociale.

— J'espère que nous ne connaîtrons plus jamais ces marées humaines déferlant dans les rues de nos villes comme en 1907, lors de la révolte des vignerons ! dit Emma. J'en garde des images terrifiantes. Je n'avais jamais vu autant de monde en colère défiler sur les boulevards de Nîmes…

— Tu y étais ? s'étonna Florian.

— Oui, je rendais visite à une amie. J'ignorais qu'un rassemblement était prévu ce jour-là. J'ai bien failli être bousculée et happée par la foule au moment de regagner la gare pour y reprendre mon train. Je m'en suis sortie à bon compte grâce à un cheminot qui m'a accueillie dans un bureau en attendant le retour au calme…

— Il y a eu des centaines de milliers de manifestants dans toutes les grandes villes du Languedoc. Le gouvernement n'avait pas assez dialogué en amont. Les viticulteurs étaient à bout. Personne ne les écoutait. C'est la confirmation que la concertation entre tous les partis est nécessaire pour éviter ce genre de blocage.

Plus Florian exposait ses idées, plus Emma semblait intéressée par ce monde qu'elle avait toujours considéré comme l'apanage des hommes.

— Crois-tu que les sauniers m'accepteront comme leur nouvelle patronne ?

— Ça dépend. Si tu parviens à créer la confiance sans les heurter, si tu leur prouves qu'une femme est capable de les diriger, alors tu n'as pas de crainte à avoir. Mais la tâche sera sans doute plus rude que si tu étais un homme !

— En tout cas, il faudra avoir Thibaud à l'œil. Je le soupçonne de ne pas me soutenir et d'œuvrer contre moi.

— Qu'est-ce qui te fait penser cela ?

— Sa résignation un peu rapide.

— Pourquoi ne le renvoies-tu pas ? Il n'est pas indispensable !

— Je ne peux pas encore me passer de ses compétences. De plus, ne serait-ce pas contradictoire avec ce que tu viens de m'expliquer à propos du dialogue social ?

— Tu as raison.

— En revanche, je compte sur toi pour lui tenir tête et m'informer de tout ce qu'il serait amené à tramer derrière mon dos.

— Je veillerai sur les Salins du Sud comme sur ma propre bonneterie. Sois rassurée.

Lorsque Emma introduisit officiellement Florian devant son personnel, peu avant la fin de l'année, Thibaud demeura en retrait. Il ne dit mot, mais tous comprirent à son visage défait que le jeune directeur nommé par l'ancien patron était tombé de son piédestal.

*

Avec l'année nouvelle, un horizon lumineux s'ouvrait devant Florian et Emma. Ils rayonnaient de bonheur, tant par leur union et l'amour qu'ils donnaient à Camille que par la réussite dans leur vie professionnelle.

D'un commun accord, ils avaient décidé de séjourner à la Renardière deux fois par mois, du vendredi soir au lundi matin. Antonin les y amènerait. Il se réjouissait à l'avance d'effectuer les trajets vers Ganges. Originaire des Cévennes montagneuses, il n'avait pas eu souvent l'occasion de renouer avec sa terre natale lorsqu'il était au service d'Hervé Lacombe. Très dévoué et entreprenant, il s'était immédiatement proposé de se mettre à la disposition de Florian. Ce dernier n'avait pas de chauffeur attitré. Il conduisait lui-même sa rutilante Peugeot et, pour ses longs voyages vers Paris ou d'autres villes de province, il empruntait le train.

Les travaux à la Renardière étaient presque terminés. Le manoir, sans être devenu un cocon douillet, pouvait accueillir la petite Camille dans un confort acceptable. L'électricité avait été installée dans toutes les pièces. Le chauffage était assuré par plusieurs grosses cheminées. L'eau courante enfin permettait d'éviter les allers-retours au puits, comme c'était encore le cas dans la plupart des mas cévenols. Florian avait même fait aménager une salle de bains, luxe suprême, afin que ni sa femme ni son enfant ne souffrent d'un manque d'hygiène.

À l'extérieur, devant l'aile principale, il avait fait remettre en état le parc qui avait longtemps été délaissé. Les allées avaient été retracées et gravillonnées, les pelouses réensemencées, les parterres de fleurs et de plantes annuelles redessinés.

Un peu à l'écart, tapie sous les arbres d'un bois touffu qui s'étendait jusque devant l'aile secondaire du manoir, une petite maison pour l'heure abandonnée, qui avait servi jadis de relais de chasse, puis de logement au régisseur du domaine, disparaissait sous un couvert de lianes et de ronces. Le toit était en mauvais état. Les murs, lépreux, présentaient des fissures inquiétantes. Les ouvertures, peu nombreuses, étaient closes par d'épais volets en bois décolorés et bloqués par des barres d'acier rongées par la rouille.

Florian ne s'était jamais préoccupé de retaper cette dépendance. Lors de sa première visite en compagnie d'Emma, il l'avertit :

— Prends garde de ne pas t'approcher trop près de cette bâtisse. On ne sait jamais, elle risque de s'effondrer.

— C'est dommage de laisser une telle construction tomber en ruine. Elle abriterait aisément une famille. N'as-tu jamais envisagé d'engager un couple de paysans pour entretenir ta propriété ? En échange du logement et des produits de la terre, tu leur demanderais d'être les gardiens du domaine.

— J'y ai songé, mais je n'en ai pas les moyens. Le manoir à lui seul me coûte suffisamment d'argent. Je ne veux pas utiliser les fonds de la bonneterie à des fins personnelles. J'ai toujours préféré consolider ma trésorerie pour parer aux difficultés et mettre mes salariés à l'abri.

— C'est tout à ton honneur.

— La restauration du château a épuisé mes économies. Je n'ai plus de marge de manœuvre.

Emma hésita.

— Sans t'offenser, je peux t'aider. Nous sommes mariés. Les Salins dégagent de gros bénéfices. Nous pourrions envisager d'autres travaux…

— Tu m'as déjà beaucoup soutenu en convainquant mon banquier de m'accorder sa confiance et son crédit, je ne te demanderai pas davantage.

Emma n'insista pas. Elle devinait les scrupules de Florian.

— Nous y réfléchirons plus tard. Pour l'instant, rien ne presse. La Renardière est parfaite pour accueillir notre petite Camille. Elle y sera comme une jolie princesse entourée des animaux de la forêt…

— Tu ne crois pas si bien dire ! Avec un peu de chance, dès qu'elle sera en âge de gambader toute seule, elle y apercevra des biches, des chevreuils, des cerfs peut-être.

— Et des sangliers ?

— Ceux-là ne sont pas rares ! Ils causent même beaucoup de dégâts dans les terres cultivées. Les paysans s'en plaignent.

Emma se réjouissait d'avance de ces fins de semaine qu'ils passeraient tous les trois sur les contreforts des Cévennes, dans une nature si différente de celle des Salicornes. Certes, elle adorait les vastes étendues salines aux couleurs d'aquarelle et battues par le vent marin, les étangs de la Camargue, toujours imprévisibles et riches d'une faune sauvage impressionnante. Toutefois, elle était curieuse de découvrir ces montagnes à l'austère beauté, si mystérieuses et si proches à la fois, dont on devinait les massifs à l'horizon dès qu'on s'éloignait du Rhône et de ses plaines humides, mont Lozère, mont Aigoual, mont Bougès. Elle connaissait l'histoire tumultueuse de ces camisards, résistants de la première heure, qui avaient tenu tête à Louis XIV et à ses dragonnades. La tour de Constance à Aigues-Mortes portait dans ses murs la trace indélébile de ces fous de Dieu qui avaient clamé avant l'heure le droit à la différence et à la liberté. Marie Durand restait ancrée dans toutes les mémoires des huguenots cévenols, la preuve, dans la bonne ville de Saint Louis, que les femmes savaient également mener le combat contre l'injustice.

Aussi Emma avait-elle hâte d'emménager dans sa nouvelle demeure, où elle espérait couler des jours heureux.

Peu avant l'arrivée du printemps, Florian rentra d'une tournée électorale dans sa circonscription l'air particulièrement réjoui. Emma pensa que ses partisans avaient dû lui réserver un accueil chaleureux partout où il était venu à leur rencontre.

— Ton succès se confirme de jour en jour, le félicita-t-elle. Remarque, tes idées ne doivent déplaire qu'aux rétrogrades et aux réactionnaires !

— Ce ne sont pas mes amis politiques qui me rendent si joyeux. Mais ce que j'ai à te proposer. Il y a longtemps que j'y pense. J'attendais d'être certain de pouvoir m'absenter plusieurs semaines d'affilée.

Emma se rembrunit.

— Tu vas bientôt repartir ? Tu montes à Paris ?

Florian prit Emma dans ses bras. Lui annonça :

— Que dirais-tu de t'évader avec moi en amoureux ? Nous n'avons toujours pas fait notre voyage de noces. Il serait temps d'y songer.

— Un voyage de noces ! Mais… Camille ?

— Ma chérie, Camille peut se passer de sa maman pendant quelques semaines. Maria s'occupera d'elle comme de sa propre fille.

Emma n'était pas convaincue. Camille était si petite ! Elle n'avait pas encore envisagé de la laisser seule, entièrement aux soins de sa nourrice, de se séparer d'elle, même pour une seule journée.

Florian insista :

— Une chance unique s'offre à nous. J'ai obtenu trois places pour une croisière transatlantique. Ça te plairait, un séjour à New York ?

— New York ! Un voyage en Amérique ?

— Seulement sur la côte Est. C'est une opportunité extraordinaire à ne pas manquer. Un de mes amis a réservé trois places sur un paquebot qui appareillera en avril. Il a un empêchement et doit annuler son projet. Il m'a proposé ses billets. Ce serait l'occasion d'effectuer ce que nous n'avons pas eu le temps de fêter ensemble.

À l'idée de partir pour les États-Unis d'Amérique, Emma commençait à changer d'avis.

— Que désires-tu fêter ?

— D'abord le premier anniversaire de notre mariage. Il y a un peu plus d'un an que nous nous sommes mariés et nous n'avons toujours pas célébré ce grand jour comme il se doit. Ensuite – et c'est ma surprise d'aujourd'hui – ma nomination au poste de président de mon groupe parlementaire à l'Assemblée. Dorénavant, mon influence va peser davantage dans les décisions que nous serons amenés à prendre.

— À ce rythme-là, tu seras bientôt ministre !

— Eh ! Sait-on jamais ?

— Tu le mérites.

— Alors, que penses-tu de ma proposition ?

Emma feignit de tergiverser. Elle s'éloigna de quelques pas, songeuse. Prit le temps de la réflexion. Elle ne voulait pas donner l'impression de se réjouir trop rapidement, éprouvant de réels scrupules à abandonner Camille.

Se retournant vers Florian, elle objecta :

— Camille n'aura pas encore six mois à cette date-là...

— Justement, coupa Florian, qui avait prévu les réticences de sa femme, elle ne souffrira pas de notre absence, elle est trop petite pour comprendre que nous la confions aux bons soins de sa nounou. Elle est habituée à elle.

— Tu disais que tu disposais de trois places... dit Emma, rendant les armes. À qui proposeras-tu la troisième ?

— Pourquoi pas à ta sœur ? Tu l'aimes beaucoup, n'est-ce pas ? Je ne voudrais pas vous séparer trop longtemps. Ainsi nous voyagerons en famille !

Cette suggestion ravit Emma. Elle l'approuva sans hésitation.

— Sur quel paquebot allons-nous embarquer ? s'enquit-elle.

— Sur le *Titanic*.

6

En croisière

10 avril 1912

Florian, Emma et Julie se rendirent par le train à Cherbourg la veille de leur embarquement afin de ne pas se précipiter. Le *Titanic*, paquebot transatlantique de la compagnie britannique White Star Line, devait appareiller de Southampton en Angleterre le mercredi 10 avril à midi pour atteindre Cherbourg à dix-huit heures trente.

Le tirant d'eau du navire lui interdisant de venir à quai, ils embarquèrent d'abord sur l'un des deux transbordeurs de la compagnie chargés d'acheminer les deux cent soixante-quatorze passagers supplémentaires inscrits en France pour le voyage.

Emma et Julie étaient tout excitées de participer à cette croisière inaugurale, plus encore que de ce qu'elles découvriraient une fois arrivées à New York. Florian leur avait vanté la magnificence de ce paquebot qui, avec ses deux sister-ships, l'*Olympic* et le *Britannic*, sortis des mêmes chantiers navals et conçus presque à l'identique, était le plus luxueux et le plus grand jamais construit jusqu'alors.

L'ami de Florian lui avait remis deux billets de première classe, l'un pour une cabine double aménagée en petit appartement, l'autre pour une cabine simple. Les deux se situaient au centre du bâtiment et donnaient sur le pont B, non loin du pont des embarcations. Elles s'ouvraient directement sur la mer par de larges baies vitrées.

« Nous serons très bien placés, avait prévenu Florian après avoir examiné le plan du navire avant de monter à bord. À cet endroit, nous ne ressentirons pas beaucoup le mouvement des vagues en cas de forte houle, ni les vibrations causées par la lourde machinerie. »

Emma en effet craignait le mal de mer et s'était munie d'un médicament pour l'éviter. Des deux sœurs, elle était la moins enthousiaste, même si elle se réjouissait de ce merveilleux cadeau offert par son mari.

Au moment d'embarquer, Florian lui demanda :

— Quelque chose te chagrine, ma chérie ?

— Je pense à Camille, que nous avons laissée à la maison.

— Elle ne risque rien. Maria est avec elle. Nous communiquerons avec elle facilement du paquebot. Je me suis renseigné, il y a le télégraphe à bord. Les liaisons seront en permanence établies avec le continent. Elle pourra nous tenir informés autant que nous le souhaiterons.

Emma se sentait coupable d'avoir abandonné son enfant si vite. Certes, elle avait confiance en sa jeune gouvernante, mais sa fibre maternelle reprenait sans cesse le dessus depuis son départ.

— N'y pense plus, la tranquillisa Julie. Profite du moment présent. Quand tu reverras ta fille, ta joie n'en sera que plus grande. Prends exemple sur moi : j'ai laissé Jean sans hésitation. Je sais qu'il m'attend avec impatience. Cela renforcera notre amour. Rien de mieux qu'une séparation, de temps en temps, pour retisser les liens. C'est vrai pour les amoureux comme pour les parents avec leurs enfants.

Accueillis par le chef steward, alors que l'orchestre de bord jouait la *White Star March*, comme il était de tradition sur les paquebots de la compagnie, ils furent immédiatement conduits à leurs cabines, où leurs nombreux bagages avaient déjà été déposés. Avant de quitter Aigues-Mortes, Florian avait prévenu sa femme et sa belle-sœur :

« Emportez suffisamment de robes dans vos valises. Les participants à ce type de croisière changent fréquemment de tenue au cours de la journée. C'est l'usage de se montrer. Je n'apprécie pas beaucoup cette façon de parader, mais il faudra s'y conformer si nous ne voulons pas nous faire remarquer. »

Autour d'eux, les autres passagers de première classe s'affairaient également pour s'installer au plus vite. Le départ était prévu vers vingt heures pour une arrivée à New York le mercredi 17 avril au matin.

— La croisière dure sept jours, releva Florian. J'espère que nous aurons le temps de lier connaissance au cours de la traversée.

Il consulta aussitôt la liste des passagers établie par le commissaire de bord et remise dans les cabines. Il y découvrit avec étonnement que participaient à ce voyage inaugural Thomas Andrews, l'architecte du navire, et Joseph Bruce Ismay, le président de la White Star Line. Puis des gens célèbres, dont il avait entendu parler : Isidor Straus, le propriétaire des grands magasins Macy's à New York, John Jacob Astor, le richissime homme d'affaires, Margaret Brown, la militante des droits de l'homme, Benjamin Guggenheim, le magnat de l'industrie du cuivre, tous trois montés également à Cherbourg.

Il cherchait désespérément une connaissance quand, enfin, il se réjouit :

— Ah, nous ne serons pas seuls très longtemps ! Le sénateur Peretti a embarqué avec femme et enfants.

— C'est l'un de tes amis ? s'enquit Emma.

— Pas du tout ! C'est un homme de droite, très conservateur même. Mais il nous arrive de nous parler avec courtoisie malgré nos dissensions. À bord, il ne sera pas question de politique entre nous. Je ferai preuve d'ouverture d'esprit, pour deux s'il le faut !

Emma fut rassurée de ne pas se retrouver isolée avec Florian et Julie sur le navire. Elle n'avait pas imaginé une telle multitude de passagers. Dès son embarquement, elle s'était sentie un peu perdue. Elle n'avait pas l'habitude des foules. Or les quelques centaines de voyageurs qui étaient montés à Cherbourg, ajoutés à ceux qui étaient déjà présents – plus de deux mille deux cents au total, lui avait-on annoncé –, l'avaient impressionnée.

« C'est une vraie ville flottante, ce *Titanic* ! s'était-elle exclamée lorsque le steward l'avait informée de ce nombre ahurissant.

— Nous sommes huit cent quatre-vingt-neuf membres d'équipage pour vous servir, madame, lui avait-il indiqué. Et vous êtes mille trois cent vingt-quatre passagers à effectuer cette croisière. »

Sur le moment, elle songea au pire : Si jamais nous devions évacuer le navire en catastrophe, ce serait la panique assurée, se dit-elle.

Elle se retint de trahir son appréhension et laissa Julie à sa joie.

Celle-ci trépignait d'impatience de découvrir les installations luxueuses du paquebot, ignorant que, en d'autres endroits du navire, logés sur les ponts inférieurs, à l'avant et à l'arrière, d'autres passagers s'entassaient dans des cabines beaucoup moins confortables, dans l'espoir cependant que l'Amérique leur ouvrirait bientôt les bras. Beaucoup d'Italiens, d'Irlandais, d'immigrants d'Europe de l'Est faisaient ainsi partie du voyage, avec interdiction de se mêler aux passagers de deuxième et de première classe. La plupart appartenaient aux couches pauvres de la population de leur pays et, chassés par la misère, tentaient leur chance outre-Atlantique dans l'espoir de s'y implanter et de démarrer une nouvelle existence.

*

Le *Titanic* appareilla de Cherbourg à vingt heures dix pour le port de Queenstown[1], en Irlande, où il arriva le lendemain à onze heures trente. Deux heures plus tard, il commençait sa traversée de l'Atlantique.

Fatiguée par le trajet, Emma ne dormit pas très bien au cours de sa première nuit à bord. Pourtant elle bénéficiait d'une cabine bien plus confortable que celles des navires de l'époque. Décorée dans le pur style Louis XVI, avec lambris blancs rehaussés de dorures et de soie damassée, elle comprenait une chambre et un salon, et était dotée d'un mobilier digne des plus grands hôtels du continent. Le lit était en cuivre recouvert d'un édredon en plume d'oie et dentelle, le canapé était pourvu de coussins roses enveloppés de satin pastel, une table et des chaises du même style permettaient de prendre ses repas sur place après en avoir averti le steward de service. Tout était prévu pour que la riche bourgeoisie ne soit pas dépaysée et ne se sente pas à l'étroit dans l'espace de vie qui lui était réservé.

Julie s'extasiait devant le luxe ostentatoire qui l'entourait.

« Je n'aurais jamais imaginé qu'un navire de croisière puisse offrir autant de confort ! répétait-elle à l'envi. Ce *Titanic* est un véritable palace flottant ! »

1. Aujourd'hui Cobh.

Elle allait et venait de sa cabine à celle de sa sœur, comparait le mobilier, la décoration, les commodités mises à la disposition des passagers. Elle ne cessait de remercier Florian de l'avoir invitée à son voyage de noces et se pendait à son cou chaque fois qu'elle découvrait une autre merveille. Emma se moquait d'elle, lui rappelait comment, jadis, quand elles n'étaient que des enfants, elle finissait par agacer leurs amis à vouloir toucher à tout, à prouver qu'elle savait tout et que rien n'était trop beau pour elle.

— Ce n'est pas tous les jours qu'on se rend en Amérique ! lui répondit-elle, tout en regardant Florian. Tu me sembles bien blasée ! Il est vrai que tu as plus l'habitude que moi de vivre dans le luxe !

Julie se montrait parfois maladroite et trahissait par mégarde la jalousie qu'elle éprouvait vis-à-vis de sa sœur. Emma avait réussi sa vie conjugale par deux fois, même si elle avait déjà affronté les affres du veuvage. Aujourd'hui, à vingt-cinq ans, elle n'avait pas le droit de se plaindre, estimait Julie. Aussi, devant le manque d'enthousiasme de sa jumelle, elle ne se retenait pas de lui adresser des remarques désobligeantes.

Florian, percevant une légère animosité entre les deux sœurs, prit la défense de sa femme et tenta de calmer l'excitation de Julie :

— Emma n'a jamais été très expansive, tu le sais aussi bien que moi. Mais elle apprécie autant que toi ce que nous vivons. Cette croisière marquera nos esprits pendant longtemps. Je souhaite qu'elle soit pour tous les trois le départ d'une vie nouvelle.

À l'image de tous ces malheureux migrants qui voyagent avec nous et espèrent en un avenir meilleur, quand nous rentrerons chez nous j'aimerais que nous nous souvenions effectivement que nous sommes des privilégiés et que nous devons demeurer humbles et modestes devant les richesses de ce monde. Ce luxe autour de nous ne doit pas nous éblouir mais nous inciter à la réflexion.

Julie écoutait Florian comme s'il discourait devant ses électeurs. Il avait parlé sur un ton grave et ne souriait pas. Au fond de lui, il devinait sa femme chagrinée par les allégations de sa sœur.

— Bon, coupa-t-il, cela étant précisé, pensons aux réjouissances.

Consultant sa montre à gousset, il déclara :

— C'est l'heure d'aller se restaurer.

Malgré l'état de fatigue d'Emma, il proposa, une fois les côtes irlandaises disparues à l'horizon, de tenter de rejoindre son « ami sénateur », comme il le désignait pour simplifier les choses.

— Nous le retrouverons sans doute dans la salle à manger, supposa-t-il.

Emma avait la nausée.

— Le mal de mer, s'excusa-t-elle. Je n'ai pas très faim. Allez-y sans moi.

Florian refusa d'abandonner sa femme et se fit apporter leur repas en cabine.

— Ce soir, alors ? suggéra-t-il. Quand ton malaise aura passé.

Julie ne dit rien et se conforma à sa décision.

*

Vers dix-huit heures, Emma se sentant mieux, ils se dirigèrent vers le grand escalier en empruntant le pont des embarcations qui servait également de promenade pour les passagers de première classe.

Emma remarqua la lignée de canots de sauvetage, tous solidement amarrés. Le paquebot en comptait seize, auxquels s'ajoutaient quatre canots repliables. L'ensemble pouvait embarquer mille cent soixante-dix-huit passagers. Ce nombre était inférieur à celui des personnes montées à bord. Le constructeur s'était en effet persuadé qu'en cas d'avarie majeure les vingt canots de sauvetage seraient largement suffisants pour effectuer les allers-retours entre le navire et celui qui viendrait à son secours. De plus, le *Titanic* était dit insubmersible.

La salle à manger de première classe se situait sur le pont D, deux niveaux en dessous. Elle constituait à elle seule une véritable attraction. De style jacobéen, elle pouvait accueillir jusqu'à cinq cent cinquante-quatre convives et permettait à ceux qui recherchaient un peu d'intimité de disposer de tables isolées. Décorée de boiseries blanches, elle donnait sur l'extérieur par des hublots masqués de vitraux afin de créer l'illusion de se trouver à l'intérieur d'une maison et non d'un navire en pleine mer. Elle était précédée d'un salon de réception dans le même style, agrémenté d'un piano.

Quelques passagers se dirigeaient déjà vers ce lieu emblématique du navire, quand tout à coup retentit un air de clairon. Avant chaque repas, le steward Peter W. Fletcher était chargé de passer d'un pont à l'autre en jouant au clairon *The Roast Beef of Old England* – l'air traditionnellement joué à bord des paquebots de la White Star Line – pour appeler les croisiéristes de chacune des trois classes à gagner leurs salles à manger respectives.

— On se croirait à l'armée ! s'esclaffa Julie. Décidément, ces Anglais sont des gens très particuliers !

Le dîner était le grand moment de la soirée. Pour l'occasion, les passagers revêtaient leurs plus beaux habits pour faire honneur au commandant Edward Smith, qui présidait le repas de sa table centrale. Chaque soir, cinq heureux élus étaient invités à ses côtés sous les regards envieux des autres passagers.

Florian convia Emma et Julie à prendre place, quand il vit arriver Charles Peretti en compagnie d'une femme, d'une jeune fille de seize à dix-sept ans et d'un garçon un peu plus âgé. Il hésita à s'avancer vers lui. Mais le sénateur l'aperçut à son tour et, incrédule, l'interpella :

— Nozière ! Vous ici ! Quelle bonne surprise ! Si je m'attendais…

Déjà assises, Emma et Julie se relevèrent pour les présentations.

— Vous effectuez aussi cette merveilleuse croisière ? poursuivit Peretti.

Puis s'adressant à Emma et à Julie :

— Mes hommages, mesdames.

— Ma femme, Emma, précisa Florian. Et sa sœur, Julie.

Le sénateur ne put dissimuler son étonnement.

Julie ajouta :

— Nous sommes jumelles.

— Je vous présente Louise, mon épouse, et nos enfants, Élise et Adrien.

Une fois les présentations terminées, le sénateur proposa à Florian de manger tous ensemble. Florian accepta volontiers, après avoir consulté discrètement Emma du regard.

Sur leur table, un grand vase de jonquilles aussi fraîches que si elles venaient d'être cueillies attira l'attention de Louise Peretti.

— Cette croisière s'annonce sous d'excellents auspices, releva-t-elle. Ces Anglais n'ont pas leurs semblables pour nous rendre la traversée la plus agréable possible. Quel savoir-vivre, n'est-ce pas ?

Mal à l'aise, Emma peinait à alimenter la conversation. Julie, en revanche, se montra plus volubile et accapara le sénateur.

À la fin du repas, Peretti convia Florian au salon attenant pour discuter de l'ambiance qui régnait à l'Assemblée depuis la dernière session parlementaire.

— Nos épouses auront sans doute beaucoup de choses à se raconter, suggéra-t-il, n'est-ce pas, mesdames ? Entre femmes… (Puis, sans cesser de regarder Julie dans les yeux :) Demain soir, pour le dîner, je vous invite au restaurant plutôt qu'ici à la salle à manger. Le Restaurant à la Carte est une merveille, d'après ce que j'ai entendu dire. Nous y serons plus tranquilles et la cuisine y est des plus soignées.

Voyant qu'Emma ne montrait pas beaucoup d'enthousiasme, Florian s'apprêtait à décliner l'invitation, mais Julie ne lui en laissa pas le loisir :

— Oh, avec plaisir, Charles ! Vous permettez que je vous appelle Charles ? Entre gens du même voyage, au diable les convenances surannées !

La gaieté et la spontanéité de Julie plaisaient au sénateur. L'homme passait dans les travées du Palais du Luxembourg pour un coureur de jupons. Aussi la désinvolture de Julie ne lui était-elle pas indifférente.

— À demain soir, donc ! fit-il en s'adressant à elle. (Puis en aparté à Florian :) Mon cher, votre belle-sœur est une bien charmante personne !

Comme prévu, ils se revirent le lendemain, troisième jour de la traversée. Le paquebot avait effectué plus de sept cents milles[1]. Peu avant vingt heures, les Nozière et les Peretti prenaient l'apéritif dans le salon d'accueil du Restaurant à la Carte.

Le *Titanic* reçut alors un message du navire la *Touraine* lui signalant un brouillard dense, la présence d'une épaisse couche de glace et des icebergs en plusieurs endroits de l'Atlantique Nord.

À bord, l'ambiance était à la fête autant dans les salles à manger de première et deuxième classe que dans celle de troisième classe, où régnait une grande effervescence chez les passagers, tous heureux à

1. Soit plus de mille trois cents kilomètres.

l'idée de débarquer bientôt dans ce qu'ils espéraient être un nouvel Eldorado.

Le Restaurant à la Carte était l'un des lieux les plus majestueux du navire. Les passagers l'appelaient le Ritz. Décoré dans le style Louis XVI, il était éclairé par de larges baies vitrées. Les tables étaient joyeusement garnies de roses et de marguerites blanches. Les fauteuils étaient confectionnés dans le même noyer français que celui des murs lambrissés. Ceux-ci étaient recouverts de tapisseries d'Aubusson aux tons sobres représentant un treillage de roses. Les violons de l'orchestre jouaient des airs de Puccini et de Tchaïkovski. Les dîners étaient somptueux. On y servait caviar, homards, cailles d'Égypte, œufs de vanneaux. Le chef cuisinier, Luigi Gatti, y proposait une cuisine française de haute qualité et était entouré d'une soixantaine de collaborateurs.

Les yeux de Julie brillaient de mille feux. Elle ne pouvait s'empêcher de s'extasier, ne prêtant aucune attention aux regards amusés de Louise et de ses enfants.

Si Florian paraissait absorbé par la conversation du sénateur, Emma de son côté s'ennuyait profondément. Décidément, ce monde-là lui était complètement étranger ! Elle commençait à regretter d'avoir accepté cette croisière. Dans la journée, elle n'avait pas cessé d'observer les gens autour d'elle au cours de ses promenades sur les ponts en compagnie de Florian, Julie étant partie seule à la découverte des multiples installations mises à la disposition des croisiéristes. Les femmes rivalisaient d'élégance, affichant leurs plus belles robes et manteaux à col de vison. Les hommes n'étaient pas en reste et s'affichaient parfois dans des tenues plus décontractées, à la dernière mode du *sportswear* venu d'Amérique. Le paquebot en effet était doté de salles de sport, d'une piscine chauffée et de bains turcs.

Emma s'efforça néanmoins de paraître intéressée par la conversation futile de Louise Peretti. Celle-ci ne parlait que de haute couture, des relations haut placées de son mari, des fréquentations de ses enfants, qu'elle prenait à témoin. De son côté, Julie semblait vivre sur un nuage.

À la fin du repas, Emma se prétextant fatiguée, Florian refusa d'aller boire un dernier verre au Café parisien qui communiquait directement avec le Restaurant à la Carte.

— Ce sera pour une prochaine fois, s'excusa-t-il auprès du sénateur. La croisière n'est pas encore terminée. Il nous reste cinq bonnes journées avant notre arrivée.

*

Les jours suivants se succédèrent avec le même rituel, rythmé par les repas, moments clés de la journée. Si Julie ne se lassait pas de déambuler à travers le navire, passant d'un pont à l'autre, utilisant les coursives, les escaliers et les ascenseurs pour rejoindre les salles où les passagers pouvaient se distraire ou se reposer, Emma commençait à trouver le temps long.

— Tu as l'air de t'ennuyer, remarqua Florian. Tout compte fait, ce n'était pas une idée très judicieuse de t'offrir cette croisière en guise de voyage de noces. Pardonne-moi, ma chérie, de m'être trompé à ce point. J'aurais dû me douter que ce monde n'était pas le tien. Ni le mien, d'ailleurs. Seule Julie semble apprécier.

— N'aie aucun regret. C'est une bonne expérience. Cela nous aura au moins permis de prendre conscience que l'argent rend les gens superficiels !

— Ce qui nous attend à New York sera tout différent.

— J'en suis certaine.

Emma se serra dans les bras de Florian.

— J'ai hâte d'arriver.

— Ce ne sera plus très long. Dans quelques jours, nous parviendrons à bon port.

Dans la nuit du 13, le commandant Smith avait reçu un message du *Rappahannock* lui signalant la présence de plusieurs icebergs sur sa route ainsi qu'un épais champ de glace. Il en aurait fallu plus pour le perturber.

Les passagers, quant à eux, poursuivaient dans la joie leur croisière à destination du Nouveau Monde.

7

Le drame

Nuit du 14 au 15 avril 1912

Le *Titanic* avait parcouru mille quatre cent cinquante et un milles[1] et se trouvait au large de Terre-Neuve. Des avis de glace avaient été signalés depuis la veille. En ce cinquième jour de traversée, vers vingt heures, le commandant Smith avait reçu plus d'une dizaine de messages d'alerte, mais ne s'en était pas inquiété.

Une demi-heure plus tard, il sortit sur le pont et, s'adressant au deuxième officier Lightoller, lui fit remarquer que le froid s'était intensifié. Ensemble, ils évaluèrent à quel moment le navire risquait de frôler la banquise.

— Si vous avez le moindre doute, ordonna le commandant, prévenez-moi sans tarder.

Puis il quitta la passerelle pour se rendre au Restaurant à la Carte, où il était attendu.

1. Très exactement deux mille six cent quatre-vingt-sept kilomètres.

Lightoller avait prévu d'atteindre la zone d'icebergs vers vingt-trois heures. Quand son quart fut terminé, il céda la place au premier officier William Murdoch, tandis que les vigies effectuaient à leur tour leur relève avec comme seule consigne de surveiller la possible apparition de *growlers*, des petits icebergs.

À l'extérieur, la température était négative. La nuit profonde. La visibilité réduite.

— Si seulement on avait nos jumelles, se plaignit Frederick Fleet, l'un des deux guetteurs installés dans le nid-de-pie du mât avant. On y verrait mieux.

— Impossible de mettre la main dessus, lui répondit son collègue, Reginald Lee Robinson. Quelqu'un a dû les emprunter et ne les a pas remises à leur place.

Le paquebot filait à plus de vingt-deux nœuds.

À l'intérieur, au Restaurant à la Carte, un dîner était offert par George et Eleanor Widener en l'honneur du commandant Smith. George Widener était l'une des plus grosses fortunes de Philadelphie, le propriétaire d'une compagnie de tramways. Charles Peretti avait été convié en tant que représentant de la France sur le navire. Il n'avait pas hésité une seconde à accepter la chaleureuse invitation et avait obtenu d'y assister en compagnie de son ami Nozière et de sa famille. Mais ni Florian ni Emma n'eurent envie de participer à ce dîner exceptionnel qui menaçait de s'éterniser et d'être des plus ennuyeux, selon ce qu'en pensait Florian. Emma lui en sut gré. Mais Julie marqua aussitôt son désaccord :

— Tu aurais pu me demander mon avis ! répliqua-t-elle, en colère, quand Florian lui annonça la décision qu'il avait prise en leurs noms.

— Nous dînerons dans la salle à manger. Ce sera moins guindé, lui répondit Florian.

Julie bouda toute la soirée, déçue de ne pouvoir paraître dans la haute société en compagnie des plus grandes célébrités de la croisière.

Pourtant, dans la salle à manger, l'ambiance était également à la fête.

Comme chaque soir, les passagers savouraient les derniers instants du dîner. Beaucoup avaient déjà regagné la salle de réception voisine située au pied du grand escalier. Ses murs blancs décorés de moulures, son sol recouvert d'une épaisse moquette colorée en faisaient un endroit chaleureux où l'on se regroupait volontiers entre amis. Le mobilier en rotin donnait une touche d'exotisme et la présence de l'orchestre, dans l'espace qui lui était réservé à tribord, attirait les nombreux amateurs de musique. Après la prestation du quintet auquel se joignaient souvent trois musiciens supplémentaires, les spectateurs se dispersaient généralement dans les autres salons pour poursuivre leurs conversations.

Ce soir-là, Florian dîna seul avec Emma, Julie ayant commandé son repas en cabine. Ils se réfugièrent ensuite dans le salon de réception pour écouter l'orchestre du paquebot et savourer les morceaux inscrits au programme. Emma était férue de musique et ne manquait aucune représentation de l'orchestre. Julie, quant à elle, n'appréciant ni le piano ni le violoncelle, trouvait toujours une excuse pour échapper à ces intermèdes musicaux qu'elle jugeait rébarbatifs.

« Nous sommes ici pour nous amuser ! prétextait-elle pour ne pas suivre Florian et Emma. Moi je préfère tenter ma chance au jeu. »

Les distractions à bord étaient relativement réduites : pas de salle de bal, pas de casino, pas de spectacles. Les hommes jouaient aux cartes, aux échecs, aux dames ou aux dominos, ou fréquentaient la salle de squash, les plus sportifs la piscine ou le gymnase, doté d'équipements considérés comme les plus modernes de leur époque. Les femmes bavardaient entre elles au cours de promenades sur les ponts aménagés ou restaient assises dans les transats réservés à leur nom derrière les verrières du pont A, emmitouflées sous des couvertures. Elles pouvaient aussi passer du bon temps dans la boutique du salon de coiffure ou prendre le thé dans les salles de réception et au Café parisien.

En fin de soirée, Julie s'y rendit. Charles l'avait invitée à boire un verre après le repas de réception auquel, donc, elle ne participa pas. C'était le lieu le plus apprécié des jeunes passagers de première classe, un endroit chic mais décontracté, l'exacte réplique d'un café de boulevard de la capitale, sous l'apparence d'une charmante véranda ensoleillée le jour, très chaleureuse le soir, avec ses fauteuils confortables disposés autour de petites tables accueillantes.

Parfois Charles l'entraînait au fumoir en compagnie de son fils, bien que cet endroit du navire fût réservé aux hommes. Le steward qui en contrôlait l'accès la laissait entrer, moyennant un billet conséquent que le sénateur lui glissait dans la main. Julie en effet avait confié à Charles Peretti son amour du jeu. Or le fumoir était le lieu de rendez-vous des joueurs. Tous les jours, on y pariait des sommes importantes sur la position du navire. Des tricheurs professionnels étaient présents à bord et sévissaient aux risques et périls des naïfs et des imprudents. Julie regardait le sénateur et son fils jouer et parier, et se réjouissait de les voir gagner. Quand ils perdaient, ils la rassuraient en lui certifiant que cela ne les empêcherait pas de dormir. Julie appréciait cette façon désabusée qu'avait le sénateur de considérer les choses de la vie et, en regard, finissait par trouver son beau-frère ennuyeux car trop sérieux.

Assise dans un coin discret du café, elle attendait le sénateur et sa famille. Elle commençait à s'impatienter. Le dîner de gala donné en l'honneur du commandant Smith traînait en longueur. Le café fermait dans une demi-heure, à vingt-trois heures.

Il a dû m'oublier, pensa-t-elle.

De guerre lasse, elle rejoignit sa cabine et, morose, se mit au lit avec un bon livre.

De leur côté, Florian et Emma s'attardaient sur le pont véranda d'où, chaudement vêtus, ils contemplaient la nuit d'ébène dans laquelle s'enfonçait le *Titanic*.

*

Ils allèrent se coucher peu avant vingt-trois heures. En première comme en deuxième et en troisième classe, la plupart des passagers avaient rejoint leurs cabines et s'apprêtaient à passer une nuit tranquille. Les cœurs étaient encore à la fête. Les uns – les plus aisés – avaient abondamment bu et mangé, les autres – ceux des couches populaires – chanté des airs du pays dans l'espoir d'une vie nouvelle.

À vingt-deux heures cinquante-cinq précisément, le *Californian* annonça sur les ondes qu'il était prisonnier des glaces à vingt milles[1] au nord du *Titanic*. Son message fut intercepté par le radiotélégraphiste de ce dernier, Jack Phillips, qui répondit sans s'affoler, afin qu'on lui laisse la ligne libre :

« Taisez-vous[2] ! Je suis en communication avec Cape Race. »

L'obscurité s'épaississait. Les deux guetteurs scrutaient la nuit noire qui enveloppait le paquebot. Leurs jumelles leur faisaient cruellement défaut.

Florian ne s'était pas endormi. À ses côtés, Emma avait sombré dans un profond sommeil sous l'effet d'un somnifère qu'elle avait pris comme chaque soir depuis sa première nuit à bord. Malgré le silence

1. Soit trente-sept kilomètres.

2. L'utilisation des mots *Shut up !* (« Taisez-vous ! ») était une formule courante parmi les opérateurs radio pour demander – poliment – à leurs collègues sur les autres navires de leur laisser la ligne.

relatif qui régnait dans la cabine, elle ne parvenait pas à se détendre et à s'assoupir normalement. Ils n'avaient pas vu Julie de la soirée. Celle-ci, vexée d'avoir attendu en vain le sénateur au Café parisien, remâchait encore sa rancœur quand elle entendit sa sœur et son beau-frère rentrer à leur tour dans leur appartement.

À vingt-trois heures quarante, le guetteur Frederick Fleet aperçut dans le brouillard une gigantesque masse sombre à moins de cinq cents mètres. Il ne lui fallut que quelques secondes pour réaliser.

Il sonna trois fois la cloche et téléphona à la passerelle :

— Iceberg droit devant ! Environ trente mètres de haut !...

L'officier de quart, William Murdoch, tenta alors de faire virer le navire vers bâbord. Il ordonna de stopper les machines[1].

Quelques secondes plus tard, le *Titanic* vira mais heurta l'iceberg par tribord.

Florian entendit un bruit sourd, comme venu des profondeurs, mais ne s'en inquiéta pas. À ses côtés, Emma dormait profondément. Julie, elle, s'était plongée dans la lecture d'un roman. Les hommes d'équipage situés sur les ponts supérieurs ressentirent seulement des vibrations anormales. En revanche, dans le ventre du navire, les mécaniciens étaient déjà les pieds dans l'eau et essayaient de s'enfuir.

1. Il y a débat sur l'ordre exact donné par William Murdoch.

Les rivets des plaques d'acier constituant la coque avaient cédé sous le choc. Réveillé par la collision, le commandant Smith se précipita sur la passerelle pour examiner la situation avec Murdoch.

Rassuré sur l'état des lieux fourni par son quatrième officier qu'il avait dépêché pour vérifier les dégâts apparents, par mesure de précaution il appela Thomas Andrews, l'architecte du paquebot. Ensemble ils partirent inspecter les endroits endommagés et découvrirent que la salle de tri postal était inondée.

— Cela prouve que cinq compartiments sont remplis d'eau, s'alarma Andrews. L'eau est montée de plus de quatre mètres dans les parties basses du navire. Or celui-ci ne peut flotter qu'avec au maximum quatre de ses compartiments immergés. Nous allons faire naufrage.

— En clair, de combien de temps disposons-nous pour évacuer tout le monde ?

— Une heure. Deux, tout au plus.

Smith se précipita dans la salle de radio et ordonna de lancer un signal de détresse, puis de rassembler tous les passagers sur le pont des embarcations et de sortir les listes d'affectation pour chaque canot de sauvetage.

Le paquebot piquait de l'avant.

Dans leurs cabines, les passagers encore éveillés ne se rendaient compte de rien.

Florian fut très vite alerté. Dans les coursives, les stewards se démenaient, demandant aux passagers de mettre des vêtements chauds et un gilet de sauvetage, puis de se rassembler sur le pont des embarcations.

Sans perdre un instant, Florian secoua Emma.

— Emma, réveille-toi ! Il se passe quelque chose d'anormal. Dépêche-toi !

Julie frappait à la porte de leur appartement, affolée.

Florian lui ouvrit aussitôt. Devant lui, des passagers obéissaient tranquillement aux ordres des stewards. Ceux-ci, pour ne pas les effrayer, expliquaient qu'il s'agissait d'un exercice de sécurité. Certains même plaisantaient.

— Qu'y a-t-il, Florian ? J'ai peur.

Florian rassura sa belle-sœur et lui conseilla d'aller se vêtir chaudement et de le suivre. Emma, encore tout ensommeillée, avait déjà obtempéré et patientait, l'air quelque peu perplexe.

En première classe, seuls quelques passagers se dirigeaient vers le pont des embarcations, les autres ne paniquaient pas et restaient à l'intérieur, ne se doutant pas du danger.

Dehors en effet la température était tombée de plusieurs degrés au-dessous de zéro. De nombreux passagers s'étaient réfugiés dans le grand salon où, obéissant aux recommandations du commandant, les huit musiciens de l'orchestre continuaient de jouer, imperturbables, afin de ne pas ajouter à la panique. De même, le gymnase avait été pris d'assaut. Les passagers s'y pressaient pour demeurer au chaud avant de monter dans les canots.

Vers minuit et demi, le commandant intima l'ordre d'évacuer les femmes et les enfants d'abord. Un quart d'heure plus tard, le premier canot fut affalé avec vingt-huit passagers alors qu'il pouvait en contenir soixante-cinq.

Florian accompagna Emma et Julie sur le pont des embarcations, côté bâbord, où donnaient leurs cabines. Alors que la plupart des passagers ne croyaient pas encore à une catastrophe imminente, convaincu du danger il ne souhaitait pas attendre d'en savoir plus pour agir.

Les premiers canots quittaient le *Titanic* à intervalles réguliers, sans jamais être pleins. À bâbord, l'officier Lightoller et le commandant Smith ne faisaient monter que les femmes et les enfants.

Quand il put s'approcher d'un canot, Florian, tenant Emma par la main et suivi de Julie, qui était la plus affolée des trois, leur déclara d'un ton solennel :

— Il n'y a pas un instant à perdre. Partez. Je vous rejoindrai plus tard. On se retrouvera sur le navire qui viendra à notre secours.

La panique se répandait parmi les passagers qui s'étaient précipités sur le pont. La bousculade rendait l'embarquement chaotique et dangereux. Dans le ciel crépitaient des fusées de détresse. De puissants jets de vapeur étaient expulsés des cheminées, engendrant un bruit assourdissant. Les chauffeurs avaient purgé les chaudières pour éviter que celles-ci n'explosent sous l'effet du choc thermique.

Emma refusa de monter dans un canot sans Florian. Ce dernier insista et lui demanda de s'occuper de sa sœur.

— Ne la perds pas des yeux ! Elle est complètement terrorisée.

Julie ne cessait de s'apitoyer sur son sort et poussait les autres passagers devant elle pour grimper le plus vite possible dans une embarcation.

— Emma, je compte sur toi, poursuivit Florian. Ne crains rien. Tout se passera bien.

— Monsieur, veuillez vous écarter, lui ordonna alors l'officier Lightoller. Votre tour viendra bientôt.

Florian obtempéra et, refoulé par les femmes et les enfants qui s'étaient agglutinés autour de lui, finit par perdre de vue Emma et sa belle-sœur.

Il alla se réfugier dans le grand salon, où l'orchestre continuait de jouer.

Les passagers de troisième classe affluaient sur le pont des embarcations, l'eau ayant envahi cabines et coursives dans la proue du navire.

Florian entendit trois coups de feu tirés en l'air. Un officier, débordé, avait usé de son arme pour calmer les passagers de plus en plus paniqués qui se bousculaient autour de lui. Dans la nuit noire, c'était le sauve-qui-peut !

Les canots, affalés les uns après les autres, s'éloignaient peu à peu de la coque du *Titanic*. Ce dernier piquait de plus en plus de l'avant. L'eau atteignait le pied du grand escalier et s'engouffrait à présent dans les coursives et les cabines des premières classes. La grande verrière explosa.

Florian ressortit sur le pont des embarcations et parvint à grimper dans le canot n° 11 avec soixante-dix autres personnes. L'officier Murdoch, en effet, autorisait les hommes à embarquer en même temps que les femmes et les enfants, pour compenser le faible nombre de passagers acceptant de monter dans un canot, malgré le danger imminent.

Alors qu'il s'éloignait du paquebot, Florian, hébété et transi comme la plupart des rescapés, assista aux derniers instants du fabuleux paquebot. Il restait à bord de très nombreux passagers qui avaient trop traîné pour quitter le navire. Aux environs de deux heures du matin, la proue plongea rapidement dans les flots. Les hélices commencèrent à émerger. La timonerie fut submergée. Le spectacle était hallucinant. Florian perçut un bruit sourd. Le navire se déchirait en deux sous l'effet des trop fortes pressions exercées sur sa coque. En l'espace de quelques minutes, la poupe s'éleva dans le ciel étoilé. L'éclairage vacilla et, en quelques secondes, s'éteignit totalement. La partie arrière du paquebot se dressa à la verticale, puis, lentement, s'enfonça dans les profondeurs pour disparaître à jamais de la surface de l'eau, sous les yeux effarés des survivants, emportant avec elle mille cinq cent deux victimes.

De son canot, Florian entendait les cris d'agonie des centaines de malheureux se débattant dans les eaux noires et glaciales de l'océan.

*

À trois heures et demie, de leurs canots, les naufragés aperçurent au loin les fusées tirées par le *Carpathia*, paquebot transatlantique de la compagnie britannique Cunard Line, venu au secours du *Titanic*. Le premier canot fut repêché quarante minutes plus tard.

Florian était mort d'inquiétude depuis qu'il avait laissé Emma et Julie. Il dut encore patienter quelques heures avant d'être hissé à bord du *Carpathia* avec les autres rescapés de son canot. Il y fut immédiatement pris en charge. Mais, étant donné l'effervescence qui régnait autour de lui, il ne trouva ni sa femme ni sa belle-sœur.

Un officier le rassura :

— Si votre femme et sa sœur ont été sauvées, vous les reverrez quand nous arriverons à New York. Les familles seront réunies.

Le dernier canot fut secouru à huit heures trente. Le *Carpathia* quitta alors les lieux du drame et mit le cap sur New York après avoir embarqué à son bord sept cent cinq rescapés.

Il accosta au quai 54 de la White Star Line, le jeudi 18 avril au soir.

Une foule de trente mille personnes s'était amassée près du port à l'annonce de son arrivée. Parents, amis, journalistes, curieux attendaient les malheureuses victimes de la tragédie.

Encore sous le choc, Florian aspirait à débarquer pour retrouver Emma et Julie au plus vite. Comme la plupart des naufragés, il était épuisé par les quatre jours supplémentaires d'une traversée difficile à travers la banquise, le brouillard, les orages et la mer agitée, et dans des conditions beaucoup moins confortables que celles du *Titanic.*

Il posa enfin le pied sur le sol américain vers vingt et une heures trente, sous une pluie battante. Sa première préoccupation fut d'aller aux renseignements. Mais on l'amena d'abord au Jane Hotel, à deux pas du quai 54, où les autorités de la ville avaient prévu d'héberger les survivants du naufrage. Quelques-uns furent néanmoins accueillis par leurs familles, d'autres – des premières classes – regagnèrent leurs domiciles par trains privés.

Arrivé parmi les premiers, il se posta dans le hall de l'hôtel dans l'espoir de voir apparaître Emma et Julie. Les heures passaient.

Florian craignait le pire.

Le personnel de l'hôtel était dans l'incapacité de lui donner la moindre information. L'effervescence était à son comble. Les journalistes couvrant l'événement ne cessaient de courir partout.

— Il faut attendre que la liste des survivants soit publiée, lui apprit-on. Soyez patient.

Il finit par s'endormir, affalé dans un fauteuil, face à la porte principale de l'hôtel.

Les rescapés se succédaient, tous aussi anéantis les uns que les autres.

Dans un sursaut de conscience, Florian se réveilla brusquement. Devant lui, un groupe de femmes venait de pénétrer dans l'hôtel. Il se frotta les yeux comme pour mieux y voir. Aperçut Emma, le teint blafard, les cheveux défaits, portant un pantalon d'homme et sur les épaules une grosse vareuse.

Il bondit hors de son fauteuil. Se précipita vers elle, bousculant d'autres malheureuses au passage.

— Eh, faites donc attention où vous mettez les pieds ! lui hurla une grosse femme à la voix rauque.

Il ne prit pas le temps de s'excuser et s'écria, tout à sa joie :

— Emma, Emma ! Mon amour ! Tu es saine et sauve !

Emma, surprise, le regarda en écarquillant les yeux. Puis, souriant à peine, s'effondra en larmes.

— Je suis vivante… Vivante ! Oh, mon chéri, comme je suis soulagée !

Les premières effusions passées, Florian l'emmena à l'écart et s'étonna :

— Tu es bizarrement habillée !

— Quand le canot a touché la surface de l'eau, il a vacillé et s'est rempli d'eau. Nous avons tous été trempés. On était gelés. On nous a remis des habits de rechange sur le bateau.

— Et Julie ? Elle n'est pas avec toi ?

Emma se rembrunit, essuya les larmes sur ses joues.

— Mon Dieu ! C'est horrible !

Florian l'étreignit et l'invita à s'isoler pour entendre ses explications.

— Alors, que lui est-il arrivé ?

Emma prit une longue inspiration :

— Au moment où nous allions embarquer sur le canot de sauvetage, Julie a voulu retourner dans sa cabine, où elle avait oublié ses bijoux. Je l'ai implorée de ne pas me laisser seule, j'étais morte de peur à l'idée de monter dans le canot. Il ballottait dans tous les sens et, dessous, il y avait un vide de plusieurs mètres. Elle ne m'a pas écoutée, prétextant qu'elle aurait vite fait. Mais autour de nous les femmes et les enfants se bousculaient. Elle s'est éloignée malgré mes supplications. J'ai attendu le plus longtemps possible. Puis l'officier de pont m'a obligée à grimper dans le canot... J'avais espoir de la retrouver avec toi, une fois débarquée...

Florian fronça les sourcils.

— Je ne l'ai pas aperçue sur le *Carpathia.*

— Elle peut encore arriver !

Florian et Emma furent hébergés dans une chambre de l'hôtel mise à leur disposition.

Ils patientèrent plusieurs jours. Sans nouvelles de Julie.

Quand la liste des rescapés fut publiée, ils constatèrent avec consternation qu'elle n'y figurait pas.

Effondrés, ils prirent le chemin du retour sur un paquebot affrété par la White Star Line et regagnèrent Aigues-Mortes, le cœur endeuillé.

DEUXIÈME PARTIE

8

Retour à la vie

1912-1914

Le drame qui affecta la famille Nozière fut abondamment commenté dans la presse. Les articles sur le naufrage du *Titanic* firent la une de tous les journaux nationaux et régionaux. Il y fut fait mention en particulier de la tragédie du sénateur Charles Peretti, disparu avec femme et enfants.

Jean Delattre fut effondré en apprenant la mort de sa fiancée. Incrédule, il accourut aux Salicornes et demanda à rencontrer Florian et Emma. Florian était déjà reparti dans la capitale pour reprendre ses fonctions parlementaires. Emma le reçut seule, encore sous le choc de la tragédie.

Il trouva une jeune femme déterminée, et décidée à surpasser l'horreur qu'elle avait vécue. Emma lui parut plus forte qu'il ne l'aurait imaginé. La disparition de sa sœur ne l'avait pas anéantie. Elle affrontait son destin dans la dignité.

— Nous devons réagir avec courage, lui dit-elle. Ce que nous avons traversé, Florian et moi, nous ne le souhaitons à personne. Je compatis à ta douleur, Jean. Je sais que tu aimais éperdument Julie. Toutefois, te laisser engloutir par le chagrin ne la fera pas revenir. Tu es jeune. Tu as toute la vie devant toi.

Les paroles d'Emma émurent Jean mais l'étonnèrent. Il ne l'imaginait pas aussi fataliste devant la mort de sa sœur. Certes, elle pouvait remercier le ciel d'avoir été sauvée avec son mari d'une si terrible épreuve, mais, face à la perte d'un être cher qui la touchait une fois encore, il s'attendait à ce qu'elle soit complètement terrassée.

— Je ne l'oublierai jamais. Chaque matin, elle était mon rayon de soleil. Elle était toujours de bonne humeur, ne se plaignait jamais. Elle était une femme libre, amoureuse de la vie. Ce n'est pas juste ! J'espérais qu'elle accepterait de m'épouser. J'aurais patienté plusieurs années si elle me l'avait demandé. Je ne l'aurais jamais brusquée. Je la respectais trop.

Emma se troubla. Les confidences de Jean la touchaient droit au cœur. Pour un peu, elle se serait précipitée dans ses bras pour le réconforter.

Elle se contrôla.

— Ne t'apitoie pas sur ton sort, Jean. Julie nous voit, de là-haut. Elle n'aimerait pas nous entendre la pleurer. Tu la connaissais presque aussi bien que moi. Elle n'était pas du genre à s'attendrir sur ses propres malheurs. Alors, rendons-lui grâce en gardant seulement d'elle les plus beaux souvenirs qu'elle nous a laissés, ceux d'une jeune femme moderne et émancipée, croquant la vie à pleines dents sans jamais hésiter devant les obstacles qui se dressaient sur sa route. Elle ne renonçait jamais… Elle ne me ressemblait pas, sur ce point !

— Pourquoi dis-tu cela ?

— Si je n'avais pas rencontré Florian, je serais demeurée veuve le restant de mes jours. C'est lui qui m'a sortie du chagrin dans lequel je me complaisais. Je l'avoue.

Emma prononça ces dernières paroles sur un ton affirmé, comme pour se faire violence. Jean la découvrait déterminée. Il s'en réjouit et lui jura de réagir comme elle.

— Reviens aux Salicornes quand tu le souhaiteras, lui proposa-t-elle. Tu seras toujours le bienvenu.

— Je ne te le promets pas, lui répondit-il. Je crains que le souvenir de Julie ne me hante trop longtemps si je ne coupe pas rapidement les liens qui nous unissaient.

— Je te croyais plus fort !

Jean perçut de la déception dans la voix d'Emma.

— Et moi, je te croyais plus vulnérable ! répliqua-t-il. Je me trompais. Je pars rassuré.

Jean prit congé.

En s'éloignant des Salicornes, il avait conscience qu'il n'y retournerait plus.

Un pan de sa vie venait de s'écrouler.

*

D'un commun accord, Florian et Emma avaient décidé de ne jamais évoquer le drame devant leur fille, quand celle-ci aurait l'âge de comprendre. Ils ne désiraient pas la traumatiser avec cette tragédie dans laquelle sa tante avait péri. Eux-mêmes avaient envie d'oublier, de vivre comme si rien ne s'était passé.

Parfois, la nuit, Florian se réveillait brutalement, en sueur, les yeux grands ouverts. Ses cauchemars le tourmentaient. Il revoyait certaines scènes de la catastrophe : les malheureuses qui se précipitaient pour monter dans les canots ; d'autres qui n'osaient pas sauter dedans quand ils étaient déjà affalés ; des femmes tombaient à l'eau, des hommes se bousculaient, des enfants pleuraient et réclamaient leurs mères. Les pires images qui lui revenaient sans cesse étaient celles des ténèbres, le moment où toutes les lumières du paquebot s'étaient éteintes, suivi du silence après la terrifiante plongée dans les abysses de la proue du navire.

Emma le rassurait, se réfugiait dans ses bras et tentait de l'apaiser. Elle se montrait courageuse pour deux et évitait de trahir ce qu'elle éprouvait elle-même en son for intérieur.

Florian reprit rapidement ses activités politiques. C'était pour lui le seul moyen de tourner la page. Dans les travées de l'Assemblée, il passait pour un miraculé. Ce drame lui valait même un regain de notoriété auquel il ne s'attendait pas. Ses amis ne tarissaient pas d'éloges et lui découvraient soudain des qualités qu'ils ne lui avaient jamais attribuées auparavant.

— On vous estime beaucoup au ministère du Travail, lui annonça son collègue du Gard. Le président du Conseil chante vos louanges. Votre malheur aura fait parler de vous et vous aura propulsé sur le devant de la scène.

Ses adversaires de droite, quant à eux, ne se privaient pas de le critiquer, lui reprochant de jouer de sa situation pour se placer sur l'échiquier des prochaines échéances électorales.

Florian s'en amusait. Il ne briguait aucun portefeuille. Il espérait seulement que les électeurs de sa circonscription reconnaîtraient ses efforts pour leur venir en aide. La région de Ganges n'était pas des plus privilégiées. La proximité de Montpellier créait de gros déséquilibres aux dépens des communes rurales, moins bien loties que la grande agglomération héraultaise. Il se battait pour l'emploi, les infrastructures, les petits producteurs agricoles, dont l'existence tenait parfois à un fil.

Dans son usine de bonneterie, il veillait, avec son directeur, à ce que les salaires soient versés en temps et en heure, que les commandes soient honorées dans les délais impartis, que les factures soient payées sans retard. Mais la conjoncture ne lui était pas favorable. Il se heurtait toujours à la concurrence, de plus en plus impitoyable pour les petites entreprises. Aussi comptait-il sur un sursaut national, sur une reprise générale, pour sortir du marasme.

Emma, de son côté, retrouva sa place auprès de sa fille. Mais Maria, la nourrice, constata rapidement que son comportement avait changé depuis le drame. Elle la sentait plus distante, moins affectueuse. Elle mettait cette attitude sur le compte du traumatisme subi.

— Elle est toute chamboulée, déplora-t-elle un soir devant Antonin, son compagnon.

— Pourtant, monsieur Jean, la dernière fois qu'il est venu aux Salicornes, m'a avoué qu'elle lui avait semblé déterminée à ne pas se laisser anéantir.

— Parce que monsieur Jean te fait des confidences ? s'étonna Maria.

— On se connaît depuis l'enfance. Nous étions dans la même école, à Marseille.

Antonin n'avait rien remarqué dans le comportement d'Emma.

— Tu te trompes ! dit-il à Maria.

— Toi, tu es au service de Monsieur. Tu n'as pas affaire à Madame, comme moi ! Depuis qu'elle a décidé de s'intéresser à la société de son premier mari, ça lui a retourné l'esprit ! Elle n'est plus comme avant.

Antonin n'insista pas.

En effet, Emma s'investissait davantage dans la gestion des Salins. Elle voulait prouver qu'elle était aussi capable qu'un homme de s'en occuper. Comme il le lui avait promis, Florian l'aidait autant que sa tâche de député le lui permettait. Mais, en son absence, Emma sollicitait de plus en plus son neveu Thibaud.

Celui-ci ne rechigna pas à lui ouvrir les dossiers et les registres de comptes de l'entreprise. Au demeurant, il trouvait la présence de sa tante à ses côtés plutôt agréable et ne se privait pas de le lui dire. À sa grande surprise, Emma lui demanda très vite de la tutoyer une bonne fois pour toutes et de l'appeler « Emma » et non plus « ma tante », comme il en avait l'habitude.

— Nous serons amenés à nous voir souvent à présent, lui confia-t-elle. De plus, nous avons le même âge à une année près. Alors, au diable les manières !

Thibaud découvrait Emma sous un autre jour. Il l'avait mal jugée, elle n'était pas une femme effacée, sans caractère.

— J'aime que tu me tiennes tête, lui avoua-t-il un jour, alors qu'elle s'était opposée à l'une de ses décisions à propos d'un marché qu'il s'apprêtait à abandonner car pas assez productif. Ton premier mari m'aurait laissé le champ libre jusqu'au dernier moment, puis il aurait essayé de me prouver mes torts sans discuter. Quant à Florian, lui, pardonne-moi si je te vexe, mais il est trop faible. Autant avec le personnel qu'avec nos fournisseurs et nos diffuseurs. Il leur prête une oreille trop complaisante et leur donne souvent raison à tort. Il n'a pas le sens des affaires. Ce qui explique les difficultés qu'il rencontre dans son usine de bonneterie.

Emma l'écoutait discourir et ne le contredisait pas. Thibaud s'étonnait de son indulgence à son égard, persuadé que ses propos, surtout à l'égard de Florian, la mettraient en colère. Il la poussait volontiers dans ses retranchements, pour la tester et jauger sa capacité à lui résister.

Florian, très occupé à mener son mandat au terme de la législature sans provoquer de mécontentements dans sa circonscription, appréciait de voir sa femme s'investir ainsi dans sa propre entreprise. Il gardait néanmoins un œil vigilant sur les Salins, conscient du rôle exercé par Thibaud. Il conseillait parfois à Emma de ne pas trop écouter son neveu, lui rappelant, quand c'était nécessaire, ses idées très arrêtées en matière de dialogue social.

Emma avait tendance à oublier les avis qu'il lui avait donnés au début de leur mariage. Florian s'en chagrinait, mais Emma n'y prêtait pas attention.

— Un bon patron n'abdique pas devant les revendications de ses ouvriers, affirmait-elle maintenant. Sinon, il ouvre la porte au désordre dans son entreprise. Le patron décide, même contre l'avis de la majorité, car il a le pouvoir. Et ce pouvoir, c'est la fortune qu'il a investie qui le lui confère.

Florian ne comprenait pas ce qui avait fait changer Emma d'opinion alors que, jadis, elle lui donnait raison.

Un jour, elle se permit de critiquer sa gestion de la Bonneterie de l'Hérault :

— Tu as tort d'accorder une confiance aveugle à ton fondé de pouvoir. Qu'est-ce qui t'assure qu'il n'œuvre pas dans ton dos à tes dépens ? Qu'il ne détourne pas de l'argent à son profit ?

— C'est absurde ! s'insurgea Florian. Pierre Dhombre est un homme intègre. Je le connais depuis très longtemps. Il m'est très dévoué.

*

Avec le temps, les douleurs du passé s'estompèrent. Le naufrage n'était plus qu'un mauvais souvenir qu'ils s'efforçaient tous les deux d'effacer de leur mémoire. L'oubli était à leurs yeux le meilleur moyen de reprendre goût à la vie. Emma en était la plus persuadée. Ils devaient se consacrer à l'avenir, oublier ce qu'ils avaient enduré en cette nuit tragique du 14 avril 1912. Elle ne faisait plus allusion à sa sœur. Julie n'était plus dans leurs discussions. Au reste, elle veillait à ne pas en parler, car Camille, à deux ans, était en âge d'assimiler certaines paroles et pouvait retenir, même inconsciemment, ce qu'elle entendait au hasard d'une conversation.

Sur ce point, Florian était en parfait accord avec Emma.

Ils n'étaient pas retournés à la Renardière depuis le naufrage. En vérité, Florian redoutait maintenant d'imposer à Emma le lieu qui avait bercé toute son enfance, conscient de son austérité par rapport aux Salicornes. Sentant sa femme moins accessible à tout ce qu'il lui proposait, il avait temporisé pour l'emmener dans ses Cévennes natales. Emma, quant à elle, n'avait pas réclamé de s'y rendre. Elle montrait tellement de joie de vivre au grand air, dans les vastes étendues d'étangs et de marais, de sansouïres, de dunes et de plages au sable fin, qu'elle s'ennuierait à la Renardière, pensait-il. De plus, les travaux avaient pris du retard. Il restait encore des finitions à apporter. Et le mur de séparation, que Florian avait demandé d'ériger entre le parc situé devant l'aile principale et le bois devant l'aile abandonnée, n'était pas achevé.

— Si nous allions à la Renardière, finit-il par lui proposer, un jour où il la sentait plus réceptive. On n'y est pas retournés depuis que je t'y ai emmenée, la première fois.

Emma s'étonna.

— Je… Ah, oui, la Renardière ! Bonne idée. Quand tu veux.

— Camille sera contente de découvrir sa nouvelle maison. Rappelle-toi, nous imaginions sa joie d'apercevoir à l'orée des bois des biches et des chevreuils. Elle a l'âge maintenant de s'en approcher sans avoir peur.

— Camille est une enfant craintive. Je ne crois pas qu'elle appréciera un tel environnement. Mais si tu y tiens, allons-y en fin de semaine.

Florian consulta son agenda.

— Ça tombe bien, je n'ai rien de prévu. En revanche, les deux week-ends suivants, je ne serai pas là.

— Tu vas encore nous laisser ?

Emma commençait à souffrir des absences de Florian. Sans le lui avouer, le temps lui paraissait long à l'attendre parfois une semaine entière quand il montait à Paris.

La conjoncture internationale devenait chaque jour plus tendue. Les menaces de l'Allemagne sur l'Europe inquiétaient les hommes politiques. Florian, qui militait pour la paix, soutenait Jean Jaurès dans son désir d'unir les peuples au-delà des frontières et des intérêts des puissances de l'argent. Il était conscient que les alliances passées entre les grandes nations constituaient un réel danger pour l'équilibre mondial.

Quand il s'en ouvrait à Emma, celle-ci ne semblait pas appréhender les enjeux diplomatiques en ce début d'année 1914. Elle était entièrement absorbée par la conduite des Salins du Sud, auxquels elle se consacrait corps et âme, sans que Florian en saisisse les véritables raisons. Entre le discours de Thibaud, qui prêchait pour placer l'Empire allemand devant ses responsabilités, même au prix d'un conflit qu'il jugeait d'ailleurs inévitable, et les mises en garde de son mari, elle éprouvait beaucoup de difficulté à se forger une opinion.

Parfois, elle délaissait Camille, qui la réclamait, pour rejoindre son bureau, sous prétexte d'avoir besoin de calme pour travailler. Maria s'occupait de l'enfant et la consolait comme elle pouvait, lui expliquant que sa maman était une dame très affairée et qu'elle l'aimait de tout son cœur.

Maria se rendait compte que sa jeune maîtresse demeurait perturbée.

— Elle conserve encore les séquelles de son drame, affirma-t-elle ce soir-là à Antonin, après leur journée de travail.

— En tout cas, je trouve qu'elle te sollicite beaucoup trop, avança Antonin.

— Monsieur Florian est souvent absent. Elle n'a que moi sur qui se reposer quand elle doit travailler tard au bureau.

— Tu lui trouves toujours de bonnes excuses. Quand nous serons mariés, il faudra bien qu'elle change son fusil d'épaule…

— Parce que tu souhaites m'épouser ? se réjouit Maria.

— J'en ai toujours eu l'intention.

Peu avant l'arrivée du printemps, alors que Florian était en pleine campagne électorale pour le scrutin du 26 avril, Emma ressentit une profonde fatigue qu'elle mit sur le compte de son travail.

— Il faut vous ménager, Madame, lui conseilla Maria. Avant votre mariage avec monsieur Florian, monsieur Thibaud s'acquittait très bien de la direction des Salins. Vous devriez à nouveau vous reposer sur lui et vous consacrer uniquement à votre fille…

Emma fusilla Maria du regard.

— C'est un reproche, Maria ? De quel droit me parlez-vous de cette manière ?

Maria n'avait pas coutume de dissimuler ses pensées. Elle était toujours d'une grande franchise avec sa maîtresse. Emma appréciait son honnêteté et ne la blâmait jamais de lui adresser une remarque.

— Camille a besoin de plus d'attention de la part de sa maman, osa-t-elle. Vous êtes trop souvent absente. Elle vous réclame.

— Pourquoi ne dites-vous pas la même chose de son père ? Mon mari est sans cesse parti aux quatre coins du département, quand ce n'est pas à Paris !

Le ton montait. Maria fit machine arrière, regrettant déjà de s'être aventurée sur un terrain qu'elle devinait périlleux.

Quand il s'agissait de l'éducation de Camille, les discussions entre Emma et Florian s'envenimaient parfois. Florian, ne pouvant pas abandonner sa tâche parlementaire selon son bon vouloir, comptait sur Emma pour être le pilier du foyer. Or, lui aussi commençait à comprendre qu'Emma manquait à son enfant, qu'elle faisait passer son travail de femme d'entreprise et son indépendance avant ses obligations de mère. Il en souffrait mais ne la jugeait pas, espérant qu'avec le temps la situation s'améliorerait. Il pensait qu'elle était encore sous le choc du drame et qu'elle finirait par s'apaiser.

Aussi se réjouit-il quand, deux semaines avant les élections, Emma lui annonça :

— Je suis enceinte, mon chéri. Tu vas être une deuxième fois papa.

Florian bondit de joie.

— C'est ce qui explique ta grosse fatigue de ces jours-ci ? Moi qui croyais que c'était ton travail qui t'épuisait !

— C'est un peu les deux. Mais je te le promets, à présent je redoublerai d'attention. Je ne veux pas que notre premier enfant souffre des tourments de sa maman…

Florian éclata de rire.

— Notre premier enfant ! Tu oublies Camille !

9

Menaces

La campagne électorale fut dominée par le vote récent de la loi portant à trois ans la durée du service militaire. Les menaces de guerre, en effet, se précisaient. La course aux armements, notamment entre l'Allemagne et l'Angleterre, devenait alarmante. L'Empire austro-hongrois n'était pas en reste, tandis que la Russie, selon les déclarations du comte Bobrinski, se préparait à un ultime règlement de comptes avec le pangermanisme.

Dans ce contexte de vives tensions internationales, l'aile gauche du Parti radical se rapprocha des socialistes. Un accord de désistement au second tour au nom de la discipline républicaine avait été entériné entre le radical Joseph Caillaux et le socialiste Jean Jaurès. Le bloc des gauches était reconstitué.

Florian était très optimiste. Depuis la naissance de la IIIe République, jamais les enjeux n'avaient été aussi clairement définis. En ce qui le concernait, sa réélection était assurée. Toutefois, son inquiétude grandissait de jour en jour devant l'imminence de la guerre. Comme beaucoup d'hommes politiques, il redoutait qu'un incident, même mineur, ne mette le feu aux poudres.

Il s'en ouvrait souvent à Emma :

« Malgré les appels à la paix de Jaurès, regrettait-il, les partisans de l'affrontement montrent les dents, comme si la seule solution aux différends entre les nations était la guerre. Les hommes sont en train de perdre la raison. »

Préoccupée par la naissance de son futur bébé, Emma l'écoutait d'une oreille distraite. Plus rien d'autre ne comptait pour elle. Elle préparait la chambre du nouveau-né sans savoir s'il serait une fille ou un garçon, achetait à l'avance layette, jouets, accessoires de maternité. Quand Maria tentait de la modérer en lui conseillant d'attendre de connaître le sexe de son enfant, elle lui répliquait vertement :

« Peu importe ! J'achète en double. Personnellement, je suis certaine que ce sera un garçon. Je le sens. Et ça se voit. Regardez mon ventre comme il est pointu ! Le dicton ne se trompe jamais. »

Maria n'osait contredire sa maîtresse. Emma semblait si heureuse d'être enceinte qu'elle évitait de tempérer ses ardeurs.

« Cette naissance est la plus belle chose qui pouvait lui arriver depuis les deux drames qu'elle a vécus », convenait-elle devant Antonin.

Le 10 mai 1914, Florian fut réélu au second tour des législatives. La gauche obtint la majorité absolue à l'Assemblée. Toutefois, il admettait que son parti n'avait pas progressé. Dans le Midi et à Paris, les socialistes mordaient sur l'électorat radical.

— La SFIO a gagné trente sièges, et nous, les radicaux, nous stagnons. À l'avenir, nous devrons nous ressaisir.

Le succès de Florian laissait Emma de marbre. Elle lui avoua que la politique ne l'intéressait guère et que l'essentiel à ses yeux était l'avenir de leur foyer. Florian ne lui en tenait pas rigueur. Il se réjouissait au contraire de voir sa femme reprendre toute sa place auprès de lui en tant qu'épouse et de constater qu'elle confiait à nouveau les Salins aux bons soins de Thibaud.

Ce dernier venait lui rendre visite de plus en plus fréquemment aux Salicornes. Prévenant envers sa tante, il ne tarissait pas d'éloges à son propos devant Florian pour vanter ses mérites de femme d'affaires.

« Je n'aurais jamais cru Emma aussi compétente dans la gestion de l'entreprise de mon oncle. »

Thibaud se complaisait à rappeler que les Salins du Sud appartenaient au premier mari d'Emma et qu'elle n'en était que l'héritière. Ainsi recadrait-il Florian quand il avait tendance à parler et à décider comme le patron. Entre les deux hommes, l'animosité couvait toujours. Il ne s'agissait pas seulement d'une lutte pour la direction des Salins, mais d'une opposition politique viscérale. Thibaud ne cachait plus sa sympathie pour les forces d'extrême droite. Il aimait soutenir devant Florian les idées de Maurras et de l'Action française, qui défendaient une doctrine raciste et antisémite. Farouche antidreyfusard, il louait les mérites des régimes autoritaires et dénigrait les faiblesses de la démocratie.

« Devant l'étranger, ne courbons pas l'échine, répétait-il à l'envi. Nous avons besoin d'une armée forte pour nous préparer à une guerre éventuelle. Il faut tout envisager pour protéger nos frontières. »

Devant de tels discours, Emma ne restait pas insensible et s'étonnait que son mari ne leur oppose pas ses propres thèses sur la paix.

« Thibaud n'a pas tort quand il parle de la nation et de patriotisme. Les Français doivent relever la tête face à l'arrogance des États oppresseurs. Il en est de l'Allemagne comme de l'Angleterre et de la Russie. Tous veulent dominer l'Europe. Notre pays doit montrer qu'il est prêt à se défendre au cas où il serait menacé. Sur ce point, j'approuve Thibaud. »

Florian ne désirait pas polémiquer, ni avec Thibaud ni avec Emma, mais il regrettait que celle-ci ne soit plus de son avis, comme à l'époque où elle se méfiait de son neveu. Il espérait que la naissance de leur enfant changerait les idées de sa femme. L'accouchement d'Emma était prévu pour novembre.

« D'ici là, espérait-il, nous aurons peut-être évité le pire. »

L'esprit tout accaparé par cette échéance, Emma ne s'occupait pas davantage de Camille. Maria s'en attristait et prenait l'enfant de plus en plus sous son aile. Quand elle s'en ouvrait à Florian, ce dernier détournait la conversation en trouvant toujours de bonnes excuses à sa femme.

En réalité, il s'alarmait du comportement d'Emma. Il souffrait de constater le peu d'élan maternel qu'elle démontrait à l'égard de Camille.

Pour en être rassuré, un jour, à l'Assemblée, il demanda l'avis d'un de ses collègues, le psychiatre Robert Fort, député du Var.

— Ma femme me donne du souci, lui expliqua-t-il sans détour.

— Des problèmes de couple ? supputa son ami parlementaire. Tu veux une consultation privée ? ajouta-t-il sur le ton de la plaisanterie.

— Ce n'est pas tout à fait le sujet. Mais je crains qu'à force ça ne le devienne.

— Qu'en est-il ? Tu peux me parler franchement. Ça ne sortira pas d'ici.

— Ma femme me paraît très peu affectueuse avec notre fille.

— Depuis longtemps ?

— En fait, depuis le naufrage… Tu connais la tragédie que nous avons vécue il y a deux ans ?

— Le *Titanic*… Et avant, comment se comportait-elle ?

— Comme une mère qui adore son enfant.

— Rien de nouveau n'est venu modifier votre vie de couple ?

— Si, elle attend notre deuxième enfant. Pour le mois de novembre.

Robert Fort rassura Florian :

— Alors, il n'y a rien d'anormal. C'est une attitude assez courante chez certaines femmes. Quand elles sont enceintes, leur esprit est tout entier accaparé par l'enfant qu'elles portent en elles. C'est la nature ! D'ailleurs, comment ça se passe avec toi ?

— C'est-à-dire ?

— Tu me comprends ! Au lit, comment est-elle depuis qu'elle est enceinte ?

Florian n'était pas le genre d'homme à parler de son intimité. Il se sentit gêné.

— Entre nous, tu n'as rien à craindre, le tranquillisa Robert.

— Certes... ce n'est plus tout à fait comme au début. Je la trouve un peu plus distante. Elle prétexte souvent la fatigue... tu vois ce que je veux dire !

— Ne t'alarme pas ! Après l'accouchement, elle te reviendra avec la même fougue qu'avant. À toi de la reconquérir... Un conseil : ne la laisse pas cantonnée uniquement dans son rôle de mère de famille. Reconsidère-la vite comme la maîtresse qu'elle était quand vous vous êtes rencontrés.

Fort des recommandations de son ami, Florian rentra aux Salicornes, soulagé.

Emma s'impatientait, comme chaque fois qu'il s'absentait. Elle lui sauta au cou et lui prit une main pour la poser sur son ventre.

— Tu le sens bouger ? Il a deviné que son papa était de retour. Il était aussi pressé que moi de te retrouver.

Florian étreignit sa femme tendrement, s'enquit aussitôt :

— Où est Camille ?

— Maria s'en occupe. Elle l'a emmenée chez elle. Elle ne cessait de pleurer. Je n'en pouvais plus. Elle la gardera pour la nuit.

Florian s'écarta, visiblement chagriné.

— Tu n'as pas pensé que je lui manquais et que j'aurais aimé l'embrasser à mon retour ?

— Elle ne t'a pas réclamé pendant ton absence ! Le soir, je suis fatiguée. Mon état m'épuise. Vivement que j'arrive au terme !

Florian abdiqua.

Mais dès le lendemain matin il ordonna à Maria de lui ramener sa fille.

— Papa ! s'écria celle-ci quand elle aperçut son père. Papa ! Tu vas plus partir, hein ? Je veux que tu restes avec moi. Tout le temps !

Florian cajola son enfant et lui susurra dans le cou :

— Promis. Cette fois, je reste. Avec maman, nous allons bien nous amuser…

— Oh, maman, elle me laisse toujours toute seule. Heureusement que Maria joue avec moi !

Florian ne releva pas et entreprit de détourner l'attention de Camille :

— Tiens, regarde, j'ai une surprise pour toi.

Il lui tendit un petit animal en peluche.

— Comme celui qui s'est approché la dernière fois à la Renardière, ajouta-t-il en la couvrant à nouveau de baisers.

— Tu la gâtes trop ! objecta Emma en entrant dans la pièce. Chaque fois que tu reviens de Paris, tu lui apportes un cadeau. C'est pour te faire pardonner ?

Florian dévisagea sa femme, l'air attristé.

— J'ai aussi quelque chose pour toi. J'attendais de revoir Camille pour te l'offrir.

Il sortit de sa poche un écrin en cuir, l'ouvrit en le présentant à Emma.

— C'est quoi, dis, maman ? demanda Camille, curieuse.

Quelque peu gênée, Emma accepta l'écrin et y découvrit une chaîne en or et un pendentif portant une inscription gravée.

— « À mes deux amours », lut-elle.

— C'est qui, tes deux amours ? s'enquit naïvement Camille.

— Devine ! lui répondit Florian en serrant Emma et Camille dans ses bras.

*

Les beaux jours vinrent atténuer les craintes de Florian que n'éclate un conflit avec l'Allemagne, toujours aussi menaçante. Toutefois son esprit demeurait préoccupé par la situation politique intérieure. À la suite des élections législatives, le cabinet Doumergue avait présenté sa démission, rencontrant peu de soutien à la Chambre. Plusieurs jours d'instabilité affaiblirent une fois de plus le régime. En l'espace de deux semaines, quatre tentatives de formation de gouvernement échouèrent. Finalement, le 16 juin, le ministère Viviani, plus à gauche, finit par obtenir la confiance.

Avec ses amis radicaux, Florian redoutait une surenchère des socialistes. Si leur projet d'impôt progressif sur le revenu et sur le capital visait à une plus grande égalité, les mesures sociales risquaient de fragiliser l'équilibre budgétaire.

De surcroît, la situation internationale se dégrada rapidement après l'attentat de l'archiduc d'Autriche à Sarajevo, en Bosnie, le 28 juin. La paix en Europe était remise en question à cause du jeu des alliances passées entre les puissances rivales.

L'assassinat du prince héritier austro-hongrois tomba telle la foudre sur l'Europe. Pendant un mois, partisans d'une intervention armée et pacifistes s'affrontèrent.

Dès lors, les événements se précipitèrent.

L'attentat de Sarajevo avait détruit l'équilibre maintenu péniblement jusqu'alors en Europe. Menacée de représailles par l'Autriche-Hongrie, la Serbie reçut le soutien de la Russie, alliée de la France et de l'Angleterre, tandis que l'Allemagne incitait le gouvernement de Vienne à se montrer intraitable envers les Serbes. L'Europe était devenue une véritable poudrière.

De son côté, Thibaud ne cessait de proclamer que la France devrait attaquer l'Allemagne pour récupérer l'Alsace et la Lorraine perdues en 1870. Avec ses amis, il entretenait l'idée de revanche. Il affirmait, comme beaucoup de va-t-en-guerre, que les soldats de l'armée française écraseraient facilement ceux de l'Empire allemand et qu'ils fêteraient la victoire à Noël dès leur retour dans leurs foyers.

Quand, le 1er août au matin, Florian apprit par la presse la nouvelle de l'assassinat de Jean Jaurès, nul doute ne subsista dans son esprit.

— Le conflit est inévitable, déclara-t-il à Emma. Cette fois, nous n'y échapperons pas.

Emma prit soudain conscience que l'avenir s'était dangereusement assombri.

— Tu vas partir te battre ?

— Je l'ignore. Tout est possible. Mais s'il le faut, j'accomplirai mon devoir.

— Je te croyais hostile à la guerre !

— Comme tout bon citoyen, je défendrai mon pays.

C'est dans cet état d'esprit qu'il apprit la nouvelle de la mobilisation générale, ce même 1er août.

Ce jour-là, vers seize heures, quand Emma entendit sonner le tocsin, elle s'alarma. Elle se reposait dans sa chambre, allongée sur son lit. Son extrême fatigue en effet l'obligeait à ne fournir aucun effort. Maria, selon son habitude, s'occupait de Camille depuis le matin.

Elle appela aussitôt la gouvernante pour en savoir plus.

Aux Salicornes, c'était déjà le branle-bas. Antonin avait accouru prévenir Maria. Thibaud avait quitté son bureau pour avertir Emma. Se retrouvant nez à nez avec Florian, qui préparait une intervention à la Chambre, il ne dissimula pas sa joie. La cuisinière et le jardinier, effrayés par tant de va-et-vient, croyaient à un désastre domestique quelque part dans la maison et s'apprêtaient à prêter main-forte pour éteindre un incendie ou évacuer les lieux en urgence.

— C'était inévitable, déplora Florian, en calmant son personnel. Ne vous affolez pas. Pour l'instant, il n'est question que de la mobilisation.

Florian n'était pas dupe.

Quarante-huit heures plus tard, l'Allemagne déclarait la guerre à la France. Le jeu des alliances se mit alors rapidement en place. En l'espace de quelques jours, l'Europe tout entière fut plongée dans un conflit qui durerait quatre longues années.

*

Contrairement à ce qu'il supposait, Florian ne fut pas mobilisé. Lorsqu'il avait été convoqué pour effectuer son service militaire, on lui avait trouvé une déficience cardiaque. Il avait donc été exempté de son devoir civique. Depuis, il n'avait jamais souffert de cette anomalie découverte tardivement, mais celle-ci était inscrite sur son livret. Quand les premières classes d'âge furent appelées au cours des dix-sept jours suivant l'ordre de mobilisation, ne voyant pas son tour arriver, il s'informa auprès du ministère de la Guerre. On lui répondit qu'il n'était pas concerné, étant donné son état de santé.

Quand Thibaud apprit cette nouvelle, il ne put se contenir :

— Vous êtes un pistonné, Florian ! lui reprocha-t-il sur un ton méprisant. C'est votre qualité de parlementaire qui vous donne ce privilège de ne pas aller secourir votre patrie ? Ou votre lâcheté ?

Florian faillit se jeter sur lui. L'affront était insupportable à ses yeux.

— Petit morveux ! s'écria-t-il. Vous ignorez la raison pour laquelle je ne suis pas appelé sous les drapeaux. Mais puisque vous vous réjouissiez de partir en guerre coûte que coûte, soyez heureux de porter à nouveau l'uniforme ! Je suppose que vous êtes impatient de monter au front ! Je vous souhaite de revenir vivant. Les Salins ont besoin de vous. Je suis sincère.

Avec son régiment, Thibaud fut envoyé sur la Marne, où l'armée de Guillaume II faisait déjà pression. Au moment de son départ, il se rendit aux Salicornes pour dire au revoir à Emma.

— Prends soin de toi, lui conseilla-t-il aimablement. J'espère qu'à mon retour, à Noël au plus tard, j'aurai la joie d'embrasser ton enfant.

Emma le remercia, ravie de constater à quel point son neveu se montrait prévenant envers elle.

— Ne cours pas de risques inutiles, le pria-t-elle. Reviens-nous vivant.

Ce jour-là, Florian l'évita pour ne pas avoir à lui souhaiter bonne chance.

Tandis que sur le front les armées se défiaient sous un déluge de feu, Florian redoubla d'activité. Comme toutes les usines et les exploitations agricoles, sa bonneterie souffrait du départ de la main-d'œuvre masculine. Seuls restaient les plus anciens. Or, il lui était difficile de recruter en cette période fragilisée par l'incertitude du lendemain. Pierre Dhombre, ayant dépassé l'âge d'être mobilisé, s'échinait à réorganiser la production. Les femmes se substituaient aux hommes, certaines machines avaient été arrêtées, des enfants avaient été embauchés en grand nombre.

Aux Salins du Sud, Florian avait accepté la direction de l'entreprise. Emma lui avait demandé de remplacer Thibaud. Aussi n'avait-il pas un moment à lui. Il ne sacrifiait pas pour autant son rôle de père, et s'occupait de Camille autant que son emploi du temps l'y autorisait.

En novembre, alors que les Alliés repoussaient victorieusement les Allemands sur l'Yser après les avoir vaincus sur la Marne deux mois plus tôt, Emma mit au monde une magnifique petite fille.

Quand, après les premiers soins, la sage-femme la lui amena, elle détourna la tête.

— J'espérais tellement un garçon ! marmonna-t-elle, déçue.

Florian attendait derrière la porte.

Quand il entra dans la chambre, il se réjouit aussitôt de l'heureux événement.

— C'est une fille, lui annonça la sage-femme. Quel prénom lui avez-vous choisi ?

Florian consulta Emma du regard. Celle-ci garda le silence.

— Charlotte, comme nous en avions convenu, répondit Florian. N'est-ce pas, ma chérie ?

Emma sourit enfin, ouvrit les bras.

— Oui, Charlotte.

10

Dans la tourmente

1914-1916

La guerre suivait son cours inexorable et terrifiant. À la mi-novembre, les soldats sur le front s'enterrèrent dans les tranchées. L'immobilisme prévalait sur l'offensive. À l'arrière, les privations rendaient la vie intenable. Pourtant il fallait soutenir et encourager l'ardeur des poilus, qui mouraient par milliers pour la patrie.

Florian, conscient de l'effort de guerre à fournir, ne s'économisait pas, ni à l'Assemblée ni dans sa circonscription. Après s'être réfugiés à Bordeaux, le gouvernement et le Parlement étaient rentrés à Paris, tout danger étant écarté. Florian suivit ses collègues pour assister aux séances des 22 et 23 décembre.

Une fois de plus, il laissa Emma seule aux Salicornes en compagnie de ses filles. Maria avait maintenant la lourde tâche de s'occuper de la maison et des deux enfants. Antonin étant parti au front, elle restait en permanence auprès de sa maîtresse, qui lui proposa donc de s'installer au premier étage.

— Ça vous évitera des allers-retours fatigants entre chez vous et les Salicornes. Et quand Antonin reviendra en permission, vous serez à votre aise, vous ne manquerez pas d'espace. Par la suite, dès que Florian sera plus disponible, il vous fera aménager l'étage en appartement.

Maria accepta volontiers, d'autant plus qu'elle avait des projets avec Antonin :

— Ça tombe très bien, Madame, lui répondit-elle. À sa première permission, nous allons nous marier. Dommage que la guerre ait éclaté si tôt, car nous avions l'intention de passer devant monsieur le maire avant la fin de l'été. J'espère que nous le pourrons pour Noël au plus tard.

— D'ici là, la guerre sera terminée.

— C'est ce qu'on dit. Je prie tous les jours pour qu'Antonin revienne rapidement.

— Il s'est donc enfin décidé !

— À cause de la guerre, sinon je crois qu'il m'aurait encore demandé d'attendre ! Il n'a jamais été favorable au mariage. Mais je suis parvenue à le convaincre.

Bien que déçue de ne pas avoir eu un garçon, Emma montrait beaucoup d'élan maternel envers Charlotte. Elle ne la laissait jamais longtemps dans les bras de Maria. Celle-ci s'en réjouissait mais s'en étonna.

Son attitude est très différente avec ce bébé, reconnaissait-elle dans les lettres qu'elle adressait à Antonin. *J'ai l'impression qu'elle donne tout son amour à sa petite dernière, comme si elle oubliait qu'avant Charlotte elle a eu un premier enfant.*

Antonin lui conseillait de ne pas chercher à comprendre. Il ne jugeait pas Emma. Il pensait qu'elle avait seulement une préférence passagère pour la plus jeune de ses deux filles, dans la mesure où Charlotte n'était encore qu'un nourrisson et qu'elle avait besoin de plus d'attention que sa sœur.

Florian, lui, ne faisait aucune différence entre ses deux enfants. Conscient de leur manquer à cause de ses responsabilités, il essayait de compenser ses absences en redoublant d'égards et de gentillesse quand il séjournait aux Salicornes. Il jouait avec Camille, l'intéressait à son univers. Il lui apprit à monter sur un poney. Camille était très douée. Elle parvint très vite à se tenir en selle. Florian l'emmenait en promenade à la découverte des marais salants et des étangs pour lui montrer les oiseaux migrateurs, les taureaux et les chevaux sauvages. Il leur arrivait de se perdre entre les bras du Rhône et ils rentraient parfois tard le soir, fourbus mais heureux. L'enfant adorait son père et ne cessait de le solliciter.

Florian prenait soin également de Charlotte. Il insistait pour la langer, pour lui donner le biberon, même la nuit – cette fois aussi, Emma n'avait pas assez de lait pour la nourrir –, pour l'aider à s'endormir avant de raconter une histoire à Camille. Il lui chantonnait des berceuses et la caressait quand elle pleurait.

Au petit matin, les yeux gonflés par le manque de sommeil, il se levait néanmoins le premier et apportait à Emma son petit déjeuner au lit, comme aux premiers temps. Il l'inondait de mots doux, la couvrait de baisers…

Emma ne semblait pas s'apercevoir qu'elle prêtait moins d'attention à Camille qu'à Charlotte. Ni Florian ni Maria n'osaient le lui dire. Mais Camille, elle, en souffrait en silence. Florian la rassurait en lui prodiguant tout son amour et ne cessait de lui affirmer que sa maman l'aimait autant que sa petite sœur.

L'enfant se réfugiait de plus en plus dans un monde imaginaire. Elle se racontait des histoires dans lesquelles sa maman était une jolie princesse qui l'emmenait sur un beau cheval blanc à travers la Camargue à la rencontre de son papa, le roi des étangs. Tous trois chevauchaient au milieu des vastes étendues d'eau stagnante, faisant s'envoler sur leur passage les grues cendrées et les flamants roses, et s'enfonçaient dans les vagues de la mer comme dans un royaume magique où le soleil ne se couchait jamais.

Camille devenait une enfant rêveuse et sauvageonne, qui comblait le manque d'amour de sa mère en s'échappant dans ses rêves.

*

Fin décembre, l'Union sacrée fut consolidée au Parlement, présidé par Paul Deschanel. Le président du Conseil, René Viviani, y annonça l'ajournement de toutes les élections. Devant l'urgence de la situation militaire, les deux assemblées acceptèrent de se retirer de la scène politique, et approuvèrent ce que certains appelèrent « la dictature de l'état-major ». Les parlementaires voulaient montrer ainsi l'exemple du sacrifice en renonçant à toute véritable surveillance des dépenses de guerre.

Pour autant, Florian ne fut pas cantonné à sa circonscription. Il eut certes plus de temps à consacrer à ses administrés, qui avaient besoin de se sentir soutenus par leur représentant. Toutefois, dès 1915, la montée en puissance du rôle des commissions et le retour en force du contrôle politique des chambres sur le gouvernement ne lui permirent pas de s'éloigner de Paris aussi souvent qu'il le souhaitait. De plus, l'absence des députés appelés sous les drapeaux – un tiers de l'effectif – rendait le travail des élus plus difficile.

Aux Salicornes, les jours suivaient leur cours. Si ce n'étaient certaines restrictions, que tous les Français subissaient, rien n'affectait beaucoup les Nozière. Florian mesurait sa chance de ne pas souffrir personnellement de la situation. Il n'avait pas été mobilisé, il n'avait aucun parent sur le front, tous les siens étaient à l'abri du danger d'invasion. Sa vie n'était nullement bouleversée par la guerre. Toutefois il craignait que, dans le cas où le conflit s'éterniserait, les dispositifs exceptionnels déjà pris par le gouvernement ne soient renforcés au prix d'une perte des libertés pour tous et d'un affaiblissement de la démocratie. Il n'avait pas soutenu de gaieté de cœur la décision de Viviani d'accorder quasiment tous les pouvoirs aux militaires. Au reste, Joffre ne faisait pas l'unanimité chez les parlementaires. Florian se méfiait des généraux qui souhaitaient réglementer l'existence de tous les citoyens comme si la nation était devenue une vaste armée marchant au pas derrière ses chefs. Pacifiste avant tout, il veillait à ne pas céder aux sirènes des belliqueux qui, sous prétexte que la patrie était en danger, appelaient à plus de restrictions et de sacrifices.

« On a déjà énormément demandé aux Français depuis le début du conflit, se justifiait-il devant Emma. La plupart des familles ont un mari, un, voire deux enfants au front. Je constate avec tristesse que dans ma circonscription, comme partout dans le pays, ce sont les femmes qui assurent la relève des hommes. Combien de temps tiendront-elles à ce rythme ? Je ne souhaite vraiment pas qu'on en arrive à un régime militaire. Les généraux doivent rester sous l'autorité des responsables politiques issus des urnes. »

Emma, une fois encore, laissait discourir son mari sans l'approuver ni le désapprouver. Elle n'avait d'intérêt que pour son bébé. Au demeurant, Charlotte lui créait quelques soucis. L'enfant, en effet, avait pris froid et toussait beaucoup. Le médecin de famille avait diagnostiqué une bronchiolite et recommandé à Emma de la maintenir au chaud jusqu'à la fin de l'hiver. Parfois Charlotte s'étouffait dans son lit. Florian la prenait alors sur ses genoux et doucement, selon les conseils du médecin, lui tapotait la poitrine puis le dos afin de la soulager.

« Elle va pas mourir ? s'apeurait Camille, qui adorait tenir compagnie à sa petite sœur quand celle-ci réclamait une présence auprès d'elle.

— Mais non, voyons ! la tranquillisait Florian. Toi aussi, il t'arrivait de tousser beaucoup quand tu étais bébé. »

Emma n'était pas tendre avec son aînée :

« Ne t'approche pas de ta sœur ! lui criait-elle quand Camille tentait de la calmer en se penchant au-dessus de son berceau. Tu finiras par lui donner tes microbes ! »

Attristée, la fillette s'écartait sans comprendre.

« Je n'ai pas de microbes !

— Obéis ! File dans ta chambre. »

Maria s'insurgeait du comportement de sa maîtresse envers Camille.

Cette gamine se sent rejetée par sa mère, écrivit-elle à Antonin. *Elle finira par la perdre. Je ne comprends pas cette attitude. Elle a perdu tout élan maternel envers sa fille. Comme si elle la rendait responsable du malheur qu'elle a vécu...*

Antonin cherchait aussi à comprendre. Il lui répondit :

Emma se reproche sans doute d'avoir abandonné Camille pour effectuer cette croisière. Du coup, comme elle s'en est sortie vivante, contrairement à sa sœur, elle a mauvaise conscience et reporte ses remords sur sa fille…

★

Contrairement à ce qu'il avait escompté, Antonin n'avait pas eu de permission pour Noël. Dès le début des hostilités, l'état-major avait décidé qu'il n'y en aurait aucune pendant les premiers mois. Il y eut quelques exceptions à la fin de l'été, pour effectuer les moissons et les vendanges. Il dut patienter jusqu'à juillet pour retrouver enfin Maria, qui s'était armée de courage et de résignation. Le général Joffre en effet avait instauré un régime de permissions pour tous à partir du 30 juin. Ayant été parmi les premiers à en bénéficier, il obtint huit jours de répit. Il avertit aussitôt Maria, qui exulta.

Emma proposa sans hésiter de fêter son retour aux Salicornes.

— Il faut préparer votre mariage sans perdre de temps, conseilla-t-elle à sa gouvernante. Florian se chargera d'aménager votre nouveau logement. Il me l'a promis. Ce sera vite fait. Quelques coups de peinture, une salle d'eau à installer, des meubles que nous achèterons chez le brocanteur. Ce sera achevé pour l'arrivée d'Antonin.

Maria se confondit en remerciements. Elle ne reconnaissait plus sa maîtresse quand celle-ci lui témoignait autant de sollicitude.

Il y a vraiment quelque chose qui ne tourne pas rond dans sa tête ! se disait-elle en son for intérieur, faute de pouvoir en parler ouvertement à quelqu'un.

Avec les beaux jours, l'espoir revenait, même si la situation sur le front demeurait plus qu'incertaine. Les plus avertis savaient que le conflit n'était pas près de se terminer. Les états-majors des deux camps échafaudaient des plans d'attaque pour en finir au plus tôt mais personne n'était dupe. Il fallait s'attendre à un enlisement général et durable.

Le mariage d'Antonin et de Maria se déroula dans l'intimité. Ils invitèrent peu d'amis aux Salicornes, et seulement quelques parents proches, dont trois cousins. Florian et Emma mirent un point d'honneur à tout organiser. Pour l'occasion, Maria étant la nounou de leurs enfants en même temps que leur gouvernante, ils lui offrirent sa robe de mariée et Florian se proposa d'être son témoin. Maria en fut transportée de joie. Elle n'aurait jamais espéré avoir un député pour témoin.

La veille de la cérémonie, la nouvelle de l'arrivée de Thibaud ternit légèrement l'ambiance aux Salicornes. Lui aussi avait obtenu une permission de huit jours et s'était annoncé sans prévenir. Florian ne dit mot, ne souhaitant pas soulever de problème. Emma quant à elle, sans penser que sa présence dérangerait, l'invita au repas de noces.

— Nous n'allons pas le laisser seul chez lui, alors que nous festoierons de notre côté, plaida-t-elle en sa faveur. Il connaît très bien Maria et Antonin. Sa place est parmi nous.

Florian s'assura d'abord auprès des deux intéressés qu'ils n'y voyaient pas d'inconvénient. Maria n'osa s'y opposer. Quant à Antonin, il ne se prononça pas, mais au fond de lui il craignait que Thibaud ne jette un froid parmi les siens en étalant ses idées.

Pendant sa semaine de permission, Thibaud se garda d'affronter Florian. Au cours du repas de mariage, il s'était contenu et s'était même efforcé de ne pas aborder des sujets de discorde. Emma lui en sut gré. Au reste, il évita les Salicornes, où Florian demeura enfermé dans son bureau à éplucher les textes législatifs que son secrétaire parlementaire lui transmettait.

Florian était également très affairé à maintenir les Salins du Sud en état de production, la main-d'œuvre faisant cruellement défaut. Il avait été contraint d'embaucher des Espagnols, dont le pays n'était pas en guerre, afin de remplacer les Italiens réquisitionnés par leur gouvernement, entré dans le conflit aux côtés des Alliés depuis le 24 mai.

*

De semaine en semaine, la paix s'éloignait. L'ouverture de la session de 1915, puis la décision du Parlement de siéger sans interruption placèrent les députés mobilisés devant un choix crucial : siéger à la Chambre, garder l'uniforme, ou concilier les deux. La majorité d'entre eux revinrent à la Chambre. Sur cent quatre-vingt-dix appelés, seule une soixantaine resta au combat.

« À l'Assemblée comme dans nos usines, se plaignait cependant Florian, nous sommes en sous-effectifs, autant par manque d'élus que de personnel administratif. Le travail s'en ressent. Notre charge s'alourdit. »

Emma ne lui reprochait plus ses absences prolongées. Elle ne s'intéressait pas aux conditions d'existence de son mari à Paris, alors que le front n'était distant que de quelques dizaines de kilomètres.

Comme tous les parlementaires en effet, Florian courait de gros risques dans la capitale. Celle-ci était à portée des canons allemands. Le palais Bourbon, dans sa vie quotidienne, s'adapta aux vicissitudes de la guerre, prenant rapidement des allures de camp retranché. La plupart des œuvres d'art avaient été évacuées et mises à l'abri. La verrière de l'hémicycle fut recouverte de toile sombre pour éviter de fournir un point de repère aux avions ennemis. En mars, un poste de microphones fut installé au fronton pour détecter de loin les bruits de moteurs dans le ciel. Des agents parcouraient les couloirs pour donner l'alerte à l'aide d'une cloche à main, tandis que le clairon de garde passait dans les cours intérieures pour inviter députés et fonctionnaires à se réfugier dans les sous-sols, et, par la suite, dans les abris aménagés au rez-de-chaussée. La pénurie d'approvisionnement, depuis le début de 1915, augmentait la difficulté de la tâche de chacun. Florian était bien le dernier à se plaindre, conscient que tel était aussi le sort de tous ses concitoyens, surtout de ceux qui résidaient en territoire occupé. L'année suivante, en 1916, l'hiver, dans les régions du Nord, fut particulièrement rigoureux. Les températures tombèrent au-dessous de -23 °C. Toutefois les restrictions en fourniture d'énergie et d'alimentation n'empêchèrent pas le fonctionnement de la Chambre alors que le conflit perdurait.

Thibaud obtint une nouvelle permission à la fin janvier 1916. La tension était extrême sur le front de l'Est. Son capitaine lui conseilla d'en profiter, car, selon ses sources, les permissions seraient bientôt supprimées à cause de ce qui se préparait.

Il regagna Aigues-Mortes, la mine défaite, son uniforme portant encore des traces de boue. La vie dans les tranchées l'avait rendu méconnaissable.

Quand sans être passé par chez lui il se présenta devant Emma, celle-ci eut pitié de le voir dans un état si déplorable. Elle ordonna aussitôt à Maria de s'occuper de son neveu. Florian parti à Paris, Maria avait la lourde charge de diriger les Salicornes non plus seulement comme une simple gouvernante mais comme une intendante pourvoyant aux besoins de tous.

Elle prépara immédiatement un bain pour Thibaud et demanda à Dorine, la cuisinière, d'améliorer le repas prévu pour le dîner.

Elle craignait Thibaud. Son allure suffisante, ses paroles parfois déplacées à l'égard des domestiques de la maison l'avaient souvent heurtée. Elle se méfiait de lui, le soupçonnant de profiter de la situation pour exercer une mauvaise influence sur sa maîtresse.

Après le dîner, Emma proposa à son neveu de rester aux Salicornes.

— Maria te préparera une chambre. Tu ne vas pas rentrer chez toi dans ton état. Tu es bien trop faible. Reprends des forces ici. Tu y seras beaucoup mieux que dans ta maison, qui doit être glaciale et tout empoussiérée !

Thibaud ne repoussa pas l'invitation d'Emma et s'installa aux Salicornes le temps de sa permission, au grand dam de Maria et de Dorine.

Pendant huit jours, Maria ne put s'empêcher de l'observer discrètement, tout en demeurant éloignée de lui. Elle bouillait de colère en constatant son jeu. Thibaud ne cessait de complimenter Emma, de l'inonder de prévenances, de paroles affables, pleines de sous-entendus. Il dorlotait Charlotte comme si elle était sa propre enfant, n'ayant lui non plus aucune attention particulière pour Camille.

Celle-ci avoua un soir à Maria :

— Je n'aime pas tonton Thibaud ! Il veut jamais jouer avec moi. Je le dirai à papa, quand il reviendra.

Maria tentait de tempérer sa petite protégée. Elle détournait sa déception en lui affirmant qu'elle se trompait et que tout le monde l'aimait dans la maison.

— Y a que toi et papa qui m'aimez, se plaignit la fillette.

— Mais non, voyons ! Ta maman t'aime beaucoup aussi. Tu n'as pas le droit de penser ça !

Thibaud repartit au front sans avoir croisé Florian aux Salicornes.

À peine arrivé, il se retrouva plongé dans l'enfer de Verdun.

Quelques mois plus tard, Emma annonça à Florian qu'elle attendait à nouveau un enfant.

Pour la troisième fois, Florian bondit de joie.

Pour lui la vie continuait, malgré les malheurs qui s'abattaient sur le pays.

11

La fin du cauchemar

1916-1919

Le 21 février 1916, les Allemands étaient sortis de leurs tranchées pour se lancer à l'assaut de Verdun. Commençait alors, pour les deux camps, une éprouvante bataille d'usure de plus de neuf mois. Jamais aucune guerre ne connut un tel acharnement de la part des responsables militaires en charge de mener les opérations. Sur le front comme à l'arrière fut décrétée la mobilisation de toutes les forces vives de la nation. Malgré des conditions de survie et de combat épouvantables, les soldats s'adaptèrent, résistèrent. Beaucoup n'en revinrent pas. D'autres, plus nombreux encore, furent marqués à vie par le spectacle dantesque qu'ils eurent à supporter chaque jour, de semaine en semaine, de mois en mois. Le temps devint interminable pour ceux qui avaient la chance d'être encore en vie. Plus de sept cent mille soldats, Alliés comme Allemands, trouvèrent la mort dans les tranchées de Verdun. Une véritable hécatombe.

Thibaud surmonta les épreuves du feu sans aucune blessure. Il passa miraculeusement à travers les explosions d'obus, les mitraillages d'armes automatiques, les tirs de mortiers, les jets de lance-flammes. Il affirmait, pince-sans-rire, devant ses camarades maghrébins incorporés dans les troupes françaises qu'il avait la baraka. Certains osaient lui répondre qu'elle finirait par l'abandonner s'il persistait à se montrer envers eux dédaigneux et raciste. Thibaud acceptait mal, en effet, de devoir compter parfois sur des hommes de couleur ou issus d'Afrique du Nord pour tenir une position ou monter à l'assaut d'une colline, ordre donné par ses supérieurs. En tant que sergent, il avait sous son commandement une vingtaine de soldats auxquels il ne concédait rien, comme s'il reportait sur eux la haine qu'il vouait à l'ennemi. Certes, il ne se défilait jamais face à son devoir, mais plus il se battait, plus il s'aigrissait.

Thibaud avait la rage de vaincre. Il n'envisageait pas la défaite. La guerre lui forgea un caractère d'acier.

Aux Salicornes, Emma et Florian souffraient maintenant comme tous les Français. Les restrictions, les privations, la pénurie de l'essentiel, les mauvaises nouvelles concernant des proches, amis ou simples connaissances, les affligeaient dans leur vie quotidienne.

Florian ne cessait de se rendre aux funérailles d'administrés, tombés sur les champs de bataille, de serrer des mains pour présenter ses condoléances ou pour prononcer des paroles de soutien et de compassion.

Quand il montait à Paris, il assistait dans les rues de la capitale à l'étrange spectacle d'un peuple en détresse, au milieu duquel les soldats permissionnaires, rentrant chez eux pour une courte parenthèse de répit, déambulaient d'une gare à l'autre, tels des automates hagards, encore sous l'effet de l'enfer qu'ils vivaient sur le front.

Enceinte, Emma remplissait sa tâche de maîtresse de maison et de mère de famille avec abnégation. Comme toutes les femmes du pays, alors qu'elle ne pâtissait nullement de l'absence d'un être cher, elle gardait la tête haute par solidarité et dignité. Elle exigeait de sa domesticité d'être exemplaire, de ne pas relâcher ses efforts, d'être courageuse dans l'adversité. Maria attendait les lettres d'Antonin avec impatience. Lui aussi semblait touché par la chance, sortant toujours indemne des assauts et des bombardements. Dorine s'inquiétait pour ses deux frères qui combattaient l'un en Artois, l'autre en Champagne. Désiré, le jardinier, tremblait pour son fils aîné incorporé dans la marine et redoutait la mobilisation de son cadet si la guerre perdurait une année de plus. Tous ne vivaient que dans l'espoir d'une permission accordée aux leurs qui les réunirait pendant quelques jours et leur permettrait de retrouver un semblant de vie de famille.

Emma évitait de penser aux désastres de cette guerre qui s'éternisait. Ses enfants grandissaient dans l'insouciance et l'ignorance de ce qui se passait à l'extérieur de leur maison. Charlotte, à bientôt deux ans, était au centre de toutes ses attentions. Petite fille fragile, elle angoissait souvent sa mère à cause de ses quintes de toux et de ses subits accès de fièvre. Le médecin lui avait diagnostiqué un asthme épisodique et avait immédiatement rassuré Emma :

« C'est assez fréquent chez les enfants jusqu'à six ans. Ensuite le mal tend à disparaître de lui-même. En général, ceux qui sont atteints par ce type d'asthme se portent bien entre les crises. Ne vous affolez pas lorsque celles-ci se produisent à l'occasion d'un simple rhume. En revanche, prenez tout de suite les mesures nécessaires en cas d'une infection respiratoire plus grave. »

Sur ses conseils, quand une crise survenait chez son enfant, Emma s'empressait de lui donner à inhaler des vapeurs de plantes prescrites par le médecin.

Elle écartait Maria quand elle soignait Charlotte, comme si elle refusait qu'une autre s'occupe de son enfant. Maria ne s'en offusquait pas mais ne comprenait pas une telle attitude. Elle avait espéré qu'attendre à nouveau un enfant lui aurait adouci le caractère. Elle se trompait. Emma la rabrouait pour un rien, lui reprochait souvent de ne pas réagir assez rapidement quand elle lui donnait un ordre, critiquait son manque d'organisation dans la maison :

« Vous étiez plus vive avant votre mariage ! Cessez donc de ne penser qu'à votre mari. Ça ne le fera pas revenir plus vite ! Je trouve que la maison souffre de laisser-aller. Ne m'obligez pas à prendre des sanctions qui me seraient tout aussi désagréables qu'à vous. »

Maria ne répliquait pas, estimant que sa maîtresse n'était pas dans son état normal. Elle s'efforçait de ne pas en parler à Florian afin de ne pas envenimer la situation. Son maître ne l'excuserait pas devant sa femme. Mais elle affirmait dans ses lettres à Antonin qu'en temps de paix elle aurait demandé ses gages et quitté les Salicornes. Antonin la suppliait de patienter, persuadé que tout rentrerait dans l'ordre une fois la guerre terminée. *Tous les esprits sont échauffés*, lui écrivait-il. *Sois patiente. Emma est enceinte, ça doit la perturber.*

Camille, qui allait avoir cinq ans, avait bien compris que sa mère ne se comportait pas de la même manière avec elle et avec sa sœur. Pour autant, elle n'éprouvait aucune jalousie. Elle se résignait à cette situation en s'isolant dans sa chambre et en se repliant sur elle-même. Elle se réfugiait toujours dans les jupes de Maria et la sollicitait de plus en plus au fur et à mesure qu'Emma approchait de son terme. La fillette voyait avec appréhension le ventre de sa mère s'arrondir de jour en jour. Bien qu'ayant déjà assisté à l'arrivée de Charlotte – mais elle n'avait que trois ans alors –, elle ne saisissait pas tout à fait ce qui arrivait. Maria lui avait plusieurs fois expliqué que sa maman portait dans son ventre son futur petit frère ou sa future petite sœur, mais Camille se figurait tout autre chose.

— Elle finira par éclater, s'effrayait-elle. Elle va donner naissance à un monstre… Son bébé va être énorme…

Maria avait beau la rassurer, elle ne parvenait pas à lui ôter de l'esprit la crainte que sa mère ne redevienne pas comme avant, passé l'accouchement.

— Il faudra lui ouvrir le ventre pour la délivrer ? s'enquérait l'enfant, incrédule et terrifiée.

Camille avait une imagination débordante. Seule la présence de son père calmait ses appréhensions. Aussi, quand Florian revenait de ses tournées dans le département ou de Paris, Maria s'empressait-elle de lui raconter ce qui s'était passé en son absence pour qu'il aille tranquilliser sa fille.

— Elle est très émotive, lui affirma-t-elle cette fois-là. L'arrivée prochaine d'un nouvel enfant dans la famille la perturbe beaucoup.

Maria n'osait avouer ce qu'elle percevait chez Camille : une fois de plus, l'enfant éprouvait la crainte d'être rejetée au profit du nouveau-né.

— Je m'occupe d'elle autant que mes obligations me le permettent, se justifia Florian. J'imagine ce que vous ressentez. Et je vous comprends, Maria. Ne vous faites pas de souci, tout ira bien, j'y veillerai.

Maria saisit que son maître avait deviné ce qu'elle lui signifiait à demi-mot. Elle en fut soulagée.

⋆

Damien naquit au début de novembre 1916.

— C'est la deuxième fois que j'accouche au mois de novembre, se réjouit Emma en sortant de l'épreuve qu'elle avait subie.

Florian releva aussitôt que ses trois enfants étaient tous nés le même mois.

— Camille aussi ! signifia-t-il sans trop prêter attention à l'oubli de sa femme, qu'il mit sur le compte de son difficile accouchement.

Encore plus que Florian, qui avait espéré un garçon après ses deux filles, Emma fut transportée de joie quand la sage-femme lui annonça, aussitôt la délivrance accomplie, qu'il s'agissait d'un magnifique petit homme de trois kilos cinq cents. Sans avoir consulté son mari, elle l'appela Damien.

Florian n'émit aucune objection. Ce prénom lui convenait. Ils en avaient repéré quelques-uns, sans pour autant se décider.

— Va pour Damien, accepta-t-il. J'aurais préféré Rodolphe, un de ceux que nous avions évoqués ensemble. Mais puisque c'est ta décision, je ne m'y oppose pas.

Comme pour ses autres enfants, Florian montra immédiatement beaucoup d'attention pour le nouveau-né. Mais, cette fois, Emma lui recommanda de se tenir éloigné de lui les premiers jours.

« Ne te penche pas trop près au-dessus de son berceau, tu pourrais lui transmettre tes microbes », lui répétait-elle.

De même, elle mit un point d'honneur à lui donner elle-même le biberon, même la nuit, alors que pour Charlotte elle en laissait volontiers la charge à Florian.

« Mon bébé est très fragile », prétextait-elle, pour ne pas froisser Florian qui s'étonnait de ses réactions.

— *Ton* bébé est également *mon* enfant ! lui rétorqua-t-il un soir, alors qu'il était particulièrement chagriné par l'attitude de sa femme. Je commence à en avoir assez de tes sautes d'humeur et de ton comportement possessif à l'égard de Charlotte et de Damien. J'aimerais que tu sois la mère à part entière de nos trois enfants.

C'était la première fois que Florian adressait de tels reproches à Emma.

Celle-ci, interloquée, ne sut que répondre. Elle se contenta de lui tendre Damien et lui dit d'appeler Maria pour le changer.

— Je peux le faire moi-même, lui répliqua-t-il. Je te conseille de te reposer et de te ressaisir. Je ne voudrais pas m'absenter en te laissant dans cet état d'esprit.

Florian était visiblement chagriné.

Derrière la porte, Maria avait entendu son altercation avec Emma.

Enfin ! pensa-t-elle. Il était temps qu'il crève l'abcès !

*

Les deux années suivantes se déroulèrent dans la même angoisse des lendemains incertains. À l'arrière, la résignation gagnait peu à peu, tandis qu'au front l'acharnement des états-majors affectait le moral des troupes, provoquant insubordinations, défaitisme, mutineries et désertions.

Alors que plus personne n'entrevoyait la fin des hostilités, le 11 novembre 1918 souleva une grande liesse à travers le pays. La guerre s'achevait brutalement, dans d'étranges conditions. Malgré les innombrables victimes, les terribles destructions dans les zones de combat, le chaos général autant dans l'économie que dans tous les esprits, nul n'avait le cœur tout à fait en berne en ce jour de victoire. Certes, celle-ci avait été arrachée à l'adversaire in extremis. Le général Mangin, après le désastre de la bataille du Chemin des Dames en mai, n'avait-il pas arrêté l'avancée allemande à moins de soixante-dix kilomètres seulement de Paris, le 22 juin, après une contre-offensive surprise et en sacrifiant cent quarante mille hommes ? Jamais la menace n'avait été aussi forte. Jamais on n'avait été aussi près de la défaite.

Florian, comme l'ensemble de la classe politique, était encore sous le choc de l'annonce de l'armistice. Celui-ci, obtenu après l'abdication du kaiser Guillaume II, contesté à Berlin et aux prises avec la révolution, fut très vite suivi de l'évacuation par les armées allemandes de tous les territoires envahis. Dix jours plus tard, plus aucune troupe ennemie ne se trouvait sur le sol national.

La vie parlementaire pouvait reprendre.

Florian, prévoyant que les députés auraient un surcroît de travail à cause des traités de paix qui seraient discutés entre Alliés, prévint Emma :

— Je suis obligé de te laisser seule avec les enfants. Mon devoir m'attend à Paris.

Emma ne lui adressa aucun reproche. Elle se contenta de relever :

— Je savais à quoi m'en tenir en t'épousant ! J'espère seulement que tu finiras par être battu aux prochaines élections ! Ainsi, tu pourras t'occuper sérieusement de ton usine et des Salins, comme je te l'avais demandé avant la guerre…

Devant de telles remarques, Florian évitait de répliquer. Il avait mauvaise conscience d'abandonner femme et enfants, mais l'attitude d'Emma le décourageait. S'il l'aimait toujours comme au premier jour, il ne comprenait pas ce qui la poussait à l'affronter alors qu'au début de leur mariage elle admirait sa façon de considérer ses rapports aux autres, notamment dans son entreprise et vis-à-vis de ses administrés, pour lesquels il se dévouait corps et âme.

Un jour, à la mi-janvier 1919, alors qu'il s'apprêtait à regagner la capitale pour l'ouverture de la conférence de la Paix, il lui demanda sans détour :

— Qu'est-ce qui a changé en toi, ma chérie ? J'ai l'impression que ton caractère s'est aigri pendant cette guerre. J'admets les difficultés que tu as rencontrées à élever souvent seule nos enfants. Est-ce une raison suffisante pour m'en vouloir ? Me reproches-tu de m'absenter trop fréquemment ? À moins que tu n'aies cessé de m'aimer ?

Emma détourna le regard, tout étonnée d'entendre un tel discours.

Elle se troubla. Chercha ses mots. Bredouilla :

— Euh... c'est-à-dire que... Non... enfin... c'est absurde, voyons ! Je t'aime autant qu'avant. Il n'y a rien de changé entre nous...

— Alors, explique-moi. Ce sont les enfants qui te préoccupent, au point d'être si distante avec moi ? Certes, j'ai ma part de responsabilité dans ce qui nous arrive. Je le concède, mais tu n'ignorais pas que j'étais un homme très occupé en m'épousant !

Emma ne répondit pas.

— Tu me caches quelque chose ! osa-t-il supposer. Sois franche avec moi, comme je le suis avec toi.

— Tu te fais des idées, Florian ! Je ne te cache rien. J'ai seulement hâte que tu sois un peu plus présent dans ta famille.

Ce jour-là, ils se quittèrent sans avoir avancé dans la résolution de leur différend.

Le 18 janvier s'ouvrit à Versailles la conférence de la Paix. Il s'ensuivit de longs mois de disette parlementaire. Le pouvoir exécutif mena drastiquement le déroulement des négociations. La majorité montra alors plusieurs signes d'affaiblissement qui alarmèrent Florian et les députés de son parti.

« Clemenceau gouverne de façon personnelle, entendait-on dans les travées de l'Assemblée. Il agit comme si nous étions encore en état de guerre... »

Depuis qu'il était président du Conseil, en effet, Clemenceau utilisait la question de confiance comme une arme de chantage politique. Les chambres du Parlement n'osaient courir le risque de renverser un président du Conseil aussi populaire. S'aliénant toute une partie de la gauche, le Père la Victoire, comme on le surnommait, ne faisait pas l'unanimité.

Florian se sentait de plus en plus mal à l'aise avec ses amis radicaux, qui soutenaient le gouvernement du vieux Tigre. À l'Assemblée, il se rapprochait souvent des socialistes, au point qu'on lui signifia bientôt qu'il devait choisir son camp. Il préféra alors remettre sa carte de radical pour rejoindre ses collègues de la SFIO. De son côté, escomptant arracher à l'Allemagne le plus de compensations possible, la droite approuvait Clemenceau, qui obtint ainsi le renouvellement de la confiance de l'Assemblée par une écrasante majorité.

Florian réprouvait l'acharnement de la délégation française à la conférence de la Paix. Quand il rentra à Aigues-Mortes, il ne dissimula pas son écœurement et sa désillusion.

— Cette paix imposée à l'Allemagne, déclara-t-il à Emma qui ne l'écoutait que d'une oreille, porte en elle les germes d'un futur conflit et déclenchera tôt ou tard une autre guerre, dès que les Allemands, bafoués dans leur honneur, redresseront la tête. Les exigences du président du Conseil contre les vaincus sont totalement démesurées.

Profitant de la trêve parlementaire dictée par le jeu diplomatique, Florian reprit en main sa bonneterie.

Il demanda à son fondé de pouvoir de lui établir un état des lieux complet des finances de son entreprise, et fut surpris de constater à quel point sa situation était saine.

— Comme toutes les usines textiles, nous avons souffert de la pénurie d'approvisionnement en matière première, reconnut Pierre Dhombre. Toutefois, notre point fort a résidé dans notre capacité à remplacer les usines du Nord, occupées par l'ennemi. Comme votre ami Rochefort à Nîmes, nous avons travaillé pour l'armée en lui fournissant tout le nécessaire du soldat en temps de guerre. La bonneterie demeure une valeur sûre en période d'incertitudes !

Florian, qui avait suivi de loin l'évolution de son entreprise, ne cacha pas son étonnement et sa satisfaction.

— Je vous félicite, Pierre. Je savais pouvoir compter sur votre dévouement et vos compétences. Je ne regrette pas de vous avoir accordé toute ma confiance. Grâce à vous, je ne serai pas obligé de licencier. Au contraire, j'escompte bien qu'avec le retour de nos soldats dans leurs foyers nous redémarrerons de plus belle. Il faudrait songer à la création de nouveaux articles. Voire à développer cette matière qui commence à remplacer la soie…

— La viscose ? C'est en effet une très belle invention de ces dernières années. Une soie artificielle qui fait déjà fureur aux États-Unis. Elle sera parfaite pour la confection des bas féminins.

À l'orée de l'année nouvelle et de la période de paix qui s'amorçait, Florian reprenait espoir de retrouver une vie plus apaisée et de renouer avec toutes les valeurs qui étaient siennes avant que les hommes ne tombent dans leur folie meurtrière.

Malgré ses craintes d'être battu – pour avoir changé d'appartenance politique au profit de la gauche socialiste –, il fut réélu aux élections des 16 et 30 novembre 1919. Mais, à sa grande déception, la majorité bascula à droite avec la victoire du Bloc national, qui amena à l'Assemblée la « Chambre bleu horizon », d'après la couleur des uniformes des poilus.

— La campagne s'est déroulée autour du ralliement à l'Union sacrée et s'est cristallisée sur la peur de la révolution bolchevique, expliqua-t-il à Emma, sitôt rentré de Montpellier, où il avait assisté aux premières réunions de son parti dans le département.

— Alors, tu repars comme avant ! se contenta de lui répondre Emma. Décidément, rien ne te changera jamais !

Florian se tut quelques secondes. Il ne voulait pas polémiquer.

— Sois tranquille, finit-il par dire. Si ce que je perçois pour l'avenir se concrétise, c'est sans doute la dernière fois que je suis élu. Les Français ont viré à droite. Pour longtemps. L'esprit de revanche les a contaminés. Et c'est pain bénit pour la droite dure.

12

Escapade

1920

En l'espace de quelques mois, Clemenceau, soutenu par la droite, subit à la fois la réduction de sa majorité puis, en forme d'estocade finale, l'échec de sa candidature à l'élection présidentielle du 17 janvier 1920. L'heureux élu, Paul Deschanel, avait été pendant toute la guerre, en tant que président de la Chambre, un fervent défenseur du pouvoir législatif.

Florian cependant ne jubilait pas. Certes, il se réjouissait de la restauration des droits du Parlement. Toutefois, il était conscient que les années à venir seraient marquées par d'énormes difficultés, autant du point de vue politique que du point de vue économique. Un peu partout, chez les vainqueurs comme chez les vaincus du conflit, l'affirmation des nationalismes créait une atmosphère délétère et excitait les esprits. À Berlin, déjà, un putsch contre la jeune République avait révélé la montée en puissance des groupes d'extrême droite, tandis que le Parti ouvrier devenait le Parti national-socialiste des travailleurs allemands. En Italie, les déçus des traités de paix commençaient à s'agiter.

Aux Salicornes, Emma se tenait toujours à cent lieues de ce genre de préoccupation. Dépitée de ne pas avoir obtenu de Florian ce qu'elle attendait de lui – une présence plus assidue au prix de l'abandon de sa fonction parlementaire –, elle reprit de plus belle sa place dans son entreprise et se rapprocha à nouveau de Thibaud, qu'elle considérait non seulement comme un miraculé mais encore comme un héros.

« Lui, au moins, s'est battu sur le front au péril de sa vie ! » laissait-elle parfois entendre quand elle le citait en exemple devant ses filles.

Charlotte, à cinq ans passés, ne comprenait pas vraiment ce que cela signifiait ni ce que sa mère insinuait.

— Qu'est-ce qu'il a fait, tonton Thibaud ? demandait-elle naïvement à sa sœur.

Camille ne pouvait lui répondre avec précision. Ni Emma ni Florian n'avaient souhaité évoquer devant leurs enfants les terrifiantes réalités de la guerre.

Maria lui avait parlé de son mari Antonin, de ses craintes, du danger qu'il avait couru. La fillette avait deviné qu'il se passait des choses très graves loin de chez elle, dans des régions où les habitants devaient se terrer dans des caves pour échapper aux bombardements, où les soldats combattaient dans des tranchées remplies de boue, par tous les temps. Quand elle avait revu Antonin après son retour du front, elle s'était précipitée vers lui pour qu'il lui détaille « son voyage », comme elle qualifiait son absence. Antonin, marqué par l'horreur et les souffrances, avait été incapable de satisfaire sa curiosité.

« Tonton Tonin s'est battu contre les Allemands, se contentait-elle de répondre à Charlotte. Il les a empêchés de venir détruire notre maison. »

Dotée d'une forte imagination, Camille racontait à sa jeune sœur des histoires d'ogres aux grandes bottes et aux longs bras, volant les petits enfants à leurs mamans pour les emmener loin dans les bois de leurs pays, là où le ciel est couvert de gros nuages gris et où le soleil n'apparaît jamais. Charlotte, effrayée, demeurait bouche bée et les oreilles grandes ouvertes devant son aînée, qui s'empressait de la tranquilliser dès que les larmes lui montaient aux yeux.

« N'aie pas peur ! Je serai toujours avec toi. Je te protégerai. Personne ne nous fera du mal.

— Tonton Thibaud nous défendra ?

— Tonton, je ne sais pas. Il ne m'aime pas beaucoup ! Moi non plus d'ailleurs ! »

Camille se rendait compte que Thibaud, tout comme sa mère, la maintenait à distance, s'intéressant beaucoup plus à Charlotte, mais surtout à Damien. L'enfant lui montrait beaucoup d'affection et se jetait dans ses bras dès qu'il l'apercevait auprès de sa mère.

Camille s'était habituée à être considérée différemment. Elle croyait que c'était normal, que toutes les grandes sœurs étaient comme elle. Plus tout à fait des enfants, pas encore des grandes personnes. Des filles qui devaient veiller sur les autres enfants de la famille, aider au besoin, ne rien demander, surtout pas des baisers de leur maman ni des câlins. Les câlins, c'était pour les petits derniers. Logique ! Ils étaient les plus jeunes, les plus fragiles. Les aînés avaient des devoirs, des tâches à accomplir, des responsabilités. Rien à exiger ni à espérer.

Camille n'attendait plus de tendresse de sa mère. Elle l'aimait pourtant, autant qu'un enfant peut aimer sa maman, parce que le lien maternel, indestructible, les unit par-dessus tout.

En revanche, lorsque Florian rentrait de ses tournées, elle exultait, se jetait dans ses bras, le couvrait de baisers, l'abreuvait de « Je t'aime, papa », ne le lâchait pas tant qu'il ne lui signifiait pas de le laisser un peu respirer. En retour, Florian adulait sa fille, ne cessait de lui dire qu'elle était belle, adorable, vive et perspicace.

« Tu es le sel de ma vie ! lui répétait-il.

— Pas Charlotte ni Damien ? s'étonnait la fillette, qui craignait a contrario que son père n'ait la même attitude envers son frère et sa sœur que sa mère vis-à-vis d'elle.

— Bien sûr que si ! la tranquillisait-il aussitôt. Vous êtes mes trois trésors. Je vous aime autant tous les trois. »

Au reste, Florian ne se privait pas des mêmes démonstrations d'amour avec ses deux autres enfants.

Maria, qui assistait parfois à leurs jeux et à leur connivence, se réjouissait en catimini et n'aspirait qu'à une chose : qu'Antonin lui donne à elle aussi de beaux enfants.

Antonin, encore traumatisé, ne voulait pas en entendre parler.

— Pour qu'un jour on les envoie se faire tuer à la guerre ? s'insurgeait-il.

★

Florian emmenait souvent ses enfants sur les remparts d'Aigues-Mortes. Du haut de la tour Matafère, le visage battu par le vent marin qui déposait sur leurs lèvres gourmandes un goût amer d'algue et d'iode, ils contemplaient le ciel brûlé de soleil et admiraient les couleurs irisées des Salins. La mer miroitait au sud de tous ses reflets, tandis qu'au nord, dans les lointains, les géants cévenols se dressaient telles des sentinelles inexpugnables.

Ils parcouraient ensemble le chemin de ronde, s'amusant à scruter l'horizon à travers les créneaux, comme pour apercevoir sur les flots les navires des croisés revenant de Terre sainte. La tour de Constance n'avait plus de secrets pour eux. Florian leur racontait souvent l'histoire de Marie Durand, cette héroïne protestante originaire du Vivarais, symbole de la résistance à l'intolérance religieuse, enfermée pendant près de quarante ans pour avoir refusé d'abjurer sa foi.

Pointant du doigt les vastes étendues des Salins du Sud, qui s'étiraient entre la mer et les remparts, il leur montrait les tables salantes au-dessus desquelles les flamants roses prenaient leur envol.

— Pourquoi l'eau est rose ? s'étonna ce jour-là Damien, le plus émerveillé des trois enfants.
— À cause de la saturation en sel.
— Ça veut dire quoi ?
— Que l'eau est pleine de sel.
— Et les grands oiseaux aux longues pattes, eux aussi ils sont pleins de sel ?
Camille rit aux éclats de la naïveté de son frère.
— Mais non ! lui répondit-elle. Ils sont roses parce qu'ils mangent beaucoup de petites crevettes, c'est ça qui leur donne cette magnifique couleur rosée.

Camille aimait jouer à la maîtresse d'école avec son frère et sa sœur. Florian la laissait leur expliquer ce qu'à leur âge ils découvraient sans toujours comprendre. Camille prenait son rôle très au sérieux. Charlotte et Damien ne cessaient de la solliciter.

« Vous avez de merveilleux enfants ! s'extasiait Maria quand Florian rentrait d'une promenade et les lui confiait avant le repas. Camille est une grande sœur très dévouée. Elle est d'une telle douceur et d'une telle patience avec son frère et sa sœur ! Elle est adorable. »

Maria ne se voilait pas la vérité. Elle éprouvait une préférence pour l'aînée de la fratrie. Elle évitait de le montrer pour ne pas susciter de jalousie. Mais, parfois, elle se trahissait. Emma la reprenait sévèrement et lui imposait alors de s'éloigner de ses enfants et d'aller aider Dorine à la cuisine.

« Vous avez une mauvaise influence sur les enfants, lui reprochait-elle quand elle se mettait en colère. Vous ne devez pas faire de différence entre eux. »

Malgré son envie, Maria se retenait de répliquer.

« Quel toupet ! explosait-elle devant Antonin. Elle n'a même pas conscience de son manque d'affection envers Camille ! »

Antonin avait de plus en plus de mal à contenir sa femme.

— Un jour, éclata Maria, je finirais par lui dire ses quatre vérités devant Monsieur. Elle l'aura bien cherché. Son traumatisme dû au naufrage n'est pas la raison de son attitude. Je n'y crois plus. C'est une histoire ancienne. Pour moi, cette femme n'aime pas son enfant.

— Comment oses-tu affirmer une telle horreur ?

— Elle ne serait pas la première !

Maria se contenait, craignant pour sa place et pour celle d'Antonin.

*

Florian continuait d'emmener Camille dans de longues chevauchées à travers la Camargue. La fillette montait maintenant une petite jument alezane que son père lui avait offerte pour ses neuf ans et qu'elle avait baptisée Pégase, car, espérait-elle, elle s'envolerait avec elle dans le ciel. Charlotte, peu attirée par les chevaux, ne les accompagnait jamais. Quant à Damien, Emma lui avait demandé d'attendre qu'il soit un peu plus grand pour lui faire commencer l'équitation.

« Il vient d'avoir quatre ans ! avait objecté Florian. À son âge, Camille montait déjà sur un poney…

— Je ne tiens pas à ce que mon fils ait un accident qui le handicaperait toute sa vie. Il est trop jeune. »

Florian n'avait pas insisté ni relevé que Damien était également *son* fils.

Damien patienterait.

Camille partait souvent seule autour des Salicornes. Florian lui recommandait d'être prudente et de ne jamais trop s'éloigner, de garder en vue la maison et d'éviter les zones d'eau stagnante.

L'enfant aimait s'isoler dans les marais, là où son regard ne rencontrait rien d'autre que des étendues sauvages, où personne ne pouvait la surveiller. Elle avançait au pas, tirant la bride de sa jument afin de contenir sa fougue. Elle observait autour d'elle le moindre détail, le moindre chuchotement, le moindre bruissement. L'œil et l'oreille aux aguets. Elle se fondait dans la nature, communiait avec elle, sentait son appel. Elle descendait parfois de sa monture pour se cacher derrière une barrière de roseaux, tel un chasseur à l'espère. Tenant Pégase par la bride, elle se retenait de respirer trop fort pour ne pas trahir sa présence. Son cœur s'accélérait quand elle découvrait un nid de huppes fasciées, de martinets noirs ou de martins-pêcheurs dissimulé dans un tamaris. Elle maintenait fermement sa main sur les naseaux de son cheval pour l'empêcher de hennir et s'en approchait à pas feutrés, sans jamais se dévoiler. Au printemps, elle savourait les parades nuptiales, lorsque les aigrettes, les bécasses, les chevaliers, revenant d'Afrique, s'apprêtaient à se reproduire. Son âme d'enfant s'émerveillait devant une nature en pleine renaissance, qui lui offrait toute une palette de teintes pastel sous l'azur du ciel qui se fondait à l'horizon dans le bleu intense de la mer. Le visage battu par les embruns, elle ne voyait pas le temps passer. Elle galopait, la crinière de son cheval flottant dans le vent, faisant s'envoler au passage goélands, mouettes et colverts. Elle adorait s'enfoncer dans les vagues jusqu'aux flancs de sa jument à la robe fauve. Tout éclaboussée, elle riait aux éclats, hurlait sa joie, sans crainte d'être entendue ni observée.

Plus Camille chevauchait dans la solitude des grands espaces, plus elle oubliait que sa mère la délaissait au profit de sa sœur et de son frère, plus elle devenait une petite sauvageonne à l'esprit indépendant, détachée de l'univers étroit où, sous le toit des Salicornes, elle se sentait prisonnière.

Pour elle, la vie prenait son sens dans la liberté et, petit à petit, dans l'interdit.

Son père avait beau la mettre en garde et lui recommander de ne pas commettre d'imprudence, elle était tentée par les terres inconnues.

Je ne risque rien, se rassurait-elle en caressant l'encolure de son cheval. Pégase me sortira toujours d'un mauvais chemin.

Attirée par tout ce qu'elle découvrait au gré de ses escapades, elle s'éloignait peu à peu du domaine des Salicornes. Elle se repérait en mémorisant ici un bouquet de tamaris, là un cordon de dunes enserrant une lagune, plus loin des masses sombres dont elle ne s'approchait jamais, des taureaux apparemment paisibles mais qu'elle craignait.

Un après-midi de septembre, alors qu'elle s'était absentée après le déjeuner en promettant à sa mère d'être de retour pour le goûter, elle ne prêta pas attention à la distance qu'elle avait parcourue.

Florian était en réunion à sa permanence de la SFIO, à Montpellier. Emma avait à peine remarqué le départ de sa fille. Elle ne s'opposait plus à elle, quand la fillette décidait d'entreprendre une promenade à cheval. Elle avait seulement demandé à Maria de la prévenir lorsque Camille serait rentrée, puis elle s'était enfermée dans son bureau en compagnie de Thibaud.

« Qu'on ne me dérange pas ! avait-elle ordonné. J'ai beaucoup de travail. »

Sûre d'elle, Camille avait chevauché au gré de sa fantaisie, bravant le vent qui lui cinglait le visage. Enivrée et fourbue, elle s'arrêta sur un tertre pour observer et reprendre ses marques. Autour d'elle, les roubines disparaissaient de manière insensible, remplacées par la sansouïre, dont les espaces argileux inondés à la première pluie se révélaient parfois dangereux. À perte de vue, la salicorne, rabougrie car adaptée à la violence du mistral, tapissait le sol de ses reflets pourpres. Attirée par un troupeau de chevaux sauvages, Camille s'enfonça plus profondément dans cette steppe salée. Pégase refusa de prendre le galop, sentant le danger. Derrière les chevaux, une trentaine de taureaux broutaient paisiblement.

Camille piqua des deux. Pégase ne broncha pas et poursuivit au petit trot. Puis elle s'arrêta brutalement devant une zone marécageuse.

— Qu'est-ce que tu as, Pégase ? Allez, avance ! lui ordonna Camille. Tu vois bien que ces taureaux ne peuvent pas nous atteindre !

La jument hennit, baissa l'encolure à plusieurs reprises, gratta le sol de ses sabots ferrés.

Camille descendit de selle, chagrinée. Elle tira Pégase par la bride pour la contraindre à avancer.

— Ne m'oblige pas à user de ma cravache, finit-elle par menacer.

Elle s'arc-bouta pour la forcer à lui obéir.

Alors, apeuré, l'animal se cabra.

Camille trébucha, chuta en arrière. Sa tête heurta une pierre. Malgré la bombe qui la protégeait, elle perdit connaissance.

Les heures passaient.

Aux Salicornes, Emma commençait à s'alarmer de l'absence de sa fille.

— Elle m'a promis d'être de retour vers seize heures, se justifia Maria. Elle n'a pas l'habitude de désobéir. Il lui est arrivé quelque chose. Il faut avertir Monsieur.

Emma calma sa gouvernante et se donna encore une heure avant de prendre une décision.

En cette mi-septembre, les jours tombaient vite. Maria était dans tous ses états. Elle insista :

— Camille a eu un accident, j'en suis certaine !

— Ne vous affolez pas inutilement. Elle reviendra quand elle comprendra que passer la nuit dehors n'est pas agréable. La peur la ramènera aux Salicornes. Et elle m'entendra !

Maria ne put que s'incliner.

Quand Florian fut de retour aux environs de dix-huit heures, elle se précipita vers lui et, sans attendre qu'Emma le prévienne, lui décrivit la situation.

— Il n'y a pas une minute à perdre, déclara-t-il. Je selle un cheval et je cours immédiatement à sa recherche. Vous a-t-elle dit où elle allait ?

— Je l'ignore, Monsieur. Depuis quelque temps, elle aime s'approcher du littoral. Quand elle rentre, je sens sur elle le sel et l'iode de la mer.

— Emma, tu m'expliqueras à mon retour pourquoi tu ne m'as pas averti plus tôt !

Florian ne voulait pas affronter sa femme inutilement. Il partit au galop droit devant lui, en direction du front de mer, sillonna tous les endroits où il avait chevauché en compagnie de Camille, revint maintes fois sur ses pas, à l'affût du moindre indice de son passage. En vain.

Camille demeurait introuvable.

La nuit tombait. Il était de plus en plus inquiet.

Alors, tandis qu'un magnifique clair de lune illuminait les étangs, il entendit le hennissement d'un cheval. Puis des bruits de galop. Autour de lui, la sansouïre semblait se replier sur elle-même, comme pour se protéger du mistral, qui redoublait. Dans les roseaux et à la cime des tamaris, les oiseaux dans leurs nids gardaient le silence devant l'intrus.

Le martèlement des sabots sur le sol argileux se rapprochait.

Tout à coup, derrière un tertre, Florian aperçut Pégase, crinière au vent. La jument s'arrêta brutalement devant sa monture et hennit plusieurs fois, comme rassurée d'avoir retrouvé son maître.

— Holà ! Holà ! s'écria Florian. Doucement, ma belle.

Il mit pied à terre, saisit la bride de Pégase, examina son garrot, puis son encolure, ses flancs, pour vérifier qu'elle n'était pas blessée.

L'animal, nerveux, semblait lui indiquer de le suivre.

Florian se remit en selle, tenant la bride de Pégase dans sa main droite.

— Allez, ma belle, conduis-moi à Camille.

La jument s'exécuta. Elle prit lentement le galop et, à travers la nuit, mena son maître vers sa jeune maîtresse.

Quand Florian découvrit Camille, celle-ci commençait à reprendre conscience. Il la prit dans ses bras et, après s'être assuré qu'elle allait bien, il la hissa à califourchon sur sa monture, la serrant très fort contre lui pour la réconforter.

— Tu ne me grondes pas ? s'étonna timidement Camille.

— Te gronder ? Pourquoi donc ?

— J'ai désobéi. Je me suis trop éloignée de la maison. Je me suis perdue. Et quand j'ai voulu forcer Pégase à avancer, je l'ai apeurée, elle a résisté et je suis tombée à la renverse. Tout est de ma faute.

Florian tranquillisa sa fille. Mais Camille craignait surtout la réaction de sa mère.

Dès leur retour aux Salicornes, Florian prit immédiatement sa défense et coupa la parole à Emma, qui éructait de colère :

— Camille est saine et sauve ! déclara-t-il. C'est l'essentiel. Cette petite mésaventure lui servira de leçon. Inutile d'en rajouter !

Emma se tut. Elle saisit ce soir-là qu'elle n'aurait jamais le dessus face à son mari.

— Si j'avais su… se contenta-t-elle de relever.

— Quoi… si tu avais su ? Que sous-entends-tu ?

— Rien, je me comprends.

L'incident n'eut pas de suite. Camille en fut quitte pour la peur et promit de ne plus commettre d'imprudence à l'avenir.

13

L'incroyable réapparition

L'automne était déjà bien installé. Les arbres se drapaient d'or et de pourpre. Sur les étangs, les oiseaux migrateurs se regroupaient et amorçaient d'étranges ballets annonciateurs de leur futur départ vers les terres plus chaudes de l'Afrique. D'autres, les oiseaux hivernants, s'arrêtaient pour quelques mois, avant de poursuivre leur voyage vers le nord de l'Europe, une fois passé février.

Camille trépignait d'impatience d'aller les observer, tapie dans une roselière ou à découvert sur sa jument, qu'elle poussait toujours plus loin. Elle épiait à la jumelle les bécassines des marais au bec effilé, les élégants busards Saint-Martin reconnaissables à leur croupion blanc et à leur vol chaloupé, les vanneaux huppés rassemblés dans les vasières et en bordure des étangs. Parfois, un aigle botté l'honorait de sa présence, décrivant haut dans le ciel de larges circonvolutions avant de piquer droit sur sa proie.

La sansouïre revêtait ses habits d'hiver, virant au violet, encore parsemée de saladelle, la lavande de la mer, qui avait illuminé le bord des chemins en été. Camille en confectionnait des bouquets qu'elle rapportait chez elle et offrait à Maria, Emma n'aimant pas les fleurs.

Bientôt, quand le froid s'installerait, elle partirait vers les étangs pour assister à la parade nuptiale des flamants roses avant leur envol pour d'autres cieux. C'était toujours pour elle le même enchantement, le même émerveillement, la même découverte mystérieuse d'une danse amoureuse synchronisée, d'une chorégraphie bien réglée où mâles et femelles se prêtaient à parts égales à d'étranges acrobaties pour se séduire et se reproduire.

Ainsi la nature lui livrait-elle ses secrets jour après jour.

Pour Florian, ce début de décennie s'annonçait dans l'incertitude. Le 23 septembre 1920, le candidat de son parti, Gustave Delory, le maire de Lille, n'avait pas été élu à la présidence de la République, Alexandre Millerand ayant obtenu une très nette majorité des votants, avec le soutien de la droite et du centre. Ce dernier n'avait pas caché ses intentions de ne pas se limiter à un rôle purement honorifique. Il souhaitait des pouvoirs étendus, dont celui de dissoudre la Chambre des députés.

« Il est partisan d'un régime présidentiel ! affirmait-on dans les travées de l'Assemblée parmi ses détracteurs. S'il y parvient, le Parlement ne sera plus qu'une chambre d'enregistrement des décisions du pouvoir exécutif. »

La conjoncture économique ne se présentait pas non plus sous les meilleurs auspices. En octobre, le gouvernement avait lancé un emprunt d'État pour lutter contre les difficultés économiques et financières.

« Les caisses sont vides, déplorait Florian. À ce rythme-là, nous courons à l'inflation galopante. »

Dans sa circonscription, ses électeurs étaient moroses. La reprise d'après-guerre, tant espérée, tardait. Dans sa propre bonneterie, Pierre Dhombre commençait à déchanter.

— Il est trop tôt pour se risquer dans de nouveaux projets, indiqua-t-il à Florian. Les marchés ne sont pas encore assez sûrs ni ouverts pour accroître considérablement notre chiffre d'affaires.

— Agissez pour le mieux, le tranquillisa Florian en reposant, une fois de plus, toute sa confiance sur son fondé de pouvoir.

Si Emma s'investissait de plus en plus dans la direction des Salins du Sud, s'appuyant sur Thibaud, elle ne comptait plus sur son mari. Florian ne s'intéressait qu'à son mandat électoral et négligeait dangereusement ses affaires.

Thibaud était le premier à s'en réjouir. Il n'appréciait pas la présence de Florian dans les bureaux de l'entreprise. Il estimait qu'il était un élément étranger et qu'il n'avait aucune légitimité à donner des ordres dans la société créée jadis par son oncle. Au reste, Florian s'en abstenait le plus possible, ne souhaitant pas amener la discorde sous son toit. Emma, qui avait sollicité son aide au début de leur mariage, lui signifiait maintenant, chaque fois qu'ils en discutaient, qu'elle n'avait plus besoin de ses conseils.

*

Noël approchait.

Aux Saintes-Maries-de-la-Mer, les Gitans commençaient à préparer la fête de la Vierge dans la plus pure tradition. Comme tous les ans, Florian s'apprêtait à y emmener ses enfants pour les plonger dans l'ambiance féerique de la nativité. Il ne manquait jamais de visiter avec eux le sanctuaire dédié à Notre-Dame de la Mer. La veille de Noël, il les laissait devant la crèche vivante à s'extasier et à s'interroger. Camille se complaisait à raconter à sa sœur et à son frère l'histoire des trois saintes, Marie Jacobé, Marie Salomé et Sara, dont elle connaissait tous les détails de la légende. Les deux enfants l'écoutaient avec beaucoup d'attention, l'abreuvant de questions :

« Comment ont-elles fait pour arriver en barque de si loin ?... »

« C'était l'une des trois, la maman du petit Jésus ?... »

Florian se réjouissait de leur étonnement, heureux comme un père comblé.

Il avait demandé à Maria qu'ils soient prêts dans l'après-midi du 24 décembre.

« Avertissez Madame que nous serons de retour vers dix-sept heures, avant la tombée de la nuit », avait-il ajouté.

Emma ne participait jamais à cette sortie annuelle, n'appréciant pas beaucoup les Gitans.

« Je ne comprends pas que tu inculques à tes enfants des croyances catholiques, se dédouanait-elle. Tu es protestant, or les protestants ne vouent pas de culte à la Vierge !

— Je ne leur inculque rien. Je leur fais simplement découvrir comment les Gitans célèbrent Noël. C'est une fête merveilleuse pour tout le monde. »

Florian ne pratiquait pas la religion de ses ancêtres et se montrait très tolérant vis-à-vis des autres religions. Il avait même accepté de se marier à l'église pour faire plaisir à sa femme.

Antonin avait à peine avancé la voiture que le téléphone sonna dans le salon.

Florian pria ses enfants de l'attendre.

— J'en ai pour une seconde, j'arrive.

À l'autre bout de la ligne, une voix inconnue s'enquit aussitôt :

— Vous êtes le député Florian Nozière ?

— Oui. C'est moi.

— Commissaire Legarec, du commissariat central de Bordeaux. Avez-vous un instant à m'accorder ?

Surpris, Florian fit signe à Antonin de surseoir au départ.

— Je vous écoute, reprit-il dans le combiné.

Il s'assit dans un fauteuil, intrigué.

— Voilà, poursuivit le commissaire Legarec. Pourriez-vous passer rapidement au commissariat pour une affaire vous touchant de près ?

— Une affaire me concernant ! À Bordeaux ! Mais de quoi s'agit-il ? Est-ce en relation avec mon mandat électoral ?

— Je ne peux rien vous dire par téléphone. Je vous le redemande, pourriez-vous passer dans nos locaux ?

Florian hésita, incrédule.

— S'il le faut... je viendrai. Laissez-moi le temps de m'apprêter. Je prendrai le premier train pour Bordeaux dès que possible. Demain, c'est Noël ! Disons... après-demain.

— Je vous attends donc le 26, dans l'après-midi.

Intrigué, Florian ne perdit pas un instant. Il téléphona le jour même au préfet de la Gironde, un ami de longue date, pour lui demander s'il savait ce que signifiait cette injonction déguisée.

— Henri ?... Nozière à l'appareil... Dis-moi, je ne sais pas si tu es au courant... le commissaire principal de ta ville me convoque en urgence dans ses bureaux pour une affaire à laquelle je serais lié. Tu peux m'en dire plus ? Il ne s'est pas étendu au téléphone...

— C'est exact, lui confirma le préfet. C'est une histoire étrange, où ton nom a été cité. Il faut confirmer certains points. Cette affaire en cours d'éclaircissement te concerne peut-être. Le commissaire Legarec a besoin de ton témoignage pour la clore définitivement. Il veut vérifier s'il n'y a pas une supercherie derrière.

L'ami de Florian ne fut guère plus explicite et lui conseilla d'honorer son rendez-vous.

Florian avertit aussitôt Emma qu'il devrait se rendre à Bordeaux, une fois les fêtes de Noël terminées. Sans savoir exactement ce qu'il en était, elle lui reprocha une fois de plus de s'absenter.

— Que ce soit Noël ou non, je vois que tu ne fais pas la différence ! Ce n'était pas la peine de promettre aux enfants de les emmener aux Saintes-Maries, pour les abandonner ensuite au lendemain de Noël !…

— Je suis convoqué par la police, lui répondit-il, courroucé. Je ne peux me dérober.

Emma n'insista pas. Elle finissait par penser que Florian lui cachait des pans entiers de sa vie.

« Je crois qu'il me trompe », avait-elle déjà informé Thibaud.

*

Au commissariat central de Bordeaux, Florian fut reçu avec les honneurs dus à sa notoriété de député de l'Hérault.

— Je suis désolé, monsieur le député, de vous avoir dérangé en cette période de fêtes, s'excusa le commissaire Legarec. Je me doute que votre temps est précieux. Mais votre présence nous est indispensable pour lever tout malentendu sur une affaire qui nous a été révélée…

— De quoi donc s'agit-il ?

Le commissaire Legarec le pria de s'asseoir, lui offrit une tasse de café.

— Voilà... J'ai besoin que vous identifiiez une inconnue hospitalisée dans notre ville, dans le service du professeur Lafitte...

— Une inconnue ? Comment voulez-vous que j'identifie une femme que je ne connais pas ? s'étonna Florian.

— Cette jeune femme est complètement amnésique et traumatisée. Elle est encore sous le choc d'un terrible événement qu'elle a vécu.

— Je ne vois vraiment pas en quoi je pourrais vous être utile !

— Vous allez comprendre... Cette personne a été transférée à l'hôpital de Bordeaux il y a quelques semaines. Auparavant, elle était en soins de longue durée dans un établissement hospitalier à New York...

— New York !

— Elle y était soignée depuis huit ans. Depuis le naufrage du *Titanic*.

À ce mot, Florian pâlit, se raidit.

Les souvenirs lui revinrent brutalement en mémoire. Les images du paquebot sombrant dans les flots. La nuit noire. Les dernières lumières qui s'éteignent. Le bruit d'aspiration vers les grands fonds quand il ne resta plus à la surface qu'une large spirale infernale. Puis le silence. Le terrifiant silence. Et les corps qui flottaient autour des canots de sauvetage. Les cris des survivants qui appelaient au secours…

Il se mit soudain à imaginer… à imaginer…

Non, pensa-t-il, c'est impossible !

— Pendant huit ans, poursuivit le commissaire Legarec, cette malheureuse n'a pas prononcé un seul mot. Personne n'est parvenu à l'identifier.

Se secouant, Florian s'étonna :

— Et vous comptez sur moi ? Parce que j'étais sur le *Titanic* au moment du naufrage ! Dans la panique générale, je vous avoue que je n'ai pas prêté attention à ceux et celles qui m'entouraient. Je n'avais qu'une idée en tête : retrouver ma femme et ma belle-sœur, qui, toutes deux, avaient embarqué sur un autre canot de sauvetage selon les ordres donnés par le commandant de bord. Les femmes et les enfants étaient prioritaires…

— C'est précisément à ce stade que vous nous serez utile, monsieur Nozière. Avant son transfert en France, cette jeune inconnue a prononcé votre nom, « Nozière ». Avec difficulté, d'après ce qu'on nous a rapporté. Puis, peu après, le prénom « Julie ».

Florian était de plus en plus intrigué. Sur le moment, il crut à une plaisanterie de mauvais goût.

— Vos sources sont-elles sérieuses, commissaire ?

— Tout ce qu'il y a de plus sérieux ! Les autorités américaines, persuadées que cette personne est une ressortissante française, l'ont donc transférée à Bordeaux pour être soignée dans son pays. Nous avons aussitôt effectué des recherches. Et très vite nous avons fait le rapprochement avec un député de l'Hérault, ce qui nous a menés jusqu'à vous.

Florian était sidéré. Il ne dit mot.

— Vous avez bien une belle-sœur prénommée Julie qui a été victime du naufrage du *Titanic* ? poursuivit le commissaire.

— Oui, oui, tout cela est exact.

— Dans son retour à la réalité, si l'on peut appeler cela ainsi, elle se serait souvenue de votre nom.

— Je lui avais offert cette croisière. Elle était tellement heureuse de se joindre à nous !

— Puis elle a tenté de dire qui elle était en articulant péniblement son prénom.

— Cela me paraît incroyable.

— Pourriez-vous confirmer que cette personne est votre belle-sœur, si on vous la présentait ?

— Sans doute, oui.

Le lendemain matin, à la première heure, Florian suivit le commissaire Legarec et son adjoint, l'inspecteur Dufour, à l'hôpital de Bordeaux. Le professeur Lafitte, éminent psychiatre, les reçut dans son service. Il tint à prévenir Florian avant de l'emmener voir sa patiente :

— Elle est très fragile. Ne lui posez aucune question. De toute façon, elle ne vous répondra pas. Elle en est incapable. Son cerveau est… comment dire… resté bloqué. Elle vit en dehors de la réalité. Elle est très craintive. Elle ne parle pas, ne réagit pas. Elle est enfermée dans son monde. Si elle est vraiment une rescapée de ce terrible naufrage, elle doit encore vivre dans la terreur.

— Je… je comprends, dit Florian. Vous attendez seulement de moi que je confirme ou infirme l'identité de cette personne ?

— Dans un premier temps.

Florian ne releva pas la réponse évasive du professeur.

— Je vous suis.

En compagnie des deux policiers, le professeur Lafitte entraîna Florian dans les couloirs du service de psychiatrie de l'hôpital. Il s'arrêta devant la porte 201 et, se retournant, appela l'infirmière de garde.

— Est-elle prête ?

— Elle se repose, docteur.

Il ouvrit la porte lentement, s'assura que la patiente était sur son lit.

— Entrez ! proposa-t-il à Florian.

Ce dernier s'exécuta, le cœur battant.

La femme était allongée sur le dos, vêtue comme la plupart des personnes hospitalisées, en cours de soins.

— Approchez-vous, insista le médecin. Regardez-la attentivement. Elle dort. Elle ne nous entend pas.

Florian s'avança discrètement.

— Vous la reconnaissez ? s'enquit le commissaire à voix basse. Est-ce votre belle-sœur ?

Florian hésita. Se troubla.

— Elle a passablement changé ! Son teint, sa coiffure… Elle a beaucoup maigri.

— Huit ans se sont écoulés depuis le drame. Il est normal que vous la trouviez un peu différente, vieillie. De plus, son état mental a profondément affecté son organisme…

— Alors, insista le commissaire, s'agit-il de votre belle-sœur ?

— Oui. Sans aucun doute. C'est elle.

Le professeur Lafitte convia Florian et les deux policiers à se rendre dans son bureau.

— Pour ma part, intervint le commissaire, l'affaire est close. Vous voudrez bien passer au commissariat afin de signer les documents nous permettant d'identifier officiellement cette personne. C'est une simple formalité. Ensuite, vous serez libre de votre décision.

— Libre de ma décision ? s'étonna Florian.

Le docteur Lafitte crut bon de préciser :

— Cette jeune femme est très atteinte psychologiquement, vous l'avez deviné. Elle ne peut vivre en dehors du circuit médical. Elle a besoin d'un suivi permanent.

Florian ne disait mot, tout ouïe.

— Nous ne pourrons la garder éternellement dans notre service, maintenant que nous avons retrouvé sa famille, ajouta le médecin.

Florian fronça les sourcils.

Il réalisa soudain le dilemme : se charger de sa belle-sœur serait une lourde tâche pour lui et pour sa femme, tous deux étant très occupés par leurs entreprises, leurs trois enfants, et lui, en plus, par ses obligations parlementaires… Quant à placer

Julie dans un asile psychiatrique... cela nuirait à son image et à sa carrière politique si des journalistes malintentionnés répandaient le bruit qu'un député de l'Hérault a abandonné un membre de sa famille dans un asile d'aliénés...

— Je... j'en suis conscient, hésita-t-il. Mais... vous me prenez un peu de court !

— Cette personne a-t-elle de la famille en dehors de vous et de votre femme ?

— Non, elles ont perdu leurs parents il y a longtemps.

— Alors, monsieur Nozière, vous devrez vous en occuper !

— Mais... il n'est pas question que je me défausse de mon devoir envers ma pauvre belle-sœur, fit Florian, sous le choc. Je lui chercherai un institut privé, qui l'accueillera dans les meilleures conditions...

— Je ne vous mets pas la pression. Pour l'instant, Julie n'est pas en mesure de quitter notre hôpital. Elle a besoin d'être suivie avec beaucoup d'attention. Je ne peux pas encore la laisser partir. Vous avez le temps de réfléchir. Revenez dans six mois. D'ici là, nous l'aurons remise sur pied. Apparemment, à New York elle a manqué de soins sérieux. Elle a été... oubliée chez les fous !

Florian sortit de l'hôpital complètement bouleversé.

Une fois rentré à son hôtel, il téléphona à Emma pour l'avertir.

Celle-ci fut aussi abasourdie que lui en apprenant la nouvelle.

— Julie est vivante ! Julie… ma sœur ?

— Tu connais une autre Julie ? Oui, c'est elle. Il n'y a pas de doute possible. Je l'ai reconnue. C'est un vrai miracle ! Mais elle est dans un triste état. Surtout mentalement.

Et Florian de lui expliquer en détail sa visite à l'hôpital et les commentaires du professeur Lafitte.

Au bout de la ligne, Emma paraissait plus ennuyée qu'heureuse. Sa stupéfaction surmontée, elle s'alarma :

— Qu'allons-nous faire d'elle ? Nous ne pouvons pas l'accueillir aux Salicornes dans son état ! Ce ne serait pas un spectacle pour les enfants…

Le mot « spectacle » choqua Florian, mais il ne releva pas.

— Je ne souhaite pas transformer ma maison en infirmerie ou en annexe de l'asile ! ajouta-t-elle. C'est une charge trop lourde à assumer.

Florian la tranquillisa :

— Je m'en occuperai. Pour l'instant, rien ne presse. Le professeur Lafitte la garde dans son service jusqu'à l'été. Ensuite, nous aviserons. Je te demande seulement d'être très discrète. Rien ne doit filtrer. Ne divulgue à personne ce que nous venons d'apprendre. Surtout pas à Thibaud ni aux enfants ! Promets-le-moi.

Emma promit et s'en remit à son mari.

À la mi-juillet, accompagné de son chauffeur Antonin, Florian alla chercher Julie à l'hôpital de Bordeaux. Sa belle-sœur avait repris du poids et paraissait en meilleure santé. Toutefois, son état mental n'avait pas progressé. Elle demeurait cloîtrée dans son cauchemar et ne répondait pas quand on lui parlait. Elle ne reconnaissait pas Florian, le regardait d'un air apeuré mais le suivit sans poser le moindre problème.

Deux jours plus tard, avec Emma et aidé par Antonin, Florian amena la malheureuse rescapée du *Titanic* à Montpellier, dans son hôtel particulier de la rue de la Loge. Ils y arrivèrent en pleine nuit, sous une chaleur étouffante. Ils prirent garde de ne pas se montrer aux éventuels curieux.

Le lendemain, seul avec Antonin, il l'emmena vers sa nouvelle destinée.

TROISIÈME PARTIE

14

Dissident

Janvier 1926

Les années s'écoulèrent, dans l'espoir d'une paix durablement garantie par la Société des Nations. Commençaient à s'effacer les affres de la Grande Guerre. Les hommes s'étaient remis au travail, les femmes s'émancipaient, leurs jupes raccourcissaient ainsi que leurs coiffures, la mode de la garçonne s'imposait, le jazz faisait fureur outre-Atlantique, tandis que le fox-trot enflammait Paris. C'étaient les années folles, où tout semblait permis.

On oubliait un peu vite la montée des nationalismes exacerbés partout en Europe. En Allemagne, le Parti national-socialiste, mené par un certain Adolf Hitler, attirait de plus en plus d'adeptes. En Italie, le mouvement fasciste gagnait en popularité dans l'opinion publique, perçu comme seul capable de rétablir l'ordre dans un pays secoué par la violence. Parvenu au pouvoir en 1922 à la suite de la marche sur Rome, Mussolini avait instauré un véritable régime dictatorial. Toute opposition était muselée. Les élus de gauche avaient de plus en plus de difficulté à assumer leur charge.

De nombreux Italiens dissidents tentaient de se réfugier en France et en Suisse, tandis que l'intelligentsia était réduite au silence, menacée de mort par les chemises noires du nouveau Duce.

Partis de Milan à la fin du mois de décembre 1925, alors que la tension montait dans leur ville, Aldo Renati et Vincenzo Massili luttaient en pleine montagne contre la tourmente de l'hiver. Ils avaient échappé de peu à la police politique de leur pays, puis aux milices fascistes. Entrés en résistance contre le régime mussolinien à travers l'action clandestine, ils n'avaient pas pu poursuivre leur objectif de rassembler autour d'eux des adversaires au pouvoir dictatorial sans courir le risque d'être arrêtés et condamnés, voire assassinés, comme beaucoup d'opposants depuis maintenant trois ans.

Vincenzo était le plus déterminé. Fils d'un avocat milanais poussé à la retraite pour ses idées de gauche, il s'était résigné à quitter sa patrie et sa famille pour demeurer libre. Parlant parfaitement le français par ses études et par son éducation, il pensait franchir la frontière française plus au nord, quand il croisa Aldo sur son chemin d'exil, une fois passé la ville de Martigny. Ensemble, ils se dirigèrent vers la plaine du Rhône dans l'espoir de se reposer à Montreux. La police helvète les en empêcha. Ils s'enfuirent alors dans les montagnes au-dessus de Morgins, dans le Valais suisse. Sous leurs yeux, les pics acérés et les lacs paisibles faisaient bon ménage dans ces terres nouvelles où l'austère côtoyait le serein.

Ils se sentirent rassurés.

Ils marchaient dans la neige depuis des jours, fourbus et affamés. Ni l'un ni l'autre n'avaient prévu de traverser à pied les montagnes. Jusqu'à la frontière italo-suisse, ils s'étaient cachés de village en village, se fondant dans les foules, bénéficiant parfois de l'aide de partisans. Ils avaient évité les secteurs où les miliciens se montraient particulièrement actifs, avaient maintes fois manqué de se faire arrêter. Ils ne devaient leur salut qu'à la chance et à leur opiniâtreté à parvenir à tout prix en terre de liberté. Aldo estimait qu'ils avaient réussi. La Suisse n'était-elle pas un pays neutre ? À Lausanne, il connaissait des amis antifascistes prêts à les accueillir. De là, ils mèneraient leur action de résistance sans risquer d'être menacés et jetés en prison.

Ils approchaient de la frontière avec la France. Au-delà de la ligne de crête, c'était Châtel.

Dans la vallée d'Abondance, les douaniers étaient très occupés à poursuivre les clandestins. Aux contrebandiers, nombreux depuis des lustres dans leur secteur, s'ajoutaient maintenant les immigrés cherchant à s'exiler sur l'autre versant alpin pour fuir la dictature mussolinienne.

Ils luttaient contre la bourrasque, pliés en deux pour mieux se protéger. Les flocons, drus et épais, leur masquaient la visibilité. La température avoisinait les -20 °C. Un vent glacial soulevait des congères, et rendait leur progression très éprouvante. Autour d'eux, le paysage disparaissait dans le brouillard. Les montagnes se fondaient dans le ciel laiteux, les vallons renvoyaient des sons venus d'ailleurs, des cris d'animaux sauvages communiquant entre eux, se prévenant de l'arrivée d'intrus, parfois des sonnailles émanant d'une étable fantôme, d'une ferme tapie dans l'écrin neigeux, laissant planer au-dessus de son toit une odeur de feu de cheminée.

Les deux hommes avaient perdu tout repère. Le visage dissimulé derrière leur écharpe de laine, la tête enserrée dans la capuche de leur manteau, ils ne se parlaient plus, se contentant de gestes imprécis pour indiquer ici un croisement entre deux directions, là un passage vers un col. Ils tournaient en rond depuis des heures.

Le jour commençait à décliner. Derrière eux, ils sentirent soudain une présence humaine. Un bruit de pas dans la neige, comme étouffé.

— Les douaniers ! lâcha Vincenzo. On doit être sur la ligne frontalière...

Ils accélèrent, s'enfonçant jusqu'aux genoux dans la neige fraîche.

— Suisses ou français ? demanda Aldo.

— Peu importe. S'ils nous mettent le grappin dessus, ils nous livreront aux autorités de leur pays et nous aurons des problèmes.

— Nous devons trouver un refuge avant la tombée de la nuit...

Ils franchirent un col sans s'en apercevoir, descendirent dans un vallon au fond duquel un torrent en partie pris par la glace leur barrait le chemin. Derrière eux, toujours des bruits de pas. De plus en plus proches.

Bloqués par le cours d'eau, ils cherchaient un pont pour le traverser quand, sortant de la brume, un gaillard chaussé de raquettes de neige et emmitouflé dans d'épais vêtements les héla d'une voix de stentor :

— Eh, vous !

Aldo fut le premier à réagir.

— Que voulez-vous ? demanda-t-il avec un accent prononcé.

— Vous êtes italiens ?

— Pourquoi ?

— Vous êtes perdus ? Vous désirez atteindre la frontière ?

Vincenzo tira son ami par la manche.

— Laisse tomber. Allons-nous-en.

— On va être pris par la nuit. Je n'ai pas envie de dormir à la belle étoile par ce temps glacial. C'est bon pour y rester !

— Alors, insista l'inconnu, qu'est-ce que vous décidez ? Si vous vouliez rejoindre la France, vous y êtes déjà. La Suisse, c'est derrière. Vous lui tournez le dos. Vous feriez mieux de m'accompagner. Si vous passez la nuit dehors, je ne donne pas cher de votre peau. Demain, on vous retrouvera congelés.

— Écoutons-le, proposa Aldo. On n'a pas le choix.

Vincenzo se méfiait.

— S'il nous tend un traquenard, on est foutus...

— Pour aller où ? demanda Aldo à l'homme.

— Je possède une ferme d'alpage pas loin d'ici. Je l'occupe toute l'année, par tous les temps. C'est du côté suisse. Vous ne risquez rien.

Vincenzo se laissa convaincre.

Ils suivirent l'inconnu pendant une heure de marche supplémentaire avant de parvenir dans un endroit plus accueillant. Le ciel s'ouvrait et, dans les lointains, une large vallée apparaissait.

— En bas, c'est le Rhône, indiqua le montagnard. Et derrière vous, par temps clair, on aperçoit les dents du Midi et plus à droite le Mont-Blanc.

Il les convia à entrer dans son chalet, d'où, par la cheminée du toit, s'échappait une épaisse fumée bleutée.

— Je m'appelle Eberhard, précisa-t-il. Je ne vous demande pas ce que vous trafiquez dans la montagne par un temps pareil. Ce n'est pas mes oignons. Mais, un conseil, attention aux gardes-frontières ! Ils ne badinent pas avec les clandestins.

Il leur offrit l'hospitalité pour la nuit. Vincenzo se détendit, reconnaissant s'être méfié trop vite.

Le lendemain, Eberhard les réveilla à l'aube.

— J'ai du pain sur la planche aujourd'hui, leur dit-il en leur servant une tasse de café bouillant. Le temps s'est levé, profitons-en ! Vous voyez ce sac à dos ? Il est rempli de café, de chocolat et de paquets de tabac...

— Vous faites de la contrebande… lâcha Vincenzo.

— De père en fils, mon gars ! C'est comme qui dirait une tradition dans la famille. Au retour, je rapporterai une motte de beurre et de la viande. Depuis deux ans, la disparition de la zone franche lèse les habitants des deux côtés de la frontière. Les droits de douane ont été rétablis. Alors, on se débrouille comme au bon vieux temps… Si le cœur vous en dit, accompagnez-moi, je vous laisserai sur le versant français, si c'est en France que vous souhaitez vous réfugier.

Aldo regarda Vincenzo d'un air sombre.

— Non, répliqua-t-il. Nous restons en Suisse, dans l'espoir de rentrer chez nous quand les fascistes perdront le pouvoir. Des amis nous accueilleront à Lausanne.

— C'est vous qui voyez. Dans ce cas, je vous quitterai au col de la Folière. Moi, je piquerai vers le Morclan, vous, vous n'aurez qu'à descendre de l'autre côté. Vous retrouverez aisément l'alpage d'Onnaz. Là, on vous indiquera comment atteindre Monthey.

Vincenzo avait changé d'avis.

Il poussa son ami à l'écart et lui expliqua ses intentions. Ils discutèrent de longues minutes. Le ton montait. Ils n'étaient plus d'accord sur la suite à donner à leur acte de rébellion.

— Alors, décidez-vous ! les secoua Eberhard. Je dois me remettre en route maintenant, si je veux éviter les gardes-frontières. Ceux de Châtel ne me rateront pas si je m'éternise.

— Je vous accompagne, lui répondit Vincenzo.

— Moi, je rejoins Lausanne comme convenu, s'opposa Aldo.

Leurs chemins se séparèrent aussi brutalement qu'ils s'étaient croisés.

Vincenzo préférait tenter sa chance en France, le pays de la liberté et des droits de l'homme, comme il ne cessait de le proclamer. Beaucoup d'Italiens s'y étaient établis. Un certain nombre y avaient même fait souche.

— Adieu, l'ami, dit-il à Aldo en l'embrassant chaleureusement. Sois prudent. Nous nous retrouverons peut-être un jour, à Milan ou à Rome.

*

Vincenzo suivit Eberhard dans les pas des contrebandiers. Ceux-ci étaient encore nombreux à traverser la frontière en défiant les douaniers. Ils apportaient des vivres pour aider à la survie des populations les plus reculées dans les vallées.

La contrebande s'était implantée durablement en Savoie dès le XVIIIe siècle, quand celle-ci appartenait au royaume de Piémont-Sardaigne. Une marchandise était alors l'objet d'un commerce frauduleux de grande ampleur : le sel. Cet « or blanc » représentait en Savoie jusqu'à 90 % des impôts. Il touchait particulièrement les montagnards, le sel étant nécessaire à l'élevage, à la fabrication du fromage et aux salaisons.

À Châtel, une brigade spéciale avait été constituée en 1919 et opérait activement dans toute la région. Les gabelous, comme on les appelait encore en souvenir de l'époque de la contrebande du sel, étaient redoutés, car très entraînés à la course en montagne par n'importe quel temps. En effet, après la suppression officielle de la « grande zone » franche en 1923, la contrebande avait repris de plus belle sur la frontière. Café, tabac et chocolat rentraient illégalement en France, tandis que viande et fromage s'exportaient en Suisse, sans acquitter les droits de douane.

— La brigade démarre très tôt du pas de Morgins, expliqua Eberhard tout en marchant, le dos courbé sous son lourd chargement. Il faut absolument parvenir au pas de la Bosse avant midi, sinon on la croisera en chemin. De l'autre côté, on m'attend.

— C'est là que tu échanges ta marchandise ? s'enquit Vincenzo, amusé par ce jeu du chat et de la souris auquel il participait avec un réel plaisir.

— Affirmatif. Aux chalets de Bise, au pied des Cornettes. En ce moment, il n'y a personne, à cause de la neige. Mais on s'y donne rendez-vous entre passeurs. On se connaît tous dans le secteur. On forme une grande famille.

Le soleil brillait au-dessus d'eux. Cette fois, la visibilité portait jusqu'à l'horizon. Si les douaniers arrivaient avant eux sur la ligne de crête frontalière, ils les apercevraient de loin et les attendraient, dissimilés derrière un éperon rocheux, pour les prendre la main dans le sac. Eberhard était conscient du danger.

— Sais-tu ce qu'encouraient les faux sauniers dans le temps, quand ils se faisaient arraisonner par les gabelous ? interrogea-t-il Vincenzo, un large sourire lui barrant le visage.

— Les faux sauniers ? Je ne comprends pas ce mot.

— Oui, les trafiquants de faux sel.

— C'est quoi le faux sel ?

— Dans le temps, les gens étaient obligés d'acheter le vrai sel dans les greniers administrés par les agents du roi. Les faux sauniers leur procuraient à moindre coût un sel non taxé, donc moins cher, ce qu'on appelait le faux sel. Il provenait de dépôts clandestins ou était carrément volé. Les contrebandiers prenaient des risques énormes, en comparaison d'aujourd'hui. S'ils se faisaient attraper, ils écopaient de plusieurs années à ramer sur les galères du roi ! On ne plaisantait pas, à l'époque.

— Tu n'as pas peur ?

— On n'est plus sous les rois ! Et la montagne, elle n'a aucun secret pour moi. De plus, beaucoup de douaniers ne sont pas originaires du coin. Ils viennent parfois du nord de la France ou de l'est.

— Et les gardes-frontières suisses ?

— Ah, ceux-là, je m'en méfie davantage ! C'est pourquoi je maraude toujours à la tombée de la nuit quand je suis de l'autre côté. Le pire, c'est leurs chiens. Ils reniflent l'odeur de la marchandise à des kilomètres. Surtout quand c'est de la viande.

Sur les pentes des Cornettes de Bise, ils rencontrèrent, dissimulé contre les parois rocheuses de la montagne, un troupeau de bouquetins aux cornes élancées.

— C'est rare de les voir en hiver à cet endroit, releva Eberhard. Normalement, ils migrent plus bas pour chercher leur nourriture. En été, ils se tiennent sur les sommets, il faut grimper très haut pour les trouver.

Peu avant onze heures, ils parvinrent sans problème au col nommé le pas de la Bosse. Puis ils amorcèrent la descente en direction des chalets de Bise, s'enfonçant dans la neige tombée pendant la nuit. Vincenzo admirait le paysage grandiose qui s'exprimait sous ses yeux. Tout en bas, il perçut de la fumée.

Une bonne heure plus tard, ils arrivèrent à destination.

François Girard, un Savoyard français, les attendait, chaudement abrité dans le chalet d'altitude qui, à la belle saison, servait de chalet d'alpage pour les troupeaux de vaches montés à l'estive.

Les présentations faites et la méfiance dissipée, ils se mirent à table autour d'un plat de fromage fondu accompagné de lard et de pommes de terre.

— Ça te tiendra au corps, mon gars, dit le Français à Vincenzo. Tu n'as pas l'air bien costaud. Faut reprendre des forces avant de repartir. Si tu veux, dors ici ce soir. Moi, je ne redescends que demain matin.

Vincenzo s'étonna de l'hospitalité si chaleureuse des contrebandiers. Après la clandestinité forcée dans son pays, il savourait maintenant d'être si cordialement accueilli en terre étrangère.

— Moi, je redémarre dans une heure, coupa Eberhard. Je recharge mon sac et je file. J'attendrai le crépuscule pour franchir la frontière. La brigade de Châtel reste souvent postée au col de la Folière jusqu'à la tombée du jour pour mieux surprendre les imprudents qui passent avant la nuit.

Vincenzo accepta l'invitation de François Girard. Comme la veille, il apprécia d'être hébergé chaudement, certes dans un intérieur rustique, mais sans crainte d'une descente subite de miliciens ou de policiers à la solde d'un dictateur sanguinaire.

Avant de sombrer dans le sommeil, il discuta longuement avec François, lui raconta que dans son Italie natale, avant la montée du fascisme, il avait terminé des études de lettres et se destinait à devenir écrivain. Hélas, les événements politiques en avaient décidé autrement, mettant prématurément un terme à sa jeune carrière.

— As-tu déjà publié ? s'enquit François, curieux et fier de bavarder avec un intellectuel qui n'avait pas l'air de se prendre au sérieux et montrait beaucoup de modestie malgré sa condition.

— Un premier roman, oui, qui a rencontré un petit succès. L'action se déroule en Sicile, la région d'origine de ma famille. Mais je préfère ne pas en parler. Cela me rappelle des souvenirs douloureux.

François n'insista pas. Il comprit pourquoi Vincenzo avait la peau brune et les cheveux noir de jais. Il changea de sujet de conversation, revenant à des considérations plus urgentes.

— Sais-tu où aller quand nous nous séparerons ?

— Aucune idée.

— Méfie-toi quand même de la police. La France n'est pas la terre de refuge de tous les exilés politiques du monde entier. Je suppose que tu n'as pas de papiers en règle !

— Non. Aucun.

— Alors, un conseil, sois vigilant. Sinon, on te ramènera à la frontière de ton pays.

Le lendemain matin, ils se remirent en route pour la vallée. La neige devenait moins épaisse au fur et à mesure qu'ils descendaient. Jusqu'à Vacheresse, ils ne trouvèrent pas âme qui vive. Les paysans des fermes qu'ils aperçurent étaient occupés dans leurs étables et ne se préoccupaient pas de ce qui se passait à l'extérieur. Parvenus à proximité de la vallée de la Dranse, ils redoublèrent de prudence. Les douaniers rôdaient même à distance éloignée de la frontière.

De tous côtés, les prairies étaient encore couvertes de neige, mais les chemins étaient à peu près dégagés et praticables.

— En suivant la Dranse, tu arriveras à Thonon, indiqua François. Mais je te conseille de prendre par le plateau de Gavot. Tu ne risqueras pas d'être coincé par un éboulis. La montagne s'écroule parfois dans les gorges. C'est dangereux et tu serais bloqué par le torrent. Peu après Publier, tu atteindras Évian, sur le lac Léman. Après… à toi de voir.

François tira de son sac une blague de tabac, une plaque de chocolat et un morceau de gruyère suisse.

— Tiens. Pour la route. C'est tout ce que je peux t'offrir. J'espère que tu t'en sortiras. Je te souhaite bonne chance.

Vincenzo, ému, tomba dans les bras de son bienfaiteur.

— Moi, je n'ai rien à te donner. Mais je me souviendrai toujours de toi et de ton ami Eberhard. Vous avez agi comme des frères avec moi.

— Solidarité des hors-la-loi ! En fait… si tu préfères te fondre dans la foule sans trop te faire remarquer… avec ton teint basané et tes cheveux bruns… tu pourrais te rendre en Camargue. Là-bas, il y a beaucoup de Gitans et d'autres gens du voyage. Tu passerais inaperçu ! Et tu trouverais facilement du travail dans les Salins. On m'a raconté que de nombreux Italiens y travaillaient depuis pas mal de temps. Je n'y avais pas pensé. Qu'en dis-tu ?

— J'ai une gueule de métèque ? C'est ce que tu sous-entends ? s'esclaffa Vincenzo, qui, loin de s'offusquer de la remarque de François, s'en amusa.

— Non… non… pas du tout. Excuse-moi si je t'ai offensé. C'est maladroit de ma part.

— Ne t'excuse pas. J'ai l'habitude. À Milan, les Italiens du Nord ne sont pas tendres avec ceux du Sud. Et avec les Siciliens, n'en parlons pas ! Venant de toi, je sais qu'il n'y a aucune méchanceté ni arrière-pensée.

— Alors, que décides-tu ?

— Je vais suivre ton conseil. Après tout, il faut bien que ma gueule de métèque me serve à quelque chose !

Ils tombèrent à nouveau dans les bras l'un de l'autre. Puis, à regret, ils se séparèrent.

François prit la direction d'Abondance.

Vincenzo se dirigea vers le nord, vers Évian et le lac Léman, où, espérait-il, il rencontrerait d'autres personnes accueillantes à l'image de François et d'Eberhard.

15

Errance

Sans papiers en règle, Vincenzo devait redoubler de vigilance. Plus il s'éloignait de la frontière, moins il risquait de rencontrer des douaniers. En revanche, les gendarmes français pouvaient se montrer suspicieux et lui demander à tout moment de décliner son identité. Étant typé, il redoutait le regard des gens, persuadé qu'on lisait sur son visage comme à livre ouvert. Plus qu'en Italie, il se doutait maintenant qu'on devinait aisément ses origines rien qu'à le voir.

Tant qu'il se déplaçait sur les chemins de campagne, il ne risquait rien. Il évitait les paysans qu'il apercevait de loin, effectuait au besoin un détour. Toutefois, il était parfois obligé de se rendre en ville pour se ravitailler sans éveiller l'attention, dans la foule il se sentait plus anonyme. Le peu d'argent qu'il avait emporté, il le consacrait à se procurer un minimum de nourriture. Il n'hésitait pas, quand l'occasion était trop tentante, à dérober sur les étals des marchés fruits, saucissons, morceaux de fromage et surtout du pain, en veillant à ne pas se faire prendre en flagrant délit de vol à l'étalage.

Il ne s'attarda pas à Évian, la cité thermale ne lui paraissant pas assez sûre. Malgré l'absence des curistes en cette saison hivernale, les rues de la ville et la promenade des bords du lac étaient parcourues par de trop nombreux policiers en uniforme. Il ne s'y sentit pas à l'aise.

Après une nuit à la belle étoile, dans le froid et l'humidité, il marcha ensuite vers Thonon dans l'espoir de grimper dans un train.

Il ignorait la direction pour descendre en Camargue, comme le lui avait conseillé François Girard. À la gare, il osa demander à un chef de quai quel train partait pour Marseille. L'homme reconnut immédiatement son accent et le regarda d'un air étonné.

— Vous avez un billet ? lui répliqua-t-il sans répondre à sa question.

— Pas encore. J'ai l'intention de l'acheter dès que je serai certain de me rendre à Marseille.

Le préposé de la compagnie des chemins de fer se méfiait.

— Vous venez d'où ?

— Quelle importance ? coupa sèchement Vincenzo. Je veux seulement savoir s'il y a un train pour Marseille.

Derrière eux, un gendarme surveillait les abords du quai d'embarquement.

— Un problème, chef ? s'enquit-il en entendant monter le ton de la discussion.

Le chef de quai s'apprêtait à lui faire part de ses doutes, quand Vincenzo détala sous leurs yeux avant qu'ils aient eu le temps de réagir.

— Eh ! Toi là-bas ! lui cria le gendarme en le poursuivant. Tes papiers !

Vincenzo courait plus vite. Il parvint à distancer le gendarme et à se dissimuler derrière un wagon en stationnement sur une voie de garage. Le gendarme fulminait.

Quand tout danger fut écarté, Vincenzo sortit de sa cachette et, l'œil aux aguets, s'approcha d'un train de voyageurs prêt au départ sur le quai opposé. Sans se soucier de sa destination, il se hissa dans la dernière voiture, un wagon de marchandises dont les portes étaient grandes ouvertes. Dedans, un tas de bagages était amoncelé : valises, gros cartons, bicyclettes... Il se glissa derrière et attendit.

Peu après, un employé de quai referma derrière lui. Il se retrouva coincé dans une demi-obscurité, la lumière ne filtrant que par les interstices des planches des parois. Il entendit bientôt une voix dans un haut-parleur annonçant le départ imminent du train à destination de Lyon. Puis le convoi s'ébranla.

Vincenzo était pris au piège.

Quelques heures plus tard, après de nombreux arrêts intermédiaires, le train arriva à Lyon. Vincenzo redoutait le moment où l'on déchargerait le wagon.

Parviendrait-il à s'esquiver aussi facilement qu'il avait fui devant le gendarme à Thonon ?

Il n'eut pas longtemps à patienter. Dès que le train fut à quai, deux employés de la compagnie ouvrirent les portes. Le froid s'engouffra à l'intérieur. Dehors, il pleuvait et les températures étaient négatives.

— Ne traînons pas, dit l'un d'eux. Plus vite on finira, plus vite on ira se réchauffer dans la réserve.

Dissimulé derrière une volumineuse caisse en bois bardée de cercles de métal, Vincenzo ne bougeait pas, évitant de respirer trop fort pour ne pas expirer de buée.

Le wagon était déjà à moitié vide. Les deux hommes se relayaient, l'un dedans, l'autre dehors.

Tout à coup, le train fut secoué violemment, comme lorsqu'une locomotive s'arrime à sa tête avant le départ.

À l'intérieur, l'employé chancela et fut expulsé du wagon. Il s'écroula lourdement sur le quai. Son compagnon tenta en vain de le retenir.

— Rien de cassé ? s'inquiéta-t-il.

— Je me suis tordu la cheville. Manquait plus qu'ça ! Je ne peux pas m'arrêter de travailler. J'ai une femme et trois gosses à nourrir…

Vincenzo attendait, le cœur battant.

Les deux employés s'éloignèrent, sans doute pour aller signaler l'incident à leur chef.

Alors, sans perdre une seconde, il bondit hors du wagon et fila à l'autre extrémité du quai.

Quelques minutes plus tard, il déambulait dans les rues de Lyon, sans savoir où aller.

*

Dans la capitale des Gaules, il y avait suffisamment de monde pour passer inaperçu. Vincenzo en profita pour se reposer. Mais les nuits ne lui étaient pas propices, car le froid le transperçait. Il avait beau s'envelopper dans tous les vêtements qu'il avait emportés, il grelottait et ne parvenait pas à s'endormir, même dans les endroits couverts qu'il s'évertuait à dénicher à l'écart des vagabonds et des mendiants. Ceux-ci étaient nombreux sous les ponts, dans les traboules, sous les portes cochères, à se protéger du froid, de la pluie et de la neige. Les hivers sont rudes à Lyon pour qui n'a pas de toit pour s'abriter.

Il espérait gagner le Sud le plus rapidement possible. La distance ne lui paraissait pas énorme. Il se sentait capable de la parcourir à pied. N'en avait-il pas déjà effectué autant entre Milan et Thonon ? À raison d'une vingtaine de kilomètres par étape, il en aurait pour trois semaines en comptant les jours où il se reposerait. Il ne voulait plus se hasarder dans les trains en voyageur clandestin. C'était trop risqué.

Quand il fut prêt à affronter son périple le long du Rhône, il remplit son sac à dos de tout ce qui lui serait nécessaire pour lutter plus efficacement contre les intempéries et pour s'alimenter pendant plusieurs jours sans avoir le souci de son ravitaillement. Puis il se dirigea vers la confluence avec la Saône.

Il longea les rives du fleuve qu'il avait aperçu de loin en compagnie d'Eberhard, du haut de ses montagnes enneigées. Il avait peine à imaginer qu'il s'agissait du même cours d'eau, que ce dernier avait traversé le lac Léman avant de pénétrer en France et d'atteindre Lyon. Ses eaux sombres s'écoulaient sous les ponts avec une telle puissance qu'elles semblaient indomptables. Pourtant, le long des berges, des péniches restaient amarrées, paisibles, en attente d'un chargement et d'une nouvelle destination. Le fleuve s'étirait droit vers le sud, dans un calme mystérieux et une paresse trompeuse.

Vincenzo comprit alors que les bateliers du Rhône pourraient l'aider à rejoindre le Midi plus rapidement. Leurs péniches, dotées de coques en acier et munies de machines à vapeur, effectuaient la descente jusqu'à Arles en moins de vingt heures. Elles assuraient encore l'essentiel du transport des céréales, des fruits, du vin, du café, du bois et des matériaux de construction entre les régions du Nord et la Méditerranée. La remontée était beaucoup plus lente et exigeait d'énormes moyens, jadis de gros attelages de chevaux, qui marquaient de leurs empreintes les chemins de halage et avaient été peu à peu remplacés par des remorqueurs au début du siècle.

À la sortie de la ville, Vincenzo accosta un batelier qui préparait sa péniche en vue d'un départ imminent. Sur la proue se dressait une croix en bois sculpté magnifiquement décorée. Il engagea le premier la conversation :

— C'est vous qui l'avez peinte, cette jolie croix ?

L'homme du fleuve se retourna, surpris.

— Euh... oui, c'est même moi qui l'ai fabriquée, de mes mains. Pourquoi ?

— Pour rien. Elle est splendide.

— C'est la croix de l'équipage, comme on l'appelle sur les péniches. Beaucoup l'arborent sur leur proue.

— Qu'est-ce qu'elle représente ?

— Ça vous intéresse tant que ça ?

— J'aime les œuvres d'art populaire.

— Il ne faut pas exagérer, ce n'est pas du grand art ! Cette croix porte tous les attributs de notre profession, ainsi que les emblèmes de la passion du Christ. Elle est le symbole du marinier puissant, libre et indépendant.

— Très belle symbolique, en effet !

Vincenzo hésitait à lui formuler sa requête. Le batelier, remarquant son gros sac de voyage sur son dos, comprit que ses questions n'étaient pas désintéressées.

— Tu descends vers le Midi ? s'enquit-il, devançant sa demande.

— Exact. En Camargue. À Aigues-Mortes. Je vais rejoindre des gens de mon pays qui y ont trouvé du travail.

— Je me disais qu'avec ton accent tu n'étais pas de chez nous. Espagnol ? Ou Italien ? Du Sud, en tout cas !

— Sicilien ! précisa Vincenzo. Mais je viens de Milan, où habite toute ma famille.

— Et pour quelle raison as-tu quitté ton pays, si je ne suis pas indiscret ?

Vincenzo n'avait pas prévu de s'ouvrir au premier venu. Il biaisa :

— Je vous l'ai expliqué, pour travailler. Paraît-il que dans les Salins il y a de l'embauche.

Le marinier réfléchit. Il souleva sa casquette, se gratta le cuir chevelu.

— T'as besoin d'argent, je suppose ?

— Ce n'est pas ce que je possède le plus !

— Tu me sembles un peu gringalet, mais si tu es vaillant...

— Quelqu'un m'a déjà dit que je n'étais pas très costaud, coupa Vincenzo sans se vexer. Mais, quand je lui ai affirmé que j'étais venu de Milan à pied après avoir traversé la montagne, il a changé d'avis.

— Je vois, je vois... Alors si je te propose d'embarquer sur ma péniche pour faire le manœuvre, tu ne refuseras pas ? J'ai besoin d'un gars courageux pour me seconder. Mon apprenti m'a laissé en plan hier matin. Je n'ai personne à part ma femme. Mais elle ne peut s'occuper de notre gamin en bas âge et m'aider à la barre dans les passages scabreux. Il y a des écluses à franchir et des endroits de fort courant. Il faut être deux pour éviter l'accident. Et puis, à chaque étape, il faut décharger et recharger. C'est assez pénible. Qu'en penses-tu ?

La proposition du batelier tombait à pic. Vincenzo comprit immédiatement l'avantage à tirer de voyager à bord d'une péniche. Sur le fleuve, pas de contrôle des gendarmes, pas de douaniers pour exiger ses papiers. Il passerait inaperçu et gagnerait facilement le grand Sud.

— Je descends jusqu'à Arles, ajouta le batelier. Je m'arrête à Valence, Montélimar, Avignon, puis à Beaucaire. À Arles, je refais le plein de marchandises et j'entame la remonte sans m'attarder.

— Je suis d'accord, se réjouit Vincenzo sans hésiter. La paie me conviendra, quelle qu'elle soit. Mais où dormirai-je ? demanda-t-il, craignant encore les nuits à la belle étoile, sur le pont de la péniche.

— Pas de souci ! Mon logement est aménagé à l'arrière. J'ai réservé une petite cabine pour mon apprenti, juste à côté. Tu l'occuperas. C'est pas luxueux, mais c'est confortable.

Ravi, Vincenzo monta à bord.

— Je m'appelle Raymond, se présenta le batelier.

— Et moi, Vincenzo.

— Bienvenue sur la *Vagabonde*, mon gars. Nous appareillons dans une demi-heure. Il était temps que tu arrives !

*

La descente se déroula sans aucun problème. La péniche de Raymond, alourdie par son chargement de blé en provenance des riches plaines du Bassin parisien, s'enfonçait dans les eaux jusqu'à la limite de sa ligne de flottaison. Derrière elle s'élargissait un sillage d'écume blanche au-dessus duquel des oiseaux du fleuve – aigrettes, hérons, fauvettes à tête noire – virevoltaient dans l'espoir d'y pêcher quelques poissons d'eau douce.

Vincenzo était en admiration devant le paysage qui défilait sous ses yeux au pas d'un homme. C'était la première fois qu'il descendait un cours d'eau sur un bateau. La lenteur du voyage le poussait à la réflexion, nourrissant son inspiration d'écrivain. À chaque halte, Raymond lui ordonnait de se poster à l'avant, de saisir les lourdes cordes de mouillage et de les lancer vers les bittes d'amarrage. Il sautait alors sur la berge avant la fin de la manœuvre, les accrochait et les maintenait tendues jusqu'à ce que la péniche s'arrête et se stabilise, prenant soin de ne pas se blesser quand le cordage se tendait brusquement.

À l'étape, après qu'il avait aidé au déchargement et au rechargement, Raymond lui donnait quartier libre pour quelques heures.

« Profites-en pour aller en ville, lui proposait-il. Va visiter les églises et les monuments historiques. Ou, si le cœur t'en dit, va voir les filles ! Elles doivent aimer les Italiens, par ici. Tu leur tourneras le cœur à coup sûr ! »

Vincenzo n'osait pas lui avouer sa crainte de rencontrer les gendarmes.

« Je préfère me reposer dans ma cabine, lui opposait-il. Je me ménage pour ce qui m'attend une fois dans les Salins. »

Pourtant, lorsqu'ils arrivèrent à Avignon, il fut tenté de sortir en ville. Le pont d'Avignon et, juste en face sur l'autre rive, la tour Philippe le Bel, puis, un peu plus en aval, le palais des Papes le plongèrent dans la grande histoire de France, celle de ses manuels d'étudiant, quand, à l'université de Milan, il avait choisi l'option « Moyen Âge » dans son cursus littéraire. Une fois à quai, il ne se retint pas de partir visiter ces lieux célèbres et se risqua à s'éloigner du fleuve.

Bien mal lui en prit. Sur le retour, au bord du soir, sur la place de l'Horloge, il tomba sur une petite escouade de gendarmes. Il les esquiva sans s'attarder, mais l'un d'eux, plus méfiant que ses collègues, le voyant se détourner à leur approche, le rattrapa et lui ordonna de présenter ses papiers. Cette fois, il ne leur échapperait pas.

Il sortit de sa poche le seul document permettant de justifier son identité et une attestation de son employeur que ce dernier lui avait remise au moment de l'embaucher.

Suspicieux, le gendarme flaira l'imposture :

— Tu es italien et tu travailles en France !... Hum... ce n'est pas très net ! Tu ne serais pas un clandestin, comme la plupart des tiens ?

— J'ai passé la frontière tout à fait légalement, mentit Vincenzo. Puis j'ai cherché du travail pour être en règle. Je ne vagabonde pas sur la voie publique, si c'est ce que vous me reprochez. Mon patron vous le confirmera. Sa péniche est amarrée au port.

— Tu ne serais pas un communiste en cavale, au moins ? Ton Duce n'aime pas les bolcheviks. Nous non plus, d'ailleurs. Alors, ne viens pas répandre la révolution chez nous !

— Je ne suis pas communiste, se défendit Vincenzo. Je ne m'intéresse pas à la politique.

— Laisse-le, intervint un autre gendarme. Il ne fait rien de mal. Il est tard, ne t'embête pas avec ce rital. Rentrons au poste. La nuit tombe et on se les gèle.

— C'est bon. File ! Et ne traîne pas.

Vincenzo en fut quitte pour la peur.

Quand il fut à bord de la péniche, il se promit de ne plus commettre d'imprudence tant qu'il n'aurait pas atteint son but.

Ils arrivèrent à destination le lendemain en fin de matinée.

Raymond demanda à son manœuvre de l'aider une dernière fois à décharger et à recharger. Puis il lui remit une somme d'argent dans une enveloppe.

— Je n'ai pas les moyens de te donner plus, s'excusa-t-il. Mes revenus ne sont pas très élevés. J'espère que ça te permettra de tenir jusqu'à ce que tu trouves du boulot dans les Salins. J'y ai ajouté un certificat de travail…

Vincenzo n'osa regarder ce qu'il avait glissé dans l'enveloppe. Il remercia vivement le batelier et lui fit ses adieux.

— Bonne chance ! lui souhaita Raymond. Que Dieu veille sur toi ! Et évite la maréchaussée !

— La maré… chaussée ?

— Les gendarmes.

Vincenzo s'éloigna de la rive du fleuve puis, observant le soleil qui montait au zénith, se dirigea vers le sud.

Devant lui, la Camargue s'ouvrait dans toute sa splendeur. Des oiseaux hivernants volaient dans un ciel aux couleurs rougeoyantes. Le mistral s'était levé, chassant les nuages.

Bientôt, il découvrit les étendues salines dont François Girard lui avait parlé. Les remparts d'Aigues-Mortes se dressaient à l'horizon, dominés par la tour Matafère. Des monticules d'un blanc immaculé se distinguaient de très loin : les camelles de sel des Salins du Sud.

16

Saunier

Vincenzo pénétra dans la cité de Saint Louis par la porte de la Gardette. Il monta sur les remparts pour embrasser d'un seul regard le paysage jusqu'à la mer. Au pied des fortifications se lovaient les tables salantes des compagnies d'extraction, réfléchissant les rayons du soleil dans un camaïeu aux couleurs arlequin. Des enfants le croisèrent sans lui prêter attention. C'était jeudi. Ils n'avaient pas classe et jouaient dans les rues étroites de la vieille ville, sur le chemin de ronde, dans les tours de l'enceinte fortifiée.

Sans tarder, il se renseigna pour trouver du travail dans les Salins. À l'intérieur de la cité médiévale, personne ne s'étonna de son accent. Il en fut soulagé.

— Vous avez l'embarras du choix, lui répondit un vieil homme assis sur le seuil de sa porte, rue Victor-Hugo. Approchez-vous des étangs et vous tomberez sur les marais salants. Les Salins du Midi sont les plus importants, mais ils ne sont pas les seuls à extraire le sel. Si vous préférez une entreprise plus familiale, allez donc du côté des Salins du Sud. Ils se jouxtent. Vous ne pouvez pas vous tromper. Moi, j'y ai bossé une grande partie de ma vie, au temps de Gustave Lacombe, le fondateur. Aujourd'hui, c'est sa belle-fille qui la dirige, avec l'aide de son second mari. La malheureuse n'a pas eu de chance, elle a épousé Hervé Lacombe, le fils du patron. Et quelques années après, elle était déjà veuve…

Le vieillard parlait sans discontinuer, trop heureux d'avoir quelqu'un avec qui discuter. Vincenzo ne l'interrompit pas. Écouter les autres était à ses yeux le meilleur moyen de connaître ceux qu'il côtoierait bientôt.

Quand il eut terminé son histoire, l'ancien saunier lui conseilla de ne pas traîner dans les rues trop tard le soir.

— Tu risques d'y faire de mauvaises rencontres. Les remparts sont le repaire de petits voyous qui, au crépuscule, n'hésitent pas à détrousser les honnêtes gens.

Après une nuit passée à l'abri au pied d'une tour, Vincenzo se dirigea vers les Salins du Sud. Muni du certificat fourni par Raymond attestant de ses qualités de bon travailleur, il espérait obtenir facilement un emploi.

Extraire le sel était pour lui une activité totalement étrangère. Au reste, il n'avait aucunement l'intention de s'y attarder. Elle lui permettrait d'attendre des jours plus fastes. Quand le moment arriverait, quand de l'autre côté des Alpes la dictature commencerait à chanceler, il escomptait revenir à Milan et reprendre ce qu'il y avait abandonné la mort dans l'âme : l'écriture. Mais, pour l'heure, il ne devait dévoiler à personne qu'il adhérait au mouvement contestataire des intellectuels italiens hostiles au régime du Duce. Les gouvernements de la plupart des pays de l'Europe, y compris celui de la France, n'avaient-ils pas reconnu, plus ou moins officiellement, le chef de l'Italie fasciste ?

Au bout d'une bonne heure de marche à travers les étendues d'eau stagnante et les canaux, il aperçut une belle maison de style camarguais entourée d'un écrin de verdure et, un peu plus loin au milieu des tables salantes, des hangars et des entrepôts. La route passait d'abord devant le portail de la riche demeure. Sur l'un des deux piliers, il déchiffra son nom : *Les Salicornes*. Curieux, il jeta un coup d'œil furtif vers le parc qui l'entourait, mais fut surpris par le bruit d'un moteur. Il rebroussa chemin, s'écarta rapidement. La voiture le frôla et s'éloigna. Il eut juste le temps de voir son chauffeur et à l'arrière un homme élégant d'une cinquantaine d'années, qui le dévisagea. Vincenzo crut qu'on l'avait sans doute pris pour un rôdeur. Avec son sac à dos, ses habits sales, ses cheveux longs et sa barbe mal rasée, on le remarquait.

Si je me présente dans cet état, songea-t-il, on ne risque pas de m'embaucher !

À plusieurs centaines de mètres de là, il aperçut l'entrée de l'entreprise. Un immense porche en matérialisait l'accès, avec, gravés sur le fronton, les mots *Les Salins du Sud.*

Il poursuivit son chemin. Atteignit un croisement. À sa gauche, un panneau indiquait la direction du Grau-du-Roi, à sa droite celle de Nîmes. Il prit vers la mer. Quelques kilomètres plus loin, il trouva une auberge au bord de la route, un ancien relais de diligences reconverti en établissement hôtelier.

Avec le salaire gagné sur la péniche, il avait assez d'argent pour s'offrir une ou deux nuits à l'hôtel et un bon repas. Il en profiterait pour se débarrasser de ses nippes et pour faire peau neuve.

L'aubergiste se méfia de lui. Mais, quand Vincenzo sortit son argent de sa poche, il se détendit.

— Le souper est à dix-neuf heures, lui indiqua-t-il. Et ici, on paie d'avance.

Vexé d'avoir été mal jugé, Vincenzo s'abstint de tout commentaire.

Avant de passer à table, il se lava, se rasa, se coiffa, changea de vêtements.

Quand l'aubergiste s'approcha de lui pour le servir, il s'étonna agréablement :

— Vous avez meilleur aspect !

Et il entama la conversation, curieux de savoir d'où venait son client.

Vincenzo ne s'étendit pas.

Le lendemain matin, il reprit la route vers les Salins du Sud et pénétra à l'intérieur de l'entreprise.

Il frappa à la porte des bureaux, fut surpris de se retrouver devant l'homme qui, la veille, à la sortie de la maison les Salicornes, était assis à l'arrière de la voiture.

Il se présenta, expliqua le but de sa démarche, expliqua qu'il était italien, désireux de travailler en France.

L'homme l'écouta sans l'interrompre, l'air plutôt intéressé. Il lui posa quelques questions sur les différentes tâches qu'il avait déjà à son actif. Vincenzo lui cacha qu'il était un jeune écrivain, opposé au régime de Mussolini. Il se contenta d'expliquer qu'il avait effectué divers travaux de manutention et lui fournit le certificat fourni par Raymond le batelier.

— C'est le dernier emploi que j'ai occupé quand j'ai quitté Lyon. Ça n'a duré que le temps de la descente du Rhône, mais cela a été pour moi une bonne expérience.

— Ce n'est pas encore la saison de la récolte, lui signifia l'homme à la tenue élégante. Vous arrivez beaucoup trop tôt. L'embauche saisonnière ne commence qu'en août.

Vincenzo ignorait ces détails.

— Je ne recherche pas un emploi saisonnier. J'aimerais travailler ici un certain temps.

L'homme réfléchit. Vincenzo lui faisait bonne impression.

— Vous tombez bien. Ma femme souhaite embaucher quelques ouvriers permanents supplémentaires… Je ne suis que son mari, précisa-t-il. Je supervise l'entreprise en son nom. Mais je plaiderai en votre faveur. Repassez donc demain matin. Je discuterai de votre embauche avec elle. Elle est la seule habilitée à prendre une telle décision.

Quand Vincenzo raconta sa démarche à l'aubergiste, celui-ci lui révéla :

— Vous êtes tombé sur le député.

— Le député ? Non, pas du tout. C'était le mari de la patronne, si j'ai bien compris.

— C'est ce que je dis. Il s'agit du député socialiste Florian Nozière. Le mari d'Emma Lacombe, la veuve du précédent patron des Salins du Sud. On connaît tous leur histoire, dans la région. Elle a rempli la une des journaux, il y a une douzaine d'années…

— Un scandale ?

— Non ! Une catastrophe dont ils ont réchappé tous les deux. Figurez-vous…

Et l'aubergiste de raconter ce qu'Emma et Florian Nozière avaient vécu lors du naufrage du *Titanic*.

Le lendemain matin, Vincenzo repassa dans les bureaux des Salins du Sud.

Thibaud Lacombe le reçut en l'absence de Florian et d'Emma, partis à la Renardière à Ganges.

— J'ai sous les yeux votre contrat, signé par madame Nozière sur les recommandations de son mari.

Thibaud regardait Vincenzo d'un air hautain et dédaigneux.

— Vous êtes étranger, n'est-ce pas ? s'enquit-il immédiatement.

— Je suis italien, en effet. J'ai appris qu'un certain nombre de mes compatriotes travaillaient dans les Salins. C'est pourquoi je suis venu jusqu'ici.

— Il y a trop d'étrangers en France ! Mais puisque la patronne vous embauche, je ne peux m'y opposer. Voici donc votre contrat de travail.

Thibaud glissa sur son bureau une feuille de papier et pria Vincenzo de la signer à son tour.

— « Massili », lut-il. Vous êtes de quelle région d'Italie ?

— Je viens de Milan. Mais je suis d'origine sicilienne.

— Un Sicilien, en plus !

Vincenzo se retint. Au fond de lui, il comprit que ses rapports avec l'homme qu'il avait devant lui ne seraient pas faciles. Il osa cependant lui demander :

— Qui êtes-vous dans l'entreprise, s'il vous plaît ? C'est uniquement pour être au courant.

— Vous le saurez assez tôt ! lui répliqua Thibaud. Pour aujourd'hui, je vous affecte à l'équipe de Paul Simeoni. C'est lui qui commande la bande d'Italiens que nous avons engagée à l'époque de mon oncle. Vous serez en pays de connaissance. Vous n'êtes pas nombreux à travailler de façon permanente dans nos Salins. Vous avez de la chance !

Vincenzo fut aussitôt conduit sur son nouveau lieu de travail et découvrit pour la première fois le dur métier de saunier.

*

Une autre vie s'amorçait pour lui, pour laquelle il n'était pas préparé. Il n'avait jamais réellement travaillé de ses mains. Appartenant à la bourgeoisie milanaise et sortant à peine du monde estudiantin, il ignorait les dures conditions d'existence des ouvriers. Farouchement démocrate, il soutenait les thèses en faveur de la lutte sociale défendues par les partis de gauche de son pays. Pour autant, il n'adhérait pas à l'idéologie communiste, qu'il jugeait trop révolutionnaire. Partisan d'une transition douce vers un pouvoir issu des urnes, il se méfiait des courants extrémistes qui laissaient miroiter des changements radicaux et bien souvent démagogiques. À Milan, juste après la guerre, il s'était vite heurté aux exaltés de tous bords qui, à ses yeux, mettaient la démocratie et la liberté en danger. Les grèves, les émeutes, les manifestations avaient fait sortir des milliers de mécontents dans les rues, partout en Italie. Les travailleurs affrontaient la police dans des combats sanglants, s'en prenaient violemment aux patrons, aux propriétaires terriens, aux financiers, tous tenus pour responsables de l'infamie jetée sur le pays par les traités de paix. Les Alliés s'étaient moqués du peuple italien. Mais ce dernier s'était réveillé, l'histoire se renversait. Désormais l'avenir était au nationalisme, à la fierté d'être italien, à l'ordre établi non plus par les nantis mais par le peuple en marche vers la révolution nationale. Les Faisceaux italiens de combat de Benito Mussolini avaient agrégé tous ces mécontents, anciens combattants de droite comme de gauche, tous ayant en commun d'avoir cru en la guerre et d'avoir été profondément déçus, trompés par les puissances de l'argent. Ils entendaient les paroles de haine du Duce comme paroles d'Évangile. N'était-il pas un homme issu du peuple, un simple journaliste ?

Lorsqu'il rencontra ses compatriotes italiens pour la première fois, quelques rares ouvriers embauchés à l'année, comme lui, il ne s'étendit pas sur sa personne – qui il était, d'où il venait, ce qu'il avait fait jusqu'à présent. Il fut accueilli chaleureusement. Tous lui demandèrent des nouvelles du pays, de l'ambiance qui y régnait maintenant que le Duce y dominait en maître. Il évita de prendre parti, de crainte que parmi eux il n'y ait des partisans du régime fasciste.

Vincenzo remplaçait un ancien saunier reparti chez lui après des années de bons et loyaux services.

Paul Simeoni l'avertit sans ménagement :

— Ici, on n'aime pas les fainéants. Pour ta gouverne, ne t'avise pas de te planquer derrière les camelles quand toute l'équipe est à la bourre. Au moment de la récolte, j'ai besoin que tous mes gars redoublent d'efforts. Le sel n'attend pas. Il faut le ramasser sans traîner.

— Quand a lieu la récolte ?

— T'es vraiment un novice ! Le sel se récolte d'août à octobre. On produit surtout du sel alimentaire et la fleur de sel. Le boulot ne manque pas. On s'occupe aussi du conditionnement, des commandes, des livraisons. Il y a beaucoup de manutention. J'espère que tu as les reins solides.

En attendant, tu participeras à la préparation et à l'expédition, puis à l'entretien des tables salantes et des canaux.

Vincenzo fut vite plongé dans le bain.

Dès le deuxième jour, il se lia avec un jeune Piémontais, Stefano Greco. Ce dernier le prévint immédiatement :

— Méfie-toi du chef de colle.

— Le chef de colle ?

— Le chef d'équipe, si tu préfères. Paul Simeoni est l'oreille de l'ingénieur, Thibaud Lacombe.

— Lacombe ? Celui que j'ai vu dans les bureaux, je suppose ?

— Oui. Simeoni est bien d'origine italienne, mais il nous mène la vie dure. Et Lacombe n'aime pas les Italiens.

— Je m'en suis rendu compte.

— D'ailleurs, il n'apprécie pas les étrangers en général… Aux Salins, nous sommes tous très solidaires. Si tu as un ennui, n'hésite pas à en parler à l'un d'entre nous.

Vincenzo trouva inquiétants les propos de son nouvel ami. Il pensa que la tension régnait dans le personnel de l'entreprise. Dès lors, il se tint sur ses gardes.

Plusieurs mois s'écoulèrent. Les beaux jours étaient fébrilement attendus. Quand l'ensoleillement devenait optimal, l'activité redoublait. L'action conjuguée du soleil et du vent activait l'évaporation de l'eau et la cristallisation du sel. Les équipes se mettaient en place tôt le matin et finissaient tard le soir. Les colles étaient déjà constituées. Chaque année les chefs de chantier – qu'on appelait les « bayles » – faisaient appel aux mêmes individus. Certains arrivaient d'Ardèche et des contreforts cévenols, d'autres du Piémont italien. Un certain nombre, les trimards, allaient, venaient, disparaissaient. C'étaient des vagabonds, des sans domicile, des pauvres à la recherche d'un travail. Ils avaient une réputation sulfureuse. On les craignait dans Aigues-Mortes, ils vivaient en marge et étaient souvent à l'origine des bagarres de rues. Rejetés, ils erraient dans la ville, maugréant contre les patrons et les étrangers. Ils dormaient au pied des remparts, sur les bancs ou à la gare, dans les wagons de marchandises. Mais dans les Salins, bien que beaucoup moins vaillants que les autres ouvriers, ils étaient indispensables pour compléter la main-d'œuvre manquante au plus fort de la saison.

Malgré les innovations techniques, la récolte du sel était un travail harassant. Elle s'effectuait encore à la main et exigeait de grandes capacités physiques.

Stefano, malgré son jeune âge, apprit le métier à Vincenzo. Il lui expliqua d'abord toutes les phases de l'exploitation du sel.

— Être saunier, ce n'est pas seulement récolter le sel. Un bon saunier doit détenir le « secret de l'eau ». Il doit savoir aménager, entretenir et faire fonctionner les marais, et rester attentif au temps pour, chaque jour, réguler les débits d'eau entre les bassins. La pluie peut tout compromettre. Ce n'est pas aussi simple que ça en a l'air… Le travail dépend de la saison. Dès le mois de mars, les eaux sont pompées dans la mer grâce à des machines à vapeur. On remplit toutes les surfaces où le sel va être récolté, ce sont les tables salantes.

— Depuis mon arrivée à Aigues-Mortes, je ne cesse de m'extasier sur leur belle couleur rosée. Cela crée un paysage de rêve, quand le soleil décline le soir ou se lève au petit matin.

— C'est à cause des micro-organismes qui vivent dans l'eau : des algues salines et de minuscules crustacés… Les flamants roses s'en régalent.

Vincenzo était tout ouïe. Le monde qu'il découvrait lui semblait presque irréel. Entre la mer et la terre, les vastes étendues salines composaient un tableau impressionniste tout droit sorti de la palette d'un peintre.

— Après avoir prélevé les eaux de mer, poursuivit Stefano, on les amène à saturation en sel. Pour cela on les laisse s'évaporer à 90 %. Celles-ci s'écoulent sur les partènements, des petits étangs aménagés et cloisonnés par des digues où l'eau circule très lentement et sur une très faible épaisseur. C'est là en général que se rassemblent les flamants roses. Enfin, le sel se dépose sur les tables salantes et se cristallise. Alors nous intervenons…

Vincenzo était impatient de commencer la récolte. Stefano le coupa dans son élan.

— Ne te réjouis pas trop vite. C'est pénible. Le soleil t'assomme et le sel te brûle la peau et les yeux. De plus, on est bouffés par les moustiques. Quant à ton dos, n'en parlons pas. Tu le sentiras à la fin de la journée. Ramasser des tonnes de sel, courbé pendant douze heures, c'est tout sauf une sinécure !

— Quelle est l'épaisseur de la couche de sel ? demanda Vincenzo pour clore la discussion.

— Ça dépend. Cela varie entre dix et soixante-quinze centimètres. Ça en représente des tonnes à l'hectare ! D'une année sur l'autre, la récolte est très fluctuante, en fonction des conditions atmosphériques.

— Et après, je suppose qu'on amasse tout ce sel en monticules, comme ceux que j'ai vus de loin, le premier jour où je suis arrivé.

— Exact, les camelles. En camelles provisoires d'abord, puis, après le lavage, en camelles définitives… Voilà, tu n'ignores plus rien à présent. Il ne te reste plus qu'à te retrousser les manches et à montrer beaucoup de courage.

— Je n'en manque pas. Je suis venu en France pour travailler, pas pour m'amuser ni pour faire la révolution !

⋆

Vincenzo s'intégra facilement aux ouvriers des Salins. Pas uniquement avec ses compatriotes, mais aussi avec les équipes de Français, les plus nombreux. La plupart étaient des saisonniers qui rentreraient chez eux à la fin octobre. Quelques-uns seulement étaient engagés à l'année.

Il apprenait vite son nouveau métier et y mettait beaucoup d'ardeur, gardant en mémoire la remarque empreinte de mépris du chef de colle Simeoni : « Ici, on n'aime pas les fainéants. » Il avait conscience qu'il n'avait pas intérêt à se faire remarquer.

Il se familiarisa vite avec tous les outils que ses camarades manipulaient avec dextérité, pelles d'arambage, pelles à curer, écopes en bois, échelles d'étayage, pelles de piquage, bigots, pellegrains, râteaux de ramassage…

Quand arriva enfin le moment de la récolte, après avoir peiné à l'entretien et à la préparation des différents bassins de cristallisation, il fut affecté au levage. On lui confia d'abord une grosse brouette en bois pour transporter le sel depuis le lieu d'extraction jusqu'à l'aire de stockage, où il était disposé en camelles de façon à le protéger contre les intempéries. Tandis que les meilleurs rouleurs, avec leurs brouettes pleines pesant parfois près de cent kilos, s'acquittaient d'une quinzaine de mètres cubes par jour, lui en déclarait seulement une demi-douzaine.

Paul Simeoni ne manqua pas de l'avertir :

— Active-toi, mon gars, si tu veux qu'on te garde ! Je te donne une semaine pour augmenter ton volume. Sinon, c'est la porte !

Vincenzo redoubla d'efforts. Dépassa ses limites. Parvint à fournir treize mètres cubes par jour avant la date limite.

Les journées étaient interminables, de six heures à dix-neuf heures, avec une courte pause à midi pour se restaurer. Le soir, éreinté, il s'affalait sur son lit et s'écroulait dans un sommeil dénué de rêves sans s'être déshabillé, ayant à peine avalé une assiette de soupe et un morceau de lard pour reconstituer ses forces.

« Il faut manger davantage si tu veux garder la cadence, lui avait conseillé d'emblée son ami Stefano, avec qui il partageait sa chambre dans la cambuse, le bâtiment aménagé pour ceux qui logeaient au sein de l'entreprise.

— Je ne pensais pas en arrivant que ce serait aussi pénible ! C'est un vrai travail de forçat !

— Tu t'y feras vite, ne te décourage pas ! »

Peu après, Simeoni l'affecta au battage. C'était une tâche encore plus harassante, qui consistait à enlever à la pioche la croûte de sel résultant de l'assèchement des marais depuis le printemps. Les meilleurs batteurs ramassaient jusqu'à vingt mètres cubes de sel dans leur journée. Ils l'édifiaient en javelles, des petits tas aux allures de pyramides alignés sur les tables salantes.

Jour après jour, Vincenzo s'endurcit au travail. Il atteignit bientôt l'endurance des plus robustes, à force d'acharnement et de volonté. Pour résister, il pensait aux siens laissés à Milan, à son pays sous le joug de la dictature mussolinienne, à l'indépendance qu'il avait retrouvée dans son exil forcé, à celle perdue par ses compatriotes. Il espérait qu'un jour proche il reviendrait chez lui pour participer à la renaissance de la démocratie. Ce jour-là, il exhiberait avec fierté ses mains calleuses, son visage buriné, ses bras brûlés par le soleil et le sel de la liberté.

Enfin, on lui confia la tâche la plus noble. Simeoni voulait le tester afin de l'employer au mieux de ses capacités. Au fil des semaines, auprès des anciens, Vincenzo acquit le geste élégant et respectueux des travailleurs du sel. À son tour, il manipulait le râteau au long manche et cueillait, à l'aube, la fleur de sel dont les paillettes miroitaient sous les premiers rayons du soleil dans les parties basses des marais.

— Le saunier est l'homme de la terre et de la mer, lui affirma un jour le vieux Renato, le plus ancien saunier italien des Salins du Sud. Il tire le fruit de son travail du sol nourri par la mer. Entre eux, c'est une histoire d'amour qui dure depuis des siècles.

Renato cachait à son jeune ami que, derrière ses paroles réconfortantes, la colère grondait dans la population environnante, et que les Italiens étaient les boucs émissaires d'un mécontentement quasi général.

17

Émeutes[1]

Depuis que l'Italie avait rejoint le groupe des États totalitaires, les journalistes ne se privaient pas de critiquer le voisin transalpin. Les relations quotidiennes entre Français et Italiens s'en ressentaient. Déjà, par le passé, des heurts avec les immigrés piémontais avaient opposé des ouvriers des deux communautés, notamment sur les chantiers ferroviaires cévenols. Le sentiment antisémite exacerbé depuis l'affaire Dreyfus n'avait fait qu'accroître les réactions xénophobes.

À Aigues-Mortes, comme ailleurs où la main-d'œuvre immigrée abondait, les esprits s'échauffaient facilement. Or, avec la reprise économique des années vingt, le travail ne manquait pas. Il fallait reconstruire, produire abondamment pour satisfaire les besoins. L'appareil industriel, comme les exploitations agricoles dans les campagnes, était reparti à

1. Les faits relatés dans ce chapitre et le suivant sont librement inspirés des événements survenus à Aigues-Mortes dans les Salins du Midi les 16 et 17 août 1893.

la hausse. Paradoxalement, comme en période de crise, les accusations envers la présence des étrangers se multipliaient. Beaucoup reprochaient aux patrons d'entreprise d'employer, pour tirer les salaires vers le bas, de la main-d'œuvre étrangère, celle-ci, venue de Pologne, de Belgique ou d'Italie, se contentant de plus faibles revenus que les Français.

Aussi les ressentiments étaient-ils à fleur de peau. Le moindre incident dérapait parfois en conflit généralisé, voire en violent désordre social. De plus, les revendications étaient souvent soutenues par les syndicats, dont l'objectif était de contraindre le patronat à accepter des améliorations de la condition ouvrière.

Dans tous les Salins de Camargue comme de l'Atlantique, les sauniers travaillaient comme des forçats. Certes, les salaires y étaient plus élevés que dans bien d'autres secteurs d'embauche, mais c'était au prix de très longues et pénibles journées de travail.

Vincenzo en était conscient. Il peinait à la tâche malgré son courage et sa ténacité. Au bout de deux mois, il aspirait à atteindre la fin de la saison de récolte. Tous les ouvriers étaient épuisés. Beaucoup n'avaient pas résisté et avaient quitté leur poste après deux ou trois semaines, surtout les trimards, qui se montraient moins vigoureux que les Italiens et les Ardéchois.

— On ne peut pas compter sur eux, se plaignait Stefano. La plupart n'ont pas la forme physique suffisante pour ce genre de boulot. Nous, les Italiens, sommes les plus robustes. Mais on ne nous aime pas beaucoup, ici. On nous accuse de venir voler le travail des Français, d'accepter d'être moins payés et même de leur piquer leurs femmes ! Ça, moi, je ne m'en prive pas ! Si elles sont consentantes, c'est qu'elles ont un problème avec leurs maris. Ce n'est pas le mien.

Stefano passait pour un don Juan auprès de ses camarades. Jeune et beau garçon, il s'attirait les regards des jeunes filles quand il se promenait dans les rues d'Aigues-Mortes, et ne repoussait pas ceux des femmes mariées.

« Le samedi soir, tu devrais sortir en ville, conseillait-il à Vincenzo. Pourquoi restes-tu enfermé dans la cambuse ? Tu es sans cesse plongé dans tes livres ou en train d'écrire alors que tu pourrais en profiter pour t'amuser. Tu as laissé une petite amie au pays ? Et tu veux lui demeurer fidèle ?

— Tu te trompes, Stefano. Je n'ai laissé personne derrière moi. Sauf mon père et ma mère.

— Alors, viens avec moi voir les filles. Les Françaises sont aussi belles et attirantes que nos jeunes Italiennes. »

Vincenzo déclinait toujours les invitations de son camarade. Il n'avait pas le cœur à la fête depuis qu'il avait quitté sa patrie, ses parents et ses amis. Il n'avait en tête que l'idée de revenir chez lui, triomphant, et de se remettre au plus vite à écrire. Le soir, quand la chambrée était calme, il réfléchissait au sujet de son prochain roman, celui qu'il commencerait à son retour. Mais il désespérait, son inspiration s'était tarie. Dans ses carnets, il accumulait les notes, inscrivait noir sur blanc tout ce qui était susceptible de nourrir son imagination. Il observait beaucoup tout en travaillant, emmagasinait les remarques de ses camarades, français comme italiens, rédigeait sans perdre de temps pour ne rien oublier.

Au début de septembre, alors que la saison tirait à sa fin, Simeoni lui ordonna de reprendre son poste au levage.

— Je manque d'hommes, prétexta-t-il. Le transport ralentit à cause de la défection de ces trimards qu'on a embauchés à la dernière minute. J'avais pourtant prévenu qu'ils n'étaient pas fiables. Cette année, la production est plus importante que les années précédentes. Il nous fallait des gars costauds comme tes compatriotes pour soulever les brouettes d'un quintal et demi ! Je t'ai vu à l'œuvre. Tu n'es pas très balaise mais tu arraches bien.

Vincenzo était déçu. Il aimait récolter la fleur de sel. Plus technique, moins éprouvante que le battage et le levage, cette tâche lui permettait de ne pas se soucier de mettre les autres à l'amende. En effet, si les ouvriers du battage prenaient du retard, ils pénalisaient ceux du levage, et inversement si les rouleurs traînaient, le sel s'accumulait et les quantités enregistrées en fin de journée étaient moindres.

Aussi, dans les équipes mixtes, où les Français travaillaient avec les Italiens, il y avait souvent des conflits. Quand les trimards s'en mêlaient, les joutes verbales montaient dangereusement en intensité. Le chef de colle devait intervenir pour séparer les antagonistes et calmer les esprits. Le soir venu, dans les cambuses, des bagarres éclataient. Les Italiens passaient pour des individus au sang chaud. On les soupçonnait de dissimuler couteaux et pistolets dans leurs pantalons, et de provoquer sciemment des heurts.

Stefano avait averti Vincenzo de ne jamais répliquer quand il serait insulté.

« On te traitera souvent de rital, lui avait-il avoué dès les premiers jours. Ça, c'est gentil. La plupart du temps, on t'appellera le babi, le crapaud, en provençal comme chez nous en piémontais, ou encore le macaroni. Et même le christos, de la part des mécréants qui ne croient pas en Dieu. N'y prête pas attention. Et surtout, ne sors pas ton couteau ! Je plaisante !

— Je ne suis pas adepte de la violence, même si je me suis battu pour mes idées. La violence n'amène que le désordre et engendre à nouveau la violence. »

Vincenzo avait écouté les conseils de son ami. Il ne répliquait jamais lorsqu'il était pris à partie en ville ou dans les Salins. Il répondait par une boutade et avec humour pour tourner en dérision les paroles de ceux qui l'invectivaient.

Toutefois il reconnaissait que la tension grandissait. Ses compatriotes italiens se heurtaient de plus en plus durement aux ouvriers français, qui leur reprochaient de trop accélérer les cadences :

« On ne suit plus le rythme ! Vous allez trop vite. Vous nous mettez en concurrence déloyale. Vous voulez nous déconsidérer aux yeux du patron… »

★

Les orages menaçaient. La récolte était en péril. Si la pluie délavait le sel, il faudrait attendre plusieurs semaines avant d'effectuer son transport jusqu'à l'aire de stockage. Les pertes seraient énormes. Le chiffre d'affaires en pâtirait.

Le levage n'attirant plus que les plus courageux et les plus robustes, Thibaud Lacombe s'était résolu, bien malgré lui, à embaucher davantage d'Italiens pour finir la saison. Or il venait de refuser des ouvriers français qui avaient terminé la récolte sur des Salins concurrents. Dans les cafés d'Aigues-Mortes, où les courses de taureaux sur la place Saint-Louis avaient passablement excité les esprits, cet événement avait alimenté les conversations :

« On nous a repoussés parce que les ritals acceptent d'être moins payés ! » s'écriaient les plus remontés contre l'ingénieur des Salins du Sud.

« Moi, c'est parce que je suis trop vieux ! vociférait un autre ouvrier. Passé trente ans, t'es plus compétitif, à côté de tous ces macaronis ! »

Des trimards particulièrement avinés se joignaient aux refoulés, accusant les Salins du Sud de préférer les Italiens aux bons Français. Ils en voulaient également aux immigrés transalpins de voler le pain des Français.

Le 16 septembre 1926, le travail avait commencé comme tous les jours, aux environs de six heures sur le marais dit « de la Sagne », situé à cinq kilomètres des remparts. Les colles avaient été remaniées par les chefs de travaux. Des trimards étaient mélangés à des Italiens et des Ardéchois.

Très vite, des incidents éclatèrent au sein des équipes mixtes. Les ouvriers français ne suivaient pas la cadence des Piémontais. Payés collectivement au rendement, ceux-ci leur reprochèrent de ne pas charger suffisamment leurs brouettes.

— Eh, les Français, vous nous laissez porter les plus lourdes brouettes et vous comptez en profiter quand la paie tombera ? s'écria un Italien, exaspéré de constater que ses compagnons français n'abattaient pas la même quantité de travail que lui.

— Oh, le macaroni, si t'es pas content, t'as qu'à rentrer chez toi !

Les injures fusèrent de toutes parts. Le ton monta rapidement.

Vincenzo, qui assistait à la scène, ne broncha pas, ne tenant pas à prendre parti. Il savait que ses compatriotes ne se laisseraient pas insulter sans répliquer.

— Ne t'en mêle pas, lui conseilla Stefano. Ils se calmeront tout seuls.

Peu après, un Piémontais, voulant sans doute riposter aux affronts des Français, alla laver sa chemise pleine de sel dans un baquet d'eau potable destiné à la boisson des ouvriers. Cette eau était une denrée précieuse sur les chantiers. Il ne fallait pas la gaspiller. Les remontrances ne manquèrent pas de fuser. La colère monta, petit à petit.

À la pause de midi, autour de lui, Vincenzo entendit ses camarades se plaindre des Français :

— L'ingénieur n'aurait pas dû nous imposer leur présence…

— Ils ne tiennent pas le rythme…

— Et ils nous font perdre de l'argent. Nous ne parviendrons pas à gagner ce que nous gagnons d'habitude, quand notre colle est uniquement composée d'Italiens !…

— Oui ! On devrait les virer !…

Vincenzo et Stefano sentaient l'exaspération à son comble.

Après le repas de midi, tous les ouvriers se reposaient avant de reprendre le travail, chaque groupe dans sa cambuse. Vincenzo s'était assoupi, écrasé par la chaleur et la fatigue.

Il fut réveillé brutalement. Un de ses camarades, particulièrement énervé, s'écriait :

— Lève-toi ! La guerre est déclarée. On se bat. On a jeté un Français dans le canal !

À moitié endormi, Vincenzo le suivit, incrédule. Son camarade rameutait déjà ses troupes pour se rendre sur le théâtre des opérations, aux cris de « *Italia ! Italia !* Vive l'Italie ! À bas la France ! »…

Munis de fourches, de pelles, de bâtons et de couteaux, les Italiens fondirent sur la cambuse des Français, qui, eux aussi, faisaient la sieste à l'intérieur. Les coups pleuvaient sur eux sans qu'ils puissent réagir.

Impuissant, Vincenzo assista à la scène, incapable d'arrêter ses compatriotes déchaînés. Quatre trimards furent blessés, dont un de deux coups de couteau.

Les Italiens se retirèrent, encerclant la cambuse, les Français se barricadèrent de leur mieux. Les deux groupes attendaient, prêts à en découdre à nouveau.

Alerté, le juge de paix, accompagné de trois gendarmes, arriva sur les lieux et parvint à calmer les esprits…

Les Français furent libérés et quittèrent le chantier, leurs assaillants ayant accepté de les laisser sortir de leur abri.

— On a échappé au pire, soupira Vincenzo. J'ai craint que la situation ne dégénère !

Au milieu de l'après-midi, tandis qu'il regagnait son poste de travail, les ouvriers aigues-mortais, ayant décidé de se venger, partirent en ville pour y chercher des renforts. Ils répandirent le bruit que trois des leurs avaient été sauvagement tués par les Italiens. L'un d'eux, celui qui avait reçu les deux coups de couteau, exhibait ses blessures pour confirmer leurs dires. La nouvelle entraîna aussitôt une véritable chasse à l'homme contre les Italiens à travers les rues de la ville. Un certain nombre de trimards, en quête de reconnaissance de leur nationalité française, se joignirent à la traque.

Pendant ce temps, Vincenzo avait repris sa brouette et travaillait, pensant que l'incident était clos. Il était loin de se douter qu'à quelques kilomètres de là, à l'intérieur des remparts, la meute se déchaînait contre ses compatriotes.

Deux gendarmes restés à la caserne, secondés par une vingtaine de douaniers appelés en renfort, tentaient tant bien que mal d'assurer l'ordre. Ils mirent en sécurité une soixantaine d'Italiens en les regroupant dans la boulangerie de la place Saint-Louis. La population l'assaillit aussitôt. Dans les rues de la cité, on entendait des cris de haine dignes d'un véritable pogrom : « En avant ! À la chasse à l'ours ! Mort aux babis ! »

L'effervescence s'intensifiait. La foule en furie augmentait d'heure en heure. De nombreux ouvriers français désertaient les chantiers et rejoignaient les émeutiers. Pendant plusieurs heures, ceux-ci criblèrent la boulangerie de pierres et tentèrent d'en forcer les portes. À l'intérieur, les Italiens s'étaient barricadés à l'aide de sacs de farine. Gendarmes et douaniers, secondés par des renforts dépêchés par le préfet, continrent difficilement les assaillants.

Pendant la nuit, la foule se dispersa quelque peu, pour se reformer dès le lever du jour. Arrivé par le train de Nîmes à sept heures du matin, le préfet ordonna immédiatement l'évacuation de la boulangerie et le transfert des Italiens assiégés vers la gare.

Peu après, le maire essaya de calmer les esprits en proclamant, entre autres : « Tout travail est retiré par la compagnie aux sujets de nationalité italienne… »

Cela ne suffit pas à rétablir l'ordre. Aux cris de « Mort aux ritals ! » et en chantant *La Marseillaise*, la foule insatisfaite se précipita vers le marais de la Sagne pour faire un sort aux Italiens qui y travaillaient encore malgré les événements.

Vincenzo l'entendit arriver de loin, telle une vague géante déferlant sur une plage.

Prévenus, les gendarmes avaient devancé les émeutiers.

— Planquez-vous dans votre cambuse ! leur conseilla leur capitaine.

— On sera pris au piège comme des rats ! objecta Vincenzo. Il faut fuir avant qu'il ne soit trop tard...

— Obéissez, sinon, je ne réponds plus de rien. On assurera votre sécurité. Vous serez plus à l'abri à l'intérieur. Des centaines d'excités prêts à tout vont débouler d'un instant à l'autre...

Ils s'enfermèrent dans la cambuse avec une cinquantaine de leurs compatriotes. Dehors, les enragés étaient dix fois plus nombreux. Parvenus sur les lieux, ceux-ci se mirent à lancer des pierres à travers les vitres, déterminés à enfoncer les portes malgré la présence des gendarmes.

— Ils n'arriveront pas à les repousser, constata Vincenzo. Ils ne sont pas assez nombreux. On va se faire lyncher...

Stefano ne disait plus rien, tétanisé. Jamais il ne s'était retrouvé dans une telle situation. Autour d'eux, tous se serraient les uns contre les autres, comme pour faire bloc au moment de l'assaut final. Ils s'attendaient d'un instant à l'autre à voir une marée humaine se déverser sur eux avec furie pour les massacrer.

Les cris de haine s'amplifiaient, la folie des hommes n'avait plus de limites. Les gendarmes tentaient en vain de raisonner les plus excités. À travers les vitres brisées, Vincenzo entendit l'un d'eux s'écrier :

— J'ai été blessé par un Italien ! Il faut que j'en tue un ! Vous ne m'en empêcherez pas !

Les gendarmes parvinrent à refouler les émeutiers et à dégager les assiégés de leur cambuse. Ils les escortèrent vers la ville dans l'espoir de les conduire sains et saufs à la gare pour qu'ils soient évacués. Mais, pourchassés par une foule de plusieurs centaines de personnes, ils se retrouvèrent vite débordés, atteints à leur tour par des jets de pierres. Les Italiens narguaient leurs poursuivants en criant à tue-tête des « Vive la République ! Vive la France ! », tandis que les Français leur répliquaient par des jets de pierres aux cris de « Mort aux Italiens ! ».

En chemin, la foule accula quelques fuyards, dont Vincenzo et son ami, dans un fossé rempli d'eau. Les pierres ne cessaient de tomber sur les malheureux. Quelques-uns essayèrent de s'échapper, mais ils furent vite repoussés. Un coup de feu éclata. Un homme s'écroula au sol.

Dans la panique générale, plusieurs Italiens parvinrent à se réfugier dans les vignes voisines, aussitôt poursuivis par leurs assaillants, qui les matraquaient à coups de bâton.

Alors, profitant de la confusion générale, Vincenzo, dans l'eau jusqu'aux hanches, tira Stefano par le bras.

— C'est le moment, lui dit-il. Sortons d'ici avant qu'on nous lapide. On va courir vers cette rangée d'arbres. Après, on verra…

Il n'eut pas le temps de terminer sa phrase, Stefano s'écroula, atteint à la tête par une pierre. Peinant à se relever, il ordonna à Vincenzo de fuir sans lui.

— Je vais te ralentir. Ne m'attends pas. Je me débrouillerai…

— Non, il n'en est pas question ! Je reste avec toi.

— File, je te dis ! Je m'en sortirai, je ne suis pas seul. Nos amis me défendront. Et les gendarmes ne nous laisseront pas nous faire massacrer.

Vincenzo hésita. Mais une voix, au fond de lui, lui dit d'écouter son ami.

Son destin ne devait pas s'arrêter dans ce fossé où déjà plusieurs des siens étaient tombés.

Alors, il embrassa Stefano comme un frère. Bondit hors du canal et disparut.

18

Rencontre

Les agresseurs, toujours plus nombreux, harcelaient leurs proies qui, en colonnes encadrées par les gendarmes, tentaient de rejoindre la gare. Mais d'autres enragés, venus des marais salants voisins, affluaient près des remparts. Les gendarmes furent rapidement débordés. Les pierres pleuvaient de toutes parts, des coups de feu éclataient. Plusieurs morts étaient déjà à déplorer parmi les Italiens.

Le préfet ordonna alors de les conduire dans la tour de Constance pour les mettre à l'abri et attendre l'armée. Celle-ci arriva en fin d'après-midi. Complètement tétanisés, la plupart blessés, les ouvriers italiens furent escortés par la troupe jusqu'à la gare ferroviaire sous les huées et les menaces de la foule, et enfin évacués. Toutefois, certains n'eurent pas cette chance. Rattrapés par les émeutiers avant d'atteindre la gare, ils furent aussitôt lynchés dans la liesse générale et sous les yeux de forces de l'ordre totalement dépassées.

Le bilan de ce véritable pogrom s'établit à sept morts découverts le jour même, un huitième fut déclaré un peu plus tard, un mois après les faits, un neuvième corps ne fut jamais retrouvé. Les blessés étaient très nombreux. Les victimes furent enterrées de nuit, sous la surveillance d'un détachement d'infanterie, pour éviter de nouveaux troubles.

Jean Delattre, dépêché par son journal sur les lieux du drame, nota dans son article du *Petit Méridional* : *Cet événement est passé heureusement inaperçu. Deux personnes seulement ont suivi le lugubre cortège*[1].

Il ignorait que, tapi derrière une tombe, Vincenzo avait assisté à la scène, encore sous le choc de ce qu'il avait vécu au cours de ces heures de pure horreur.

Après avoir laissé Stefano et ses camarades aux prises avec la foule déchaînée, Vincenzo s'était précipité vers une rangée de cyprès qu'il avait repérée.

Il y était parvenu sans se faire remarquer. Le rideau d'arbres dissimulait un mur haut de trois mètres. Il l'avait escaladé et s'était laissé glisser de l'autre côté, soulagé d'avoir échappé au moins pour un temps aux émeutiers.

Il s'était retrouvé entouré de sépultures. Le lieu semblait hors du temps, hors de la terrifiante réalité qui se déroulait à quelques mètres de là. Blotti contre le mur, il entendait les vociférations, les hurlements de haine des Français, les cris de ses camarades, les adjurations des gendarmes, impuissants à se faire respecter.

1. Extrait de l'article du *Petit Méridional* de l'époque.

Quand la colonne des assiégés s'éloigna, il reprit lentement ses esprits. Du sang coulait sur son bras gauche. Une pierre l'avait atteint pendant sa fuite. Blessé à l'épaule, il ressentait maintenant une violente douleur. Il déchira la manche de sa chemise et se fit un pansement de fortune. Puis il pénétra à l'intérieur d'un caveau de famille dont la porte était entrouverte et s'étendit sur une pierre tombale, épuisé. Malgré le froid de la sépulture, il s'endormit dans une demi-obscurité apaisante.

Il demeura dans le cimetière deux jours durant, n'osant en ressortir de crainte de rencontrer une horde d'exaltés encore à la chasse aux Italiens. Au cours de la deuxième nuit, il entendit des bruits. Des hommes munis de pelles commencèrent à creuser à quelques mètres de sa cachette. Il comprit qu'ils étaient en train d'enterrer des corps en toute discrétion. Les premières victimes du massacre, pensa-t-il. Tout autour, des soldats de l'armée surveillaient les abords, nerveux. Quand les malheureux furent ensevelis et les tombes rebouchées, le calme retomba sur le cimetière.

Au petit matin, Vincenzo s'approcha des sépultures. Celles-ci étaient à peine visibles, seule la terre retournée en attestait la présence. Personne ne devait savoir qui reposait en cet endroit. Sur le moment, il ressentit un profond dégoût. Combien avait-on dénombré de morts ? se demandait-il. Combien y avait-il eu de blessés ? Comment s'étaient comportés les autres habitants, ceux qui n'avaient pas participé à la curée ? Et la presse, comment avait-elle relaté les faits ? Les responsables avaient-ils été arrêtés ? Seraient-ils jugés et condamnés ? Comment réagissaient les autorités de son pays ? Elles devaient être au courant des événements ! Elles avaient dû s'insurger contre la France ! Les relations entre les deux États n'étaient pas très bonnes, elles iraient sans doute en se dégradant davantage. Mussolini ne manquerait pas de monter en épingle ce qui s'était déroulé dans les Salins d'Aigues-Mortes pour réaffirmer avec arrogance sa suprématie vis-à-vis des gouvernements démocratiques qui le tenaient à l'écart, surtout depuis qu'il affichait des visées expansionnistes en Méditerranée. Au reste, Vincenzo comprendrait ses compatriotes d'être remontés contre les Français après ce qui s'était passé. Lui-même, s'il n'était pas conscient que cette tragédie tirait ses racines dans le sentiment raciste et xénophobe latent dans tous les pays d'Europe depuis des décennies, il serait peut-être le premier à juger et à condamner sans appel.

*

Au petit jour suivant, il osa sortir de sa tanière. À l'extérieur, le calme était revenu. Les Salins s'étendaient dans un jaillissement de lumières flamboyantes. Les rayons du soleil se réfléchissaient sur le miroir de sel et créaient un univers magique tout autour de lui jusqu'à l'horizon. Des flamants roses avaient pris possession des marais, nullement effarouchés par sa présence. Il s'en approcha doucement, respectant leur intimité, leur tranquillité. Ils avaient l'air si paisibles ! Comment en était-on arrivé à ce stade de violence et de haine ? se demandait-il. Comment des hommes, des frères, pouvaient-ils ainsi s'entretuer pour des questions d'appartenance, d'origine, de nationalité ou simplement de langue ou de couleur de peau ?

Il courut droit devant lui en suivant les canaux et les tables salantes, le visage fouetté par le vent du large. Plus il courait, plus il se vidait l'esprit, plus il se sentait petit face à l'immensité du ciel et de la mer qui, sous ses yeux éblouis, se fondaient dans une parfaite harmonie. Ses lèvres avaient le goût du sel. Du sel de la déconvenue et non du sel de la vengeance. Vincenzo réprouvait tout sentiment de rancune et de colère.

Il s'enivra d'embruns, de fragrances marines, d'iode et de reflets d'argent. Il marcha dans l'eau, longtemps, le long du rivage battu par les vagues, les cheveux ébouriffés, les poumons gonflés, la peau frémissant sous les caresses du vent.

Quand la paix revint en lui, il rejoignit les Salins.

Personne n'avait repris le travail. Il se demanda s'il devait regagner sa cambuse, ne serait-ce que pour s'assurer du retour total au calme et savoir ce qu'il était advenu de ses camarades, ou s'il devait fuir le lieu de la tragédie et disparaître comme un voleur.

Pour aller où ?

Vincenzo était décontenancé. Il n'avait jamais imaginé affronter un jour une telle situation. Même en Italie il n'avait pas vécu pareil cauchemar. Quand il avait quitté Milan, soupçonné d'appartenir à un mouvement complotant contre l'État, il s'était réfugié dans la clandestinité en compagnie de quelques camarades de gauche. Mais il n'avait pas été traqué comme un paria par une meute de chiens enragés. Il avait été accueilli, caché, aidé par des sympathisants à sa cause. Il n'avait pas ressenti autant de haine ni assisté à des scènes de lynchage !

Encore traumatisé, il hésitait. Si les émeutiers français ne s'étaient pas apaisés, ils se retourneraient à nouveau contre lui en le voyant revenir sur son lieu de travail, il imaginait déjà les vociférations des plus exaltés. Les Salins ne seraient pas aussi calmes, alors que les coups de six heures venaient de sonner aux clochers des églises de la ville. Ignorant tout des décisions des autorités, il ne pouvait qu'espérer que les gendarmes avaient fini par rétablir l'ordre et arrêter les meneurs.

Il joua la prudence. Il s'approcha lentement du marais de la Sagne, où l'insurrection avait commencé. Des ouvriers s'y trouvaient déjà, les uns au levage, les autres au battage. La saison était loin d'être terminée. Il restait un mois avant la fin. Il repéra une camelle relativement à l'écart, se dissimula derrière. Observa. À l'écoute des commentaires. Il n'aperçut aucun de ses camarades piémontais parmi les hommes qui avaient repris leurs fonctions. Parmi les ouvriers présents se trouvaient Paul Simeoni, le chef de colle, et l'ingénieur Thibaud Lacombe, venus sur le chantier pour faire le point.

— Heureusement que le préfet a ordonné de ne plus accepter les Italiens ! se réjouissait Paul Simeoni. C'est eux qui ont déclenché les hostilités. Tous des vauriens, ces ritals, toujours prêts à en découdre !

— Si cela ne dépendait que de moi, il n'y aurait jamais eu d'étrangers aux Salins du Sud. Ils sont source de problèmes. Je ne veux pas vous vexer, Simeoni, mais vos compatriotes sont très vindicatifs. On ne peut rien leur dire.

— Je ne suis pas italien, monsieur l'ingénieur. Je suis né en France. Seule ma famille paternelle est originaire de Vintimille. C'est juste à côté de Nice, presque en France !

— En tout cas, bon débarras ! Le préfet a décidé de les renvoyer chez eux. Désormais nous n'engagerons que des Français.

Vincenzo comprit immédiatement qu'il était inutile de se représenter devant son chef. Ce qui s'était passé pendant qu'il se dissimulait dans le cimetière était pire que ce qu'il avait imaginé. Encore ignorait-il le nombre des morts et des blessés que l'émeute avait occasionnés !

Il attendit que les hommes s'éloignent et courut se cacher à l'abri des regards. Il ne se sentait pas en sécurité au milieu des Salins. S'il se retrouvait nez à nez avec un Français, sûr que ce dernier ameuterait aussitôt ses collègues !

Il s'empara d'une brouette qui traînait au pied d'une camelle. Rentrant le cou dans le col de sa veste pour ne pas être reconnu, abaissant au maximum sa casquette sur son front, il s'avança vers la table salante la plus proche de la sortie du marais. Avec un peu de chance, il ne serait pas remarqué.

À quelques centaines de mètres sur sa gauche, un groupe d'une dizaine d'ouvriers cassait la croûte de sel et constituait des javelles prêtes à être emportées vers les camelles.

Il aperçut certains camarades avec qui il avait lié connaissance. Ils n'étaient pas les plus féroces, mais il se méfia. Que leur était-il passé par la tête ? N'avaient-ils pas eux aussi participé à la chasse à l'homme ? Ne s'étaient-ils pas acharnés sur les malheureux tombés au sol ?

Personne ne le remarqua. Dès qu'il en eut l'occasion, il bifurqua derrière une autre camelle où personne ne venait déverser son chargement de sel, accéléra le pas sans se retourner. Puis, quand il sentit le moment opportun, il abandonna sa brouette et courut se réfugier dans un massif de roseaux en bordure du marais. Haletant, il attendit quelques minutes, observant minutieusement les alentours. Tous les ouvriers étaient à la tâche, sous l'œil vigilant de leurs chefs de colle.

Il patienta jusqu'à midi sans bouger. Quand les ouvriers prirent leur pause et regagnèrent les cambuses pour le repas et le repos de la demi-journée, il en profita pour sortir enfin de la zone d'extraction du sel.

À quelques centaines de mètres, il repéra un vaste espace verdoyant bien entretenu, complanté d'arbres, des tamaris surtout mais aussi des saules pleureurs. Le parc des Salicornes, la demeure des Nozière. Il aperçut un cabanon construit en brique rouge. Il s'y réfugia. Personne ne l'avait vu arriver. L'endroit lui paraissait sûr. Il décida d'attendre là la tombée de la nuit avant de se remettre en route. Il devait absolument s'éloigner de cette région où – il en était maintenant persuadé – il était dangereux de s'attarder.

*

Au cours de la matinée, il entendit du bruit autour du cabanon. Désiré, le jardinier des Nozière, s'approchait pour récupérer ses outils et se rendre à son travail quotidien. Pris au piège, Vincenzo ne pouvait ni ressortir sans être vu, ni se dissimuler, le cabanon ne renfermant que du petit matériel. Il se colla contre la paroi de brique, juste à côté de la porte. Une fois le jardinier entré, il n'aurait qu'une fraction de seconde pour bondir à l'extérieur et fuir à toutes enjambées avant que l'homme ne réagisse et ne donne l'alerte.

Ce dernier avait déjà la main sur la poignée, quand il fut arrêté par une voix féminine. Une jeune fille, à n'en pas douter ! pensa Vincenzo.

Le jardinier se ravisa. Relâcha la poignée. S'écarta.

— Que se passe-t-il, mademoiselle Camille ?

— Ma mère a besoin de vous, Désiré. Elle vous demande de la rejoindre à la maison. Elle aimerait que vous déplaciez les vases d'Anduze qui bordent l'allée principale…

— Mais ils ont toujours été à cet endroit-là !

— Elle voudrait faire élargir l'allée.

Désiré ronchonna, mais obéit. Il s'éloigna aussitôt.

Vincenzo en fut quitte pour la peur.

Il s'approcha de la fenêtre, curieux de voir à qui il devait son salut. La jeune fille lui tournait le dos, il devina qu'elle n'était qu'une adolescente. Il ne percevait d'elle que sa longue chevelure, blonde comme les blés. Elle portait une tenue plutôt masculine, pantalon, blouson et bottes d'équitation.

Elle allait rejoindre l'écurie pour apprêter son cheval et partir en promenade, quand Vincenzo, se croyant hors de danger, eut un geste incontrôlé et bouscula une caisse posée au sol.

Camille regarda en direction du cabanon, intriguée.

À l'intérieur, Vincenzo avait cessé de respirer. Immobile comme une statue de marbre.

L'adolescente hésita. Puis se dirigea lentement vers l'abri de jardin.

Elle en poussa prudemment la porte. Jeta un coup d'œil furtif.

Vincenzo s'était plaqué contre le mur, derrière la porte entrouverte.

Elle avança de quelques pas, rassurée. Puis, se retournant, découvrit Vincenzo.

— Qui êtes-vous ? fit-elle, prête à crier.

— N'ayez pas peur ! Je ne vous ferai aucun mal ! Je…

— Que faites-vous là ?

— Je… je suis un ouvrier. Je travaille aux Salins.

À son accent, elle comprit qu'il était italien.

— Ma mère sait-elle que vous êtes ici ?

— Votre mère ?

— Je suis la fille des propriétaires des Salins du Sud.

Vincenzo ne sut plus que faire, ni que dire à la jeune fille, visiblement sur le qui-vive.

— Vous êtes italien, n'est-ce pas ?

— Euh… oui. J'ai échappé de peu à l'émeute dont mes camarades ont été victimes… Si vous me dénoncez, les ouvriers de votre mère me tomberont dessus et me massacreront…

Camille semblait troublée.

— Je… je n'ai aucunement l'intention de vous dénoncer. Je suis au courant des événements de ces derniers jours dans les Salins. Tout le monde en parle, en ville. Et chez moi, à table, il n'y a pas d'autres sujets de conversation. Tout cela est déplorable.

— Alors… je peux partir ? Je ne voudrais pas vous occasionner des ennuis. Je m'étais réfugié dans cet abri en attendant le retour au calme. Je craignais de tomber sur des Français qui ne m'auraient laissé aucune chance de m'en sortir.

— Vous savez où aller ?

— Pour le moment, non. Le mieux pour moi est de m'éloigner le plus vite possible de cet endroit où les Italiens ne sont pas très aimés, c'est le moins qu'on puisse dire !

Camille semblait confuse. Vincenzo ne l'effrayait pas. Au contraire, elle le trouvait très sympathique.

Certes, elle n'ignorait pas les rumeurs qui circulaient à propos de ses compatriotes – des coureurs de jupons, des colériques toujours prêts à jouer du couteau, voire à dégainer un pistolet. Son père ne l'avait pas éduquée dans la méfiance de l'étranger ni ne lui avait inculqué des principes conformistes.

Depuis qu'elle était toute petite, elle avait l'habitude de côtoyer dans les Salins la main-d'œuvre embauchée par sa mère. Elle aimait regarder les sauniers travailler au cours de ses promenades à cheval, les Français comme les Italiens, avec qui elle avait appris quelques mots de leur langue. Beaucoup d'entre eux la regardaient avec plaisir chevaucher son alezan, soulevant des gerbes d'eau autour d'elle, provoquant l'envol des flamants roses sur son passage. Elle représentait à leurs yeux l'expression de la liberté et de la jeunesse insouciante. Belle comme une amazone, elle nourrissait leurs rêves d'évasion et entretenait leur espoir de rentrer bientôt au pays, enfin délivrés des chaînes que le Duce leur imposait en les contraignant à l'exil.

— Si vous partez d'ici, vous risquez à nouveau de faire de mauvaises rencontres, dit Camille.

— Je n'ai pas d'autre choix ! Si le jardinier ne revenait pas, je pourrais rester caché jusqu'à la nuit prochaine et m'éclipser discrètement. Puis-je compter sur vous ?

— Je vous le répète, je ne vous dénoncerai pas... Je vais m'arranger pour que Désiré vous laisse tranquille jusqu'à demain matin. Je vous promets de vous aider.

Vincenzo se confondit en remerciements. Osa :

— Vous… vous avez quel âge, mademoiselle ? Vous me paraissez si jeune et pourtant déjà si sûre de vous !

— J'ai quinze ans. « Je suis jeune, il est vrai ; mais aux âmes bien nées / La valeur n'attend point le nombre des années ! »

— Corneille, *Le Cid*, Rodrigue, acte II, scène 2 ! Je vois que vous connaissez vos classiques !

— Vous aussi ! Pour un Italien, la littérature française ne semble avoir aucun secret pour vous !

— Avant de venir en France, j'étais…

Vincenzo se retint brutalement de préciser. Ne souhaitant pas évoquer ce qui le peinait le plus dans son exil forcé.

— Oui… que faisiez-vous ? poursuivit Camille, curieuse.

— J'ai suivi des études littéraires, se contenta-t-il d'avouer. Mais je préfère ne pas parler du passé.

Camille, en jeune fille bien élevée, n'insista pas :

— Ne bougez pas d'ici. Je reviendrai avant ce soir. Je vous apporterai à manger. Vous devez mourir de faim et de soif !

— Ce n'est pas faux.

— Vous êtes blessé ? J'apporterai aussi le nécessaire pour vous soigner…

Camille disparut comme elle était arrivée aux yeux de Vincenzo, tel un ange venu le secourir.

Peu avant la tombée de la nuit, elle réapparut. Personne n'avait dérangé Vincenzo au cours de la journée. Camille avait retenu Désiré à l'atelier, lui ayant demandé de réparer sa selle de cheval, qui, prétexta-t-elle, avait tendance à glisser sur le dos de sa monture. Elle avait entraîné sa sœur Charlotte et son frère Damien dans une promenade à pied à travers les marais, afin qu'ils ne soient pas tentés de rôder autour du cabanon. Quant à ses parents, ils étaient toujours très occupés. Au reste, il n'était pas dans leurs habitudes d'aller dans les endroits de la maison réservés au personnel de service.

Comme promis, elle apportait un panier de victuailles, une bouteille de vin et des pansements.

— J'ai pris tout cela dans la cuisine de Dorine. Elle ne s'apercevra de rien.

— Qui est Dorine ? s'étonna Vincenzo.

— Notre cuisinière.

Sur le coup, Vincenzo prit conscience que Camille appartenait à une riche famille bourgeoise. Il s'en trouva quelque peu gêné.

— Laissez-moi regarder votre blessure, proposa la jeune fille. Il ne faut pas la laisser s'infecter. Je vais la nettoyer et changer votre pansement.

— Pourquoi faites-vous tout cela pour moi ? Nous ne sommes pas du même monde, vous et moi ! Je ne suis qu'un ouvrier de vos parents, un prolétaire. De gauche, qui plus est, osa-t-il affirmer en commençant à se sustenter.

— Mon père aussi est de gauche ! Il est même député socialiste. Je me moque pas mal de votre appartenance. Vous étiez étudiant, puis vous êtes devenu ouvrier. Quelle importance ? Pour moi, l'essentiel est que vous avez besoin d'aide.

Vincenzo s'excusa :

— Je ne voulais pas vous vexer. Vos origines sociales ne me choquent pas du tout. Je m'étonnais seulement, car, depuis que j'ai fui mon pays, peu de gens ont réagi comme vous en me rencontrant. Sauf un batelier, qui m'a permis de venir jusqu'ici, et des contrebandiers dans les Alpes.

— Vous avez sympathisé avec des contrebandiers ?

Et Vincenzo de raconter dans le détail son aventure depuis son départ de Milan jusqu'à son arrivée à Aigues-Mortes aux Salins du Sud, en passant par la frontière suisse en compagnie d'Eberhard et de François Girard.

Camille semblait subjuguée. Elle l'écoutait comme on écoute un conteur qui emmène son auditoire dans un autre monde. Elle était loin de se douter que son nouvel ami était un jeune écrivain à succès, qui n'avait qu'une envie : se remettre à écrire.

Quand il eut terminé, elle demeura de longues secondes sous le charme de sa voix. Elle lui parut soudain fragile et triste, comme si quelque chose en elle s'était réveillé à l'écoute de son récit.

— À votre âge, se reprit-elle, vous avez déjà beaucoup vécu !

— À vingt-huit ans, on n'est plus un petit garçon !

— Vous avez vingt-huit ans ! s'étonna Camille.

— Vous êtes déçue ?

— Non, surprise. Vous ne les faites pas.

— Dois-je prendre cela pour un compliment ?

Camille rougit. Ne répondit pas.

Elle l'invita à continuer à manger.

Ce qu'il fit.

Quand il fut un peu rassasié, il lui déclara :

— Avec ce que vous m'avez apporté, je ne mourrai pas de faim. J'ai de quoi tenir deux jours sans problème. Je partirai cette nuit, comme convenu. Quand vous vous réveillerez, demain matin, je serai loin. Vous ne risquerez plus les réprimandes de vos parents. Ils ignoreront que vous m'avez aidé.

Camille s'attrista.

Vincenzo la dévisageait, tandis qu'elle baissait les yeux.

— J'ai mieux à vous proposer, avança-t-elle, sortant soudain de son silence. Ce soir, je parlerai de vous à mon père. Vous m'avez bien dit que vous l'avez entrevu au moment de votre embauche ? Donc il vous connaît !

— Euh... oui, c'est exact, quand je me suis présenté aux Salins du Sud j'ai d'abord eu affaire à votre père. Je serais étonné qu'il se souvienne de moi. C'était au début de l'année. Depuis, je ne l'ai plus revu. Je n'ai été en contact qu'avec le chef de colle, Paul Simeoni, et avec l'ingénieur, Thibaud Lacombe.

— Mon père n'abandonnera pas un de ses ouvriers. C'est un homme au grand cœur. Je suis certaine qu'il vous aidera. Demain matin, je viendrai vous avertir de ce que j'aurai pu obtenir pour vous. Ne partez pas cette nuit.

Vincenzo se laissa convaincre de patienter, mais au fond de lui il était persuadé que la démarche de sa jeune bienfaitrice était vouée à l'échec.

19

Nouvel horizon

Au soir, le repas fini, Camille patientait, ne sachant comment annoncer à son père ce qu'elle avait à lui proposer. Elle ne tenait pas à en parler à sa mère, celle-ci – elle en était certaine – l'aurait désapprouvée sans même écouter ses arguments. Emma, en effet, ne s'était pas montrée très tendre envers les Italiens au cours des événements de ces derniers jours. Influencée par Thibaud, elle n'avait eu que des reproches à leur adresser. Son jugement était sans appel. À ses yeux, ils étaient les premiers responsables de ce qui s'était passé dans les Salins.

La jeune fille attendit donc que sa mère se lève de table pour rejoindre Dorine à la cuisine et lui donner ses directives pour le lendemain. Elle s'approcha de son père, qui s'était installé dans son fauteuil en face de la cheminée, s'assit à son côté et l'enlaça par les épaules. Un peu à l'écart, Charlotte et Damien s'étaient plongés dans leurs livres de lecture et ne leur prêtaient aucune attention.

— Oh, toi, ma chérie, releva Florian, tu as quelque chose à me demander !

Camille hésita. Elle craignait soudain de s'être fourvoyée.

— Nous avons fait une belle promenade, Charlotte, Damien et moi, dans les marais cet après-midi... commença-t-elle. Ensuite, j'ai poussé avec Pégase jusqu'à l'étang du Ponant et je suis revenue par la plage. Il n'y avait pas de vent. La mer était calme. Je me suis régalée !

— Je t'ai déjà dit de ne pas aller si loin toute seule ! Tu sembles oublier ta mésaventure d'il y a quelques années !

— J'étais petite, à l'époque ! Aujourd'hui, je connais bien les étangs. Il ne peut rien m'arriver.

Florian ne réprimandait jamais sa fille très longtemps. Il avait confiance en elle. Il ne la sermonnait que pour la forme. Elle ne se mettrait pas en danger volontairement.

— Alors, insista-t-il, qu'as-tu à me dire ce soir ?

— Tu ne m'en voudras pas ? Promets-le-moi !

— Oh, toi, tu as quelque chose à te faire pardonner ! Je me trompe ?

— Pas tout à fait.

— Parle ! Je t'écoute.

— Ce matin, en m'apprêtant à sortir Pégase pour ma promenade, j'ai surpris un de tes ouvriers dans l'abri de jardin. Il se cachait...

— Il t'a menacée ?

— Non, pas du tout. Nous avons discuté amicalement...

— Que faisait-il dans l'abri de jardin ? Il s'était donc introduit chez nous, comme un voleur !

— Il ne faisait rien de mal, je t'assure.

— Tu prends sa défense ! Raconte-m'en un peu plus.

Camille ne sentait pas son père prêt à écouter ses arguments. S'était-elle trompée ? Avait-elle été subjuguée par le bel Italien ? S'égarait-elle ?

Elle faillit renoncer.

Florian insista :

— Tu peux tout me dire, ma chérie… Je te le redemande : cet homme a-t-il porté la main sur toi ?

— Non, absolument pas ! Il avait seulement besoin d'aide. Alors, je lui ai apporté de quoi manger et je l'ai laissé se reposer tranquillement. Il était blessé. Je n'allais quand même pas le chasser ou le dénoncer !

— « Le dénoncer » ! Qu'avait-il à se reprocher ? Explique-moi donc. Je ne t'adresserai aucune remontrance.

— Eh bien, voilà… c'est un Italien. Il a échappé au massacre de ces derniers jours. Il ne savait plus où se cacher. Il comptait sur la nuit pour se sauver…

— Un de nos ouvriers italiens ! s'étonna Florian. Et tu lui as porté secours ! Je reconnais là ta générosité et ta grandeur d'âme.

Tous deux se turent. Florian réfléchissait. Reprit :

— Et tu souhaites que je m'occupe de ton protégé ?

Camille arbora un large sourire.

— Tu as deviné, papa.

— Je suppose qu'il s'agit d'un jeune garçon venu d'Italie avec ses parents, comme nous en avons embauché au moment fort de la saison ! Il a été séparé de sa famille pendant les rixes ?

Surprise par la question de son père, Camille temporisa :

— Il est assez jeune, mais c'est un homme.

— Comment s'appelle-t-il ?

— Je ne le lui ai pas demandé. Il te connaît, c'est toi qui l'as embauché.

Florian fixa sa fille droit dans les yeux.

— Tu m'as tout dit, n'est-ce pas ? Tu ne me caches rien ?

— Oui, c'est tout. Il m'a seulement raconté comment il est parvenu aux Salins du Sud. En fait, c'est un réfugié politique. Il a quitté son pays à cause de la dictature de Mussolini. Mais il a l'air très gentil.

Florian sourit. Se frotta le menton.

— Bon… si j'ai bien compris, ton protégé souhaite que je le sorte de sa tanière sans le mettre en danger ?

Camille acquiesça, soulagée.

— Il est un peu tard pour ce soir, nota Florian. Il patientera jusqu'à demain matin. Dans son cabanon, il ne risque rien. Avant la reprise du travail des ouvriers, j'irai discrètement lui parler et j'aviserai.

— Oh, merci, papa ! J'étais certaine de pouvoir compter sur toi… Je cours lui annoncer la nouvelle !

— Maintenant ? À cette heure-ci ? Si ta mère te voit ressortir, elle se doutera de quelque chose !

— Je ne traînerai pas.

Florian se laissa convaincre.

Il ne soupçonnait pas que le cœur de Camille avait déjà basculé dans un rêve de jeune fille, où les princes charmants prennent souvent des apparences inattendues.

*

Le lendemain matin, peu avant six heures, Florian sortit de la maison et s'approcha de l'abri de jardin. Au passage, il examina l'allée qu'Emma avait commandé d'élargir. Les vases d'Anduze avaient été repoussés à bonne distance dans les pelouses par Désiré, afin de ne pas gêner les terrassiers. Il jugea l'entreprise inutile mais estima, la propriété appartenant à sa femme, qu'il ne lui revenait pas de s'opposer à sa décision.

Prévenu par Camille, Vincenzo patientait, anxieux à l'idée de devoir s'expliquer.

Florian frappa à la porte. Attendit. Il n'agissait jamais comme un maître des lieux, ni aux Salicornes, ni chez lui à la Renardière. Il n'abusait jamais de sa situation et se comportait toujours de façon respectueuse avec son personnel. Il en était d'autant plus apprécié.

Vincenzo lui ouvrit sans tarder et s'effaça aussitôt devant lui.

— Je suis Florian Nozière, vous me reconnaissez ? Je me suis occupé de votre embauche à votre arrivée. Camille est ma fille. Je suis ici à sa demande.

Vincenzo ne disait mot.

— Ne craignez rien, le tranquillisa Florian. Je ne suis pas venu pour vous chasser. Encore moins pour vous livrer aux autorités.

— J'avais décidé de partir cette nuit. Votre fille m'en a dissuadé.

— Je lui donne raison. Vous ne seriez pas allé très loin avant qu'on ne vous rattrape. Ici, chez moi, vous êtes en sécurité.

Vincenzo se détendit. Son patron n'avait donc que de bonnes intentions. Camille ne l'avait pas trompé.

— J'ai réfléchi à votre situation, poursuivit Florian. Je ne peux rien refuser à ma fille ! Elle et ses frère et sœur sont ce que j'ai de plus cher au monde. Vous n'avez pas d'enfants ? Vous comprendrez quand vous en aurez.

— Je suppose que je ne dois pas espérer reprendre mon poste aux Salins. Hier, en venant me réfugier dans cet abri, je n'ai aperçu aucun de mes compatriotes sur les tables salantes. Vous les avez tous renvoyés ?

— Pas du tout. Mais le préfet a donné la consigne de les évacuer afin de rétablir l'ordre, et de ne pas les réembaucher, pour calmer les esprits. Nous avons été obligés d'appliquer ses directives. Donc, effectivement, il m'est impossible de vous conserver. De plus, je ne suis pas certain que ma femme m'approuverait… mais j'ai une autre solution.

Vincenzo commençait à reprendre espoir.

— Vous êtes disposé à accepter n'importe quel travail, même dans une usine ?

— Dans ma situation, je n'ai pas le choix. J'ai besoin de travailler si je veux rester en France.

— Vous êtes un dissident au régime de votre pays, n'est-ce pas ? Camille m'en a informé.

— Si cela vous pose problème, je comprendrai que vous renonciez à m'aider. Les Italiens dissidents passent pour des bolcheviks prêts à déclencher la révolution. Je ne suis pas de cette famille politique, même si j'ai des amis parmi eux.

— Je vous rassure, je n'embauche pas mon personnel en fonction de ses idées. Seulement sur ses compétences. Et pour des gens comme vous, sur leur bonne volonté.

Florian proposa à Vincenzo un emploi d'ouvrier dans son usine textile de Ganges.

— Là-bas, dans les Cévennes, vous serez à l'abri. La population y est surtout protestante. Plus tolérante envers les autres. Elle a vécu l'ostracisme et le mépris, la privation de liberté et l'emprisonnement. Vous y serez mieux accepté. En revanche, le travail dans la bonneterie n'est pas facile. L'usine est un univers particulier. On y est enfermé dix heures par jour, dans le bruit, les odeurs, la chaleur en été, le froid en hiver. Les tâches y sont répétitives et souvent physiques, notamment celles de manutention. Vous êtes averti !

— Le travail manuel ne m'effraie pas. Ici, aux Salins, j'étais à bonne école.

— Certes ! Alors, je vous embauche dans ma bonneterie de Ganges. Joseph, mon chauffeur, vous y conduira discrètement. En ce moment, il vaut mieux pour vous ne pas traîner sur les routes. Disons... dans une demi-heure. Le temps de prévenir Joseph et de lui fournir mes instructions. Soyez prêt. Ne le faites pas attendre. Vous devez quitter les lieux avant que les ouvriers reprennent leurs postes. Certains viennent de la ville. Ils risquent de vous reconnaître.

Vincenzo ne trouva pas les mots justes pour remercier Florian.

Il n'osa prendre des nouvelles de Camille, à qui il devait son salut. Il pensa sur le moment qu'il ne la reverrait plus.

Soulagé, il rassembla ses maigres effets et guetta l'arrivée de Joseph, le nouveau chauffeur de Florian.

Joseph avait reçu l'ordre de conduire Vincenzo à la Renardière avant de l'emmener à l'usine pour le présenter à Pierre Dhombre, le fondé de pouvoir et directeur de Florian. Celui-ci, en effet, avait songé à le loger dans la petite maison désaffectée située dans le parc du manoir, à charge pour lui de la retaper à ses moments perdus en échange de la gratuité du loyer.

— Monsieur Nozière vous a-t-il parlé de votre logement ? s'enquit Joseph.

— Non. Mais j'aviserai sur place. Je suppose que je trouverai un endroit acceptable. Je n'ai pas besoin de beaucoup de confort. Je me suffis de peu. Pourvu que j'aie un toit au-dessus de ma tête et de quoi résister au froid en hiver, cela me conviendra.

— Ça tombe bien. Monsieur Nozière vous propose d'occuper un mazet abandonné dans son domaine, une petite maison, si vous préférez. Elle est à restaurer, mais vous y serez à l'abri. Les beaux jours ne sont pas encore terminés. D'ici l'hiver, vous aurez le temps d'envisager quelques menus travaux pour la rendre plus agréable. Par la suite, vous pourrez la rénover à votre aise. Moyennant quoi, vous n'aurez pas de loyer à payer. Qu'en pensez-vous ?

— Je n'en espérais pas autant !

— Je vous préviens, dans l'état actuel il n'y a aucun confort.

— Je m'en accommoderai.

— Ah, j'oubliais une dernière chose : le manoir, la Renardière, est gardé par un couple, les Dujardin : Maria et son mari Antonin. Vous les rencontrerez forcément. Maria était la nourrice des enfants de monsieur et madame Nozière. Antonin était leur chauffeur avant moi. Il y a quelques années, ils ont été envoyés à la Renardière pour en assurer la surveillance et l'entretien. Maria fait office de gouvernante. Elle est chargée de maintenir la maison toujours prête pour l'arrivée des Nozière. C'est-à-dire une ou deux fois par mois, ainsi que pour les vacances et les week-ends prolongés. Antonin, lui, s'occupe de l'extérieur. Vous sympathiserez rapidement avec eux. C'est un couple charmant. Ils n'ont pas d'enfants, à leur grand désespoir.

Au fil de la route, Joseph mit Vincenzo au courant de tout ce qui l'attendait à Ganges.

— Pour ce qui est de votre nouveau travail, vous verrez cela avec monsieur Dhombre. C'est lui le patron, enfin... presque. Il remplace monsieur Nozière, qui est souvent absent à cause de son mandat de député.

Plus ils s'approchaient des Cévennes, plus Vincenzo s'interrogeait. Il avait entendu parler de cette région et de ses habitants, ce peuple très particulier qui avait osé défier l'autorité du Roi-Soleil à une époque où refuser d'abjurer sa religion conduisait aux galères, voire sur l'échafaud. Aux Salins, ses camarades français venaient pour certains d'entre eux de ces montagnes reculées ou de l'Ardèche voisine. Il leur avait raconté son propre combat en Italie contre la dictature mussolinienne et s'était trouvé avec eux de nombreux points communs, surtout dans leur lutte pour le triomphe de la liberté. La même fierté, le même courage, le même amour pour leur indépendance les animaient. Aussi n'avait-il pas hésité une seconde lorsque Florian Nozière lui avait proposé de s'éloigner vers cette terre de refuge et d'accueil, où les hommes et les femmes, pour beaucoup humbles travailleurs, économes de leur argent comme de leurs paroles, avaient toujours ouvert leurs portes aux bannis, aux pourchassés, à tous ceux qui s'opposaient à l'injustice et à l'oppression.

À travers le pare-brise de la voiture, il regardait défiler le paysage avec curiosité. Des serres et des valats[1] à l'austère beauté. Des terrasses aménagées par la main de l'homme, cultivées avec soin pour

---

1. Termes cévenols désignant des crêtes montagneuses et des vallées encaissées.

empêcher la friche d'envahir ces parcelles de terre gagnées sur la montagne au prix d'un dur labeur depuis des siècles. Travail de titan pour de maigres récoltes. Abnégation totale pour vivre et survivre. Parfois quelques chèvres folâtraient dans un pré, note joyeuse dans un univers où le souvenir de la souffrance se lisait encore sur les visages.

À l'approche de Ganges, il se demandait comment, lui, l'Italien, le rital, le babi, serait reçu, observé, jaugé. Depuis qu'il était entré en France, il avait rencontré des gens généreux, altruistes, compatissants, mais aussi des individus enfermés dans leur égoïsme, leur sectarisme et leur manque de fraternité. Il évitait de juger. Chez lui, en Italie, il avait pâti des mêmes plaies de l'humanité. Il avait été critiqué, stigmatisé, pourchassé pour ses idées. Aussi espérait-il maintenant trouver en Cévennes une terre d'asile où il vivrait en paix dans l'attente de rentrer à son tour au pays comme tous ceux qui, comme lui, étaient devenus des apatrides.

Joseph s'arrêta d'abord à la Renardière. Avertis par téléphone, Maria et Antonin s'étaient préparés à recevoir Vincenzo et à lui montrer sa nouvelle demeure.

Prévenu, Vincenzo ne fut pas surpris par l'état de celle-ci.

— Il y a du travail, reconnut Antonin. Je t'aiderai à rendre ce mazet plus habitable. Dans l'immédiat, j'ai installé le nécessaire pour que tu y séjournes décemment et affrontes l'hiver sans problème.

Maria se tenait derrière son mari et détaillait Vincenzo discrètement. Elle avait suivi les événements d'Aigues-Mortes dans le journal local. Elle avait peine à croire ce qu'elle y avait lu : les ouvriers italiens des Salins du Sud avaient déclenché des rixes qui s'étaient terminées par un véritable massacre dont avaient été victimes plusieurs ouvriers français, lâchement battus à coups de fourches, de pioches et de gourdins. La presse, en effet, avait inversé les rôles et condamné les ressortissants transalpins, jugés seuls responsables de la tragédie. Aussi était-elle sur ses gardes. Pour quelles raisons Florian Nozière avait-il pris l'un d'entre eux sous sa protection et l'avait-il envoyé se réfugier à la Renardière ? Cela l'intriguait.

Certes, l'attitude de Vincenzo la rassurait, mais elle craignait qu'il ne cache quelque secret peu avouable.

« Monsieur est trop généreux », avait-elle dit à Antonin quand elle avait reçu l'ordre d'accueillir Vincenzo.

Moins suspicieux, Antonin s'en était tenu à obéir aux recommandations de son patron sans se poser de questions.

« Il sait ce qu'il fait, lui avait-il répondu. Cet Italien n'a sans doute aucun lien avec ce massacre. Au reste, des Italiens, on en a vu passer dans la région. Ça ne date pas d'hier ! Les Piémontais sont arrivés dans les Cévennes il y a plus de soixante ans. Certains s'y sont même enracinés, comme les Beccaria, que nous connaissons très bien et qui sont de braves gens. »

Vincenzo n'eut guère le temps de s'installer, Joseph l'emmena sans tarder vers l'usine de bonneterie afin qu'il rencontre Pierre Dhombre. Celui-ci le reçut dans son bureau.

— Monsieur Nozière m'a averti de votre embauche, lui dit-il dès son entrée. Il ne s'est pas étendu sur ses raisons. S'il vous a jugé apte à travailler dans son usine, je n'ai rien à ajouter. Il a souhaité vous mettre à l'essai pendant un mois, pour vous familiariser avec les machines. Puis vous deviendrez un ouvrier qualifié dans la fabrication des bas. Vous n'ignorez pas qu'ici, nous produisons essentiellement des bas de soie et de rayonne. La Bonneterie de l'Hérault est en grande concurrence avec les usines du Vigan, la ville gardoise voisine. Je veille donc à ce que les articles qui sortent de nos ateliers soient irréprochables. La qualité est notre meilleur atout.

Vincenzo écoutait attentivement. Après le métier de saunier, il apprendrait désormais celui de bonnetier.

— Dans ma situation, c'est un privilège de trouver aussi facilement un travail, reconnut-il. Monsieur Nozière m'a accordé ses faveurs. Je ne le décevrai pas.

— Vous commencerez demain matin à six heures. La journée de travail est de dix heures. Vous terminerez à dix-sept heures, en décomptant une heure pour votre repas de midi. Quant au salaire, le comptable vous le précisera. Au début, vous serez en bas de l'échelle. Mais, si vous êtes efficace, on vous octroiera rapidement une augmentation.

Monsieur Nozière n'a pas l'habitude d'exploiter son personnel...

Vincenzo garda le silence, étonné par l'accueil courtois qui lui était réservé.

— Dans l'immédiat, poursuivit Pierre Dhombre, je vous propose de visiter l'usine. Ainsi, vous serez en pays de connaissance quand vous prendrez votre poste.

Aussitôt dit, Pierre Dhombre entraîna Vincenzo vers les ateliers de fabrication et lui ouvrit les portes de son nouvel univers.

20

Refuge

Vincenzo rentra à la Renardière aussitôt sa visite de l'usine terminée. Celle-ci s'était bien déroulée. Pierre Dhombre l'avait présenté à l'ensemble du personnel, hommes et femmes. Tous l'avaient bien accueilli. Puis le directeur l'avait abandonné aux mains d'un ancien ouvrier, René Lacroix, chargé de lui apprendre son nouveau métier.

Il consacra tout son après-midi à s'installer dans le mazet dont Antonin lui remit les clés dès son retour. On y accédait par la route à partir d'un chemin dans les bois sans passer par le parc du manoir. La vieille bâtisse était vraiment délabrée. Florian n'avait toujours pas entrepris de la faire restaurer. Pendant la matinée, Antonin s'était empressé de dégager les lianes et les ronces qui en couvraient les murs. Il avait ouvert les fenêtres et la porte d'entrée afin d'aérer, puis allumé du feu dans la cheminée.

— J'ai fait le minimum pour que tu dormes ce soir sans trop respirer l'odeur de moisissure et sans crever de froid. Mais il y a encore beaucoup de boulot. Le toit est en mauvais état. J'espère qu'il ne pleuvra pas pendant la nuit. Je t'ai préparé des bassines, au cas où… Aujourd'hui, je suis occupé, mais demain, après ta journée de travail, je t'aiderai. À deux, ça ira plus vite. Monsieur Nozière veut tout rénover.

Vincenzo remercia vivement Antonin et se mit à la tâche sans tarder. Il commença par un bon balayage, puis colmata une fenêtre qui laissait passer l'air par sa vitre brisée. Il déplaça ensuite les quelques meubles présents, donnant à son nouveau lieu de vie un aspect plus accueillant.

Quand il monta à l'étage, il comprit aussitôt qu'il n'y dormirait pas : le plancher des deux chambres, vermoulu, était défoncé en plusieurs endroits, et le plafond en partie à ciel ouvert. Un nid d'hirondelle, coincé dans un angle, attendait le retour de ses occupants, tout emprisonné dans des toiles d'araignée gigantesques. Il disposa les bassines sous les gouttières du toit, nettoya sommairement, vérifia le conduit de cheminée plaqué contre le pignon.

Son inspection terminée, il s'affaira à dégager les extérieurs immédiats. La végétation avait envahi le sous-bois, jusqu'à l'aile abandonnée du manoir, distant d'une centaine de mètres. Muni d'une faux, il débroussailla autour du mazet. Très vite, il se heurta au mur que Florian avait fait ériger entre le parc et le bois où se nichait la petite construction. Antonin avait oublié de fermer la porte de communication par laquelle ils étaient passés la veille, en venant du manoir. Il s'aventura discrètement de l'autre côté du mur, s'approcha de la demeure de son patron.

Dissimulé derrière un gros orme, il observa les lieux, curieux. À son arrivée, il n'en avait pas pris le temps, ne tenant pas à se montrer irrespectueux.

Le manoir semblait sortir d'une autre époque. Rien n'avait changé dans son aspect extérieur : façades en pierre de calcaire rongées par les années, fenêtres à meneaux, menuiseries grisaillantes, toits en lauze gagnés par mousses et lichens, multiples cheminées pour chaque pièce habitable. L'aile principale était flanquée d'un bel escalier à la française donnant sur une large terrasse où s'ouvrait une grande porte en chêne à doubles vantaux.

Le contraste avec l'aile secondaire était saisissant. Celle-ci, orientée vers le bois de l'autre côté de la tour d'angle, semblait délaissée. Du lierre grimpait sur les façades, la peinture des volets aux lattes disjointes était écaillée. Au dernier étage, une rangée de petites ouvertures aux vitres poussiéreuses, qui n'avaient pas été nettoyées depuis des lustres.

Entre les deux ailes, la tour d'angle était percée de fenêtres à l'emplacement des anciennes meurtrières. Coiffée d'un toit conique aux tuiles vernissées, elle était perchée sur un promontoire rocheux, sur lequel prenait appui le mur de séparation entre le parc et le bois.

Le parc, lui, était parfaitement entretenu. Les pelouses étaient tondues, aucune mauvaise herbe n'y poussait. Les parterres de fleurs étaient agrémentés d'espèces annuelles, les haies parfaitement taillées, les arbres dégagés de leurs branches sèches, les feuilles mortes ramassées. Rien n'y était laissé à l'abandon.

Quel contraste entre les deux côtés du mur ! songea Vincenzo.

Il se reposait de ses efforts, quand il entendit Maria s'approcher. Vite, il rebroussa chemin et referma la porte derrière lui. Il saisit une hache et commença à refendre des bûches.

— Je vous ai apporté quelques victuailles pour vous dépanner, lui dit Maria. Ainsi qu'un plat préparé pour votre repas de ce soir. Je suppose que vous n'avez rien de prévu !

— Vous avez deviné. Vous me gâtez, Maria !

Elle ne s'attarda pas, prétextant du travail au manoir.

*

Comme convenu, Vincenzo prit son poste à l'usine le lendemain matin à six heures. Il s'y rendit à pied, la Bonneterie de l'Hérault n'étant distante de la Renardière que de quelques centaines de mètres. Située dans un méandre du Rieutord, un peu en amont de la confluence avec l'Hérault, elle bénéficiait d'un site privilégié pour le travail de la soie, que la ville avait hérité de son opulent passé. L'entreprise de Florian Nozière se composait de magasins, de bureaux et d'ateliers, peu étendus au demeurant, les stocks d'une matière première plus précieuse qu'encombrante ne nécessitant pas de gigantesques entrepôts.

Spécialisée dans la soie de luxe, la cité était devenue, au début du XVIIIe siècle, le siège d'une riche bourgeoisie de soyeux, fabricants de bas si finement confectionnés qu'ils acquirent une renommée internationale. Les bas de Ganges s'exportaient aux États-Unis, au Brésil, en Argentine et jusqu'à la cour d'Angleterre. La crise de la sériciculture au milieu du XIXe siècle frappa durement les soyeux gangeois, comme ceux de toutes les Cévennes. Toutefois la création de bas se maintint à Ganges grâce à quelques industriels et artisans chevronnés, tels les Nozière, qui surent résister au déclin.

René Lacroix expliquait tous ces détails à Vincenzo comme un véritable conférencier, fier de lui prouver qu'on pouvait être un simple ouvrier et en même temps se passionner pour l'histoire de sa ville.

— Pour le moment, poursuivit-il, la plus grande part de notre production est toujours constituée de bas de soie. Cela demeurera notre singularité, sans aucun doute pour longtemps. Aujourd'hui encore, à Ganges, on ne produit que des articles de luxe en pure soie, à l'exception de la bonneterie faite avec les déchets de soie. Dans les villes voisines, Sumène et Le Vigan, on travaille également le coton, ainsi qu'à Nîmes. Mais, depuis quelques années, une autre matière concurrence la soie naturelle : la rayonne, une soie artificielle…

— J'en ai entendu parler en Italie. Dans mon pays aussi, la soie connaît une grave crise.

— La rayonne est à base de viscose, une matière assez grossière et opaque mais beaucoup moins onéreuse que la soie naturelle. On la fabrique à partir de la cellulose des arbres. Il est quasiment certain qu'à l'avenir elle remplacera la soie. Le prix des bas sera plus accessible pour toutes les femmes. Certes, la soie a des qualités inégalables, elle est légère, élastique, résistante et ductile. Elle n'a pas son équivalent jusqu'à présent. Mais avec les progrès de l'industrie chimique, on peut espérer que la rayonne la concurrencera bientôt...

Vincenzo écoutait attentivement les explications de René. Après avoir découvert l'univers très particulier des marais salants, il s'initiait à présent, avec autant d'intérêt, à celui de la bonneterie, et plus particulièrement à celui de la fabrication des bas et chaussettes.

René termina son tour d'horizon en lui présentant les machines sur lesquelles travaillaient les bonnetiers. Les ateliers étaient déjà en pleine activité. Un bruit assourdissant obligeait les ouvriers et les ouvrières à hausser la voix quand ils communiquaient entre eux. Dans la salle où ils pénétrèrent, une quinzaine de métiers mécaniques marchaient à grand bruit.

— Depuis la fin du siècle dernier, expliqua René en portant ses mains en porte-voix devant sa bouche, on utilise des métiers dits « hollandais ». Leur mécanisme est très compliqué. Un métier compte à lui seul plus de deux mille pièces, entre les platines, les ressorts, les aiguilles, les griffes, les pièces d'abattage, les vis de toutes sortes et de tous calibres. Il y a de quoi se perdre ! Ils coûtent très cher. Le patron a beaucoup investi pour en acquérir de récents. Mais ils sont plus rapides et plus économiques que les anciens métiers français. Ils fonctionnent encore à la vapeur. Bientôt l'électricité la remplacera. Ce sera un énorme progrès.

— Où se trouvent les machines à vapeur ?

— À l'extérieur. Une seule suffit pour mettre en branle tous les métiers mécaniques de l'usine ainsi que les machines-outils qui servent à leur entretien.

René entraîna Vincenzo dans un atelier voisin. Le bruit y était moins assourdissant.

— Ici, on répare les incidents mécaniques, ajouta-t-il. Les métiers se détraquent souvent, des pièces usagées cassent. Il faut donc procéder à de nombreuses réparations. Les mécaniciens sont souvent sollicités. On dispose aussi de machines de réserve destinées à remplacer les métiers défaillants. Ainsi, il n'y a pas de ralentissement dans la production.

Une fois la visite des locaux terminée, René invita Vincenzo à le suivre jusqu'à sa propre machine. Il avait maintenant à lui dévoiler les rudiments du métier.

— De nos jours, ce n'est plus comme à l'époque où l'ouvrier fabriquait les bas chez lui, en famille, libre et heureux. Moi, dans ma jeunesse, j'ai connu ce temps béni où l'on chantait en travaillant à domicile. Adieu la liberté, sacrifiée sur l'autel du servage moderne dans les ateliers bruyants et malodorants !

— Vous regrettez vraiment cette époque ?

— Parfois oui. Je reconnais qu'on était moins bien payés et que les conditions sociales étaient inexistantes. Toutefois, on savait ce qu'était le travail bien fait. Aujourd'hui, plus d'apprentissage ; un ouvrier, au bout de quelques mois d'exercice, est capable de tisser un bas.

— Même les femmes ?

— Non, la conduite des métiers mécaniques est toujours réservée aux hommes. C'est une besogne trop dure pour une femme. On reste debout toute la journée, on porte du poids… c'est très pénible. Les femmes sont en général affectées à des tâches plus délicates, le nouage, par exemple, qui consiste à rassembler les deux moitiés des talons et à ajuster les pointes. Pour cela, elles utilisent des sortes de machines à coudre. De même pour les deux flancs opposés du bas, qu'elles réunissent par une couture qu'on distingue par-derrière. Il n'y a que les doigts exercés d'une femme pour y parvenir parfaitement. Les femmes sont encore nombreuses dans l'atelier de remaillage et de formage.

René poussa une porte. Invita Vincenzo à entrer. L'endroit ressemblait à un grand arrière-magasin de modiste.

— Suis-moi, je vais te montrer…

L'atelier était uniquement occupé par du personnel féminin. De toutes jeunes filles côtoyaient des femmes d'un âge plus avancé. Toutes étaient affairées sur des tables de bois où des monceaux de bas bien empilés attendaient de subir un dernier contrôle. Au passage de Vincenzo, certaines suspendirent leur tâche et l'observèrent, curieuses. Les moins farouches osèrent lui sourire, d'autres chuchotèrent entre elles, comme émerveillées par une si agréable apparition. Vincenzo se sentit détaillé de la tête aux pieds. À son tour, il leur sourit, mais ne dit mot, se contentant de dodeliner de la tête comme pour répondre à leurs timides salutations. Il comprit qu'il n'était pas perçu comme un étranger et qu'il n'aurait aucune difficulté à s'intégrer dans son nouveau milieu.

René se rendit compte que sa présence perturbait les ouvrières. Il se moqua gentiment de son protégé :

— On dirait que tu leur as tapé dans l'œil ! À peine arrivé et tu fais déjà des ravages dans le cœur de ces demoiselles ! Il est vrai qu'elles ne voient pas souvent de beaux Italiens près de chez elles, mais méfie-toi, certaines sont mariées et leurs maris sont de grands jaloux. Je t'aurai prévenu !

— Je n'ai pas l'intention de semer la discorde dans les ménages. J'ai vécu des événements douloureux et tragiques dans les Salins d'Aigues-Mortes, je n'ai aucune envie de provoquer ici un autre drame.

— Je plaisantais, petit. Si tu trouves chaussure à ton pied parmi ces jeunes demoiselles, ne te prive pas de lui offrir les plus beaux bas que tu fabriqueras. Elle appréciera, je n'en doute pas.

Reprenant ses explications, il poursuivit :

— Chaque article est soumis à une sévère révision, voire à une réparation s'il est défectueux. Les mailles coulées doivent être remontées. C'est un travail tout en finesse. Il faut des doigts de fée pour l'exécuter. Tiens, la meilleure ouvrière en la matière est cette jeune femme, au bout de la table. Elle s'appelle Madeleine. Elle est veuve. Avec elle, tu ne risques rien ! Elle est libre et n'a pas d'enfants…

— René, je viens de vous dire que je ne cherche pas ce genre de relation. Je ne veux pas d'histoires.

— Très bien… Euh… où en étais-je ?… En bout de chaîne, le bas est chaussé sur une forme en bois puis chauffé pour en tester la résistance et lui donner son aspect définitif. Enfin viennent les plieuses… tu les vois s'agiter là-bas, elles doivent avoir pris du retard. Elles rangent méthodiquement les bas en les classant par douzaines et par tailles dans les cartons d'expédition.

René ne tarissait pas de précisions dans ses explications. Il était à lui seul une véritable encyclopédie de la bonneterie.

— Bon, se reprit-il, l'heure tourne, il faudrait peut-être songer à se mettre au travail.

Ils regagnèrent l'atelier de fabrication. Les ouvriers, sur leurs machines, les ignorèrent, tout affairés à contrôler les bobines coniques où étaient enroulés les fils de soie. Celle-ci, déjà teinte à la nuance désirée selon les types de bas, avait été dévidée au préalable.

— À quoi servent ces petites boîtes vitrées dans lesquelles se trouvent les bobines de fil ? s'enquit Vincenzo, à qui aucun détail n'échappait.

— À protéger la soie de l'excès d'humidité et des éclaboussures de graisse provenant des machines. Jadis, quand on utilisait des métiers français, la soie ne risquait pas les salissures. Aujourd'hui, les taches d'huile ineffaçables peuvent souiller le produit fabriqué. Mais tu noteras que, au final, les bas sont toujours immaculés.

Ils s'approchèrent d'un collègue de René en plein travail.

— Regarde bien, petit, et prends-en de la graine. Après, ce sera ton tour.

Vincenzo ouvrit grand ses yeux.

— Comme tu le remarqueras toi-même, la confection d'un bas, c'est comme pour le tricot, on commence par le haut, puis on poursuit par l'ouverture, l'entrée du bas, si tu préfères. Ensuite, on s'occupe des diminutions, car la jambe n'est pas taillée comme un poteau, elle s'affine du haut vers le bas, il faut donc diminuer le nombre de mailles au fur et à mesure qu'on descend vers le pied. Enfin, c'est le tour du talon et de la semelle.

Très attentif, Vincenzo ne perdait rien des gestes précis de l'ouvrier. Sous ses yeux ébahis, le fil de soie se transformait en un voile souple, soyeux et presque transparent. Les bandes formées par la machine s'étiraient sans se casser, grandissaient au fur et à mesure que l'ouvrage prenait forme. Il remarqua qu'au niveau du talon la soie était plus épaisse.

— Normal ! expliqua René. Le talon doit être renforcé, sinon le bas serait vite percé sous le pied. La trame étant la même, on emploie deux fils au lieu d'un. De même pour la pointe. Celle-ci est exécutée au moyen d'une machine spéciale, différente du métier ordinaire.

— Ensuite, le tout est assemblé par les petites mains des femmes dans l'atelier d'à côté, celui que nous venons de visiter !

— Je vois que tu as tout compris. Maintenant, je vais démarrer mon métier et te mettre à l'épreuve. Ne crains rien, je resterai derrière toi et te guiderai pas à pas.

Vincenzo obéit à son nouveau maître, fier et anxieux à la fois. Il le regarda attentivement, dans chacun de ses gestes, enregistrant chaque détail, notant au passage ce que René rectifiait au fur et à mesure que le fil se dévidait de sa bobine. Sous ses yeux, la trame se formait comme un voile de mariée caressé par la main d'un magicien.

N'eût été le bruit des machines, il aurait pu imaginer que l'usine serait pour lui un véritable refuge, très éloigné du quotidien qu'il avait vécu depuis le premier jour de son exil.

*

Le soir, lorsqu'il rentra à la Renardière, il était devenu un autre homme, un homme libre, indépendant, prêt à affronter la vie nouvelle qu'il avait découverte en compagnie du vieux René. Ce dernier n'avait fait allusion ni à ses origines ni à son passé, ne l'avait à aucun moment regardé comme un étranger, comme quelqu'un venu voler le pain des Français et dévoyer leurs femmes. Personne dans l'usine ne l'avait affublé des diminutifs calomnieux de rital ou de babi. Il avait perçu dans le regard des uns et des autres de la bienveillance, de la curiosité, certes, jamais de la méfiance et encore moins des sentiments xénophobes.

— Alors, comment s'est passée ta première journée ? s'enquit aussitôt Antonin, qui l'attendait pour poursuivre ses travaux de réfection dans le mazet.

— À merveille ! J'avais une mauvaise idée du travail d'usine. Je m'y habituerai. Mes futurs camarades m'ont accueilli chaleureusement.

— On t'avait prévenu. Ici, tu es en pays protestant. Les gens sont très hospitaliers. Une fois qu'ils t'ont accepté, leur porte te reste ouverte sans restriction. Tu es adopté.

Au fil des jours, Vincenzo eut l'occasion de vérifier les propos d'Antonin.

Au bout de quelques semaines, il fut capable de conduire seul un métier mécanique et de produire ses premiers bas sans l'aide de René.

Pierre Dhombre, satisfait de sa nouvelle recrue, l'embaucha définitivement après son mois d'essai.

QUATRIÈME PARTIE

21

Nouvelle rencontre

Printemps 1927

Les Nozière séjournaient régulièrement à la Renardière. À chacune de leur arrivée, Maria s'empressait de préparer la demeure. Quant à Antonin, il mettait toujours un point d'honneur à ce que les extérieurs soient irréprochables. Emma ne supportait pas en effet de constater le moindre désordre dans ce parc qu'elle avait contribué à restaurer selon ses goûts. Une fois les allées élargies selon ses souhaits, elle avait fait redessiner les pelouses, choisi de nouvelles espèces d'arbres et de plantes exotiques résistantes au climat de la région. Elle avait obtenu de Florian la construction d'un grand bassin aux multiples jets d'eau situé au centre, dans le prolongement de l'allée principale, de sorte qu'il soit visible depuis la route, à travers le portail d'entrée. Dans un coin reculé, elle avait même fait édifier, en miniature, dissimulé dans la verdure, une sorte de mausolée à l'image du temple de Diane des jardins de la Fontaine à Nîmes, ainsi qu'une grotte artificielle, véritable refuge pour amoureux en quête d'isolement et d'intimité.

« Un vrai petit Versailles ! » s'était-elle exclamée, ravie, quand les travaux furent enfin terminés.

Florian ne s'était pas opposé aux exigences de sa femme, même s'il avait jugé ses désirs excessifs.

Florian semblait nier l'évidence, il aimait Emma comme au premier jour et espérait qu'avec le temps elle redeviendrait cette jeune femme douce et compréhensive qu'il avait rencontrée chez son ami Rochefort, cette jeune veuve un peu repliée sur son chagrin et ne souhaitant qu'être consolée. Puis cette frêle maman qui dorlotait son bébé et se reprochait de l'avoir délaissé pour partir en croisière…

Comme Emma avait changé, depuis cette époque ! Elle se montrait plus enjouée, plus volubile, mais aussi plus versatile et irascible. Elle affichait maintenant une attitude de femme libre et indépendante, alors qu'au début de leur mariage elle s'en remettait volontiers à Florian, détachée qu'elle était de toutes les contingences matérielles.

Dix-sept ans s'étaient écoulés. Dix-sept ans au cours desquels elle avait acquis de l'assurance dans tous les domaines, à commencer dans l'entreprise dont elle avait hérité. Depuis longtemps, elle ne laissait plus aucune initiative à Florian, supervisait tout elle-même, se rangeait aux conseils de Thibaud plutôt qu'à ceux de son mari. Elle ne s'intéressait plus à sa carrière politique, lui reprochait de la délaisser de plus en plus. Elle osait lui opposer des idées contraires aux siennes, au point que Florian se demandait si Thibaud n'avait pas déteint sur elle et ne l'avait pas convertie à ses thèses d'extrême droite.

Peu à peu, elle s'était affirmée en mère autoritaire, impulsive, souvent partiale, n'adoptant pas le même comportement avec Camille qu'avec Charlotte et Damien, qui semblaient avoir sa préférence. Elle n'en avait pas conscience, mais Florian devait parfois lui rappeler que leur aînée souffrait en silence de son attitude.

« Tu te trompes, lui objectait-elle, quand elle se sentait prise en défaut. J'aime Camille autant que mes deux enfants », ajoutait-elle, sans se rendre compte de ce que révélaient les mots qu'elle employait.

Florian ne s'expliquait pas la raison de ce désamour. Il en était le premier contrit, mais s'efforçait de ne pas le montrer. Il tâchait de compenser ce manque d'affection maternelle en offrant à Camille un amour sans limites.

Camille, elle, ne témoignait aucun ressentiment envers sa mère. Certes, elle était plus proche de son père, mais elle n'en était pas moins reconnaissante à Emma pour l'éducation qu'elle recevait au quotidien. Camille se savait privilégiée par rapport à la plupart des jeunes gens de son âge. Aux Salins du Sud comme dans l'usine de son père, elle avait rencontré des garçons et des filles que leurs parents avaient mis au travail par nécessité dès douze ou treize ans. Elle n'ignorait pas les difficultés du monde ouvrier. Elle en discutait parfois avec son père. Ce dernier lui exposait alors ses idées sur la condition ouvrière, sur le rôle véritable des patrons selon lui, sur l'importance du vote, voire sur la place des femmes dans la société à venir. Camille était déjà très ouverte aux pensées novatrices et s'intéressait beaucoup à la vie sociale, qu'elle découvrait par la lecture des journaux que Florian apportait chez lui.

À quinze ans passés, elle était devenue une adolescente sûre d'elle. Elle affirmait sans cesse qu'après ses études elle se consacrerait aux autres, sans compter ni son temps ni son argent. Elle envisageait même de partir dans les pays pauvres, pour être utile là où la misère empêchait les gens de vivre dignement. Elle citait fréquemment son modèle, le célèbre docteur Schweitzer, et rêvait de le rejoindre à Lambaréné, en Afrique. Florian ne l'encourageait pas, mais se félicitait de constater combien sa fille avait l'esprit généreux et altruiste à son âge.

★

Depuis leur première rencontre, Camille n'avait aperçu Vincenzo que de loin à la Renardière. Quand elle s'y rendait en compagnie de ses parents, à l'occasion d'une fin de semaine ou de vacances, elle ne franchissait jamais le mur de séparation entre le parc et le bois. Vincenzo, quant à lui, ne se permettait pas de pénétrer dans l'espace résidentiel des Nozière. Il ne s'approchait même pas de l'aile secondaire du manoir, cachée par les frondaisons hirsutes des arbres entourant son mazet. Antonin lui avait donné la consigne de s'en tenir éloigné. Il n'en avait pas cherché la raison, pensant que l'édifice, vu son état, présentait certains risques d'éboulement.

Un jour, pourtant, sa curiosité fut la plus forte. Il s'en tint à bonne distance et l'examina attentivement à travers le taillis. Le bâtiment était inhabité, cela se voyait par ses volets clos, son aspect délabré, les gravats qui jonchaient le sol au pied des murs. Perpendiculaire à l'aile principale, il était accolé à la tour d'angle qui, elle-même, ne semblait pas utilisée par ses propriétaires.

Ces châtelains n'ont plus l'argent nécessaire à l'entretien de leur château ! songea-t-il sur le moment. Quelle misère !

Avec l'aide d'Antonin, il avait terminé la restauration de son mazet. Ce dernier avait retrouvé son lustre d'antan. À l'intérieur, les murs avaient été repeints, les ouvertures consolidées, les planchers réparés. Le toit ne présentait plus aucune gouttière et la cheminée avait été ramonée. À l'extérieur, le terrain avait été complètement défriché sur une distance d'une quarantaine de mètres autour de la maisonnette, ce qui avait permis à Vincenzo de planter quelques légumes avec les conseils d'Antonin.

« Tu finiras par devenir un véritable paysan ! s'était-il moqué, le jour de sa première récolte de choux.

— Ouvrier, paysan, il n'y a pas de honte ! Même pour un bourgeois comme moi ! »

Vincenzo ne pensait plus à Camille ni à sa mésaventure aux Salins du Sud. Sa vie s'était établie dans la tranquillité et une certaine sérénité. Il n'oubliait pas d'où il venait ni ceux qu'il avait laissés derrière lui, en Italie. Pour l'heure, il savourait la paix qui régnait autour de lui.

À l'usine, il s'entendait bien avec ses camarades d'atelier. Le contremaître n'exerçait aucune pression sur lui pour qu'il travaille plus vite et mieux. Il avait acquis sa confiance et démontrait un savoir-faire qui étonnait les plus anciens et les plus chevronnés. Les ouvrières, qu'il côtoyait à la pause, se bousculaient autour de lui pour lui parler. Elles appréciaient son charme latin, son accent, sa gentillesse. Il n'en abusait pas, ne tenant pas à soulever entre elles des jalousies qui pourraient lui être préjudiciables. Aussi demeurait-il à bonne distance des plus pressantes et savait-il se sortir des situations les plus hasardeuses.

À Pâques, les Nozière prévinrent les Dujardin de leur arrivée pour deux semaines. Ils séjournaient rarement aussi longtemps à la Renardière, Florian étant toujours très occupé par monts et par vaux.

Antonin n'avait pas terminé de nettoyer le parc des derniers vestiges de l'hiver. Il sollicita l'aide de Vincenzo :

— Juste pour une fois, expliqua-t-il. J'ai encore un gros arbre à élaguer, toutes les haies à tailler et les pelouses à tondre. Il y aura plein de feuilles et de branchages à débarrasser. J'ai beaucoup de retard.

Vincenzo accepta aussitôt.

Le lendemain soir, après son travail à l'usine, il rejoignit Antonin de l'autre côté du mur.

Il passa la porte de séparation et s'avança droit devant lui en longeant les allées. Antonin se trouvait à l'extrémité du parc, déjà à l'œuvre depuis le début de la journée.

Il s'extasiait devant la façade de l'aile principale du manoir, quand il s'entendit interpeller :

— Vincenzo !

Il se retourna. Reconnut Camille.

La jeune fille s'avança vers lui, un sourire timide illuminant son visage.

— Je suis heureuse de vous revoir, lui dit-elle, la première.

Surpris, Vincenzo bredouilla un « Bonjour, ma... mademoiselle », comme pris en faute, et tenta de se justifier :

— Je... je vais rejoindre Antonin pour l'aider dans son travail. Il m'attend au fond du parc...

— Oh, ne soyez pas aussi pressé ! Je l'ai vu partir avec la camionnette pleine de branches d'arbres. Il doit certainement les transporter dans le lit du cours d'eau pour les brûler.

Vincenzo s'approcha de Camille.

— On ne s'est pas croisés depuis notre rencontre aux Salicornes. Vous avez sans doute imaginé que j'avais disparu !

— Je vous ai aperçu quelques fois de loin, de la fenêtre de ma chambre. En me penchant, je distingue votre maison dans le bois...

— Vous m'espionnez ?

Camille baissa les yeux, confuse.

— Non ! Pas du tout.

— Je plaisantais… Moi aussi, je suis heureux de vous revoir… Vous avez changé, depuis la première fois.

Vincenzo était embarrassé. Il se sentait très redevable envers Camille.

— Je vous adresse à nouveau toute ma reconnaissance pour vous être souciée de moi, lui dit-il. Sans vous, je ne sais pas ce que je serais devenu. Sans doute serais-je reparti en Italie, comme la plupart de mes compatriotes.

Camille était tout émue de retrouver l'homme qu'elle avait secouru. Elle cherchait ses mots :

— C'était… c'était bien normal. Je ne pouvais pas vous abandonner alors que vous couriez un grave danger !

Vincenzo ressentit immédiatement qu'il ne lui était pas indifférent. Il réagit aussitôt, ne tenant pas à profiter de la situation, conscient que Camille n'était qu'une adolescente.

— Excusez-moi, mademoiselle, mais Antonin m'attend et doit s'impatienter…

— Antonin n'est pas encore revenu, objecta Camille. Nous aurions entendu le moteur de sa camionnette…

— Je vais lui avancer son travail.

Vincenzo s'écarta, un peu gêné de se comporter comme quelqu'un qui fuit.

Camille ne le retint pas. Le regarda s'éloigner jusqu'à ce qu'il ait disparu au fond du parc. Retourna au manoir, le cœur battant la chamade.

*

Au fil des jours qui suivirent, Vincenzo s'efforça d'oublier sa rencontre avec Camille. Il redoutait d'avoir, sans le vouloir, perturbé le cœur de la jeune fille. Celle-ci avait tellement peu dissimulé son émotion en le revoyant ! Il évitait de se montrer au grand jour lorsqu'il secondait Antonin, prenait garde de ne pas parler trop fort afin de ne pas trahir sa présence.

— Pourquoi donc chuchotes-tu ? s'étonna cette fois-là son compagnon. Craindrais-tu quelque chose ?

— J'ai mal à la gorge, prétexta Vincenzo, peu désireux de s'attarder sur les raisons qui le poussaient à agir ainsi.

Camille, de son côté, ne cessait de penser à Vincenzo. Elle aussi, comme les ouvrières de la bonneterie, était tombée sous son charme. Le soir, dans sa chambre, elle se plongeait dans ses livres de géographie et d'histoire, et étudiait avec une attention soutenue tout ce qui évoquait son pays, particulièrement la région de Milan. Elle rassembla tous les journaux de son père, que ce dernier empilait dans son bureau, et les parcourut page après page, curieuse d'y découvrir l'actualité de l'Italie. Elle apprit ainsi que le Duce, depuis plusieurs années, faisait promulguer des lois qui restreignaient progressivement toutes les libertés et que les opposants à son régime risquaient la peine de mort. Elle trembla pour Vincenzo. Elle fut stupéfaite de lire que le chef d'État italien avait sur les mains le sang de ses compatriotes et qu'il exerçait une terrifiante dictature sous couvert du bien et du bonheur de son peuple. Elle ignorait jusqu'à présent cette tragique réalité. Elle ne ressentit que davantage d'admiration pour Vincenzo, qui devint ainsi à ses yeux un véritable héros.

Elle avait hâte de le rencontrer à nouveau et de discuter avec lui. Cette fois, elle saurait le retenir. Il lui parlerait de lui, de la manière dont il avait osé défier le tyran de son pays. Elle serait tout ouïe, lui poserait des questions sur sa famille, sur ses origines, sur sa jeunesse, à l'époque où il avait son âge. Aux Salicornes, il ne s'était guère étendu sur les motifs qui l'avaient poussé à entrer en dissidence. Mais elle avait deviné qu'il appartenait aux forces de gauche de sa nation, raison pour laquelle son père l'avait si rapidement pris sous sa protection.

Florian finit par s'apercevoir que ses journaux avaient disparu. Il demanda à Camille si elle les lui avait empruntés.

— Oui, reconnut-elle. J'avais besoin de renseignements pour un exposé à la rentrée, mentit-elle.

— Sur quel sujet ?

— Euh… l'Italie.

— L'Italie ?

Empêtrée dans son mensonge, Camille tenta de se justifier :

— Oui, nous avons ce pays au programme, en histoire.

— Les journaux ne traitent que de l'actualité. Ils ne te seront pas très utiles pour un sujet d'histoire.

— J'ai consulté des livres à la bibliothèque du lycée, mais je n'y ai pas trouvé grand-chose…

Camille feignit d'hésiter. Puis :

— Et si je m'adressais à ton ouvrier, Vincenzo ? Il doit connaître l'histoire de son pays.

— Vincenzo ! Je ne pense pas qu'il puisse t'aider en la matière, encore que…

Florian réfléchit.

— C'est quelqu'un de très cultivé, je le reconnais. Mais je ne sais pas s'il serait très raisonnable de ma part de te laisser seule avec lui, même pour étudier.

— Pourquoi ?

— Eh bien… Vincenzo est un homme de presque trente ans, tu n'es qu'une toute jeune fille.

Camille, dépitée, s'assombrit.

— Dans ce cas, tant pis pour mon exposé ! Il sera raté. J'aurai une mauvaise note.

Florian temporisa, puis accepta :

— Bon, d'accord. Je n'ai pas le temps de t'aider moi-même. Mais je te demanderai de tenir tes distances avec Vincenzo… Je vais lui proposer de venir ici, à la maison. Ce sera plus convenable. Je ne veux pas que tu ailles chez lui.

Camille regarda son père, les yeux écarquillés :

— Ici, chez nous !

— Si ça t'ennuie, oublie ma proposition et restons-en là. Tu te débrouilleras seule. Moi, j'ai confiance en toi.

Camille réfléchit. Poursuivit, le cœur tout en émoi :

— Maman risque de s'y opposer ! Elle n'appréciera pas qu'un de tes ouvriers s'introduise chez elle, même pour cette raison !

— Je lui parlerai. Elle comprendra.

Camille se retint de se réjouir devant son père, craignant de trahir ce qu'elle ressentait au fond d'elle-même.

— Dans ce cas, ça me va, se contenta-t-elle de répondre. Je préparerai mes questions à lui poser.

— Demain, après sa journée à l'usine, ça te convient ? Je le convoquerai, ici, dans mon bureau. Il croira que c'est au sujet de son travail. Si je lui dis que c'est pour aider ma fille, il risque d'être embarrassé d'entrer ainsi chez son patron.

— Ça ne doit pas être très habituel, en effet ! Les ouvriers ne fréquentent pas leurs patrons dans leur intimité ! répliqua Camille, d'un petit air narquois.

Loin de s'en trouver fâché, Florian sourit, complice de sa fille.

— Tu as entièrement raison. Voilà pourquoi nous allons commencer par déroger aux bons vieux principes…

— Tu es vraiment un patron pas comme les autres ! Je t'aime tellement, papa !

— Je lui expliquerai ensuite que c'est pour toi que je l'ai appelé.

Florian abandonna sa fille à sa joie.

Le soir, après le repas, Camille monta rapidement dans sa chambre et se laissa emporter par ses pensées.

Le lendemain vers dix-huit heures, Florian attendait Vincenzo dans son bureau. Ce dernier craignait d'avoir commis une erreur dans son travail et se demandait pourquoi Pierre Dhombre ne l'avait pas convoqué en personne.

Il va sans doute me renvoyer, redoutait-il. Sinon, il ne m'aurait pas fait venir sous son propre toit !

Quand il sonna à la porte du manoir, Maria s'empressa de lui ouvrir. Avertie de sa visite, elle l'introduisit dans le bureau de son maître.

Florian le rassura aussitôt :

— Asseyez-vous, lui proposa-t-il. Et détendez-vous. Je vous sens un peu crispé.

— C'est que… vous n'êtes pas satisfait de moi à l'usine ? Personne ne m'a adressé de reproche, ni le contremaître, ni monsieur Dhombre…

— Tranquillisez-vous, il ne s'agit pas de cela. Au contraire, nous sommes tous très satisfaits de vous. Vous êtes un très bon élément. Je n'ai qu'à me réjouir de vous avoir embauché.

— Alors, quel est l'objet de cette convocation ?

— Invitation, pas convocation !

Vincenzo ne saisissait pas la nuance. Il demeurait dans l'expectative.

— Voilà, poursuivit Florian. Ma fille Camille…

— Votre fille ! réagit aussi vite Vincenzo, craignant déjà le pire. Je l'ai tout juste entrevue dans le parc il y a une dizaine de jours, quand je me rendais auprès d'Antonin…

Vincenzo crut sur le moment que la jeune Nozière s'était plainte à son père de son comportement envers elle. Pourquoi ce mensonge, alors qu'elle lui avait paru attirée par lui ?

Elle se venge de s'être sentie repoussée, songea-t-il.

— C'est ce qu'elle m'a avoué, releva Florian.

— Alors, je ne comprends pas pourquoi elle me reprocherait...

— Elle ne vous reproche rien, coupa Florian, réalisant le quiproquo. Au contraire...

Vincenzo regarda Florian dans les yeux, prêt à tout entendre.

— Si j'ai commis quelque chose de répréhensible, dites-le-moi sans détour, monsieur Nozière. Je vous donnerai ma démission sur-le-champ. Je ne peux me laisser accuser sans raison !

— Personne ne vous accuse de quoi que ce soit, enfin, Vincenzo ! Vous vous méprenez. Si je vous ai invité sous mon toit, c'est pour que vous rencontriez Camille. Elle a besoin de renseignements pour un exposé sur l'Italie. J'ai pensé que vous étiez le mieux placé pour les lui fournir. Vous êtes quelqu'un de cultivé, vous connaissez donc parfaitement l'histoire de votre pays. Je vous fais confiance.

Vincenzo se détendit. Baissa le regard, confus.

— Excusez mon impertinence, monsieur Nozière. J'ai mal jugé mademoiselle votre fille. J'ai cru...

— Peu importe ce que vous avez cru. Alors... acceptez-vous de l'aider ? Elle attend fébrilement dans sa chambre que je lui demande de descendre.

Soulagé, Vincenzo accepta.

Quand Camille parut dans l'embrasure de la porte, il réalisa qu'il devrait redoubler de prudence, car les sentiments de la jeune fille se lisaient sur son visage comme à livre ouvert.

22

Sur les ailes du vent

Depuis ce jour-là, où ils passèrent un long moment en tête à tête, Camille s'arrangeait toujours pour croiser le chemin de Vincenzo. Elle invoquait n'importe quel prétexte pour tenter de le rencontrer dans le parc, voire dans le bois, derrière le mur de séparation où elle osait s'aventurer. Son cœur d'adolescente battait pour l'homme qu'elle avait protégé et qui avait refusé de renoncer à sa liberté. Vincenzo, sans l'avoir voulu, l'avait complètement bouleversée.

Le soir, une fois seule dans sa chambre, elle se précipitait sur son journal intime et transcrivait ses réflexions, ses espérances, ses envies. Elle n'avait de pensées que pour lui, le plaçait au centre de toutes ses préoccupations, enjolivait son rôle dans la dissidence italienne, le considérait comme un véritable demi-dieu. Et plus elle songeait à lui, plus son esprit s'emballait, moins elle maîtrisait ses sentiments.

Devant ses parents, cependant, elle se contenait, consciente que ni son père ni sa mère – surtout sa mère ! – n'apprécieraient de voir leur fille amoureuse d'un simple ouvrier, qui plus est un homme nettement plus âgé qu'elle.

L'âge de Vincenzo n'effrayait pas Camille. Elle pensait que tôt ou tard leur amour éclaterait au grand jour. Elle ne s'était encore jamais confiée à Vincenzo. Lui-même n'avait rien dévoilé de ses propres sentiments pour elle, mais, elle en était persuadée, il l'aimait en secret et ne pourrait pas longtemps se taire. Ce jour-là, elle lui sauterait au cou et lui crierait son amour sans mesure, sans se soucier d'être entendue, d'être surprise par Maria ou Antonin, son frère ou sa sœur, sa mère ou son père. Au reste, elle était certaine que ce dernier ne la condamnerait pas.

Elle notait tout cela avec fébrilité, dans les moindres détails, dans son journal intime qu'elle s'empressait ensuite de dissimuler sous une latte déclouée du plancher de sa chambre, qu'elle s'était bien gardée de faire réparer par Antonin.

De sa fenêtre, elle épiait Vincenzo. Quand il rentrait de la bonneterie, il laissait toujours sa porte ouverte. Il aérait avant la tombée de la nuit. La proximité de la forêt créait beaucoup d'humidité dans le sous-bois. Le mazet était encore imprégné d'odeurs de moisissure et de vieilles poutres. Aussi, chaque soir, ranimait-il les braises dans la cheminée en y posant quelques grosses bûches qui se consumaient jusqu'au lendemain matin.

Sitôt remis de sa longue journée de travail, il attaquait le jardinage. Il se passionnait pour la culture des légumes et avait même planté au début du printemps une rangée de fraisiers qu'il avait paillés pour les soustraire au gel tardif.

Camille profitait de ces moments où il travaillait à l'extérieur pour s'approcher de la porte du mur, et trouvait toujours un prétexte pour passer de l'autre côté et venir discuter avec lui. Alors, Vincenzo s'arrêtait, s'appuyait sur le manche de son outil et répondait à ses questions ou lui posait les siennes, attentif à ne trahir aucune ambiguïté dans ses propos. Il appréciait la présence de la jeune fille, mais était parfaitement conscient qu'elle ne venait pas le voir uniquement pour parler avec lui et surtout pas fortuitement. Il ne souhaitait être ni la source d'une désillusion dans le cœur d'une adolescente ni la cause d'un drame familial, Camille étant mineure.

— Les vacances de Pâques sont bientôt terminées, lui annonça-t-elle à la fin de son séjour. Nous rentrons aux Salicornes demain matin. Je ne vous reverrai donc plus pendant plusieurs mois. Mon père nous a déjà prévenus : il doit monter à Paris pour la session parlementaire ; il sera trop occupé pour nous emmener à la Renardière au cours de ses week-ends… Dommage ! Nous ne reviendrons qu'aux grandes vacances, en juillet.

Vincenzo hésita à lui répondre qu'il était préférable pour son bien qu'elle s'éloigne de lui. Il n'osa se montrer désagréable. Camille s'était toujours comportée avec retenue, n'avait jamais prononcé une parole déplacée ou embarrassante. Elle n'était pas une adolescente effrontée, comme il en avait connu en Italie où – il le reconnaissait volontiers – les filles n'avaient pas froid aux yeux et paraissaient souvent exubérantes dans la démonstration de leurs sentiments. Camille se contentait d'une présence discrète, de remarques gentilles, d'attentions délicates. Certes, tout homme averti aurait deviné les émotions qui la traversaient, et beaucoup auraient profité de la situation. Vincenzo n'était pas de ceux-là. Il n'aimait pas tourmenter son prochain ni l'entraîner dans de vaines illusions.

⋆

Depuis son départ d'Italie, Vincenzo était resté en contact avec des amis dissidents restés au pays. Ceux-ci l'informaient de la situation politique intérieure, des mesures de coercition prises par le Duce, mais aussi des espoirs de changement.

Mussolini avait instauré un véritable régime totalitaire en se proclamant guide du peuple et en confisquant à son profit tous les pouvoirs. La monarchie subsistait, mais le roi Victor-Emmanuel III n'était plus qu'une marionnette dans ses mains de dictateur. Tous les partis politiques, à l'exception du parti fasciste, avaient été dissous. Ce dernier était désormais assimilé à l'État. Les députés de l'opposition avaient été déchus de leurs mandats. Les citoyens suspects étaient recensés et surveillés. Enfin une police secrète avait été créée. Mais, loin de terrifier les partisans de la démocratie, le Duce les encourageait. Les attentats contre sa personne se multipliaient. Un climat de guerre civile régnait dans certaines villes où les chemises noires semaient la terreur.

Vincenzo se demandait s'il ne devrait pas rentrer à Milan, où l'opposition au régime était très forte.

— Je serais plus efficace là-bas, auprès de mes amis, qu'ici à travailler dans une usine, confia-t-il ainsi à Antonin. J'ai l'impression d'avoir abandonné les miens…

— Si tu veux aider la démocratie de ton pays, tu es plus utile vivant que mort. L'argent que tu transmets clandestinement à tes amis leur est d'un grand secours. La dissidence extérieure est aussi importante que la résistance intérieure. Celle-ci, sans argent ni soutien, ne saurait durer longtemps.

Vincenzo, en effet, envoyait chaque mois une partie de son salaire aux forces antifascistes par le biais d'une antenne implantée à Marseille. Il y avait noué des relations avec d'autres Italiens qui, comme lui, avaient fui leur pays et s'étaient installés en France. De temps en temps, il se rendait dans la cité phocéenne et assistait à des réunions la plupart du temps secrètes, les exilés politiques se méfiant de la police française.

Il avait peu de nouvelles de ses parents. Il savait seulement qu'ils étaient vivants et qu'ils espéraient son retour avec impatience. Les lettres que sa mère lui adressait lui transperçaient le cœur. Elle lui avait appris que son père avait été hospitalisé à la suite d'un malaise cardiaque et qu'il devait éviter toute contrariété. Son plus jeune frère avait disparu. Il se cachait dans les Dolomites avec des partisans communistes prêts à la révolution. Sa sœur cadette était enceinte et attendait son enfant pour la fin de l'année. Elle était mariée à un petit entrepreneur en travaux publics qui ne ménageait pas son soutien au régime du Duce afin de poursuivre tranquillement ses activités. Vincenzo avait désapprouvé cette union, qu'il avait jugée contraire aux idées de sa famille. Mais, à l'époque, son père n'était pas parvenu à dissuader sa fille. Il ne l'avait pas reniée pour autant. Il s'était incliné. Vincenzo n'avait pas assisté au mariage.

— La situation n'est pas simple, poursuivit-il. Les familles sont parfois partagées. Les amis d'hier se déchirent. Beaucoup sont tombés du mauvais côté et ne sont pas toujours conscients de soutenir un homme dangereux, schizophrène et paranoïaque, comme le sont tous les dictateurs.

— J'espère que nous ne connaîtrons jamais cela en France ! s'exclama Antonin. Dieu merci, nous sommes la patrie de la démocratie et de la liberté !

Antonin essayait de convaincre Vincenzo que sa place était à la Renardière et qu'il devait réfléchir à construire sa vie dans la paix plutôt qu'à aller se battre contre un pouvoir trop fort et trop bien organisé pour être renversé par des opposants à peine armés de fusils.

— Il faut laisser du temps au peuple de ton pays pour qu'il réalise ses erreurs. Un jour, la conjoncture sera mûre et Mussolini, comme tous les autres de cet acabit, finira par tomber de son piédestal, abattu par des forces contraires et empêtré dans ses propres contradictions. Ce jour-là, oui, il te faudra rentrer chez toi et prendre les armes de la révolte. Le moment n'est pas encore venu.

Le soir, lorsque la Renardière sombrait dans le silence de la nuit, Vincenzo, comme Camille, ouvrait un cahier et écrivait. Il notait ce qu'il ferait quand il serait de retour chez lui, comment il envisageait sa vie future. Il dessinait ses espérances à l'encre noire des phrases qui sortaient de son esprit endeuillé.

Il songeait parfois à Camille, à cette jeune fille qui s'exprimait avec une telle douceur qu'elle parvenait à calmer ses inquiétudes. Alors, il en convenait : il se sentait bien à la Renardière.

⋆

L'été succéda au printemps dans un jaillissement de lumières et un éclaboussement de senteurs. Le parc de la Renardière exhalait de nouvelles fragrances émanant des parterres fleuris qui s'épanouissaient entre les pelouses abondamment arrosées par un système automatique imaginé par Antonin. La fontaine chantait des airs cristallins, relayés par les pépiements des oiseaux dans les arbres. La nature s'en donnait à cœur joie. Les frondaisons atteignaient leur maturité et dispensaient aux bons endroits l'ombre nécessaire pour assurer au manoir la fraîcheur contre les fortes chaleurs.

— Ce parc est devenu un véritable havre de paix ! se réjouit Emma en admirant le fruit de ce qu'elle estimait être sa propre création. Sans ma volonté et mes idées, il serait resté en triste état, à l'image de cette aile du château que tu t'obstines à ne pas restaurer, reprocha-t-elle une fois de plus à Florian.

— Tu connais très bien les raisons pour lesquelles je n'y entreprends pas de travaux. N'en parlons plus, je t'en prie !

Les Nozière avaient pris leurs quartiers d'été dès le début juillet. La chaleur et les moustiques les avaient chassés de Camargue plus tôt que prévu. Cela n'était pas pour déplaire à Florian. Après une session parlementaire intense et de nombreux allers-retours entre Paris, Montpellier et Aigues-Mortes, il n'avait qu'une hâte : se reposer dans sa propriété des Cévennes, loin du tumulte de la capitale, des interventions houleuses des ministres et des chefs de groupe de l'Assemblée, loin des débats pinailleurs autour des innombrables amendements aux projets de loi déposés par les députés.

Emma avait remis ses pouvoirs à Thibaud, qui se comportait de plus en plus comme son fondé de pouvoir, à l'instar de Pierre Dhombre dans la bonneterie de Florian.

— Nos patrons délèguent beaucoup, remarqua justement Antonin, un jour où il discutait avec Maria des affaires de la famille Nozière. Ils ne sont pas à l'abri d'erreurs commises par leurs directeurs. À mon avis, ils leur accordent un peu trop leur confiance !

Et c'est sans compter avec les escroqueries dont ils pourraient être victimes...

— Ni Thibaud Lacombe ni Pierre Dhombre n'agiraient dans le dos de leurs patrons ! Tu vois le mal partout, Antonin !

— Rien ne m'échappe. Et je suis d'un naturel méfiant. Tiens, par exemple... as-tu noté comme notre petite Camille en pince pour Vincenzo ?

— Camille ? C'est une enfant ! Et Vincenzo est un homme ! Que vas-tu chercher là ?

Antonin ne se trompait pas. Il avait remarqué que Camille rôdait toujours autour d'eux quand ils travaillaient dans le parc.

La jeune fille n'avait pas cessé de penser à Vincenzo depuis Pâques.

Aux Salicornes, impatiente de le revoir, elle lui adressait dans son journal intime des lettres dignes d'une grande amoureuse. Chaque soir, elle le retrouvait ainsi à la pointe de sa plume. Ses mots l'emportaient vers d'autres rivages, ses songes dans un univers où ils étaient les seuls à pouvoir pénétrer, où personne, pas même ses parents, n'avait accès. Elle s'enfermait dans sa bulle. En classe, au lycée, elle était moins attentive, de plus en plus rêveuse. Ses résultats s'en ressentaient. Ses professeurs la secouèrent, la menacèrent de convoquer ses parents pour les avertir du danger qu'elle courait à sacrifier son avenir. Florian, absent la plupart du temps, ne s'était pas aperçu de sa chute spectaculaire. Quant à Emma, elle ne suivait plus sa fille depuis son entrée en classe de seconde, ayant suffisamment de travail, prétextait-elle, à surveiller Damien et Charlotte, qui, à dix et douze ans, avaient besoin de toute sa vigilance et de son soutien.

Depuis le retour des Nozière à la Renardière, Vincenzo redoutait de se retrouver face à face avec Camille. Il se tenait loin du parc du château. Il maintenait la porte du mur bien fermée et s'évertuait à travailler dans son jardin le plus silencieusement possible afin de ne pas attirer l'attention de la jeune fille. Plus il prenait soin de ne pas trahir sa présence, plus Camille s'invitait dans son esprit. Et, au fond de lui, il reconnaissait qu'elle était très touchante, charmante même, se surprit-il un jour à penser.

Qu'est-ce que tu imagines ? se reprocha-t-il aussitôt.

Un soir, alors qu'il se reposait, assis sous une tonnelle à l'écart de son mazet, il entendit la porte du mur grincer sur ses gonds. Il tourna la tête en direction du parc. Camille avançait timidement vers lui, une corbeille de fruits dans les mains.

Il se leva. Reboutonna sa chemise ouverte. L'accueillit poliment :

— Je ne vous attendais pas, mademoiselle. Sinon, je me serais changé.

— Bonjour, Vincenzo. Maria vous offre ces quelques fruits. Elle a remarqué que vous n'aviez pas d'arbres fruitiers dans votre jardin.

— Seulement des fraisiers, et ils n'ont presque rien donné.

Il l'invita à s'asseoir et lui proposa un verre de citronnade.

— Je la fais moi-même, selon une vieille recette de ma mère.

Tout émue, Camille accepta. S'installa à ses côtés.

— Alors, comment s'est passé votre exposé sur l'Italie ? s'enquit Vincenzo pour entamer la conversation.

Camille eut un instant de flottement :

— Mon exposé... Ah... oui, mon exposé ! À la rentrée de Pâques. Euh... en réalité, je ne l'ai pas fait. Il y a eu un contretemps.

— Je pensais que c'était pour cette raison que vous veniez me voir.

— Non. Uniquement pour bavarder. Je ne vous ai pas encore aperçu depuis notre arrivée, il y a trois jours. Je me demandais ce que vous deveniez.

— Vos parents savent-ils que vous êtes ici ?

Camille parut surprise.

— Mes parents me laissent libre de mes mouvements ! Pourvu que je ne m'écarte pas de la Renardière. Je ne suis plus une petite fille ! ajouta-t-elle, vexée.

Elle baissa les yeux. Rougit, confuse.

Vincenzo comprit sa maladresse.

Il tenta de se rattraper :

— Antonin me parle beaucoup de vous, en bien. Lui et Maria vous aiment comme leur fille.

— Maria était ma nounou quand j'étais petite. Puis elle s'est occupée de ma sœur et de mon frère.

Camille aperçut sur la table un grand cahier ouvert en son milieu et un stylo-plume.

— Vous étiez en train d'écrire ? Vous aussi, vous tenez un journal intime ?

Surpris, Vincenzo referma vite le cahier.

— Non, je n'ai pas de journal intime. Ce n'est plus de mon âge ! Mais il m'arrive de coucher par écrit mes pensées du moment...

— C'est pareil ! C'est personnel, comme un journal intime.

— Non, pas du tout !

Camille se pencha au-dessus de la table, feignit de saisir le cahier.

— Alors, je peux lire...

Vincenzo réagit aussitôt. Lui prit la main pour l'arrêter. La fixa dans les yeux, un sourire aux lèvres.

— Tu es trop curieuse, Camille, lui dit-il, sans réaliser qu'il la tutoyait.

Camille remarqua cette familiarité qui la combla de bonheur, mais ne releva pas.

— Racontez-moi ce que vous écrivez. Je suis certaine que cela m'intéressera.

— Ce serait trop long. Tes parents vont s'inquiéter... Tu permets que je te tutoie ? Tu es très jeune, ça me fait bizarre de te vouvoyer.

Camille biaisa :

— À condition que vous me disiez ce qu'il y a dans ce cahier !

Vincenzo ouvrit ce dernier à la première page, puis le feuilleta jusqu'à la fin.

— Il s'agit du manuscrit de mon premier roman…

— Votre premier roman !

— Oui, et je crains fort que ce ne soit le dernier.

— Vous êtes écrivain ?

— J'étais en train de le devenir, en Italie, quand les événements m'ont rattrapé et chassé de chez moi.

— Expliquez-moi, Vincenzo. Je sais si peu de choses à votre sujet, à part la tragédie à laquelle vous avez échappé et votre fuite, dont vous m'avez parlé aux Salicornes.

Vincenzo se versa un verre de citronnade, but d'un trait.

— Tu ne bois pas ? s'enquit-il. Tu n'aimes pas le citron ?

— J'adore. Mais j'attends d'abord que vous me racontiez.

— Approche-toi, je vais te montrer.

Elle se serra contre lui. Le cœur battant.

Il sentit la chaleur de sa cuisse contre la sienne. Son esprit se troubla.

Elle tourna la première page. Lut à haute voix :

— « Sur les ailes du vent »… C'est le titre ?

— Oui.

— Quel est le sujet de votre roman ?

— Il y est question d'un personnage tiraillé entre son amour pour celle qu'il aime et son devoir envers sa patrie. Son pays est tombé dans les mains d'un tyran, son peuple lutte pour reconquérir sa liberté perdue…

— C'est votre propre histoire ?

— Non. Je n'ai laissé personne derrière moi en Italie, sauf ma famille.

— Vous n'êtes pas fiancé ?

Camille s'avançait sur un terrain périlleux. À travers ses confidences, Vincenzo ne s'était pas rendu compte qu'elle risquait de l'aduler encore plus à la lecture de son roman.

— Cette histoire n'est qu'une fiction, précisa-t-il. Sortie tout droit de mon imagination.

— Votre roman a été édité ?

— Oui, en Italie et à Paris. On en a un peu parlé...

— Vous en écrivez un autre ?

— Non, pour l'instant, je songe plutôt à aider mes amis à lutter contre Mussolini. Je demeure en contact avec eux et suis prêt à les rejoindre quand viendra le moment.

Camille s'assombrit.

— Vous allez nous quitter ?

Des larmes lui montèrent aux yeux. Elle s'essuya délicatement les paupières.

— Il est encore trop tôt.

— Moi aussi, j'aimerais m'envoler sur les ailes du vent... avec vous !

Vincenzo referma le cahier, certain maintenant que Camille éprouvait pour lui des sentiments qu'il n'avait à aucun moment cherché à éveiller ni à encourager.

— Camille, regarde-moi ! lui dit-il en lui prenant la main. Il y a longtemps que j'ai deviné ce que tu ressens pour moi. Il faut te raisonner.

Elle renifla comme une enfant en proie à un gros chagrin. Les yeux rougis, elle avoua :

— Je vous aime, Vincenzo. Je n'y peux rien. Depuis le premier jour où je vous ai découvert dans l'abri de jardin aux Salicornes, je n'ai pas cessé de penser à vous…

— Camille, coupa Vincenzo, terriblement embarrassé. Tu es si jeune et… je suis un homme. J'ai bientôt trente ans et toi tu n'as que quinze ans…

— J'aurai seize ans à la fin de l'année ! Et vous n'avez que vingt-neuf ans, je le sais. Maria me l'a dit ! Et puis, l'âge ne compte pas quand on s'aime.

— Mais je ne…

Il s'interrompit, ne souhaitant pas accroître la peine de Camille. Reprit :

— Comment réagiraient tes parents s'ils apprenaient que tu es tombée amoureuse de moi ? Nous ne sommes pas du même milieu social. Je ne suis qu'un ouvrier de ton père. Il me chasserait sur-le-champ. Tu dois te ressaisir. Je veux bien rester ton ami. Viens me voir quand tu le désires. Mais, je t'en prie, ôte-toi ces idées de la tête et du cœur. Je ne veux pas que tu souffres à cause de moi.

Camille se leva, défaite.

Elle regarda Vincenzo d'un air suppliant.

— Je n'y arriverai pas, lui avoua-t-elle.

23

La force des sentiments

Les Nozière avaient repris leur rythme de vacances à la Renardière. Florian appréciait de se détendre loin de ses obligations. Sa bonneterie ne lui occasionnait plus aucun souci. Le Parlement, comme la plupart des institutions, vivait au ralenti dans l'attente d'une rentrée politique et sociale qui menaçait d'être agitée.

Il se doutait en effet que l'opposition reviendrait à la charge dès septembre sur la question du système électoral, la majorité ayant adopté, le 21 juillet, le rétablissement du scrutin uninominal à deux tours pour les élections législatives. Il s'était absenté à Paris quelques jours pour le vote définitif, mais était redescendu immédiatement à Ganges, sans s'arrêter à la permanence de son parti à Montpellier. Il avait promis à ses enfants de se consacrer entièrement à sa famille pendant l'été. Il entendait bien respecter ses engagements.

Aussi passait-il du temps en longues randonnées dans les Cévennes avec Damien, Charlotte et Camille. Il les entraînait sur les pentes du mont Aigoual, dans le cirque de Navacelles, sur le causse Larzac, chaussures de marche aux pieds et sac à dos rempli pour la journée. Ces jours-là, Emma ne les accompagnait jamais. Elle rechignait à marcher pendant des heures. Elle préférait rester à la Renardière, se promener dans le parc, lire à l'ombre des grands arbres, rêvasser à la fraîcheur de la fontaine dont elle admirait les jeux d'eau et de lumière à travers les rayons du soleil.

En l'absence des siens, elle s'arrangeait toujours pour tenir éloignés Maria et Antonin, ainsi que Dorine, sa cuisinière – qui se joignait à la famille à chacun de ses déplacements –, les envoyant passer la journée à Ganges, au prétexte qu'ils puissent bénéficier eux aussi de quelques moments de loisirs. Ainsi savourait-elle pleinement sa tranquillité en accueillant qui elle voulait au château. Jusqu'au soir, elle n'était dérangée par personne.

Sans en avoir averti Florian, elle recevait parfois la visite de Thibaud, qui arrivait d'Aigues-Mortes au milieu de la matinée une fois tout le monde parti, et le retenait jusqu'en fin d'après-midi, à l'heure où tous s'apprêtaient à rentrer.

Emma entretenait avec son neveu une relation ambiguë qui pouvait laisser douter de ses intentions. À quarante ans, elle regardait avec tristesse et impuissance sa jeunesse s'étirer derrière elle et désirait profiter des quelques belles années qui lui restaient. Elle ressentait de plus en plus sa différence d'âge avec Florian et commençait à regretter de ne pas y avoir songé avant, à l'époque où elle avait tout misé sur lui. Thibaud avait toujours été à ses côtés. Elle n'avait jamais cherché à le séduire, mais elle ne l'avait jamais repoussé non plus quand il se faisait un peu trop pressant. Elle aimait sa prestance, son allure de séducteur, sa façon déguisée de la courtiser. Elle le tenait à distance, par jeu. C'était entre eux une connivence établie, discrète, une manière excitante de braver l'interdit.

Florian était à cent lieues de douter d'Emma. Même s'il regrettait parfois son attitude à son égard, et surtout à l'égard de Camille, il la lui pardonnait. Sans doute culpabilisait-il d'être souvent absent. Il avait aussi conscience qu'avec le temps leur différence d'âge s'accusait davantage.

« Tu as la chance d'avoir une femme beaucoup plus jeune que toi, lui rappelait son ami Anselme Rochefort quand ils se voyaient à Nîmes. Ne la gâche pas ! Sois vigilant. Montre-toi avec elle comme si tu avais toujours vingt ans. Nous, les hommes, avons hérité de cette chance inouïe de vieillir moins vite que nos compagnes, alors profitons-en ! »

Plus les années s'écoulaient, plus Florian revoyait en Camille le reflet de la jeune femme qu'il avait épousée une quinzaine d'années plus tôt, plus il était prêt à pardonner les écarts d'Emma.

★

Camille brûlait d'envie de parler à son père. Entre eux régnait une confiance absolue. Toutefois, maintenant qu'elle se trouvait confrontée à ce qu'elle éprouvait de plus intime, elle hésitait. Plus par pudeur que par crainte d'être jugée comme irresponsable. La femme qui s'était réveillée en elle découvrait la vie sous un jour nouveau. Elle réalisait soudain que, petit à petit, elle prenait son envol, qu'elle serait bientôt seule maîtresse de son destin. Que personne, pas même son père, qu'elle chérissait tant, ne pourrait lui voler son avenir ni la diriger. Elle était trop éprise de liberté pour se laisser dicter sa conduite. Florian l'avait élevée de cette manière.

Au cours de leurs randonnées, elle le questionnait sur sa relation avec sa mère au moment de leur première rencontre.

— Votre différence d'âge ne t'a jamais posé problème ? lui demanda-t-elle, un jour qu'elle le sentait plus réceptif à ses interrogations.

Ils étaient en train de gravir le sentier dit « des quatre mille marches », entre Valleraugue et l'observatoire météorologique du mont Aigoual. La pente était forte. Damien et Charlotte, plus vigoureux que leur sœur à la marche en montagne, filaient devant à bonne allure.

— Nous avons treize ans d'écart. Ce n'est pas si important.

Elle faillit relever que c'était le même écart qui la séparait de Vincenzo.

— Et puis ta mère avait vingt-trois ans, quand nous nous sommes connus. Elle n'était plus une adolescente... Elle avait même déjà été mariée...

— Moi non plus, je ne suis plus une adolescente !

— Ma chérie… À ton âge, les filles ont d'autres préoccupations que de penser au mariage, n'est-ce pas ? Tu n'es pas de mon avis ?

— Euh… oui, bien sûr !

— Tu sembles hésiter. Ne me dis pas que tu y songes déjà ?

— Il vaut mieux y songer jeune que trop tard, non ?

— Le plus important est de réussir tes études. Tu as la chance d'avoir des parents aisés. Ce n'est pas le cas de beaucoup d'enfants. Alors, ne t'embarrasse pas l'esprit avec ces choses trop sérieuses. Rien ne t'empêche d'avoir des amoureux ! C'est de ton âge. Je ne suis pas du genre à interdire à ma fille de s'épanouir. Je compte sur toi. Tu as toujours été très raisonnable.

Camille ne sentait pas son père prêt à entendre ses confidences ni à accepter ce qu'elle souhaitait au fond de son cœur.

Elle s'attrista soudain. Plongea dans le silence.

— Tu boudes, ma chérie ?

Camille se reprit :

— Non. Je suis seulement un peu fatiguée. On a beaucoup marché.

Devant eux, Charlotte et Damien accéléraient l'allure. Florian dut les retenir :

— Les enfants, ralentissez ! Votre sœur aimerait se reposer…

De retour à la Renardière plus tôt que prévu, ils croisèrent Thibaud dans le parc, au moment où il faisait démarrer sa voiture.

— Thibaud ! s'étonna Florian. Vous ne nous aviez pas prévenus de votre visite. Sinon, je ne me serais pas absenté.

— Je souhaitais faire une surprise à ma tante. Et j'avais un petit problème à lui soumettre, concernant une commande pour l'Italie.

Les deux hommes ne s'appréciaient toujours pas, mais Florian, en bon diplomate, évitait depuis longtemps de critiquer le directeur des Salins du Sud devant sa femme.

— Quel problème ? insista-t-il.

— Vu les événements, Emma hésite à prolonger nos relations avec un gros client. Elle craint que notre clientèle française ne nous reproche de commercer avec un État fasciste.

— Je lui donne raison.

— Je ne suis pas de cet avis. On aurait tort de mettre Mussolini sur le banc des parias de l'Europe. De plus, il ne faut pas mélanger politique et affaires. Vous êtes bien placé pour le savoir.

— Mussolini est un dictateur ! s'interposa Camille. Et ceux qui acceptent de poursuivre leurs affaires avec son pays sont complices de sa tyrannie. Il prive son peuple de sa liberté.

Florian regarda sa fille d'un air étonné. Camille avait parlé avec tant de conviction qu'il dut la tempérer.

Il reprit la parole :

— Camille s'emballe. C'est normal à son âge. Le contraire serait inquiétant. Réfléchissez avant de prendre une décision. J'ignore d'ailleurs ce que ma femme souhaite…

— Elle a finalement entendu mes arguments. Nous allons continuer nos relations commerciales avec notre client italien…

— Maman a tort ! insista Camille. Je le lui dirai. Je suis révoltée ! Les Italiens méritent mieux qu'un régime d'oppression. Heureusement que tous ne courbent pas le dos devant ce fou de Mussolini !

Florian décida d'en rester là. Il salua poliment Thibaud, qui partit aussitôt, et pria ses enfants de rentrer se changer.

— Votre mère nous attend. Il est bientôt l'heure de passer à table.

En son for intérieur, Florian se demanda ce qui avait traversé l'esprit de sa fille. Ce n'était pas dans ses habitudes de s'enflammer devant une tierce personne.

Vincenzo lui a peut-être monté la tête quand il s'est occupé d'elle, pensa-t-il.

Pendant le repas, il ne fut pas question du différend avec Thibaud. Au reste, Emma aborda à peine le sujet, source du problème. Florian dut insister pour qu'elle reconnaisse avoir discuté de cette commande aux Salins. Mais Camille ne se contint pas :

— Oncle Thibaud (les enfants l'appelaient ainsi depuis leur plus jeune âge) n'est pas un homme fréquentable, osa-t-elle avancer. Il pactise avec les fascistes. C'est une honte pour notre famille.

Emma réagit aussitôt :

— Je te prie de mesurer tes propos, Camille. Tu oublies que Thibaud est le neveu de mon premier mari. Presque un cousin pour toi.

— Ça ne fait pas de lui ton véritable neveu ! Encore moins mon cousin. À partir d'aujourd'hui, je refuse de l'appeler « oncle Thibaud », c'est absurde ! Il n'est plus rien pour moi. C'est un étranger. Un fasciste de la pire espèce !

— Ta mère a raison, Camille, intervint Florian. Calme-toi et fais attention à ce que tu dis. Tes paroles dépassent tes pensées.

À l'autre bout de la table, Charlotte et Damien se taisaient. Ils assistaient à l'altercation de leur sœur avec leur mère, l'air amusés.

C'était la première fois que Camille affrontait Emma aussi effrontément.

Profitant d'un moment de répit, Damien susurra :

— Elle est amoureuse ! Elle est amoureuse !

Camille fusilla son frère du regard.

— Ça suffit ! s'écria Florian, considérant que la conversation dégénérait. Encore un mot et je vous renvoie tous les trois dans vos chambres sans manger !

Dorine, rentrée au château peu avant Florian et les enfants, s'approcha de la table et annonça :

— Je vous ai préparé du poulet basquaise pour ce soir...

— Je n'ai plus faim, la coupa Camille. Puis-je me lever de table ?

— Monte dans ta chambre, lui ordonna Emma. Nous reparlerons de ton attitude demain matin, quand tu seras calmée. Quant à vous deux, Damien et Charlotte, pas un mot. Sinon, ce sera la même sanction.

Ce soir-là, le dîner se déroula dans un silence pesant.

Florian ne revint pas sur ce qui l'avait opposé à Thibaud.

Emma se garda bien de lui expliquer la véritable raison de sa visite à la Renardière.

*

L'incident n'eut pas de suite. Florian obtint d'Emma de ne pas ennuyer Camille à propos d'un sujet qui, à ses yeux, n'avait aucune importance pour elle.

— Elle s'est un peu emballée, comme tous les jeunes gens de son âge, qui se mettent à croire à de nouveaux idéaux. Laissons-la tracer elle-même son chemin.

— Elle s'est quand même montrée très impertinente. La prochaine fois, je compte sur toi pour sévir.

— Je te rappelle que Camille est aussi ta fille.

— Si peu ! Quand elle agit comme hier soir, j'en doute vraiment ! De qui tient-elle donc ? De son père, assurément !

— Et je te signale que son père est aussi ton mari !

Florian avait horreur des disputes.

— Allez, viens dans mes bras et oublions cela. Nous sommes en vacances… à la Renardière. Nous avons encore plusieurs semaines de tranquillité devant nous. Ne nous gâchons pas l'existence avec des querelles sans importance.

Emma se rendit à la raison. Elle adopta envers Camille et ses deux autres enfants une attitude résolument compréhensive. Elle s'efforça de participer à leurs randonnées, malgré son aversion pour la marche. Elle proposa même de célébrer le 15 août dans le parc du château.

— Avec des feux d'artifice, annonça-t-elle à Florian. Et nous inviterons les ouvriers de ta bonneterie, si tu es d'accord. Ce serait dommage de rester en petit comité un jour de fête !

Camille se réjouit la première de voir sa mère si bien disposée. Elle lui offrit son aide et ses idées pour que la fête soit la plus réussie possible.

— Nous inviterons aussi Vincenzo ? s'enquit-elle sans réfléchir.

— Vincenzo ! s'étonna Emma. Bien sûr ! Il fait partie du personnel de la bonneterie. Mais pourquoi t'intéresses-tu spécialement à lui ?

Prise de court, Camille bredouilla :

— Par… parce qu'il habite ici, à la Renardière et… qu'il est italien !

— Ah ! J'avais oublié que tu défendais les antifascistes...

Emma se souvint soudain que Damien s'était moqué de Camille à table, le soir de la dispute.

— C'est vrai, ce qu'a prétendu ton frère ?

— Quoi donc ?

— Ne me le fais pas répéter. Tu sais très bien de quoi je parle.

— Non, je ne vois pas, mentit Camille.

— Tu rougis ! Il ne s'est donc pas trompé. Tu es amoureuse de cet Italien !

— Mais non, maman ! Damien ne raconte que des bêtises. Et toi, tu le crois !

— Je ne te reproche rien, Camille. J'en souris, tout au plus. À quinze ans, ça te passera ! Je peux comprendre, moi aussi j'ai été jeune.

Estimant le sujet futile, Emma ne poursuivit pas davantage la conversation, persuadée que sa fille vivait dans ses rêves comme elle-même, à son âge, avait rêvé au prince charmant.

Camille trépignait d'impatience à l'idée de participer à la fête organisée à la Renardière et, ce soir-là, de côtoyer Vincenzo en toute liberté.

Depuis le jour où il lui avait avoué être écrivain, malgré ses mises en garde elle était revenue souvent lui rendre visite après sa journée à l'usine, toujours à l'insu de ses parents. Elle ne lui avait plus parlé de ce qu'elle ressentait pour lui. Ils avaient beaucoup discuté, sans ambiguïté, de l'actualité du moment, surtout de l'Italie, mais aussi de la passion de

Vincenzo pour l'écriture. Camille buvait ses paroles. Plus il se confiait, plus elle s'enthousiasmait. Elle lui avait demandé de lui prêter son manuscrit. Il avait refusé :

« Si tes parents le découvrent, ils te poseront des questions qui risquent de t'embarrasser. Et moi, je ne saurai leur expliquer comment ce cahier est arrivé entre tes mains...

— Je leur dirai que je vous l'ai volé. »

Camille avait réponse à toutes les objections de Vincenzo. Ce dernier s'efforçait de demeurer insensible à son charme. Mais plus ils se revoyaient, plus il éprouvait de l'attirance pour elle. Il ne la trouvait plus seulement touchante, comme aux premiers jours. Elle exerçait sur lui un vrai pouvoir de séduction. Il en avait de plus en plus conscience.

Et cela l'effrayait en même temps qu'il en était tout ébranlé. La situation dans laquelle Camille le plongeait le troublait et le tracassait.

Je suis un homme, elle n'est qu'une adolescente ! se répétait-il. Je n'ai pas le droit de songer à elle comme si, entre nous, tout était possible.

Il avait beau se chapitrer, s'abrutir dans le travail afin de vider son esprit de toutes mauvaises pensées, il ne parvenait qu'à accroître davantage ce lien qui s'était tissé entre eux, à son corps défendant. Il se surprenait maintenant à attendre les visites de Camille avec impatience. Elle passait régulièrement vers dix-huit heures, avec un bouquet de fleurs ou quelques fruits dérobés dans la cuisine de Dorine, parfois un livre qu'elle avait lu et qui lui avait plu.

Il n'osait la repousser, lui conseiller de ne plus venir. Quand elle apparaissait dans l'embrasure de la porte du jardin, son cœur s'accélérait comme celui d'un adolescent amoureux. Il ne se contrôlait plus, ne se raisonnait plus. Il n'avait plus envie de lutter, de s'interdire de penser à Camille. Elle illuminait ses pensées.

La veille du 15 août, elle arriva, plus radieuse encore. Elle arborait une robe légère qui mettait en valeur ses formes et dévoilait ses bras nus et dorés par le soleil. Elle avait dénoué ses longs cheveux blonds sur ses épaules, s'était légèrement maquillée. Elle lui tendit un livre qu'elle avait dévoré d'un trait au cours de la nuit précédente.

— Connaissez-vous ce roman ? *Le Grand Meaulnes*, d'Alain-Fournier.

— Non, je ne l'ai pas lu, reconnut Vincenzo.

— C'est une merveilleuse histoire d'amour et d'amitié, assez tragique mais tellement émouvante. L'histoire d'un premier amour qui ne se concrétisera jamais, qui symbolise le passage de l'adolescence à l'âge adulte. C'est un vrai roman initiatique. Ça commence par une fête qui se termine mal…

— J'espère que ce n'est pas ce que tu crains ! Tu me donnes l'impression de redouter la fête que ta mère organise demain.

— Non, au contraire ! Je me réjouis tant de vous y rencontrer sans devoir me cacher… Je voulais seulement vous offrir ce roman. Il m'a tellement émue !

J'aimerais que nous en parlions ensemble une fois que vous l'aurez lu. Il y a un peu de moi dans son personnage principal, un garçon de dix-sept ans au début de l'histoire qui s'éprend d'une jeune fille sans oser se déclarer et qu'il recherchera longtemps avant de la retrouver.

— Ça se termine bien ?

— Pas vraiment. Mais ce n'est qu'un roman ! La réalité est souvent différente. Vous le savez mieux que moi, vous qui êtes romancier.

Vincenzo était sous le charme. Plus elle parlait, plus il appréciait cette jeune fille cultivée, réfléchie, sensible. Il était de plus en plus perméable aux sentiments qu'elle dissimulait avec peine.

Alors, d'un coup, il se décida à lui dévoiler ce qui l'oppressait :

— Camille, je dois te faire un aveu : j'éprouve pour toi les mêmes sentiments que tu éprouves pour moi. Je suis en train de tomber amoureux. Ce n'est pas bien de ma part. Je ne voudrais pas te donner de vaines illusions. Il ne peut rien se construire de durable entre nous. Trop d'années nous séparent…

— Pour moi, ça ne compte pas ! Mes parents ont la même différence d'âge. Ça ne les empêche pas de s'aimer !

— Ta mère n'était pas aussi jeune que toi quand elle a rencontré ton père. Entre nous, c'est trop tôt. La situation serait différente si tu étais plus âgée…

Vincenzo ne parvint pas à convaincre Camille.

Celle-ci s'effondra, en larmes.

— Vincenzo, je vous aime. Je ne veux pas vous perdre.

Il éprouvait de plus en plus de mal à se contenir, conscient que ses paroles ne reflétaient pas ses pensées.

Il se rapprocha d'elle. La serra dans ses bras. L'embrassa tendrement.

Puis, sans plus réfléchir, il l'entraîna à l'intérieur du mazet, ferma les fenêtres et laissa déferler son amour.

Camille s'abandonna. Aima comme on aime la première fois…

24

Les jours heureux

Pendant la fête donnée par Emma à la Renardière, Camille, rayonnante, éprouva beaucoup de mal à contenir sa joie.

La plupart des ouvriers de Florian avaient accepté l'invitation et s'étaient rassemblés dans le parc du manoir afin d'assister, à la nuit tombée, aux feux d'artifice. Emma avait convié Thibaud, qui s'était empressé d'arriver parmi les premiers, dès le début de l'après-midi.

Antonin avait embauché Vincenzo pour mettre la touche finale aux préparatifs. Les deux hommes s'étaient épaulés depuis le début de la matinée pour installer tables et bancs sous les arbres, mais aussi les détonateurs, les chandelles et les batteries de mortiers, qu'ils avaient disposés à la périphérie du parc. Antonin, qui avait un peu d'expérience, s'était proposé pour faire office d'artificier.

« Ça me rappellera l'armée, s'était-il réjoui. Quand j'étais dans l'artillerie, pendant la guerre, on en a tiré, des obus, avec nos canons ! »

Quand la fête commença, aux environs de dix-huit heures, Camille apparut vêtue de sa plus belle robe. Tous la remarquèrent, beaucoup la complimentèrent. Vincenzo n'osait s'approcher d'elle. Il demeurait à l'écart. Pourtant, il ne cessait de la regarder, car lui aussi était sous le charme. Camille était plus radieuse que jamais.

De la terrasse, elle le chercha dans la foule qui se pressait autour des tables. Elle aperçut Pierre Dhombre, en grande discussion avec son père. Puis Thibaud, en train de se pavaner près de sa mère. Charlotte et Damien avaient rejoint des camarades invités avec leurs parents, tous des employés de la bonneterie.

Emma avait prévu un repas froid pour toute l'assemblée. Dorine, aidée de Maria, était au fourneau depuis le début de la journée pour répondre aux exigences de sa patronne. Toutes deux n'étaient pas à la fête et n'avaient qu'une envie : que celle-ci se termine le plus rapidement possible. Elles seraient encore de service, en effet, une fois tout le monde rentré chez soi. Il y aurait tout à ranger, à nettoyer, à réparer.

— Ce sont toujours les mêmes qui vont au charbon ! se plaignit Dorine. Madame a des idées de grandeur. Des feux d'artifice, ben voyons ! Pourquoi pas ensuite un bal costumé, comme chez les aristocrates ? Je me demande pourquoi Monsieur a accepté ses exigences !

— Il ne lui refuse jamais rien. Il est trop gentil.

— Il devrait plutôt surveiller sa femme. As-tu remarqué comme elle s'est entichée de ce Thibaud Lacombe ? Toujours collés l'un à l'autre, ces deux-là !

Tiens, la dernière fois que Monsieur et les enfants sont partis en randonnée, je suis revenue plus tôt que prévu, bien avant Antonin et toi, et je les ai trouvés ensemble. Ils sortaient de la chambre de Madame. Elle ne m'attendait pas si tôt, tu t'en doutes. J'ai fait comme si de rien n'était, mais elle était gênée.

— Tu crois que…

— Oh ! Je ne crois rien. Je n'irais pas colporter des rumeurs sans fondement. Je constate, c'est tout.

Les deux femmes étaient assez liées et se méfiaient toutes les deux de Thibaud. Toutefois, Maria, qui était au service d'Emma depuis longtemps et qui regardait ses trois enfants un peu comme les siens, ne pouvait imaginer que sa maîtresse se moque de son mari au point de le tromper. Elle se considérait comme de la famille et aurait mal vécu une discorde familiale qui aurait ébranlé l'édifice bâti au prix de gros renoncements de part et d'autre. Elle connaissait les petits secrets des Nozière, leurs faiblesses et leurs forces devant l'adversité. Elle ne parlait jamais de ce qu'elle savait afin de ne pas troubler les enfants avec les problèmes d'adultes de leurs parents. Elle adorait Camille, la première-née, celle à qui elle s'était le plus attachée. Elle n'accepterait jamais que quelqu'un la fasse souffrir. Aussi la surveillait-elle comme le lait sur le feu, déterminée à la protéger envers et contre tout.

— Tu te trompes, Dorine. Tu vois le mal partout. Il ne faut pas se fier aux apparences.

Tandis que les deux femmes s'affairaient dans la cuisine, Camille avait rejoint Vincenzo. Ce dernier s'occupait du service en même temps qu'il participait à la fête au même titre que les autres membres du personnel de la bonneterie.

— Comment me trouves-tu ? lui demanda-t-elle discrètement, en tournant sur elle-même pour faire virevolter sa robe tout ornée de dentelle.

— Tu es magnifique. Mais prends garde, on va nous remarquer.

Vincenzo se sentait très embarrassé. Il appréhendait ce moment où ils se côtoieraient en public. Il ne cessait de regarder en direction de Florian et d'Emma, craignant que, par mégarde ou par naïveté, Camille ne finisse par se trahir. La jeune fille était tellement heureuse à côté de celui qu'elle aimait qu'elle ne prêtait aucune attention aux autres. Elle suivait Vincenzo dans chacun de ses déplacements, lui parlait, certes doucement, mais sans se cacher, osait l'appeler par son prénom devant ceux et celles qui s'adressaient à elle pour la complimenter ou simplement pour s'enquérir de ses nouvelles.

Peu avant le tir des feux, la nuit étant tombée, elle rejoignit Vincenzo dans l'arrière-cuisine. Il y apportait au fur et à mesure les bouteilles vides qui traînaient sur les tables. Personne ne la vit s'éclipser. Elle brûlait d'envie de se serrer dans ses bras et de profiter d'un petit moment d'intimité à l'écart de la foule.

— Vincenzo ! Pourquoi me fuis-tu ? s'étonna-t-elle. Cela fait une demi-heure que je te cherche…

— Je ne te fuis pas. Je suis très occupé. Tu ne devrais pas être ici. Si l'on nous découvre ensemble, on comprendra ce qui se passe entre nous. Retourne sans tarder auprès des invités de tes parents.

Elle se pressa contre lui.

— Embrasse-moi d'abord.

— Camille, tu n'es pas raisonnable !

— Embrasse-moi, sinon je reste.

Il céda. L'enlaça. L'embrassa.

La porte était demeurée grande ouverte.

Tout à coup, Vincenzo entendit des pas dans le couloir.

Il aperçut une silhouette, qui s'évanouit aussi vite. Celle d'un homme élégant.

— Thibaud ! dit-il. Il nous a vus.

— Tu en es sûr ? s'émut Camille.

— Certain.

Il bondit hors de la pièce. N'eut que le temps de distinguer de dos l'homme qui les avait surpris.

— Sors la première. Je suivrai dans un moment. Et évitons-nous pendant tout le reste de la soirée.

— Mais les feux vont débuter !

— Je dois aider Antonin à les allumer.

Camille sortit sans un mot.

Une fois dehors, elle aperçut son père, s'approcha de lui et le prit amicalement par les épaules.

— Où est maman ? l'interrogea-t-elle.

— Je l'ignore. Il y a un instant, elle était avec Thibaud, en grande conversation. Toujours leurs problèmes de commande pour l'Italie, je suppose. Elle ne parviendra jamais à décrocher.

Les feux commencèrent bientôt au-dessus de la Renardière. Tous les regards étaient rivés à la voûte céleste qui s'embrasa sous un jet continu d'étoiles multicolores et un crépitement incessant d'étincelles incandescentes.

★

Vincenzo se méfiait de Thibaud depuis leur première rencontre. Après le massacre aux Salins du Sud, ils s'étaient rarement revus, seulement à l'occasion de deux ou trois visites que Thibaud avait rendues à Emma. Les deux hommes s'étaient croisés dans le parc du manoir, tandis que Vincenzo aidait Antonin aux travaux de printemps. Vincenzo ne s'était pas retourné, mais Thibaud l'avait interpellé volontairement comme pour le défier :

« Alors, monsieur le rebelle ! lui avait-il lancé de la portière de sa voiture. Vous êtes parvenu à vous terrer comme un rat pour éviter qu'on ne vous pourchasse et ne vous renvoie chez vous !

— Je ne me cache pas, lui avait rétorqué Vincenzo. Monsieur Nozière m'a embauché dans son usine tout à fait régulièrement.

— Profitez-en bien. Chez nous aussi, bientôt, nous aurons un gouvernement fort. Les étrangers ne seront plus les bienvenus. Vous serez obligés de rentrer dans votre pays. D'ailleurs, votre Duce met en œuvre une grande politique économique qui donnera du travail à tous vos compatriotes. Vous devriez le remercier plutôt que de le combattre.

— La liberté n'a pas de prix. L'époque où les empereurs étouffaient le peuple avec des jeux et du pain est révolue. C'est de démocratie que les Italiens ont le plus besoin. »

Vincenzo n'entendait pas se laisser insulter ni entraîner dans de vaines discussions. Il estimait inutile de polémiquer avec des gens bornés et aux idées arrêtées. Mais il ne pouvait abdiquer sa fierté d'homme libre devant les xénophobes et les racistes.

À la fin de la soirée, Vincenzo aidait à débarrasser les tables des reliefs du repas. Thibaud le croisa dans le parc, juste au moment où il s'apprêtait à monter en voiture. Il feignit de l'ignorer, puis revint sur ses pas.

— Ah, vous étiez aussi de la fête ! Du côté des domestiques. On ne gagne pas sur tous les plans.

Vincenzo ne répliqua pas. La colère grondait en lui. Il se retenait avec peine.

— Vous avez l'air d'apprécier les jeunes filles ! poursuivit Thibaud.

Il nous a vus ! pensa Vincenzo.

Il en était maintenant certain.

— Et vous, les femmes mariées ! rétorqua-t-il, sans se départir de son calme. Surtout quand leurs maris sont absents.

Vincenzo n'en avait parlé à personne, mais il avait aperçu Emma en situation compromettante avec Thibaud au cours d'une de ses visites le mois précédent, alors que Florian n'était pas encore revenu de Paris.

Les deux hommes se défiaient du regard comme deux coqs prêts à combattre. Thibaud, se sentant pris à son propre piège, n'insista pas. Il releva la vitre de sa portière. Accéléra et disparut du champ de vision de Vincenzo.

Ce dernier ne divulgua pas cette altercation à Camille lorsqu'il la revit le lendemain. Il ne souhaitait pas lui apprendre que sa mère entretenait – il ne pouvait en apporter la preuve – une relation avec celui qu'elle appelait toujours son neveu devant les siens. Il abhorrait les qu'en-dira-t-on. Et surtout, il tenait trop à Camille pour la rendre malheureuse.

Les jours suivants, ils gardèrent volontairement leurs distances pour ne pas attirer l'attention sur eux, au cas où Thibaud aurait rapporté aux parents de Camille ce qu'il avait vu.

Ni Florian ni Emma ne lui demandant de s'expliquer, tout rentra dans l'ordre. Camille fut la première rassurée.

Discrètement, elle revint voir Vincenzo dans son mazet. Celui-ci, de son côté, toute méfiance dissipée, se laissa emporter par ses sentiments. Tous deux s'aimaient presque librement, savourant les derniers jours des vacances d'été.

*

Début septembre, avant de repartir à Aigues-Mortes, Florian convoqua Vincenzo pour la seconde fois dans son bureau de la Renardière. Vincenzo craignit à nouveau ce qu'il avait à lui annoncer. Repensant à son altercation avec Thibaud le soir de la fête, il se persuada qu'il s'agissait de sa relation avec Camille. Thibaud avait sans doute osé passer outre à sa menace déguisée.

La veille, l'air sombre, il avertit Camille. Il ne souhaitait pas l'alarmer inutilement, mais il tenait à ce qu'elle puisse se défendre au cas où ses parents la condamneraient. Il était prêt à endosser tous les torts, à affirmer qu'il avait profité de sa jeunesse, de sa naïveté, de la fragilité de ses sentiments.

Camille s'insurgea :

— Il n'en est pas question ! Je t'aime, Vincenzo. Tu ne m'as aucunement influencée. Si mes parents te reprochent d'avoir abusé de ma crédulité, je leur affirmerai que c'est moi qui ai fait le premier pas. Ce qui est vrai, d'ailleurs ! Je ne te laisserai pas être accusé à ma place…

— As-tu remarqué un changement dans leur attitude à ton égard, ces jours-ci ?

— Non. Pas du tout. Mon père est toujours très gentil. Ma mère me paraît même plus détendue qu'au début de notre séjour. Je crois que cette fête les a rapprochés, tous les deux.

Vincenzo se méfiait davantage d'Emma que de Florian. Thibaud lui avait sans doute révélé ce qu'il avait surpris dans la cuisine, réfléchit-il. Et elle s'était empressée d'avertir Florian afin de mettre rapidement un terme à une liaison intolérable et impudique sous leur toit.

— Quoi qu'il en soit, demain je serai fixé. Au mieux, ton père me renverra. Au pire, il portera plainte contre moi pour détournement de mineure et m'enverra les gendarmes.

— Mais c'est horrible et injuste ! S'il agit ainsi, nous partirons ensemble, très loin d'ici. Nous nous cacherons. Personne ne saura jamais où nous nous serons réfugiés...

Camille s'emballait, sans réfléchir aux conséquences de ses intentions.

— Calme-toi, ma chérie. On n'en est pas encore là. Tout à l'heure, chez toi, ne montre pas ta crainte. Sois la plus naturelle possible. On se trompe peut-être.

Comme convenu, le lendemain soir Vincenzo gravit les marches de la terrasse du manoir aux environs de dix-neuf heures, la gorge serrée. Il avait préparé sa défense, mais était conscient qu'il s'était mis dans de sales draps. Sur le moment, il s'en voulut de ne pas avoir eu la force de résister à ses sentiments, de s'être laissé emporter, submerger par un amour aveugle et incontrôlable.

Florian n'avait pas l'air chagriné. Au contraire, il l'invita à s'asseoir comme la première fois. Il lui proposa une collation, un verre de brandy ou de porto. Vincenzo refusa.

— Vous me paraissez aussi crispé que lorsque je vous ai demandé de venir la première fois. Craignez-vous quelque chose de ma part ?

— Je ne pense pas avoir quoi que ce soit à me reprocher.

Vincenzo ne souhaitait pas tergiverser. Sa remarque devait provoquer la réaction immédiate de Florian, songea-t-il.

Florian temporisa. Il commença par discuter de l'actualité, comme pour détendre l'atmosphère avant de passer aux véritables motifs d'une mise en accusation imminente.

— Quand on considère de façon impartiale ce que réalise le Duce dans votre pays, on serait tenté d'affirmer qu'il essaie par tous les moyens de remettre l'Italie sur les rails de la croissance. D'une manière forte, certes, mais vos compatriotes ne semblent pas s'en plaindre ! Qu'en pensez-vous, Vincenzo ?

— C'est le propre de tous les dictateurs. Ils endorment le peuple pour qu'il ne réagisse pas devant la privation de ses libertés. Le meilleur moyen qu'utilisent les démagogues pour se maintenir au pouvoir est d'étouffer toute contestation. Ils se reposent sur une oligarchie qui leur reste dévouée tant que ses intérêts ne sont pas menacés. Ils flattent les classes populaires qui demandent avant tout à l'État du travail, des avantages sociaux, la sécurité, peu importe si la liberté d'expression en pâtit. Ajoutez un zeste de nationalisme, la fierté d'appartenir à une nation puissante, quitte à se montrer belligérant avec ses voisins. Et vous avez tous les ingrédients explosifs pour asservir les esprits et les préparer à la guerre.

— Vous ne semblez pas très optimiste, Vincenzo !

— Mon pays ne sortira pas de sitôt de cet enfer. Mussolini a tout cadenassé. Il faut beaucoup de courage pour s'opposer à lui de l'intérieur.

— Seriez-vous prêt à rentrer chez vous si on vous appelait ?

— Quand le moment sera venu, oui, bien sûr !

— En attendant, vous pourriez donc envisager de vous fixer encore un peu plus chez nous ?

La question étonna Vincenzo. Pris par la conversation, il avait oublié toute crainte.

— Que voulez-vous dire ?

Florian aborda enfin le motif réel de sa démarche :

— J'ai bien réfléchi, poursuivit-il. Je vous ai accordé ma confiance en vous embauchant dans mon usine. Vous avez fait l'unanimité. Vous êtes très apprécié pour vos compétences, votre amabilité, les rapports que vous entretenez avec vos collègues. Vous êtes disponible, courageux. Bref, je n'ai que des compliments à vous adresser.

Vincenzo commençait à nouveau à envisager le pire. N'était-ce pas une manière d'en arriver à ce qu'il redoutait : après les flatteries, les accusations ?

— Allez droit au but, je vous prie, monsieur Nozière. Que me reprochez-vous ? Me suis-je mal comporté, sinon à l'usine, ici à la Renardière ? Je suis prêt à entendre vos plaintes. Aurais-je manqué de respect à quelqu'un ? Votre femme ? Maria ? Dorine ? Ou votre fille ?

Le mot était lancé. Vincenzo ne détachait pas les yeux de son interlocuteur, attentif à ses moindres réactions.

— Camille ! s'étonna Florian. Pourquoi Camille ? Elle vous apprécie beaucoup. Elle n'a que des paroles aimables à votre égard et vous trouve très cultivé. Vous l'avez beaucoup éclairée sur une réalité qu'elle ignorait concernant votre pays. Elle a été enchantée de votre aide, à Pâques… Non, vraiment, vous vous méprenez. Personne ne vous juge mal sous mon toit. Au contraire !

Vincenzo comprit qu'il s'était une fois de plus fourvoyé.

— Alors, expliquez-moi pourquoi je suis ici.

— Pour ne rien vous cacher, Vincenzo, j'ai besoin d'un homme de confiance pour remplacer le régisseur de mon domaine. Vous savez certainement que je possède autour de la Renardière plusieurs hectares de vignes et d'oliviers. Je les donne en fermage à deux agriculteurs de Ganges. Et Roland Laporte – que vous ne connaissez pas – en était le régisseur. C'est lui qui coordonnait les travaux entre les deux exploitants, qui s'occupait de la vinification et de l'oléiculture. Il prend maintenant une retraite bien méritée… Oh, ce n'est pas très lucratif, mais je ne veux pas me dessaisir de cette activité héritée de mon père.

— Qu'attendez-vous de moi ?

— Accepteriez-vous d'assurer la relève de Roland Laporte ? Comme je viens de vous le dire, j'ai besoin d'un homme en qui je peux placer toute ma confiance.

Vincenzo, surpris par la démarche de son patron, hésita :

— Mais… c'est que je n'y connais rien, en agriculture !

— Vous êtes intelligent. Vous apprendrez vite. Roland Laporte vous initiera avant de quitter définitivement le domaine.

— Ça mérite réflexion…

Vincenzo était soulagé.

— Donnez-moi votre réponse demain soir. La nuit porte conseil. Entre nous, ce nouveau travail serait pour vous beaucoup plus agréable et gratifiant que celui que vous exercez dans mon usine. Et vous continuerez à loger dans le mazet.

Dès le lendemain, Camille s'empressa de venir aux nouvelles.

— Que te voulait mon père ? s'enquit-elle aussitôt, inquiète.

Vincenzo la prit dans ses bras, effleura de ses lèvres la peau délicate de son visage, s'enivra de son parfum.

— Il me propose la place de régisseur de son domaine.

— Régisseur ! C'est merveilleux ! Alors… il ne te reproche rien. Nous sommes libres, libres, libres… !

Elle lui sauta au cou. L'embrassa à en perdre haleine. L'attira à l'intérieur du mazet.

— Pas maintenant, l'arrêta Vincenzo. Ton père attend ma réponse.

— Comme je suis heureuse ! Nous n'allons plus nous quitter. Nous nous reverrons chaque fois que nous reviendrons à la Renardière. Tu en fais partie, à présent. Bientôt nous pourrons nous aimer au grand jour.

— Ne te réjouis pas trop vite, Camille. La réalité n'est pas aussi simple.

25

Le tournant

Printemps 1928

La décennie touchait à sa fin. Partout dans le monde, les événements semblaient s'accélérer. Outre-Atlantique, l'économie s'emballait sous l'effet de la surconsommation à crédit, mettant en péril l'équilibre monétaire. De l'autre côté du Rhin, le Parti national-socialiste d'Adolf Hitler était devenu le premier parti politique en Bavière. En Italie, Mussolini renforçait chaque jour sa dictature et avait interdit tous les mouvements de jeunesse non fascistes. À Milan, ville natale de Vincenzo, le roi Victor-Emmanuel III venait d'échapper de peu à un terrible attentat sur la place Jules-César, qui avait fait seize morts et une quarantaine de blessés. En France, en revanche, la situation paraissait relativement calme, ce qui ne tranquillisait pas pour autant Florian, qui redoutait la tempête après les beaux jours. Les Français avaient accordé leur confiance aux forces modérées du centre et de droite, et élu aux élections législatives des 22 et 29 avril une majorité conservatrice favorable à Raymond Poincaré. Ce dernier, en stabilisant le franc, avait prouvé que le pays était définitivement sur la voie de la croissance.

Ayant refusé de s'allier à la droite comme l'avaient décidé un certain nombre de députés du centre gauche, Florian avait été battu dans sa circonscription au profit d'un candidat conservateur. Les socialistes, les radicaux de gauche et les communistes avaient tous perdu des sièges à l'Assemblée.

Dépité, il se retira aux Salicornes et exigea de ne pas être dérangé.

— J'ai besoin de tirer le bilan de mon action politique, expliqua-t-il.

Il s'enferma dans son bureau trois jours durant, en compagnie de son secrétaire parlementaire, un jeune issu de l'École des sciences politiques, et n'en sortait qu'au moment des repas et le soir, pour regagner sa chambre où Emma l'attendait patiemment. À table, il refusait de parler de ses préoccupations, tâchait de ne rien laisser paraître, s'évertuait à se montrer comme à l'ordinaire. Mais personne n'était dupe. Ni Emma, ni Camille, ni même ses plus jeunes enfants ne croyaient en son calme apparent.

— Papa a beaucoup de soucis en ce moment, s'émut Damien auprès de sa sœur aînée, la devinant dans la confidence. Il est bizarre. Il s'est disputé avec maman ?

— Non, je ne pense pas, lui répondit Camille. À mon avis, c'est de sa défaite électorale qu'il s'agit. Pour lui, c'est un échec difficile à admettre. Il y a si longtemps qu'il était député de l'Hérault !

— Moi, je suis plutôt content qu'il ait été battu. Il sera plus présent à la maison et s'occupera davantage de nous.

— Dans un sens, tu as raison. Mais ça lui a fait un choc terrible. C'est tout un pan de sa vie qui s'effondre.

— Maman aussi doit se réjouir !

En réalité, Florian n'était pas aussi déçu que ses enfants l'imaginaient. Il avait vite refait surface.

Un soir, à table, il finit par sortir du silence et s'expliqua :

— J'ai bien réfléchi, commença-t-il. Puisque j'ai été désavoué par mes électeurs, j'ai décidé de me retirer de la vie publique.

Surprise, Emma laissa tomber sa fourchette dans son assiette.

— Tu rejettes aussi rapidement ce dans quoi tu t'es autant investi ? À la première défaite, tu baisses les bras ! Je te croyais plus combatif…

— Tu m'as suffisamment signifié que je sacrifiais ma vie de famille au profit de mon mandat électoral. Dorénavant, je serai à plein temps avec vous tous.

Il s'adressa à ses enfants :

— Je regrette de vous avoir délaissés…

— Tu as toujours été très proche de nous, coupa Camille, les larmes aux yeux. Personne, ici, ne te reproche quoi que ce soit.

Elle regarda sa mère d'un air sévère.

— N'est-ce pas, maman ?

— Bien sûr, ma chérie. Je suis de ton avis.

Florian hésitait à poursuivre.

Camille devinait que son père avait encore quelque chose à déclarer. Elle craignait que ce ne soit une mauvaise nouvelle. Plusieurs fois, en effet, Florian avait envisagé une telle situation :

« Si, un jour, j'étais contraint de me retirer de la vie publique, j'accomplirais ma traversée du désert en partant loin, très loin. Dans un pays étranger, le Canada, par exemple. On y parle français. Nous y serions bien accueillis. Cela nous offrirait, à tous, une expérience très enrichissante. J'y donnerais des conférences. Nous visiterions les États-Unis tout proches. Et pour vous, les enfants, cela ouvrirait votre horizon. »

Personne ne l'avait pris au sérieux. Florian était trop attaché à ses racines, à son patrimoine, à sa patrie, pour fuir ainsi dans un pays où personne ne le connaîtrait.

Camille envisagea soudain avec horreur que, si telle était sa décision, elle serait séparée de Vincenzo.

Elle aborda la première le sujet qui la perturbait :

— Tu veux partir ? Tout quitter pour faire table rase, comme on dit ?

Emma intervint :

— En tout cas, ce sera sans moi. Il n'est pas question que j'abandonne les Salins et les Salicornes.

Damien et Charlotte s'amusaient de cette discussion.

— Ah, moi, j'aimerais qu'on s'en aille ! déclara Charlotte. J'adorerais voyager.

— En Amérique, ajouta Damien, on rencontrerait des Indiens et…

— Je vous arrête, les enfants, coupa Florian. Vous vous méprenez sur mes intentions. Quant à toi, Emma, comment oses-tu imaginer que je t'obligerais à accepter une telle décision de ma part ! Je n'agirai jamais en égoïste.

— Alors, s'étonna Camille, quelles sont tes intentions ?

Florian se leva de table, s'approcha de son aînée, l'étreignit tendrement.

— Je ne souhaite que votre bonheur à tous. Vous êtes ce que j'ai de plus cher au monde. Loin de moi l'idée de vous imposer quoi que ce soit qui vous rendrait malheureux. Non… j'ai seulement décidé de ne plus me consacrer qu'à mes affaires : à mon usine et à mon domaine, qui ont beaucoup pâti de mes absences, je le reconnais volontiers. Je désire reprendre les choses en main… Et pour cela, je vous propose de nous établir à la Renardière.

Emma écarquilla les yeux.

— À la Renardière ?

— Je vais y poursuivre les travaux pour la transformer en un véritable château avec tout le confort.

— Et les Salicornes ? objecta Emma.

— C'est le seul sacrifice que j'attends de toi. Depuis notre mariage, nous avons vécu ici, chez toi. Maintenant, je souhaite inverser les rôles, et que tu t'installes chez moi. En revanche, nous viendrons aux Salicornes régulièrement, de la même façon que nous nous rendions à la Renardière. Est-ce trop exiger ?

Emma fut prise de court. Les enfants exultèrent :

— Ah, chouette, papa ! s'écria Damien. J'adore la Renardière. Et là-bas, j'ai plein de copains !

— Moi aussi, appuya Charlotte, je ne demande pas mieux que d'aller habiter dans le château de papa. Un château, c'est quand même plus classe qu'une maison camarguaise… Et au moins, dans les Cévennes, il n'y a pas de moustiques !

— Et toi, Camille, tu ne dis rien ? insista Florian.

Au fond d'elle-même, Camille débordait de joie à l'idée qu'elle serait bientôt auprès de Vincenzo, tous les jours de l'année, sans avoir à patienter jusqu'au prochain samedi ou aux prochaines vacances pour le retrouver. Elle se contint, de peur de laisser percevoir ses sentiments.

— Je serai heureuse quelle que soit ta décision, papa. Pourvu que nous soyons toujours tous ensemble. Et à condition d'emmener Pégase.

Devant l'enthousiasme de ses enfants, Emma ne s'opposa pas à son mari.

— Si tu en as décidé ainsi, j'accepte. Je ne voudrais pas passer pour une rabat-joie ! Je confierai encore plus de responsabilités à Thibaud pour la direction des Salins du Sud.

En réalité, Florian n'osa avouer, ce soir-là, qu'il aspirait seulement à s'éloigner de la vie politique pour mieux préparer sa réélection aux prochaines échéances législatives.

« Une traversée du désert stratégique », avait-il expliqué à son secrétaire parlementaire, qu'il avait chargé de rester en contact avec lui.

⋆

Un nouvel été venait de s'installer. Florian avait commandité de gros travaux à la Renardière pour mettre à exécution ses projets de rénovation. Ceux-ci avaient pris du retard. Camille craignait de ne pas pouvoir passer ses vacances à Ganges et de ne pas revoir Vincenzo de sitôt. Son père la rassura :

— Nous emménagerons comme prévu en juillet, dès le début des vacances scolaires. Nous nous accommoderons du chantier.

— Maman n'appréciera pas ! Tu la connais, elle aime son confort et sa tranquillité.

— Je la convaincrai.

— En attendant, nous pourrions occuper l'aile désaffectée du château, suggéra Camille.

Florian ne répondit pas, l'air subitement soucieux.

— Pas question ! se reprit-il. Elle est trop délabrée. Les planchers ne sont pas sûrs. Ce serait dangereux.

Camille s'inclina. Elle savait que cette aile avait servi de magnanerie au siècle précédent, à l'époque bénie des vers à soie. Elle imaginait parfaitement que les pièces ressemblaient davantage à des greniers qu'à des pièces d'habitation.

— De toute façon, ajouta Florian, les ouvriers ont terminé le gros des travaux. Ils ne nous gêneront pas beaucoup.

Comme prévu, les Nozière quittèrent Aigues-Mortes pour Ganges le premier jour de juillet et s'établirent définitivement à la Renardière. Florian avait prévenu Pierre Dhombre qu'il reprenait en main sa bonneterie et qu'il étudierait au plus tôt avec lui un plan de croissance pour l'année suivante afin de consolider les bénéfices de l'entreprise.

« Je me méfie de cette embellie de l'économie mondiale, l'avait-il averti. Une prospérité qui repose sur l'endettement ne peut durer très longtemps. Il faut donc se préparer à un repli de l'économie au moindre signe de faiblesse monétaire.

— Sans vouloir vous vexer, Florian, grâce à Raymond Poincaré, notre franc est l'une des monnaies les plus fiables actuellement dans le monde. Je me doute que vous ne soutenez pas le chef du gouvernement, mais reconnaissons que par sa dévaluation il est parvenu à présenter un budget en équilibre, ce qui n'était pas arrivé depuis des lustres.

— Je vous le concède, Pierre. Toutefois la situation internationale est particulièrement sombre. La crise éclatera tôt ou tard, ça me paraît inévitable. Elle viendra des États-Unis. Je suis prêt à en prendre le pari. Ce jour-là, ce sera une véritable déferlante, une débâcle inimaginable. Les pays capitalistes sont trop dépendants les uns des autres, et les pays pauvres sont à leur merci. Ça fera boule de neige. C'est la raison pour laquelle il faut qu'on réfléchisse ensemble à des mesures de sécurité en ce qui concerne nos investissements incontournables. »

Florian se montrait réaliste et très prudent. Détaché de ses obligations politiques, il avait maintenant les mains plus libres pour s'occuper sérieusement de ses affaires, et il entendait ne pas attendre que la tempête se déchaîne sur le continent européen pour agir, persuadé que le danger était imminent.

Camille n'avait pas les mêmes préoccupations. Pour elle, l'été s'annonçait sous les meilleurs auspices. Sans perdre un instant, elle était revenue voir Vincenzo dans son mazet, le soir de leur arrivée. Elle lui sauta au cou et s'étourdit dans sa passion au point que Vincenzo dut la modérer.

Elle remarqua son air soucieux :

— Tu n'es pas content à l'idée que nous allons vivre à présent côte à côte tous les jours de l'année ?

Vincenzo demeurait peu bavard. Il rassura Camille, mais ne parvint pas à lui montrer sa joie.

— Bien sûr que je suis heureux ! Là n'est pas la question.

— Alors, qu'est-ce qui te chagrine ? Tu n'as plus envie de moi ? Tu veux qu'on se sépare ? Tu en as trouvé une autre !

— Non ! s'insurgea Vincenzo. Tu te méprends. Je t'aime, Camille. Et les problèmes que nous rencontrerons ne m'effraient pas.

— Les problèmes ! Quels problèmes ?

— Tu les devines, non ? Tu es très jeune. Encore mineure. Tes parents n'envisagent certainement pas ton avenir avec un homme de mon âge. Et je les comprends. Je suis seulement conscient des difficultés.

Camille se rembrunit.

— C'est donc ça ! Tu souhaites tout arrêter ?

Vincenzo la serra dans ses bras. Essuya les larmes qui perlaient sur ses joues. La rassura :

— Je ne pourrais me résoudre à une telle décision. Même si c'est la plus raisonnable. Je commets une énorme bêtise en t'aimant. Mais je ne t'abandonnerai jamais au seul prétexte que tu es trop jeune. Le regard des autres ne doit pas influencer le cours de ma vie. De notre vie.

Camille se sentit rassérénée.

— Dis-moi alors ce qui te tracasse.

— Ça n'a rien à voir avec nous, avoua Vincenzo. Je n'ai plus confiance en moi. Je pensais être devenu un écrivain. J'ai connu un succès avec mon premier roman. Or, je n'ai plus aucune inspiration. Depuis que je réside à la Renardière, j'essaie de me remettre à l'écriture. Je n'y arrive plus.

— Tu éprouves le syndrome de la page blanche de l'écrivain…

— Je crains que ce ne soit pire. La source s'est tarie.

Vincenzo était désemparé. Chaque soir après son travail, de retour des vignes où Roland Laporte finissait de lui apprendre les rudiments de son futur emploi, il s'asseyait à sa table pour écrire. Il avait beau chercher le sujet d'un nouveau roman, choisir ses personnages, amorcer une histoire, il ne parvenait pas à rédiger plus de trois ou quatre pages. Les feuilles chiffonnées, jetées rageusement par terre, s'accumulaient autour de sa chaise. Il fouillait l'actualité à la recherche de ce qui pourrait constituer la trame d'une grande saga, s'inspirait de ce qu'il avait vécu dans son pays au moment de la montée du fascisme, mettait en scène toutes sortes de protagonistes, réels ou imaginaires. Il se censurait, raturait, recommençait depuis le début, toujours mécontent de lui, toujours insatisfait. Au bout de plusieurs heures de vains efforts, épuisé, il se rendait à la raison, ramassait les innombrables brouillons qui jonchaient le sol, les portait à brûler dans la cheminée. Il ne tenait pas en effet à dévoiler son activité. Personne ne devait savoir qu'il écrivait. Seule Camille était dans la confidence. Toutefois elle avait jusque-là ignoré qu'il s'était remis à la tâche. Tant qu'il n'était pas sûr de lui, il s'était refusé à en discuter.

Elle s'en étonna :

— Pourquoi m'as-tu caché que tu recommençais à écrire ?

Vincenzo semblait mal à l'aise. Pour lui, écrire était un acte solitaire, une sorte de confession permanente. Tant que le point final n'était pas posé, tant que le manuscrit n'était pas abouti, il lui appartenait. Se livrer était pour lui comme dévoiler son jardin secret.

— Par pudeur, sans doute, répondit-il.

Camille apprécia sa réserve empreinte de modestie. Elle cessa de le questionner, respecta ses silences.

— Tu m'aimes toujours, alors ?

— En douterais-tu ?

*

Les travaux à la Renardière s'achevèrent pendant l'été. Le château avait fait peau neuve. Les façades avaient été ravalées, les menuiseries repeintes ou remplacées. À l'intérieur, les nouvelles tapisseries murales avaient été posées, la cuisine avait été entièrement repensée, le mobilier en partie renouvelé et, surtout – Florian avait insisté –, tous les appareils ménagers les plus modernes avaient été commandés.

Damien le premier ne cessait de s'extasier à chaque nouvelle livraison :

« Un réfrigérateur ! Alors on mangera des glaces autant qu'on veut ! » se réjouissait-il.

« Un phonographe électrique ! exultait Charlotte de son côté. Je pourrais écouter mes chanteurs préférés ! »

Quant à Dorine, elle demeurait perplexe devant les dernières innovations technologiques que Florian avait tenu à lui offrir pour faciliter son travail quotidien.

— Un aspirateur, une machine à laver le linge, et maintenant une cuisinière à gaz ! Mais où s'arrêtera le progrès ? demanda-t-elle un matin à Florian après un énième passage de livreur. Ces engins finiront par nous exploser au visage, s'ils se mettent à surchauffer tous en même temps !

— En Amérique, tous ces appareils sont déjà monnaie courante. C'est l'avenir, Dorine, il faudra vous y accoutumer !

Emma appréciait son nouvel univers. La vie de château, finalement, lui convenait. Elle regrettait seulement de ne plus disposer de sa liberté d'avant, quand Florian s'absentait à Paris pendant plusieurs jours.

Lorsque arriva la rentrée des classes, Camille s'attrista. Elle devait achever sa scolarité au lycée de Montpellier pour passer son baccalauréat l'année suivante. Elle n'avait pas songé jusqu'à présent qu'elle devrait être interne, Ganges étant dépourvu de lycée.

— On ne se verra que les fins de semaine, avertit-elle Vincenzo. J'ai hâte d'être à Noël.

Elle ne vivait que dans l'attente de se réfugier au creux de ses bras, de se donner à lui, éperdument, sans réfléchir aux conséquences de ses actes, sans penser qu'elle risquait de nuire à son propre avenir.

Plus raisonné, il tâchait de la tempérer.

Vincenzo ne trouvait de repos que dans l'amour de Camille.

Camille refusait de penser à ce qui pourrait arriver si leur amour était dévoilé au grand jour.

Tous deux s'aimaient en cachette et savouraient d'autant plus leur passion qu'ils étaient conscients qu'ils bravaient l'interdit. Camille se doutait, au fond d'elle-même, que ses parents n'accepteraient jamais sa liaison avec Vincenzo. Et ce dernier que ses actes lui seraient un jour reprochés.

26

Questions

En octobre, Roland Laporte parti vers d'autres horizons, Vincenzo endossa totalement ses nouvelles fonctions de régisseur. C'était pour lui une responsabilité à laquelle il n'avait jamais songé jusque-là. Décider, prendre des initiatives pour le compte d'un patron, donner des ordres en son nom, cela ne lui était jamais arrivé. Ce poste ne lui déplaisait pas, mais il redoutait de ne pas être à la hauteur de ce que Florian attendait de lui. Il n'avait jamais été employé autrement qu'en tant qu'ouvrier, avait toujours obéi aux directives de ses supérieurs hiérarchiques, pleinement conscient d'appartenir à la classe ouvrière et non à cette petite catégorie de travailleurs assez privilégiée qui commande et échappe ainsi aux tâches les plus pénibles et les moins valorisantes.

Certes, il n'oubliait pas d'où il venait, ni ses origines sociales, ni ses amis, tous issus du même milieu. Que serait-il advenu de lui si les événements auxquels il s'était opposé n'avaient pas eu lieu, si Mussolini n'était pas parvenu au pouvoir, si la démocratie avait triomphé dans son pays ? Nul doute qu'il serait pour le moins devenu enseignant, ou avocat comme son père, pour suivre une tradition familiale de père en fils depuis trois générations. En choisissant la littérature, il s'était écarté du chemin tracé et, malgré les incertitudes qui pesaient sur son avenir – il admettait qu'un premier roman ne faisait pas de lui un écrivain mais un simple auteur, comme le lui avait un jour affirmé un romancier qui l'avait encouragé dans sa passion pour l'écriture –, il n'avait pas hésité à refuser le confort d'une vie bourgeoise à laquelle son éducation le destinait.

À la Renardière, il vivait une expérience qui, pensait-il, lui permettrait de mieux appréhender les relations humaines, de mieux se connaître lui-même, aussi. Il n'était plus seulement confronté au monde du travail, mais à celui des règles qui régissent la société établie : ses principes, ses interdits, ses codes de bonne morale. Il n'était pas assuré de sortir indemne de ce qu'il entamait avec Camille. Parfois il avait l'impression d'avancer dans le brouillard, environné d'écueils prêts à se dresser devant lui. Il ne se décourageait pas, son amour était sincère et il avait toujours cru en la force des sentiments.

Néanmoins, il demeurait perturbé par le tarissement de son inspiration. Camille avait beau ensoleiller son horizon chaque fois qu'elle paraissait à la porte de son jardin, il retombait inexorablement dans le doute.

Camille, de son côté, continuait à vivre dans l'insouciance. Elle imaginait tous les stratagèmes pour détourner l'attention de ses parents. Elle avait pris l'habitude de mentir, de s'esquiver, de ruser pour s'approcher de Vincenzo ou pour bénéficier d'un après-midi entier en sa compagnie, les fins de semaine, une fois de retour de Montpellier. Elle se méfiait de son frère et de sa sœur, toujours curieux de ses faits et gestes. Dénués d'arrière-pensées, ils la questionnaient quand elle revenait au manoir après une longue absence, surtout sans avoir sorti sa jument, Pégase, de son paddock.

À la Renardière, ni Maria, ni Antonin, ni Dorine, ni les parents de Camille ne se doutaient que celle-ci aimait Vincenzo à en perdre la raison et s'offrait à lui dans l'intimité de son mazet.

Vincenzo redoublait de prudence. Il avait conscience des risques qu'il courait. En tant qu'étranger, il serait certainement davantage puni par les juges. Mais, quand Camille paraissait, quand il percevait dans ses yeux le bonheur qui rayonnait en elle, il oubliait le danger, l'ombre de la condamnation et de la prison qui planait au-dessus de lui en cas de dénonciation.

Florian ne se méfiait pas et se félicitait de l'avoir promu régisseur de son domaine. Vincenzo lui donnait toute satisfaction. Il lui prouvait chaque jour son sens de l'initiative et de la communication, sa capacité d'adaptation devant les obstacles inopinés. Il était organisé et gérait parfaitement son temps entre les diverses tâches dont il s'acquittait. Sa rigueur et son esprit d'entreprise lui valaient le respect de tous ceux qui travaillaient sous ses ordres. Sa motivation surprenait Florian lui-même.

Un soir, ce dernier le convoqua dans son bureau de la Renardière. Cette fois, Vincenzo s'y rendit sans appréhension.

— Je vous félicite, lui déclara Florian sans détour. Vous avez orchestré vos premières vendanges d'une main de maître. On dirait que vous avez fait cela toute votre vie. Rien n'a été laissé au hasard. Tout a été réalisé dans les temps. Vous avez parfaitement coordonné toutes les équipes.

— Roland Laporte m'a été d'une aide précieuse. En revanche, pour la vinification dans le chai, j'avoue éprouver quelques craintes. C'est une tâche de spécialiste à laquelle je ne connais rien.

— Mes deux fermiers vous conseilleront. J'ai confiance en vos capacités.

Après la saison des vendanges, Vincenzo s'attela à celle des olives. Florian possédait de très nombreux oliviers dont il apportait la récolte au moulin oléicole d'une petite commune rurale non loin de Ganges. Sa production d'huile lui était restituée en bouteilles, à charge pour lui de la commercialiser. Jusqu'à présent, elle ne bénéficiait pas d'une grande notoriété et payait tout juste les frais occasionnés par la main-d'œuvre nécessaire à l'entretien de l'oliveraie.

« J'aimerais obtenir un label, avait-il précisé à Vincenzo. L'olivier est un arbre noble. Je vous donne pour mission d'améliorer la qualité des olives et de l'huile que je produis. C'est un challenge que je tiens à réussir. À cette fin, je vous donne pour tâche de construire une serre pour développer nos propres plants. Il faudra prévoir un système de chauffage et d'irrigation, peut-être même une pépinière pour procéder à la recherche de nouvelles variétés… »

Investi de cette nouvelle responsabilité, Vincenzo se demandait jusqu'où irait la confiance de Florian. Pourquoi mise-t-il l'avenir de son domaine sur moi ? se demandait-il. Alors que je ne suis qu'un néophyte en la matière !

Il avait beau se poser la question dans tous les sens, il ne trouvait aucune réponse satisfaisante.

— Ne cherche pas à comprendre, lui conseilla Camille. Mon père t'apprécie à ta juste valeur. Il voit en toi un homme sincère, honnête, capable. Ça doit le changer des hommes politiques qu'il fréquente.

— Comment réagira-t-il quand il apprendra notre liaison ? Sa colère sera à l'image de sa déception. Tu risques d'en pâtir autant que moi. Je ne me résous pas à cette terrible éventualité.

Quand Camille se réfugiait dans les bras de Vincenzo, elle le rassurait. Il se noyait dans son regard, s'aveuglait aux éclats de ses yeux. Il voyageait dans la profondeur de son âme et ne percevait que son innocence, la pureté de ses sentiments, l'immensité de son amour. Il abandonnait alors toute velléité de lui résister, s'enivrait au parfum de sa peau, se brûlait avec délice aux flammes de ses caresses.

*

À la mi-décembre, Vincenzo bénéficia d'un peu de répit. Le plus gros des travaux était terminé. Seules la gestion et la commercialisation demeuraient prioritaires. La tâche de surveillance du domaine l'occupait assez peu. Il profiterait des mois d'hiver pour réfléchir et préparer la saison suivante. Il espérait mettre à profit cette période plus calme pour reprendre la rédaction de son nouveau roman.

Camille revint de Montpellier plus heureuse que jamais à l'idée de passer les vacances de Noël près de lui.

— Dans quelques jours, nous fêterons mes dix-sept ans, lui annonça-t-elle, enthousiaste. Mes parents t'inviteront peut-être à mon anniversaire. Je le leur suggérerai habilement.

— Ce ne serait pas très judicieux. Moins nous nous exposons, moins nous courons de risques.

Camille n'appréhendait pas le danger. Elle s'enflammait, ne voyait le mal nulle part. Elle ne considérait pas sa relation avec Vincenzo comme un délit puni par la loi mais comme une simple désobéissance. Quand elle abordait le sujet, Vincenzo réalisait alors qu'entre eux persistait la barrière de l'âge. Camille péchait par innocence et naïveté, lui en toute connaissance de cause.

Quelque chose l'intriguait dans ses rapports avec Camille. Ils n'en avaient jamais discuté ensemble, l'objet étant assez délicat, surtout pour Camille.

— Tu évoques rarement ta mère, s'étonna-t-il. En revanche, tu portes ton père en immense estime.

Camille fronça les sourcils, signe de contrariété.

Vincenzo s'en aperçut immédiatement.

— N'en parlons pas, si tu préfères. Je ne veux pas être indiscret.

Elle s'assit sur le bord du lit, lissa sa robe d'un coup de main énergique.

Elle prit son temps, en proie à une forte émotion.

— Pourquoi me dis-tu cela ?

Vincenzo hésita à poursuivre. Depuis le début de leur relation, il avait remarqué en effet une certaine froideur entre la mère et la fille. Il s'était gardé de porter un jugement sur une telle attitude. À présent, il était curieux d'en connaître les raisons.

— Tu me sembles assez distante vis-à-vis de ta mère. Entre vous, je devine parfois… comment t'expliquer… je ne veux pas te froisser, c'est assez délicat.

— Ma mère et moi sommes proches l'une de l'autre. Mais pas aussi proches qu'elle ne l'est avec ma sœur et mon frère. Ça, c'est la vérité. Cela a toujours été ainsi. Elle ne m'a jamais témoigné beaucoup d'élan maternel quand j'étais petite. J'en ignore la cause. Je me suis accoutumée à ce manque de tendresse de sa part. L'amour de mon père l'a compensé. Malgré cela, je n'éprouve aucune jalousie envers Charlotte et Damien. Ils ont les faveurs de notre mère. Je suis leur grande sœur. Je les aime beaucoup et ne souhaite pas les rendre malheureux avec mes propres problèmes.

Vincenzo ne s'était pas trompé.

— Tu en souffres ?

— Bien sûr ! En revanche, je n'en ai jamais voulu à ma mère.

— Lui en as-tu parlé ?

— Jamais.

— Il le faudrait. Entre mère et fille, la relation est parfois difficile. Surtout quand le père témoigne beaucoup d'amour pour sa fille…

— Rivalité féminine ? Entre mère et fille ! Tu crois vraiment qu'une mère peut être jalouse de sa fille par rapport à son mari ?

— Ce n'est pas impossible.

— Je ne crois pas qu'il s'agisse de cela entre nous. Ma mère est quelqu'un d'entier. Elle a été très amoureuse de mon père au début de leur mariage. Mais elle n'a pas supporté de devoir se partager avec sa carrière politique. C'est ce qui l'a aigrie.

Vincenzo écoutait Camille, il n'était pas convaincu par ses arguments. Il avait deviné chez Emma une autre source de conflit. Une forte rancœur vis-à-vis d'un mari qui lui portait ombrage ? Une relation adultérine avec Thibaud Lacombe, ce neveu par alliance issu d'un premier mariage ? Un secret de famille bien gardé ? Et si Camille n'était pas la fille de Florian, mais celle de ce Thibaud ? avait-il imaginé un soir, tandis qu'il cherchait le sujet de son futur roman. Cela expliquerait qu'elle la batte froid, jalouse de l'amour de Florian pour sa fille née d'un autre père ! Camille serait victime de ce ressentiment !

Il n'osa dévoiler le fruit de ses réflexions.

Tout cela n'est que pure spéculation ! pensa-t-il. Sans aucun fondement, sans le moindre commencement d'une preuve...

Mais plus il réfléchissait à une telle éventualité, plus il s'en convainquait.

Je tiens enfin l'intrigue de mon roman ! estima-t-il, alors que Camille continuait de lui affirmer que rien d'anormal n'expliquait la froideur qui régnait entre sa mère et elle.

Ils n'abordèrent plus le sujet.

Vincenzo fut invité à l'anniversaire de Camille, comme celle-ci l'avait ardemment demandé à ses parents. Si Florian ne s'en était pas étonné et avait agréé à sa requête sans rechigner, Emma lui avait reproché son trop grand enthousiasme à accorder au régisseur de son père une place qu'elle jugeait inappropriée sous leur toit :

— Je passe pour cette fois parce que ton père a encore accepté ton caprice, lui signifia-t-elle. Mais, dorénavant, j'aimerais que tu me demandes d'abord ce que tu désires. Sache qu'il n'est pas bienséant de fréquenter de trop près son personnel. Vincenzo t'a beaucoup aidée pour ton exposé, ce n'est pas une raison pour le convier à nos fêtes familiales, comme un ami de la famille...

— Je dois bien supporter Thibaud ! lâcha Camille. Or il n'est rien pour moi.

Emma fusilla sa fille du regard.

— Quelle impertinence ! Décidément, ton caractère ne s'améliore pas.

Camille ne s'était pas retenue. Elle se le reprocha immédiatement et s'excusa, de peur que sa mère revienne sur ses bonnes dispositions :

— Pardonne-moi, maman, je ne voulais pas... Mes mots ont dépassé mes pensées.

Emma, l'air courroucée, envoya Camille dans sa chambre.

Pendant toute la soirée de son anniversaire, elle ne lui adressa pas la parole et demeura auprès de Thibaud, qui se tint à distance de Vincenzo.

Ce dernier, les observant discrètement, pensa que ses suppositions n'étaient certainement pas sans fondement.

*

L'année touchait à sa fin. L'instabilité ministérielle éloignait toute probabilité de constituer le cabinet d'Union nationale espéré par Poincaré. Le président du Conseil s'était vu contraint, le mois précédent, de constituer son cinquième ministère sans les radicaux. Florian, qui ne se désintéressait pas de la vie politique malgré son retrait, estimait que le retour de la gauche aux commandes du pays ne se réaliserait que suite à une grave crise qui affecterait d'abord les classes populaires.

« Loin de moi l'idée de la souhaiter, affirmait-il devant ses amis socialistes, quand il les rencontrait à l'occasion d'une réunion de son parti à Montpellier. Mais au train où vont les choses, si les radicaux continuent à pencher tantôt à droite tantôt à gauche, ils finiront par déconsidérer la gauche tout entière. Même nous, les socialistes, ne serons plus crédibles. »

Bien que n'étant plus député, Florian demeurait actif au sein de son parti. Toutefois il évitait d'accorder trop d'importance à son action politique et rechignait à s'éloigner de Ganges. Il se maintenait informé des décisions prises par les siens, proposait son avis, rédigeait des courriers aux élus, mais refusait d'animer des débats en vue des prochaines échéances électorales, locales, départementales ou nationales.

« Je n'ai plus aucune prétention », affirmait-il.

Il avait donc fait savoir que, retiré à la Renardière, il n'était plus disponible pour aucun mandat.

Vincenzo s'alarmait. Dans son pays, la reconquête du pouvoir par les démocrates se révélait de moins en moins probable. Mussolini semblait en pleine ascension. Sa politique des bonifications commençait à porter ses fruits, la « bataille du blé » comprenant l'assèchement des marais pontins et l'irrigation de plus de cent cinquante mille hectares de terres arides promettaient de procurer du travail à tous les Italiens au chômage et de réduire les oppositions au silence. Le Grand Conseil fasciste était devenu un organe essentiel de l'État, ce qui procurait à sa dictature encore déguisée un habit de respectabilité.

— Les chefs d'État de l'Europe reconnaissent les uns après les autres le régime du Duce, s'alarma-t-il quand il retrouva Camille ce soir-là. Ils entérinent le fait que mon pays est un État comme les autres. Je trouve cela consternant et dangereux.

— Tu n'envisages plus d'y repartir, alors, s'il n'y a plus d'avenir pour la démocratie ?

Camille n'avait pas chassé de son esprit cette crainte de voir un jour Vincenzo lui annoncer son départ. Elle mettait tout en œuvre pour le retenir, lui faisait miroiter leur vie future commune, l'encourageait dans l'écriture alors qu'elle n'avait rien lu de lui, ne cessait de lui démontrer son amour.

Vincenzo la tranquillisait sans jamais rien promettre.

— Puis-je te poser une autre question sur ta famille ? lui demanda-t-il afin de détourner la conversation. Elle m'interpelle depuis que je suis installé à la Renardière.

Camille s'étonna. Mais cette fois elle ne fronça pas les sourcils. Elle arbora un large sourire. La curiosité de Vincenzo lui laissait croire qu'il cherchait par tous les moyens à se rapprocher de ses parents, à mieux les connaître.

Peut-être a-t-il l'intention de leur parler de nous ! osa-t-elle penser sur le coup.

— Que désires-tu savoir ?

— Pourquoi ton père exige-t-il que personne ne pénètre dans l'aile désaffectée du manoir ?

Camille fut déçue. Elle ne s'attendait pas à une remarque aussi futile.

— Ça t'intrigue à ce point ?

— Non. Mais je ne comprends pas pourquoi il la délaisse plutôt que de la réhabiliter.

— C'est dangereux, tout simplement. Personne n'y a jamais entrepris de travaux. Je ne me suis jamais posé de questions à ce sujet. Aurais-tu l'intention de proposer à mon père d'aider à sa restauration ?

— Je serais bien incapable de m'y atteler. C'était pure curiosité de ma part.

Camille ne revint plus sur le sujet.

Vincenzo, cherchant matière pour son futur roman, se mit à imaginer un drame mystérieux dans un manoir reculé, au cœur d'une région à l'image des Cévennes profondes.

CINQUIÈME PARTIE

27

À la recherche de l'inspiration

1929

Mû par la curiosité, Vincenzo avait fini par retrouver l'inspiration. Son imagination s'était réveillée comme par enchantement. Un matin, au réveil, ses idées lui étaient soudain apparues aussi claires que l'eau jaillissant d'une source pure.

Depuis, tous les soirs, il s'enfermait dans sa chambre, où il avait disposé sa table de travail, et écrivait, sans plan établi, sans ligne directrice, au gré des pensées qui germaient dans son esprit. Il se surprenait lui-même de la facilité avec laquelle il était capable d'improviser des rebondissements, d'échafauder une intrigue, de camper ses personnages, de serrer un nœud gordien pour bloquer une situation inextricable. Il raturait encore beaucoup, chiffonnait de nombreuses feuilles de papier, se reprenait jusque tard dans la nuit. Mais lorsqu'il s'arrêtait, tombant de fatigue, il éprouvait un sentiment de plénitude et de satisfaction. Il avait renoué avec ce qu'il avait cru avoir à jamais perdu : sa fibre d'écrivain.

Il ne put longtemps le dissimuler à Camille, tant son bonheur se lisait sur son visage. Celle-ci s'aperçut rapidement que quelque chose se passait.

— Qu'est-ce qui te rend aussi joyeux ? lui demanda-t-elle, curieuse. As-tu reçu de bonnes nouvelles de chez toi ?

Elle craignit tout à coup que le moment fatidique tant redouté ne soit venu.

— Ça va mieux dans ton pays ? ajouta-t-elle. Tu vas repartir ?

— Non, malheureusement ! Enfin… envisager de te quitter ne me rendrait pas joyeux ! Pour l'instant, ce n'est pas d'actualité.

— Alors, explique-moi !

Il la serra dans ses bras, l'embrassa pour ne faire qu'un avec elle.

— Je me suis remis à écrire. J'ai retrouvé l'inspiration…

— C'est merveilleux ! s'enthousiasma Camille, rassurée. J'étais sûre que tu y parviendrais… Et quel est le sujet de ton futur roman ?

Vincenzo hésita. Relâcha son étreinte.

— Je préfère ne rien dire. C'est tout frais dans mon esprit. Ne le prends pas mal.

— Je comprends. Tant que tu n'es pas certain d'aboutir, tu as raison de n'en parler à personne, pas même à moi.

Ces derniers mots avaient été prononcés sur un ton qui ne trompa pas Vincenzo.

— Bientôt, promis, je te dévoilerai l'intrigue.

Camille n'insista pas. Elle se réjouissait trop pour lui en vouloir.

— J'y compte, ajouta-t-elle. Ce serait une belle marque de confiance… et d'amour de ta part.

Vincenzo tentait de mêler la réalité et la fiction. Il s'appuyait sur sa propre histoire, celle d'un réfugié politique poursuivi dans son pays natal par la milice d'un régime totalitaire et contraint de quitter les siens pour échapper à la prison, voire à la peine de mort. Il mettait en scène les péripéties qui avaient jalonné sa fuite à travers le Piémont italien, se souvenant de son périlleux passage de la frontière franco-suisse, de ses diverses rencontres. Il s'inspirait de son ami Aldo Renati, dont il n'avait plus aucune nouvelle, des contrebandiers Eberhard et François Girard, de Raymond, le batelier du Rhône, de Paul Simeoni, le contremaître des Salins du Sud. Tous devenaient par son imagination fertile des personnages romanesques hauts en couleur.

Toutefois, ce qui excitait le plus son pouvoir de création n'était pas ce qu'il avait déjà vécu mais ce qui l'interpellait personnellement. Là se situait le cœur de son intrigue, le mystère qu'il s'efforçait de construire minutieusement autour des éléments de sa vie quotidienne. Tel un enquêteur à la recherche d'une vérité cachée, il échafaudait les scénarios les plus étranges, les plus surprenants, se posait de multiples questions à propos de son bienfaiteur, Florian Nozière, se plaçait lui-même en exergue pour justifier son amour pour une adolescente. *Demeurons les enfants que nous étions jadis, les petits innocents ignorant la méchanceté, ne connaissant que l'amour*, tels étaient les derniers mots qu'il avait écrits, la veille de ses confidences à Camille.

Par négligence, il avait laissé sur la table la feuille de papier sur laquelle il avait rédigé cette phrase. Camille la découvrit. La saisit. La lut sans hésiter. S'étonna :

— C'est de nous que tu parles dans ton roman ?

Vincenzo lui enleva aussi vite la feuille des mains, comme pris en faute.

— C'est trop tôt pour le dire. Mais… je m'inspire effectivement de ce qui nous arrive.

— J'aime cette phrase. Elle résume parfaitement les sentiments que j'éprouve vis-à-vis de ce que nous traversons ensemble, tous les deux. J'espère que ton histoire finira bien !

— Je l'ignore. Je n'en suis qu'au tout début. J'ouvre les portes de mon inspiration au fur et à mesure qu'elles se dressent sur mon chemin. Je ne sais jamais à l'avance ce qu'il y a derrière. Je le découvre en même temps que mes personnages. Ce sont eux qui finalement me dictent ce que j'écris.

— Alors, tu n'en es plus maître !

— Erreur ! Là est l'apanage de l'écrivain. Il est et demeure dans toutes les circonstances le créateur, le décideur, le démiurge de son univers.

Vincenzo parlait avec conviction. Camille buvait ses paroles. Ils en oubliaient le temps, le lieu où ils se trouvaient, les contingences de l'existence.

Une voix derrière le mur les ramena soudain à la réalité. Charlotte appelait sa sœur.

— Camille, rentre vite ! Maman est de retour.

Vincenzo s'étonna.

— J'ai mis ma sœur dans la confidence, avoua Camille. C'est une grande fille, à présent. Elle comprend ce qui nous arrive.

— Tu lui as parlé de nous ?

— À demi-mot. Elle n'a que quatorze ans, je ne suis pas rentrée dans les détails. Elle ne nous trahira pas. J'ai confiance en elle. Nous nous aimons beaucoup.

Vincenzo, visiblement contrarié, se le tint pour dit.

— J'espère que tu ne te trompes pas.

*

Emporté par son enthousiasme, Vincenzo contacta son éditeur à Paris courant février, persuadé que celui de Milan ne pourrait lui donner satisfaction, étant donné sa situation d'opposant au régime. Il n'osa le joindre par téléphone. Il envoya une lettre dans laquelle il annonça qu'il avait repris la plume et qu'il avait entrepris un nouveau roman. À Paris, il connaissait peu de monde, seulement la responsable éditoriale qui lui avait accordé sa confiance pour son premier ouvrage et une attachée de presse qui s'était occupée de sa promotion. La réponse ne tarda pas. Elle était brève mais encourageante : *Nous sommes ravis de vous retrouver, mon cher Vincenzo, dans l'espoir que nous poursuivrons ensemble le chemin amorcé il y a quelques années. Dès que possible, envoyez-nous votre manuscrit. Nous le lirons avec plaisir et ne manquerons pas de vous transmettre nos suggestions…*

Fort de cette heureuse nouvelle, il redoubla d'ardeur, et chaque soir, après sa journée de travail, il écrivait comme jadis, à l'époque où il était libre de s'exprimer et de penser.

Vincenzo se sentait à nouveau lui-même.

Se replongeant dans son intrigue, il réfléchit à la réponse évasive de Camille quand il lui avait demandé pourquoi son père ne souhaitait pas restaurer l'aile désaffectée de son manoir. Et il entreprit de broder toute une histoire dans laquelle ses personnages devenaient des individus secrets qui cachaient leur jeu même à leurs proches. C'était sombre, angoissant, parfois terrifiant, sur fond de vérité historique.

Plus il avançait dans sa fiction, plus Florian, dont il avait fait l'un des pivots de son roman, le subjuguait. Il était maintenant convaincu qu'il dissimulait un secret bien gardé.

Mais lequel ?

Le lieu était propice aux mystères, la Renardière, par temps de brouillard, aurait pu aisément servir de décor à un film d'épouvante, avec sa tour moyenâgeuse où l'on apercevait créneaux et merlons sous le toit, ses meurtrières et ses mâchicoulis, et cette fameuse aile abandonnée qu'il décrivait comme tombée en ruine. Tout autour, la végétation sauvage au sein de laquelle émergeait son mazet, sorte de maison des bois, refuge d'étranges personnages, et à côté, caché derrière un mur sorti de nulle part, un jardin des merveilles, véritable paradis artificiel destiné à détourner l'attention des honnêtes gens.

Vincenzo s'interrogeait au sujet de Florian. Malgré son air franc et direct, celui-ci lui paraissait énigmatique. Depuis qu'il l'avait rencontré par hasard aux Salicornes, il n'avait eu de cesse de prendre sa défense, de l'encourager, de le valoriser. Il l'avait promu à la tête de son domaine alors qu'il n'en avait pas les compétences. Il semblait même fermer les yeux sur sa relation avec sa fille. Il en était presque certain : Florian avait deviné ce qui le liait à Camille. Pourquoi donc n'était-il pas intervenu pour y mettre un terme, comme l'aurait fait tout père responsable pour protéger sa fille mineure ? Pourquoi tant de favoritisme à son égard ?

Le personnage qu'il construisait au fil des pages ne livrait rien de son secret. Tout le monde croyait en son honnêteté, sa gentillesse, sa respectabilité. Vincenzo n'avait pas encore décidé qui il était en vérité ni ce qu'il adviendrait de lui.

⋆

La Renardière l'inspirant de plus en plus, il l'avait choisie pour décor de son roman et rebaptisée « la Louvetière ». Il l'avait transformée en un château lugubre où évoluaient des personnages mystérieux et secrets. Camille, qu'il avait rebaptisée Angéline, était la seule qui avait trouvé grâce à ses yeux pour incarner le bien, l'innocence et la beauté de l'âme. Elle était follement amoureuse d'un homme, comme lui plus âgé, et se confrontait à sa famille, ses amis mais aussi à la bonne société de sa ville. Elle se battait pour faire triompher sa liberté et son amour face au conformisme et aux idées reçues. Quant à lui, il s'était forgé le personnage de Vladimir, un démocrate ukrainien ayant fui son pays tombé sous le joug de Staline et des Soviétiques.

Quand il éprouvait le besoin de se détendre après avoir rédigé plusieurs pages d'un chapitre, il sortait dans le bois qui entourait son mazet et, au contact de la nature, se vidait l'esprit. Il marchait dans l'obscurité entre les chênes et les hêtres en suivant les sentes tracées par les sangliers, les blaireaux et autres animaux sauvages qui rôdaient la nuit dès que les hommes leur abandonnaient la forêt. Il restait à l'écoute des bruits, des cris et des chuchotements, se retenait parfois de respirer pour observer le moindre indice d'une présence, épiait comme un prédateur à l'affût de sa proie.

Un soir, longeant les murs de l'aile déserte du manoir, il eut une étrange impression. Les volets d'une des fenêtres étaient ouverts au second étage, celui qui, d'après ce que Camille lui avait expliqué, servait jadis de magnanerie pour l'éducation des vers à soie. Or, il en était certain, cette fenêtre, comme toutes les autres, demeurait constamment close. Il se recula pour mieux voir, remarqua une faible lumière à l'intérieur de la pièce. Sur le moment, il crut se tromper. La lune qui se réfléchit dans les vitres, pensa-t-il. C'était en effet une nuit de pleine lune. Se positionnant de biais, force lui fut de reconnaître qu'il s'agissait bien d'une lumière provenant de l'intérieur. Intrigué, il resta un bon quart d'heure à examiner la fenêtre. Mais rien ne bougea. Aucune ombre n'apparut à travers les vitres. Quelqu'un était sans doute venu dans cette pièce désaffectée, songea-t-il, et avait oublié d'éteindre derrière lui en repartant.

Il allait abandonner sa surveillance quand la pièce retomba subitement dans l'obscurité. Il prolongea son observation plus d'une demi-heure encore, puis renonça.

Le lendemain matin, avant de se rendre à son travail dans le chai, il s'approcha à nouveau du château. Les volets de la fenêtre étaient clos. Quelqu'un était donc entré, avait éclairé et ouvert les volets, était ressorti en laissant la lumière allumée, puis était revenu fermer les volets.

Vincenzo s'ingéniait à comprendre, imaginant déjà ce qu'il tirerait de cette péripétie simple en apparence mais très étrange.

Il se positionna plusieurs soirs de suite non loin et assista à la même scène. Il n'aperçut aucune silhouette qui aurait pu lui fournir un nouvel indice. Néanmoins, quelqu'un allait et venait régulièrement dans ce grenier, il en était persuadé.

Il brûlait d'envie d'en discuter avec Camille. Mais il préféra attendre d'en savoir davantage.

Une idée fixe lui taraudait maintenant l'esprit : pénétrer dans cette aile du manoir, trouver la cause de la consigne donnée par Florian.

Il chercha comment s'y prendre. Certes, le meilleur moyen serait de s'introduire dans l'aile habitée par les Nozière. De cette dernière, il devait y avoir des portes d'accès à la tour d'angle, puis de celle-ci à l'aile inoccupée. Se mettant à la place du personnage de son roman, il imagina les stratagèmes les plus élaborés, mais, très vite, il se rendit à la raison. Le risque d'être surpris en flagrant délit était trop grand.

Un soir, pourtant, il se rendit près de la tour, dans l'espoir d'y trouver un passage dérobé, le débouché d'un souterrain oublié depuis longtemps. Muni d'une serpe afin de pouvoir débroussailler, il se fraya un chemin dans les ronces et les buissons qui avaient envahi la motte féodale originelle. De gros rochers étaient encore visibles, ayant servi de fondation à l'édifice. Aucun espace ne permettait de se faufiler, tout ayant été comblé. Seul un mince filet d'eau dessinait un petit talweg entre deux blocs, sorte de résurgence minuscule qui se perdait dans le fossé, emplacement des anciennes douves du château.

Il dégagea la végétation à grands coups de serpe et accéda au pied de la tour.

À son grand étonnement, il aperçut au ras du sol une grille toute gagnée par la rouille et obturant un soupirail. Il essaya de la forcer à l'aide de son outil. En vain. Elle était solidement scellée dans le mur.

Une heure plus tard, il réapparut sur les lieux, muni d'une scie à métaux. En moins d'une heure, la grille céda, permettant le passage d'un homme. Explorant immédiatement l'entrée avec sa lampe torche, il découvrit avec stupéfaction un petit couloir obscur, malodorant, creusé dans la roche sur laquelle était édifiée la tour. Le filet d'eau extérieur prenait sa source sous celle-ci et en ressortait par cette ouverture.

Il s'enfonça plus profondément. De part et d'autre, les parois ruisselaient d'humidité et le sol glissait sous ses pieds. Il lui fallut baisser la tête, se plier en deux. Au bout de cinq à six mètres, il parvint dans un espace exigu sans autre dégagement que celui par lequel il était arrivé.

Je suis juste au-dessous de la tour, se dit-il en réfléchissant à la configuration de la construction.

Il balaya le lieu de son faisceau lumineux et comprit qu'il se trouvait en réalité au fond des oubliettes du château. Au-dessus de lui, en effet, un conduit d'un mètre seulement de diamètre remontait d'environ une dizaine de mètres, obstrué par une plaque métallique. Les prisonniers étaient jetés du haut de ce puits et abandonnés à leur triste sort jusqu'à ce que mort s'ensuive, n'ayant que le mince filet d'eau pour survivre quelques jours. Quant au couloir débouchant sur la grille extérieure, il devait servir de temps en temps à évacuer les cadavres. Vincenzo ne manquait pas d'imagination. Il enregistrait tous ces détails dans sa mémoire pour son roman.

La paroi du puits était munie d'une échelle scellée dans les pierres. Mais le premier barreau se situait à plus de deux mètres de hauteur, si bien qu'il était inaccessible.

Dommage, songea Vincenzo, qui espérait y grimper pour atteindre le haut du puits. Je reviendrai demain.

Le jour suivant, il était de retour, muni d'une corde et de tout un attirail d'escalade, dont une lampe frontale pour avoir les mains libres. Il accrocha sa corde au premier barreau à l'aide d'un grappin, puis, à la force des bras, se hissa au bas de l'échelle. Il en gravit un à un les barreaux glissants, atteignit la plaque métallique.

Celle-ci n'était ni cadenassée ni très lourde. Se tenant d'une main, il la poussa de l'autre et jeta un regard furtif. L'endroit était baigné d'une faible lumière provenant de meurtrières percées dans le mur d'enceinte de la tour. Le sol était couvert de grosses dalles poussiéreuses. La salle de garde, devina-t-il.

Un escalier en colimaçon très étroit y débouchait, éclairé par quelques rares meurtrières en entonnoir. Il s'y engagea prudemment. Les marches étaient usées et très hautes.

Il atteignit une pièce circulaire, y repéra immédiatement l'emplacement d'une ancienne cheminée, ainsi que, nichés dans l'épaisseur des murs, des sièges en vis-à-vis de part et d'autre des ouvertures. La pièce d'habitation principale ou une chambre, s'imagina-t-il. Il examina attentivement autour de lui, pensa se trouver au niveau du premier étage du château. L'escalier se prolongeait, toujours aussi exigu, toujours aussi sombre. Il arriva bientôt dans une seconde pièce d'habitation, presque identique à la première, mais cette fois munie d'une porte. Il poursuivit jusqu'aux dernières marches et parvint à la plate-forme de défense. Celle-ci était entourée par les créneaux et les merlons visibles de l'extérieur et était chapeautée d'un toit conique.

Sans s'attarder, il redescendit au niveau inférieur, curieux de découvrir ce qui se cachait derrière la porte.

Celle-ci ne lui résista pas longtemps. Elle donnait sur un vestibule fermé par une autre porte. Sur sa gauche débouchait un escalier plongé dans l'obscurité. Repensant au plan du château, Vincenzo saisit qu'il pénétrait dans l'aile désaffectée. Cette nouvelle porte devait donner accès à la magnanerie.

Il s'apprêtait à s'en approcher quand il perçut des pas. Des pas légers, sans doute ceux d'une femme. Quelqu'un montait l'escalier.

Il recula, se dissimula derrière la porte par laquelle il était entré, laissant un interstice. Observa.

Quelle ne fut pas sa surprise ! Même de dos, il la reconnut : Maria, la gouvernante, un plateau dans les mains.

Elle prit une clé dans une petite niche aménagée dans le mur, l'introduisit dans la serrure de la porte, entra et, sans un bruit, referma derrière elle.

Vincenzo prêta l'oreille, en vain. Demeura immobile.

Puis Maria ressortit, sans son plateau. Reposa la clé à sa place et disparut dans l'escalier.

Qu'est-ce que cela signifie ? se demanda Vincenzo. Qu'est-ce que Maria est venue faire dans ce grenier désaffecté ?

Il voulut en avoir le cœur net.

Il s'approcha de la porte, saisit la clé dans sa niche, l'introduisit à son tour dans la serrure.

Il entendit un léger bruit à l'intérieur de la pièce. Un frôlement. Un pas feutré glissa sur le plancher. Il s'arrêta, le cœur battant.

Sûr, il y a quelqu'un derrière cette porte, réfléchit-il. Si je la pousse, je me découvre !

Il retira la clé, très lentement. Plaqua son oreille à la porte. Tout bruit avait cessé. Il regarda par le trou de la serrure. Il lui sembla apercevoir une silhouette sombre. Mais il lui fut impossible de se faire une idée plus précise. Un homme ? Une femme ?

Il se retenait de respirer. Rien ne se passait derrière la porte. Il demeura ainsi un bon moment.

Il finit par renoncer, recula de quelques pas.

Marchant sur la pointe des pieds en direction de la tour, il reprit le chemin inverse, se jurant de revenir un autre soir pour vérifier ce que son esprit avait déjà extrapolé et qui se retrouverait à coup sûr dans le prochain chapitre de son roman.

28

Une étrange découverte

Plusieurs jours s'écoulèrent. Vincenzo réfléchit à ce qu'il avait découvert. Florian Nozière avait un secret. Derrière son apparence avenante et sympathique, le personnage était sans doute à double facette. C'était ainsi que Vincenzo décrivait le héros de son roman, Norbert Delaroche, à qui il avait prêté les traits de Florian. Toutefois, au point où il en était dans son récit, il ne savait pas encore ce qu'il dévoilerait. Il imaginait différents scénarios, mais aucun ne lui convenait. Il ne parvenait pas à dépeindre Norbert Delaroche comme un être ambigu, voire malfaisant.

Il ne revint plus rôder au pied de l'aile désaffectée ni dans les bois alentour. Il se concentra sur son histoire, se fixa sur les personnages d'Angéline et de Vladimir, sur leur amour interdit et leur courage à affronter le monde autour d'eux. Mais, à nouveau, l'inspiration lui manqua. Sa source se tarissait. Il se remit à douter de ses capacités.

Je suis mauvais, désespérait-il. Je n'ai plus rien à raconter. Je ne serai jamais un grand écrivain.

Camille se rendit vite compte que son moral était en berne. Le voyant soucieux, peu concentré sur ce qu'elle lui racontait, elle finit par s'inquiéter :

— Quelque chose te chagrine ?

— Non, pas du tout. Seulement un peu de fatigue. Je travaille trop, en ce moment. Ce roman accapare tout mon temps.

— Rien d'autre ?

Vincenzo cachait toujours très mal ses états d'âme. Camille insista.

— Je cherche à démêler un nœud dramatique et je n'y arrive pas, je n'ai pas tous les éléments.

— Peux-tu m'expliquer ? J'aimerais t'aider.

Vincenzo hésita. Il ne pouvait avouer à Camille qu'il soupçonnait son père de dissimulation. D'autant plus qu'il n'avait aucune preuve de ce qu'il entrevoyait. Avoir aperçu Maria dans l'aile abandonnée du manoir ne permettait aucunement d'affirmer que Florian était au cœur d'une sombre machination. Plus d'une fois, il s'était laissé emporter par son imagination, par son délire dramaturgique, comme il définissait lui-même ses extrapolations. Son esprit l'embarquait parfois très loin de la réalité, dans des suppositions qui l'effrayaient lui-même.

— Serais-tu prête à me suivre ? suggéra-t-il pour détourner la conversation.

— Où veux-tu aller ? Ça y est, tu as décidé de partir loin d'ici et tu me proposes de t'accompagner ?

Camille s'attendait d'un jour à l'autre à cette requête. Elle s'y était préparée. Elle se demandait seulement quand Vincenzo se déterminerait enfin à fuir avec elle pour qu'ils puissent vivre pleinement leur amour.

Il la regarda, stupéfait.

— T'emmener ? Loin de ta famille, moi ? Mais… mais pas du tout !

— Il y a longtemps que j'y pense. Personne ne nous séparera. Pas même mes parents.

— Sois raisonnable, Camille. Il n'en est pas question !

Camille s'attrista. Son enthousiasme s'échouait sur le rempart de la réalité.

— Tu ne voudras jamais de moi ! s'écria-t-elle de désespoir. Que suis-je pour toi ? Une petite fille que tu auras aimée le temps de patienter et de rentrer dans ton pays ?

Il se rapprocha d'elle. Elle se dégagea lestement.

— Laisse-moi ! Ne me touche pas !

— On se fourvoie, l'un et l'autre, comprit-il alors. C'est ma faute. Je me suis mal exprimé. Quand je t'ai proposé de me suivre, je voulais seulement savoir si tu accepterais de visiter avec moi l'aile inhabitée du château…

— L'aile inhabitée ! Mais pourquoi donc ?

Et Vincenzo de raconter sa mystérieuse intrusion.

Camille l'écouta, rassérénée.

L'aventure, qu'il lui décrivit comme étant également celle de son roman, lui donna immédiatement envie d'y participer. Sur le moment, elle crut que Vincenzo avait besoin de se mettre en situation, afin d'être au plus près de ses personnages. Elle ne releva pas la présence de Maria dans la magnanerie. À son avis, la gouvernante s'y était sans doute rendue sur les ordres de sa mère ou de son père pour une raison quelconque. Elle n'y vit aucune bizarrerie. Quant aux bruits furtifs que Vincenzo avait entendus derrière la porte, elle n'y prêta pas attention, persuadée qu'il se trompait.

— Tu confonds fiction et réalité, lui affirma-t-elle. Mais j'accepte de te suivre. Cette aventure excite ma curiosité. C'est un privilège pour moi d'assister aux investigations d'un écrivain en plein travail !

— Un écueil subsiste. Le passage n'est pas commode.

Camille réfléchit.

— J'ai une idée. Samedi prochain, mes parents partent à Aigues-Mortes pour deux jours. Ma mère doit régler des affaires aux Salins et mon père en profitera pour aller à Montpellier voir ses amis socialistes. Ils emmèneront Charlotte et Damien. Je leur ai déjà dit que je ne désirais pas les accompagner. Nous aurons le champ libre. Je connais les portes de communication.

— Tu oublies Maria, Antonin et Dorine !

— Antonin aussi sera absent. Il va tous les conduire à Aigues-Mortes. Quant à Maria et Dorine, tard dans la nuit, elles seront couchées depuis longtemps.

⋆

Que cache la Louvetière à l'ombre de ses secrets ? Que dissimulent ses occupants ? Angéline n'est-elle pas au cœur d'un drame dont elle ignore encore quels effets il aura sur son destin ?

En écrivant ces mots, Vincenzo se posait à lui-même l'énigme qu'il voulait résoudre afin de pousser plus loin le mystère. Tant qu'il n'aurait pas établi toute la clarté sur cette question épineuse, il ne cernerait pas complètement tous ses personnages. Paragraphe après paragraphe, il bâtissait sa tragédie comme une véritable enquête, défaisant les uns après les autres les nœuds qu'il avait resserrés dans les chapitres précédents. Mais la lumière ne lui apparaissait toujours pas.

Les Nozière quittèrent la Renardière tôt le samedi matin. Florian avait donné consigne à Maria de s'occuper de sa fille et à Dorine de veiller à ce qu'elle ne manque de rien. Les deux femmes étaient sereines. Jamais Camille ne leur posait de problème en l'absence de ses parents.

Dès son retour de l'internat, elle se précipita chez Vincenzo. Ils mirent aussitôt au point leur stratagème.

Camille se montrait très excitée à l'idée de plonger dans l'inconnu, à l'intérieur même du manoir de son père. Sa curiosité aiguisée au plus haut point lui rendait son âme d'enfant. Vincenzo la tempéra :

— Je compte sur toi pour rester calme en toutes circonstances. Nous ne savons pas ce que nous découvrirons. Et si Maria nous surprend, il faut te préparer à donner de sérieuses explications à tes parents. Y es-tu prête ? On peut encore tout annuler…

— Je suis prête à tout avec toi. Si ça tourne mal, nous partirons, tous les deux, rien que toi et moi. Et nous nous cacherons.

— Toujours tes rêves de petite fille ! Reviens sur terre, Camille. La réalité n'est pas aussi simple. Nous n'irions pas très loin si nous nous enfuyions.

Ils décidèrent de ne plus se revoir avant la nuit. Ni Maria ni Dorine ne devaient se douter qu'ils profitaient de l'absence de leurs maîtres pour se retrouver.

Au cours de l'après-midi, Camille effectua une longue promenade à cheval avec Pégase et ne rentra à la Renardière qu'aux abords du soir. Elle passa à table peu après dans la cuisine, refusant de dîner seule dans la salle à manger. Maria et Dorine s'en réjouirent et prirent leur repas avec elle en toute simplicité. Puis Camille veilla au salon, un roman à la main, toute fébrile à l'idée que quelques heures plus tard, une fois les deux femmes endormies, elle rejoindrait Vincenzo.

Qu'allait-elle découvrir ? Qu'est-ce que la Renardière recélait ?

Elle se coucha vers vingt-trois heures, en traînant volontairement les pieds dans l'escalier afin qu'on l'entende entrer dans sa chambre.

Puis elle patienta, allongée sur son lit, incapable de lire plus avant le roman qu'elle avait commencé au salon. Elle épiait le moindre bruit dans la maison.

Les chambres de Maria et de Dorine se situaient au second étage, juste au-dessus de la sienne.

Comme convenu, vers une heure, elle se leva tout doucement, en veillant à ne pas faire craquer son sommier. Elle tourna la poignée de sa porte d'un geste lent, la retint avant d'ouvrir, se faufila dans le couloir et, reprenant la poignée de l'autre main, poussa la porte et la referma délicatement, contrôlant sa respiration.

Elle marcha sur la pointe des pieds dans le couloir des chambres, descendit l'escalier et alla ouvrir la porte d'entrée, derrière laquelle patientait Vincenzo.

Elle ne put s'empêcher de l'embrasser. La connivence de la nuit et le caractère interdit de leur entreprise amplifiaient son désir de lui appartenir.

— Ce n'est pas le moment, lui murmura-t-il.

Elle lui prit la main, l'entraîna à l'intérieur.

— Suis-moi ! Ne fais pas de bruit. Elles dorment à poings fermés.

— Comment le sais-tu ?

— Je les ai entendues ronfler depuis ma chambre, qui se trouve en dessous de la leur.

À pas feutrés, ils se dirigèrent vers l'arrière-cuisine. Seule Dorine y pénétrait. La pièce était sans fenêtres, assez vaste pour y stocker les provisions de plusieurs semaines. Au fond, une porte était obstruée par une lourde table de travail sur laquelle Dorine avait disposé sa planche à découper et toute une batterie d'ustensiles de cuisine.

— Aide-moi à pousser cette table, dit Camille. C'est par là qu'il faut passer.

Vincenzo s'exécuta. Camille ouvrit la porte. Il s'étonna :

— Tes parents utilisent souvent cette porte ?

— Non. Jamais. Personne d'autre non plus. Elle n'a jamais été fermée à clé. Derrière, ça débouche dans la tour.

À peine la porte franchie, Vincenzo reconnut l'escalier en colimaçon par lequel il s'était introduit la première fois. Prudente, Camille gravit les marches la première. Le manoir tout entier était plongé dans le silence. Ils atteignirent bientôt le vestibule. Des craquements de charpente rendaient l'atmosphère angoissante, mais Camille ne semblait pas apeurée.

— J'espère qu'on ne va pas rencontrer un fantôme, chuchota-t-elle, l'œil malicieux.

Vincenzo lui fit signe de se taire et lui indiqua d'abord l'escalier sur sa gauche d'où Maria avait surgi, puis la porte par où elle était entrée, munie de son plateau. Il tendait la main dans la niche pour saisir la clé, quand il fut interrompu par un bruit rauque venant de l'intérieur.

Le doigt sur la bouche, il signifia à Camille de ne pas bouger.

— Il y a quelqu'un à l'intérieur…

Camille commença à avoir peur. Jusqu'à présent, elle n'avait pas jugé très sérieusement les suppositions de Vincenzo. Elle avait considéré cette péripétie comme un jeu, persuadée qu'il se trompait, qu'à force d'imaginer des scènes rocambolesques pour son roman il avait fini par prendre ses fantasmes pour la réalité.

— Je... je ne comprends pas, murmura-t-elle. Ce n'est pas possible ! Il n'y a personne dans cette pièce...

À cet instant, des pas se firent entendre, venant de la magnanerie. La curiosité étant la plus forte, ils se penchèrent par l'entrebâillement et aperçurent, stupéfaits, Maria qui disparaissait dans l'escalier.

— Que fait-elle là si tard ? s'étonna Camille.

— Je suis sûr qu'elle s'occupe de quelqu'un. Je ne me suis donc pas trompé...

— Qui cela peut être ? C'est absurde ! Et mes parents, dans toute cette histoire ? Quel est leur rôle ?

Camille ne savait plus quoi penser.

— En tout cas, je ne connais pas cet escalier ! releva-t-elle. Je ne vois vraiment pas où il débouche... à moins que...

Elle réfléchit un instant. Reprit :

— Dans la bibliothèque, entre les rayonnages, il y a une sorte de trompe-l'œil qui représente en fac-similé des rangées de livres. Je me suis toujours demandé pour quelle raison mes ancêtres avaient usé de ce leurre alors que la bibliothèque ne manque pas de vrais livres...

— Cela dissimule peut-être le passage vers cet escalier.

Ils redescendirent le plus silencieusement possible. Arrivés derrière la porte de l'arrière-cuisine, ils tendirent l'oreille. Vincenzo arrêta Camille.

— On risque de tomber sur Maria. Il faut sortir par les oubliettes. C'est plutôt sportif ! Y es-tu prête ?

— Pas de problème, ça ne me fait pas peur.

Cette nuit-là, Camille ne parvint pas à quitter Vincenzo. Elle s'endormit à ses côtés, pelotonnée dans ses bras, comme une enfant effrayée.

Au petit matin, il la secoua.

— Tu dois retourner chez toi, lui dit-il. Avant que Maria et Dorine ne s'aperçoivent de ton absence. Le soleil va bientôt se lever.

— J'ai peur. Tout cela me paraît tellement étrange.

— J'ai eu tort de t'entraîner dans cette histoire. Laissons tomber. Ce ne sont pas nos affaires, après tout !

Vincenzo n'éprouvait aucune appréhension. Mais il devinait qu'il y avait sous cette énigme un vrai mystère. Matière à alimenter mon roman, en tout cas, pensa-t-il, assez satisfait finalement de la tournure que prenaient ses investigations.

Il se remit aussitôt au travail et écrivit :

Norbert Delaroche dissimulait à sa famille sa véritable personnalité. Ni sa femme ni ses enfants ne connaissaient son passé. Sous ses apparences de notable bien établi dans sa ville, il menait une double vie. Dans les combles de la Louvetière, il cachait ce qui, dans sa première vie, lui aurait valu la condamnation des siens et de ses pairs : un enfant adultérin handicapé mental…

Petit à petit, son scénario se resserrait. Restait à déterminer comment Norbert Delaroche s'en sortirait et comment il réagirait quand il apprendrait que sa fille Angéline mourait d'amour pour un réfugié politique beaucoup plus âgé qu'elle. Tel était aussi le point d'intrigue secondaire qu'il avait à dénouer maintenant.

*

Camille évita Vincenzo jusqu'au retour de ses parents le dimanche soir. Elle ne tenait pas à éveiller les soupçons de Maria. Discrètement, elle observa ses faits et gestes toute la journée, ne décela rien.

Le lundi matin, Antonin la reconduisit de bonne heure à l'internat, à Montpellier, pour la reprise de ses cours.

Pendant toute la semaine, elle réfléchit à ce qu'elle avait découvert, tenta de trouver une explication. En vain. Son imagination n'était pas aussi affûtée que celle de Vincenzo.

Elle décida alors de ne pas abdiquer trop vite, malgré les recommandations de ce dernier.

Sans lui en parler, le week-end suivant, elle y retourna. Seule, cette fois. Malgré l'interdiction de son père, sa curiosité la poussait à agir et lui donnait du courage.

Dans la nuit du samedi au dimanche, alors que le manoir était plongé dans le plus grand silence, elle sortit de sa chambre vers deux heures. Elle monta d'abord à l'étage des domestiques, vérifia que Dorine dormait, ainsi qu'Antonin et Maria. Puis elle reprit le chemin de l'aile désaffectée par l'arrière-cuisine, munie d'une lampe de poche, les pieds entourés de grosses chaussettes de laine afin de ne pas faire de bruit en marchant. Elle craignait les craquements du plancher.

Parvenue devant la porte de la magnanerie, elle chercha la clé dans sa niche, le cœur battant. Rassurée de la sentir au bout de ses doigts, elle temporisa avant de l'introduire dans la serrure. Elle se baissa, regarda d'abord par le trou. Elle perçut une faible lueur de chandelle.

Il y a bien quelqu'un ! Quelqu'un d'insomniaque, même, songea-t-elle.

Elle hésita, le souffle court. Se retourna pour vérifier que personne ne venait. Le manoir était complètement endormi.

Alors, elle introduisit la clé dans la serrure, tourna d'un quart de tour, sans bruit. Elle ouvrit délicatement la porte, sa lampe de poche éteinte.

Au fond de la pièce, à côté d'un lit défait, assise dans un fauteuil en osier, une femme lisait, une bougie allumée posée sur sa table de nuit.

Sur le moment, plongée dans sa lecture, elle n'entendit pas Camille entrer.

Celle-ci s'arrêta sur le pas de la porte. Prit le temps de l'examiner. Mais dans la demi-obscurité elle ne parvint pas à discerner ses traits. Une silhouette sombre, enveloppée dans une robe de chambre, un châle sur la tête et les épaules, repliée sur elle-même.

Camille amorça un pas, puis deux.

La femme sursauta. S'affola. S'entoura le visage de son châle. Émit un bruit venant du fond de sa gorge. Tétanisée.

— Qui êtes-vous ? demanda Camille, très calmement.

Aucune réponse.

— Je ne vous veux aucun mal. N'ayez pas peur ! Je suis Camille, la fille de Florian et d'Emma. Vous les connaissez, n'est-ce pas ?

L'inconnue demeurait muette.

Camille tenta de la rassurer. N'obtint aucun résultat.

Alors, elle lui parla d'elle, doucement, sans s'approcher pour ne pas l'effrayer davantage.

Peu à peu, la femme s'apaisa, mais resta réfugiée dans son silence, le visage toujours dissimulé.

Camille sentait qu'elle se méfiait.

Elle s'approcha. La femme se dévoila légèrement.

Camille était sur le point de découvrir son visage, quand elle entendit un bruit à l'étage inférieur. Maria ? Elle décida de se retirer avant d'être surprise, quitte à laisser l'inconnue derrière elle, sans autre explication.

— Je reviendrai, lui souffla-t-elle dans sa précipitation.

29

L'ombre d'une vérité

Depuis qu'elle avait découvert cette inconnue dans l'aile désaffectée du château, Camille ne trouvait plus le sommeil. Elle reprochait à ses parents de lui avoir caché ce qui se passait.

Elle ne parvenait pas à imaginer son père ni sa mère au centre d'une histoire malhonnête. Pourtant elle n'avait pas rêvé, quelqu'un était enfermé sous le toit du manoir, dans un endroit où la consigne avait toujours été de ne pas entrer. Elle en comprenait mieux à présent la raison. Elle avait beau réfléchir, elle ne se souvenait pas de quand datait cette interdiction. Mais cela remontait à sa petite enfance. Ses parents l'auraient-ils tenue éloignée de cette aile du château à seule fin qu'elle ne rencontre jamais cette femme ?

Plus elle y songeait, plus elle leur en voulait et plus elle se sentait abandonnée.

Elle se sentait incapable d'en discuter avec eux, persuadée que le sujet était un véritable brûlot qui mettrait le feu aux poudres et compromettrait l'équilibre de sa famille.

Elle s'en ouvrit évidemment à Vincenzo, surpris et épaté qu'elle ait eu le courage de retourner seule dans l'aile abandonnée.

— Tes soupçons étaient justifiés, lui avoua-t-elle. Jamais je n'aurais imaginé que mes parents dissimulaient un tel secret. Abriter sous leur toit une femme sortie de nulle part, demander à leur gouvernante de prendre soin d'elle… tout cela n'a pas de sens ! J'en suis totalement atterrée. Pourquoi m'ont-ils maintenue à l'écart de tout cela, ainsi que mon frère et ma sœur qui, eux non plus, ne se doutent de rien ? C'est aberrant !

Vincenzo tenta de la rassurer, mais, en son for intérieur, ses suppositions commençaient à se confirmer. Florian n'était pas l'homme intègre qu'il paraissait être. Il se garda de dévoiler à Camille le fond de sa pensée.

— Je te conseille de prendre un peu de recul. Tu es trop bouleversée pour juger. Tes parents ne te cachent certainement rien de grave. Promets-moi de ne plus chercher à revoir cette femme. Ne retourne plus dans cette magnanerie.

Vincenzo sentait que la Renardière recélait quelque chose d'inavouable.

Une sale histoire, l'ombre d'un futur scandale, songeait-il.

Cela nourrit à nouveau son imagination. Tout excité, il entama un nouveau chapitre de son roman par ces phrases :

Norbert Delaroche cachait bien son jeu. Depuis des années, il abritait sous son toit sa fille naturelle, née d'une aventure avec l'une de ses employées. Celle-ci, ayant donné naissance à une enfant handicapée, l'avait menacé de révéler la vérité sur leur relation s'il refusait de s'occuper d'elle...

Il n'avait pas encore décidé si Norbert Delaroche avait eu cette enfant avant ou après son mariage. Mais il avait mis sa femme dans la confidence, ainsi que sa gouvernante, personnage important pour des événements à venir auxquels il songeait déjà.

Pour lui, Florian, député et homme d'affaires respectable, ne se serait jamais exposé à salir sa réputation en dévoilant une faute de sa vie privée. Reconnaître avoir un enfant naturel ou adultérin eût été préjudiciable à sa carrière politique. Il avait sans doute été victime d'une sorte de chantage de la part de son ancienne maîtresse et n'avait envisagé que cette solution pour garder le secret.

L'intrigue de son roman se nouait comme dans une tragédie grecque. En même temps qu'il écrivait, il avait l'impression de mener une véritable enquête sur un fait divers qui, tôt ou tard, serait révélé au grand public. Ce jour-là, comment réagirait Camille ? Que déciderait-il lui-même ? Il ne concevait pas d'abandonner Camille aux mains de sa famille si celle-ci était plongée au cœur d'un scandale.

Vladimir était partagé entre son devoir de réfugié, qui le poussait à ne pas se compromettre devant son pays d'accueil, et son amour pour Angéline. Il éprouvait aussi d'énormes scrupules à entretenir des sentiments pour une jeune fille mineure alors que nul n'était censé ignorer la loi…

Quand il écrivait, sa propre vie se confondait avec celle de son héros. Camille devenait Angéline, Norbert Delaroche prenait le visage de Florian. La fiction rejoignait la réalité.

*

Camille ne parvenait pas à dissiper son mal-être. Florian le premier s'en préoccupa, loin de se douter de ce qu'elle lui reprochait. À table, elle ne participait plus à la conversation, répondait aux questions qu'on lui posait de façon laconique. Elle ne souriait plus. Son visage trahissait son profond désarroi. Emma pensait que sa fille était tombée amoureuse d'un camarade de classe au lycée et que tout ne se déroulait pas comme elle le souhaitait. Elle évita de s'immiscer dans son jardin secret, mais s'impatientait.

— Quand tu auras fini de bouder, lui dit-elle un samedi soir, tu nous avertiras, Camille. Cela fait des jours que tu ne nous adresses plus la parole. Ton père et moi aimerions que tu nous prêtes un peu plus d'attention.

Florian devinait que sa fille était en peine. Il la rassura :

— Parle-nous, ma chérie. Se confier soulage.

Emma fut plus directe :

— Si tu es amoureuse, nous pouvons comprendre que cela te perturbe.

Camille fusilla sa mère du regard. Sur le coup, elle crut qu'elle avait découvert sa relation avec Vincenzo.

Elle rougit. Bredouilla, confuse :

— Moi, a… amoureuse ? Qu'est-ce que tu imagines là ?

— À dix-sept ans, c'est de ton âge ! Si c'est le cas, tu n'as pas à en avoir honte. Et si tu as un chagrin d'amour, tu n'as pas à nous en faire supporter les conséquences…

— Sois un peu plus délicate ! la coupa Florian. Si Camille souffre, il est inutile d'accroître sa peine.

Camille, au bord des larmes, se leva de table.

— Puis-je regagner ma chambre ? demanda-t-elle pour échapper à l'interrogatoire. Je n'ai plus faim.

— Si tu n'as plus rien à nous dire, tu peux monter, lui intima Emma. Demain, quand tu seras revenue à de meilleures dispositions, tu nous expliqueras peut-être ce qui s'agite dans ta tête !

— Je vous propose de partir à la montagne dans les Alpes aux prochaines vacances de Pâques ! lança Florian avant que Camille ne disparaisse. Ça te ferait plaisir, ma chérie ? Un ami du parti nous prête gentiment son chalet à Abondance, près de Châtel, en Haute-Savoie.

Surprise, Camille se ravisa. Elle savait que Vincenzo avait traversé cette région lorsqu'il avait fui son pays.

— Châtel, près de la frontière suisse ?

— Oui, je crois... Je ne suis pas très sûr de moi. J'avoue ne pas connaître cet endroit. Alors, qu'en penses-tu, Camille ?

— Euh... oui, c'est une bonne idée.

— J'en suis heureux. Je demanderai à Vincenzo de nous y conduire. Ça lui rappellera certains souvenirs... enfin s'il accepte. Je l'apprécie beaucoup, ce garçon. Il est très dévoué et compétent. Il remplacera Joseph au volant de la voiture.

Camille se troubla, dubitative. Elle monta dans sa chambre sans rien ajouter.

Pourquoi mon père est-il aussi aimable avec Vincenzo ? s'interrogeait-elle, de plus en plus intriguée.

Perdue dans ses suppositions, elle ne suivit pas les conseils de Vincenzo. Sans l'avertir, elle décida de retourner voir la femme cloîtrée dans l'aile interdite du château. Plus d'une semaine s'était écoulée depuis sa découverte. Elle voulait en avoir le cœur net avant les vacances de Pâques, afin que Vincenzo, mis au courant par ses soins, sache à quoi s'en tenir vis-à-vis de son père. Si elle décelait une terrible machination, elle était prête à partir avec lui au bout du monde pour échapper au scandale qui ne manquerait pas de jeter l'opprobre sur sa famille.

Camille était remontée. Elle ne serait pas complice de sa famille. Cela la révoltait.

Prudemment, au cours de la nuit suivante, elle reprit le chemin de la magnanerie. Au préalable, elle avait cherché et découvert le passage par la bibliothèque. Elle ne s'était pas trompée. Les rayons de faux livres dissimulaient une montée d'escalier débouchant sur le vestibule situé entre la tour et l'aile inhabitée. C'était bien par là que se faufilait Maria pour se rendre auprès de l'inconnue.

Elle s'était armée de courage. Comment celle-ci allait-elle réagir ? Lui parlerait-elle ? Lui confierait-elle sans détour qui elle était, ce qu'elle faisait, ainsi recluse dans les combles de la Renardière ?

Camille se posait toutes ces questions en gravissant les marches qui la conduisaient vers le secret de ses parents.

Elle ne craignait plus de se retrouver face à face avec Maria. Elle trouverait une explication. Elle aussi était dans la connivence. Pourtant, elle lui accordait des circonstances atténuantes et ne la jugeait pas coupable de complicité.

Mon père l'a sans doute obligée à s'occuper de cette malheureuse, s'efforçait-elle de croire.

Au beau milieu de la nuit, personne ne vint la déranger. Elle ouvrit la porte de la magnanerie avec autant de précautions que la première fois et observa les alentours avant de s'avancer. L'inconnue était assise au même endroit, lisant à la lueur d'une chandelle, comme si elle n'avait pas bougé de sa place depuis tout ce temps écoulé.

Quand elle perçut la présence de Camille, elle se voila à nouveau le visage, émit un bruit de gorge comme pour s'exprimer, se plaqua contre le dossier de son fauteuil, apeurée.

— Vous me reconnaissez ? la rassura aussitôt Camille. Je suis venue il y a une dizaine de jours. Je suis Camille Nozière… Et vous, qui êtes-vous ?

Elle poussa un nouveau grognement en dodelinant de la tête de gauche à droite comme pour signifier à sa visiteuse de ne pas s'approcher. Camille se figea. Tendit les deux mains en avant, comme pour calmer un animal craintif.

— J'aimerais discuter avec vous… Je vais m'avancer, tout doucement. Je ne vous veux aucun mal.

L'inconnue parut se détendre, mais ne prononça toujours aucun mot. Camille avait beau la questionner, elle n'obtenait que des réponses inaudibles. Elle devina alors qu'elle était incapable de s'exprimer.

— Vous êtes muette, n'est-ce pas ? Mais vous m'entendez, vous saisissez le sens de mes paroles ?

Elle dodelina de la tête en signe d'assentiment.

— Pour quelle raison gardez-vous votre visage dissimulé ? Vous avez subi un grave accident, vous êtes défigurée ?

La malheureuse plongea son regard dans son livre. Camille comprit qu'elle ne souhaitait pas se confier.

Camille n'obtint aucun détail sur la présence de cette hôte inconnue de la Renardière. Mais celle-ci ne l'avait pas repoussée.

Elle n'insista pas.

— Je reviendrai, lui souffla-t-elle pour terminer. Vous acceptez de me revoir ?

La femme acquiesça.

Chaque fin de semaine, de retour à Ganges, Camille revint voir l'inconnue. Celle-ci, sans jamais se dévoiler, se laissait peu à peu apprivoiser mais ne pouvait répondre à ses questions. Une fois, Camille lui apporta une feuille de papier et un crayon, mais la femme les refusa en baissant la tête. C'est peut-être trop tôt, se dit la jeune fille.

Pâques approchait. Camille n'avait pas beaucoup progressé dans ses investigations. Comment ne pas la brusquer et l'amener à se révéler ? s'interrogeait-elle.

Pourtant, au fil de ses rencontres, elle percevait des changements dans son comportement et dans leurs relations. L'inconnue ne se montrait plus craintive à son arrivée, au contraire elle semblait se réjouir de sa venue. D'un geste de la main, elle lui signifiait de s'asseoir auprès d'elle. Elle reposait son livre sur sa table de nuit et s'apprêtait à l'écouter. Certes, elle ne s'exprimait que par des hochements de tête, mais petit à petit se tissèrent entre elles des liens d'affection qui émouvaient Camille. Au-delà de son enfermement intérieur, l'inconnue lui donnait l'impression qu'elle appréciait sa présence. Camille en était toute bouleversée.

*

Pendant les vacances de Pâques, les Nozière partirent comme prévu en Haute-Savoie pour une semaine. Vincenzo déclina la proposition de Florian. Camille ne cacha pas sa déception et, sur le moment, lui en voulut, croyant qu'il ne souhaitait plus s'engager vis-à-vis de ses parents.

En réalité, Vincenzo comptait retrouver à Marseille des amis italiens, réfugiés politiques comme lui. Tous gardaient le contact depuis plusieurs années et constituaient un groupe de dissidence au régime de Mussolini. Par mesure de précaution, il ne s'en était jamais ouvert à Camille.

Leur mouvement n'avait rien de clandestin. Au reste, ils avaient invité la presse pour exposer publiquement leurs intentions, leurs projets, leurs désirs de voir, un jour proche, triompher la démocratie dans leur pays. En s'adressant aux journaux, ils espéraient toucher l'opinion des Français et montrer aux autorités qu'il existait une alternative à la dictature et une force vive en exil prête à assumer le pouvoir en Italie.

Vincenzo n'était pas le plus actif dans son groupe. Depuis qu'il s'était remis à écrire, il ne pensait plus à rentrer chez lui. Il concevait de poursuivre sa carrière d'écrivain en France. De plus, il n'envisageait pas de quitter Camille.

Profitant de l'absence des Nozière, il se rendit deux jours de suite dans l'arrière-salle d'un café du Vieux-Port où ses amis avaient rassemblé une cinquantaine de dissidents. Des journalistes de plusieurs quotidiens régionaux et nationaux avaient été prévenus et conviés à leurs discussions. L'ambiance fut immédiatement électrique, différents courants d'opposition ayant répondu à l'appel des organisateurs. Entre les socialistes, les communistes et les démocrates de droite, les divergences éclatèrent rapidement.

Le deuxième jour, alors que les débats prenaient fin, Vincenzo fut abordé par un journaliste, à la suite de son intervention à propos de la liberté d'expression dans son pays.

— Je suis Jean Delattre, du *Petit Méridional*, se présenta le journaliste. Pourriez-vous me raconter votre propre expérience d'exilé ?

Vincenzo hésita à se confier, davantage par pudeur que par crainte. Il finit par se laisser convaincre.

Quand il révéla qu'il avait travaillé dans les Salins du Sud, à Aigues-Mortes, Jean Delattre s'étonna :

— Vous connaissez donc Florian Nozière et Emma, son épouse ?

— Je suis toujours à leur service. À Ganges maintenant. Je suis le régisseur du domaine de Florian Nozière. Pourquoi cette question ?

Jean Delattre se rembrunit.

— C'est une longue histoire, qui remonte à plus de quinze ans… J'ai été fiancé avec la sœur jumelle d'Emma Nozière. Elle s'appelait Julie.

— Je ne la connais pas.

— C'est normal. Elle n'est plus de ce monde.

— Je suis désolé de vous rappeler de tristes événements.

— Julie est morte tragiquement. Elle a été l'une des victimes du naufrage du *Titanic*.

— J'en ai entendu parler.

— Personne n'ignore ce drame ! C'était dans tous les journaux. La plus grosse catastrophe maritime de tous les temps ! Mille cinq cents passagers ont péri noyés, dont ma fiancée. Je n'ai jamais pu l'oublier…

Jean Delattre entreprit d'expliquer dans le détail la tragédie du paquebot britannique, se ravisa :

— Je vous ennuie, avec mes souvenirs. Je m'éloigne de mon propos. Je suis venu ici pour rédiger un article sur la dissidence italienne en France, et voilà que je discute avec vous de mes propres malheurs ! Un dernier mot à ce sujet, toutefois : saviez-vous que Florian et Emma Nozière participaient également à la croisière ? poursuivit Jean Delattre. Ils ont dû vous le raconter ?

— Je l'ignorais. Ils s'en sont donc sortis !

— Par miracle. Comme les sept cents autres rescapés.

Vincenzo n'insista pas, mais en demeura abasourdi.

Pourquoi Camille ne m'a-t-elle jamais parlé de ce drame ni de la sœur jumelle de sa mère ? se demanda-t-il.

Dès son retour à la Renardière, il réfléchit à la suite à donner à son roman et trouva dans le récit de Jean Delattre matière à son inspiration.

Le lendemain, alors que les Nozière étaient rentrés la veille, il reprit le cours de son roman et écrivit :

Norbert Delaroche, rescapé d'une catastrophe avec son épouse, dissimulait en réalité un lourd secret que personne, surtout pas ses enfants, ne devait découvrir…

30

Révélation

Plusieurs semaines s'écoulèrent. Le printemps était là. La végétation reprenait vie. Les parterres du parc de la Renardière explosaient de couleurs chatoyantes et de fragrances miellées. À l'horizon, les crêtes cévenoles s'embellissaient de leur parure de jade où, sur les pentes des massifs montagneux, comme dans un écrin enfermant de précieux joyaux, se nichaient l'or des genêts et l'argent des chaos granitiques. Combinaison digne de la palette d'un peintre, que Camille ne cessait d'admirer au cours de ses promenades à cheval avec Pégase.

Depuis qu'elle avait découvert ses parents sous un jour nouveau, elle multipliait ses sorties solitaires et s'éloignait de plus en plus de Ganges comme pour mieux fuir ce qu'elle craignait d'apprendre. Elle était devenue taciturne, même avec Vincenzo. Elle ne lui avait pas avoué être retournée auprès de l'inconnue du manoir. Elle gardait ses visites pour elle, ne souhaitant pas lui divulguer ses pressentiments. Elle n'était toujours pas parvenue à voir le visage de la recluse, mais elle espérait percer bientôt le secret de son identité.

De son côté, Vincenzo éprouvait une soif d'écrire qu'il n'avait pas ressentie depuis longtemps. Le soir venu, il s'enfermait dans sa chambre et enchaînait fébrilement les chapitres, ivre de mettre en lumière ce qui lui échappait encore. Il avait beau imaginer les scénarios les plus extravagants, il n'arrivait pas à justifier l'attitude de son héros, Norbert Delaroche.

Discrètement, il avait mené sa petite enquête. Il lut ainsi, dans la presse de l'époque, que le député Florian Nozière avait participé à la croisière inaugurale – et ultime – du *Titanic* en 1912, en compagnie de sa femme et de la sœur jumelle de celle-ci, une certaine Julie Belmont. Julie avait été portée disparue et comptait parmi les quelque mille cinq cents victimes du naufrage.

Il avait modifié son intrigue et retranscrit tous ces détails en les affectant à ses personnages. Il avait alors imaginé un incroyable rebondissement, sans en divulguer les détails afin de tenir le lecteur en haleine :

Norbert et son épouse Eugénie, rescapés du Titanic, *retenaient Irène, sœur jumelle d'Eugénie, prisonnière sous les toits de leur manoir de la Louvetière…*

Le couple, dépeint comme machiavélique, était mêlé à une sombre machination.

Vincenzo se surprenait de concevoir une telle histoire autour de personnes qu'il côtoyait au quotidien. Parfois il se réfrénait, corrigeait des passages exagérés, se mettant à la place de Camille qu'il commençait à plaindre au cas où ce qu'il redoutait se révélerait exact.

S'approchait-il de la vérité ?

Le lundi de Pentecôte, heureuse à l'idée de passer la journée en sa compagnie – ses parents s'étant absentés chez des amis –, Camille se rendit chez Vincenzo et trouva porte close. Elle pénétra chez lui comme une voleuse. Vincenzo était occupé dans la serre avec la nouvelle variété d'olivier qu'il s'apprêtait à planter. Son travail avait pris du retard.

Elle connaissait bien les lieux où vivait son amant, pourtant, le fait de s'y introduire sans y être invitée excitait sa curiosité. Elle jeta un regard amusé autour d'elle, inspecta les moindres détails. Vincenzo n'était pas des plus soigneux. Sa vaisselle de la veille était encore dans l'évier, son lit n'était pas fait, des vêtements étaient éparpillés sur les chaises de la chambre. Sur sa table de travail, en revanche, rien ne traînait, hormis une feuille manuscrite. Elle s'approcha. Lut sans y toucher. S'étonna. Elle ouvrit le tiroir, découvrit une liasse de feuilles, toutes noircies de son écriture.

Son roman, pensa-t-elle aussitôt.

Curieuse, elle sortit les feuillets du tiroir et se mit à les parcourir.

Au fur et à mesure que les chapitres défilaient sous ses yeux, son cœur s'accélérait. Certes, Vincenzo avait travesti le nom des personnes dont il s'inspirait, mais elle n'éprouva aucune peine à deviner qui étaient Norbert et Eugénie Delaroche,

Angéline et Vladimir. Plus elle lisait, plus elle avait hâte de savoir comment il avait conçu le dénouement. Quand elle parvint au dernier feuillet, elle ressentit un profond malaise, littéralement terrifiée à l'idée qu'il ait pu écrire la vérité à propos de la femme mystérieuse. Celle-ci serait-elle donc, comme le laissait entendre Vincenzo, la sœur jumelle de sa mère ? Pour quelle raison ses parents lui auraient-ils caché l'existence de cette tante inconnue, et pourquoi la tenaient-ils enfermée dans les combles de leur manoir ?

Ce ne sont que des fabulations de romancier ! s'évertua-t-elle à se convaincre.

Toutefois, ces questions lui taraudaient l'esprit au point que, de retour chez elle, elle ne considérait plus ses parents avec le même regard.

Dans l'après-midi, Vincenzo ayant terminé son travail, Camille se précipita au-devant de lui et ne résista pas à l'envie de l'interroger :

— Tu crois vraiment à ce que tu racontes dans ton roman ? Tu penses avoir découvert la vérité sur l'affaire Nozière ? J'ai lu les chapitres que tu as écrits, lui avoua-t-elle. Je n'ai pas pu me retenir. Je n'ai pas cherché, mais je suis tombée par hasard sur ton roman…

— Tu es donc entrée chez moi en mon absence et tu as fouillé dans mes tiroirs !

— Pardonne-moi. Cela a été plus fort que moi !

— Je t'aime trop pour t'en vouloir.

Il la serra dans ses bras, comme pour la consoler. Au fond de lui, il redoutait que Camille apprenne bientôt une vérité pire que ce qu'il avait imaginé.

— Oublie ce que tu as lu, lui conseilla-t-il. Ce n'est qu'un roman.

— Norbert, Eugénie, Angéline et Vladimir existent vraiment. Je ne suis pas dupe. Et cette Irène, sœur jumelle d'Eugénie ?

— Une invention de ma part. Pour les besoins du roman. Il faut tenir le lecteur en haleine !

— Tu mens très mal. Tes investigations t'ont mené vers quelque chose que tu ne désires pas me révéler. Pourquoi donc ? La vérité est-elle si difficile à dire ?

Vincenzo lui rapporta alors ce qu'il avait appris, à savoir que la femme cachée pouvait être la sœur jumelle d'Emma, prénommée Julie :

— Un journaliste que j'ai rencontré par hasard à Marseille, Jean Delattre, devait épouser cette Julie. Il m'a tout raconté à propos de la tragédie qu'ont vécue tes parents et du drame que lui-même a enduré à la suite de la disparition de sa fiancée.

Camille en demeura pétrifiée. Elle avait longuement réfléchi à l'identité de l'inconnue de la Renardière. Elle avait envisagé diverses explications, toutes plus invraisemblables les unes que les autres, démontrant autant d'imagination qu'un romancier. Jamais elle n'avait songé que cette femme pouvait être sa tante, une sœur jumelle de sa mère. Elle comprenait mieux maintenant pourquoi l'inconnue refusait de se dévoiler. Ordre lui en avait sans doute été donné par ses parents. Si elle était réellement une rescapée du terrible naufrage du *Titanic*, si elle en avait été traumatisée au point d'avoir perdu l'usage de la parole, quelle raison pouvait justifier de la maintenir ainsi recluse depuis tant d'années ? Ses parents étaient-ils des êtres à ce point pervers ?

Tout s'embrouillait dans son esprit.

Elle fut prise soudain de nausées. Elle se précipita à l'extérieur et vomit tout ce qu'elle avait en elle de contrariétés.

— Je n'aurais jamais dû te mêler à cette histoire, regretta Vincenzo. Je ne suis qu'un romancier qui voit le mal partout. Rentre chez toi, efface de ta mémoire tout ce que tu as lu. Ce n'est que de la fiction…

Camille ne répondit pas, déterminée à faire toute la lumière sur cette affaire.

*

Elle se prépara mentalement à affronter son père et sa mère. Pendant plusieurs jours, elle ne laissa rien paraître à quiconque. Elle attendait le moment opportun pour amener la conversation sur ce sujet brûlant.

Un matin, levée beaucoup plus tôt que d'habitude suite à une nuit d'insomnie, elle s'était installée dans un fauteuil de la bibliothèque, tout près du fameux passage secret, et lisait afin de se changer les idées et de retrouver un peu de sérénité. Maria apparut, un plateau dans les mains. Qu'elle faillit lâcher sous le coup de la surprise.

— Camille ? Que fais-tu ici de si bonne heure ? Tu devrais dormir à cette heure-ci ! Profite donc de ton week-end pour te reposer ! Le baccalauréat approche. Il faut te détendre.

Camille se douta de l'endroit où elle se rendait.

— Pour qui est ce plateau ? s'enquit-elle sans animosité.

Embarrassée, Maria hésita quelques secondes. Puis :

— Euh… pour toi, ma chérie.

— Pour moi ! Tu es sûre ?

— Il n'y a que toi et moi dans cette pièce ! Je t'ai entendue de la cuisine. J'ai voulu te faire plaisir en t'apportant ton petit déjeuner…

— Tu ne me dis pas la vérité, Maria. Je suis dans la bibliothèque depuis plus d'une heure. Personne n'est levé, dans la maison. Tout est parfaitement silencieux.

Confondue, Maria déposa son plateau sur une table basse et s'approcha de sa petite protégée. Peu de temps auparavant, elle s'était rendu compte que celle-ci avait découvert ses allées et venues dans l'aile inhabitée du manoir : une nuit, alors que Camille venait de quitter la mystérieuse inconnue, elle avait failli la surprendre. Elle n'avait eu que le temps de l'apercevoir de dos, mais elle l'avait parfaitement reconnue. Depuis, elle se doutait que Camille avait deviné le secret de la Renardière. Elle s'était tue, ne désirant pas être la cause du drame qu'elle entrevoyait.

— Tu ne devrais pas t'aventurer là où tu risques de te perdre, lui souffla-t-elle, laconique. Suis mon conseil. Pense à toi. À personne d'autre.

Camille comprit le message entre les mots. Feignit d'acquiescer en adressant un sourire à celle qu'elle considérait comme sa seconde mère.

— Ne t'inquiète pas, la rassura-t-elle. Je suis consciente de ce que je fais... Alors, que m'as-tu apporté pour mon petit déjeuner ?

Maria ne s'étendit pas davantage. Mais, à partir de cet instant, elle fut persuadée que, tôt ou tard, ce qu'elle partageait avec ses maîtres apparaîtrait au grand jour et que Camille allait beaucoup souffrir.

À midi, au cours du déjeuner, la jeune fille aborda courageusement le problème :

— Je me suis levée tôt ce matin, commença-t-elle. Et devinez qui j'ai rencontré dans la bibliothèque, apportant un repas à quelqu'un que vous n'avez jamais jugé utile de nous présenter, à nous, vos enfants ?

Emma cessa de manger, reposa sa fourchette. Florian regarda sa fille d'un air étonné.

Camille guettait leur réaction, les mains posées à plat sur la table de part et d'autre de son assiette, dans une placidité de sphinx.

Florian fixait Emma, visiblement perplexe.

— Que désires-tu nous dire ? dit-il en se tournant vers sa fille.

— Pourquoi t'exprimes-tu par énigme ? ajouta Emma. Comment veux-tu qu'on te comprenne si tu restes évasive ?

— Répondez à ma question !

— Ma chérie, reprit Florian, si tu as quelque chose à nous confier, parle-nous franchement. Tu sais très bien que ta mère n'apprécie pas les sous-entendus.

Camille se tut. Réfléchit. Les yeux rivés sur son assiette.

Elle se leva. Droite.

À côté d'elle, Charlotte commençait à craindre le pire. Elle crut sur le moment que sa sœur était sur le point de révéler à ses parents sa liaison avec Vincenzo. Quant à Damien, il semblait s'amuser de cette étrange conversation qui allait une fois de plus animer le repas. Il s'était arrêté de manger et attendait la suite, son regard balançant de Camille à ses parents et de ses parents à Camille.

— Je sais tout, affirma Camille.

Un silence pesant s'abattit autour de la table.

Elle dévisagea son père puis sa mère.

Emma fut la première à réagir :

— De quoi parles-tu ? Que sais-tu ? Sois claire !

La tension montait de plus en plus. Florian intervint :

— Rassieds-toi, Camille. Et discutons calmement...

Camille raconta qu'elle avait découvert la présence d'une femme dans la magnanerie, se gardant d'évoquer Vincenzo.

— Pourquoi nous avoir caché l'existence de cette femme ? Et pourquoi la retenez-vous ainsi cloîtrée ?

— C'est une très longue histoire, que nous ne souhaitions pas vous dévoiler avant que vous soyez en âge de comprendre… commença Florian.

— À dix-sept ans, tu estimes que je suis encore une enfant !

Camille sentait croître sa colère.

— J'ai parlé avec cette malheureuse. Elle n'a plus toute sa tête. C'est la raison pour laquelle vous la maintenez enfermée dans cette aile du château ? Qui est-elle vraiment pour nous, vos enfants ?

Emma semblait sidérée et très mal à l'aise. Elle ne trouvait plus les mots pour l'obliger à se taire. Florian, lui, était désemparé et ne parvenait pas à dissimuler son embarras. Charlotte et Damien demeuraient muets de stupéfaction, ne s'attendant pas à une telle révélation.

Devant le silence de ses parents, Camille poursuivit :

— Je vais vous le dire, moi, qui elle est. Cette femme est notre tante, ta sœur jumelle, maman. Oui, ta sœur Julie, qui a été portée disparue au cours du naufrage du *Titanic*, il y a dix-sept ans de cela ! Vincenzo a percé votre secret et m'a tout expliqué.

Dans son excitation, Camille n'avait pu retenir plus longtemps ce qu'elle voulait absolument taire devant ses parents.

— Vincenzo ? releva Florian.

— J'en étais sûre, ajouta Emma. Je me suis toujours méfiée de ce Vincenzo. Tu as eu tort, Florian, de lui accorder ta confiance. Cet homme ne m'a jamais paru honnête.

— C'est toi qui parles d'honnêteté, maman ? Après ce que je viens d'apprendre ! Heureusement que Vincenzo m'a ouvert les yeux !

Florian gardait le silence, visiblement terrassé.

— Nous allons le renvoyer sur-le-champ, poursuivit Emma. Nous n'aurions jamais dû l'embaucher, je…

— Alors, je partirai avec lui, coupa Camille, survoltée. Je l'aime et il m'aime. Jamais vous ne parviendrez à nous séparer !

— Tu l'aimes ! s'étonna Florian.

— Oui. Depuis le premier jour où je l'ai rencontré. Aux Salicornes.

— Une amourette sans importance… tenta Emma.

— Non. Ce n'est pas *exactement* une amourette ! Nous couchons ensemble. Voilà, c'est dit.

Camille avait jeté un froid glacial autour de la table.

Tous en restèrent sans voix, abasourdis par ce que Camille venait de leur révéler.

Florian avait l'impression que le monde chancelait. Il avait bâti autour des siens une forteresse pour les protéger, pour préserver leur bonheur. En l'espace de quelques secondes tout s'écroulait. Et c'était Camille, sa petite Camille, qui avait sapé cet édifice patiemment érigé dans le plus grand secret…

Il lui fallait réagir, rassurer Camille, reprendre sa place dans son cœur. Mais aussi se montrer ferme.

— Camille, j'admets que tu sois bouleversée, mais tu te trompes. Vincenzo t'a induite en erreur. Cette femme n'est rien pour toi, ni pour Charlotte et Damien. Un jour, je vous expliquerai. Donnez-moi un peu de temps. Je ne peux encore rien dire. Je ne souhaite que votre bonheur…

Emma laissait parler son mari, blanche comme un linceul.

— Et en ce qui concerne Vincenzo, je te l'avoue, Camille, je suis très déçu. Il a abusé de ma confiance. Et de toi. Je ne le garderai pas à notre service. Ta mère a raison. Il doit partir. Sur-le-champ. Votre liaison doit cesser. Tu es mineure, et c'est un homme de presque trente ans !

— Qu'importent les années qui nous séparent ! Nous nous aimons.

— Je ne peux accepter une telle situation sous mon toit. Ma décision est irrévocable.

Camille repoussa sa chaise et se précipita vers sa chambre, en larmes.

Le lendemain, Florian convoqua Vincenzo et, sans s'étendre sur les détails, lui signifia son renvoi.

— Vous en connaissez la raison, n'est-ce pas ? lui déclara-t-il seulement.

— Je m'y attendais, répondit Vincenzo.

Sans demander d'autres explications, la mort dans l'âme, il ramassa dans son mazet le peu qu'il possédait et, jetant un dernier regard atterré vers la chambre de Camille, reprit sa route d'homme solitaire.

Au moment où il quittait le domaine de la Renardière, il sentit derrière lui une présence.

Se retournant, il vit Camille accourir dans sa direction, un sac sur l'épaule.

— Je pars avec toi, lui dit-elle en se jetant dans ses bras.

31

La fuite

Vincenzo ne repoussa pas Camille. Ils étaient prêts à se lancer sur les routes, au risque de se faire arrêter tôt ou tard par les forces de l'ordre. Vincenzo avait parfaitement conscience de ce qu'il encourait, mais son amour était plus fort que sa raison.

Dès qu'ils furent loin de la Renardière, ils s'arrêtèrent pour réfléchir à la suite dans une grange abandonnée, au beau milieu d'une prairie. Autour d'eux, l'herbe était parsemée de pâquerettes et de coquelicots et exhalait des senteurs printanières. Camille rayonnait. Son bonheur se lisait sur son visage, comme si, soudain libérée d'un lourd fardeau, elle embrassait enfin la vie sans réserve.

Plus taciturne, Vincenzo était d'avis de garder la plus grande discrétion pendant quelques jours, afin de ne pas attirer l'attention.

— Nous resterons cachés dans cette grange, jusqu'à ce que l'affaire se tasse. Tes parents vont signaler ta disparition aux gendarmes. Mieux vaut demeurer prudents.

Camille n'était pas d'accord :

— Mon père patientera jusqu'à demain pour alerter la gendarmerie. Je le connais. Il va penser que je vais revenir de moi-même dès que j'aurai réalisé mon erreur. C'est là qu'il se trompe. Il faut en profiter pour nous éloigner de Ganges le plus vite possible. Réfugions-nous dans la montagne. Au cœur des Cévennes, il sera difficile de nous retrouver. Ensuite, nous aviserons. Nous devrions nous rapprocher d'un port sur l'Atlantique…

Vincenzo n'échafaudait aucun plan. C'était la première fois qu'il était confronté à une telle situation. Fuir seul son pays n'avait pas été source de tracas. Il s'était seulement méfié de la police, des carabiniers et de la milice. À l'époque, il était certain de trouver asile dans un pays ami où il rencontrerait des partisans à sa cause. À présent, il se comportait comme un hors-la-loi. Il n'obtiendrait jamais le soutien de quiconque dans leur fuite. Tout le monde le condamnerait, quand les journaux auraient divulgué le fait qu'il avait enlevé une jeune fille mineure.

Il entendit les suggestions de Camille.

— Dans ce cas, nous marcherons à la tombée de la nuit. Quand nous serons assez loin, nous pourrons relâcher notre vigilance. Avec un peu de chance, nous passerons à travers les mailles du filet. Heureusement, j'ai économisé suffisamment d'argent pour subvenir à nos besoins les plus urgents.

Camille sourit. Sortit de son sac une grosse enveloppe.

— Moi aussi. Regarde, j'ai pris de l'argent dans la réserve de mes parents. Je leur ai écrit un mot pour leur expliquer ma décision et leur ai promis de les rembourser plus tard, quand nous nous reparlerons plus sereinement.

— Comment entrevois-tu ton avenir ?

— *Notre* avenir ! rectifia Camille.

— Je pense tout à coup aux épreuves du baccalauréat, le mois prochain. Y avais-tu songé en t'enfuyant de la Renardière ?

— Cela ne change en rien ma détermination. Je ne peux envisager de te voir partir seul et de te laisser injustement condamner. Ce sont mes parents les premiers responsables. Tant pis pour mon bac !

Camille ne songeait pas aux conséquences de son acte de rébellion. Sa jeunesse et sa fougue l'emportaient sur un quelconque raisonnement. Vincenzo ne lui dévoila pas ses scrupules à la détourner des siens et d'une vie normale, conforme à son éducation.

— Es-tu certaine de vouloir me suivre ? Il est encore temps de renoncer. Je ne t'en voudrai pas.

Elle l'interrompit en l'embrassant sur la bouche à en perdre haleine. Se serra très fort contre sa poitrine.

— Tais-toi ! lui intima-t-elle. Je ne suis plus une petite fille. Mes décisions n'appartiennent qu'à moi. Je t'aime. Je suis à toi, pour toujours.

Ils se remirent en route. Camille était habituée à marcher, les longues distances ne l'effrayaient pas. Ils s'engagèrent très vite dans la montagne, sur les chemins de transhumance empruntés par les troupeaux montant à l'estive. Ils croisèrent des bergers qui les prirent pour un couple d'amoureux assoiffés de nature. L'un d'eux les invita à bivouaquer le soir avec ses brebis, dans une bergerie abandonnée sur son parcours. Après avoir enfermé ses bêtes dans le parc à moutons, il leur demanda où ils se rendaient. Vincenzo demeura évasif :

— Nous traversons les Cévennes à pied depuis Anduze. Nous regagnons Florac.

— Alors vous pouvez me suivre. J'emmontagne sur le causse Méjean, au Villaret près de Hures-la-Parade. Nous y serons dans trois jours. La draille est magnifique en cette saison. Les genêts sont en fleurs et tapissent les pentes à l'or fin comme dans une toile de maître.

Ils acceptèrent la proposition du transhumant en toute confiance et se fondirent dans son troupeau, ivres de liberté.

Parvenus au pied du mont Aigoual, ils se quittèrent à Cabrillac, où un fermier, ami du berger, les avait hébergés pour la nuit. Les brebis se dirigèrent vers le col de Perjuret, Camille et Vincenzo vers Florac par les gorges du Tapoul. Ils évitaient ainsi la route principale venant de Meyrueis.

Dans les montagnes, ils ne craignaient pas les gendarmes, encore moins les policiers. Ils ne se méfiaient plus et progressaient au grand jour, la plupart du temps sur des sentiers, mais aussi, pour se ravitailler, le long des routes.

Ils trouvèrent refuge dans une modeste pension de famille, dans la petite commune de Vebron. L'aubergiste ne leur posa aucune question et ne leur donna aucune fiche d'hébergement à remplir. Ils se reposèrent tranquillement et profitèrent d'un bon lit et d'une bonne table après avoir marché une semaine. Ils y restèrent trois nuits d'affilée, flânèrent dans les environs. Le soir, tandis que Camille se plongeait dans un roman qu'elle avait pris soin d'emporter, Vincenzo écrivait la suite du sien, trouvant à nouveau l'inspiration dans les événements qu'il vivait au présent en compagnie de Camille.

Celle-ci ne pensait plus à ses parents ni à ce qu'avait pu décider son père après avoir découvert sa fugue. Elle se croyait en vacances avec son amoureux. Son bonheur n'avait d'égal que son insouciance.

Vincenzo, plus réfléchi, se gardait de ne pas trop préciser quand l'aubergiste leur posait des questions. Pour écarter les suspicions, il avait déclaré que Camille était sa jeune sœur et que leurs parents habitaient Florac, où ils avaient une résidence secondaire. Ils profitaient des beaux jours pour faire une randonnée à travers les Cévennes.

Ils parvinrent à Florac au cours d'une matinée. La sous-préfecture de Lozère était très animée en ce jour de marché. Les rues grouillaient de monde, des paysans étaient descendus de la montagne, les uns pour vendre leurs produits de la ferme, les autres pour en acquérir. Nombre d'habitants de la ville et des villages environnants s'étaient aussi déplacés pour effectuer leurs achats de la semaine.

Ils s'installèrent à la terrasse d'un café.

À la table d'à côté, un homme était plongé dans son journal. En première page, bien en évidence, un gros titre faisait la une. Vincenzo blêmit, toucha délicatement le bras de Camille, lui indiqua des yeux ce qu'il venait de voir.

Une jeune fille mineure enlevée à Ganges par un homme de trente ans d'origine italienne.

En dessous de la manchette, une photo de Camille en gros plan précédait un long article.

Le client vida son verre, leva les yeux dans leur direction et, placidement, replia son quotidien. Il le posa sur la table, sortit de sa poche quelques pièces de monnaie, régla sa consommation. Puis il s'éloigna en abandonnant son journal.

Vincenzo s'en empara aussitôt et lut à son tour l'article qui annonçait la disparition de Camille.

— Alors ? s'enquit celle-ci. Qu'est-ce qu'ils racontent ?

Vincenzo prit le temps de terminer sa lecture. Puis il referma le journal en prenant soin de dissimuler la photo de Camille.

— Ton père a signalé ta disparition à la gendarmerie de Ganges. Les gendarmes sont sur le pied de guerre. Ils nous recherchent. Je suis accusé d'enlèvement de mineure.

— C'est absurde ! s'insurgea Camille. Je suis partie de mon plein gré. Mon père connaît mes sentiments pour toi. Je ne lui ai rien caché.

— Il fallait s'y attendre. Dorénavant, il faudra redoubler de prudence. Et éviter de nous exposer en public comme aujourd'hui. Même dans ces petites communes, nous ne sommes plus en sécurité.

Sans s'affoler, ils terminèrent leurs verres, appelèrent le serveur pour l'addition. Ce dernier prit le billet que lui tendit Vincenzo et disparut à l'intérieur de l'établissement pour aller chercher la monnaie.

Au bout de cinq minutes, il n'était toujours pas revenu. Vincenzo commençait à s'inquiéter. Camille trépignait d'impatience. Elle avait l'impression étrange que tout le monde la regardait.

— Allons-nous-en, finit-elle par proposer à Vincenzo. Laissons tomber.

Ils n'eurent pas le temps de se lever de leur siège. Trois gendarmes déboulèrent à la terrasse sans se préoccuper des clients.

Ils encadrèrent Vincenzo et Camille sans ménagement, menaçants.

— Vous êtes bien Camille Nozière ? s'enquit l'un des trois gendarmes.

Interloquée, Camille ne réagit pas.

— Et vous, Vincenzo Massili ? poursuivit l'homme de l'ordre.

— Oui, c'est exact.

— Une plainte a été déposée contre vous par monsieur Florian Nozière, votre patron, pour enlèvement et séquestration sur la personne de sa fille Camille, mineure et non consentante. À partir de maintenant, vous êtes en état d'arrestation et devrez répondre de vos actes devant la justice...

Camille se mit en colère :

— C'est une erreur ! Je n'ai pas été enlevée. Vincenzo n'y est pour rien. Vous n'avez pas le droit !

— Mademoiselle, ne rendez pas les choses plus compliquées. Vous êtes mineure. Ce monsieur savait parfaitement ce qu'il faisait. Vous expliquerez tout cela devant le juge.

Vincenzo n'opposa aucune résistance. Les gendarmes lui passèrent les menottes et l'emmenèrent sous les yeux médusés des clients du café. Camille, quant à elle, dut les accompagner à la gendarmerie.

— Nous allons prévenir vos parents que nous vous avons retrouvée saine et sauve, lui signifia le plus gradé des trois gendarmes. Votre père viendra vous chercher.

Camille s'effondra en pleurs. Tous ses rêves s'évanouissaient.

Sur le moment, elle maudit son père et sa mère.

Avant d'être séparée de Vincenzo, elle lui déclara :

— Je t'aime, mon amour. Personne ne parviendra jamais à nous séparer.

*

Traduit immédiatement devant le juge au tribunal de Montpellier, Vincenzo attendait d'être confronté à Florian en audition contradictoire. Les faits qui lui étaient reprochés étaient très graves. Il écoperait de plusieurs années d'enfermement et, une fois sa peine accomplie, il serait reconduit à la frontière où, il n'en doutait pas, les chemises noires de Mussolini s'empareraient de lui et le jetteraient à nouveau en prison.

Camille était anéantie. Depuis son retour à la Renardière, elle n'avait pas desserré les dents, refusant toute conversation avec les siens. Elle ne se confiait qu'à sa sœur Charlotte.

— Papa ne t'en veut pas, tenta de la rassurer celle-ci. Tu devrais lui parler. À maman aussi. Elle est très triste de ce qui s'est passé.

— Ils ne m'aiment ni l'un ni l'autre ! Ils ne m'acceptent pas comme je suis.

Charlotte avait beau insister pour ramener sa sœur à la raison, elle ne parvenait à aucun résultat. Camille s'enfonçait dans le silence, autant que ses parents dans le déni. En effet, ni Florian ni Emma ne souhaitaient lui avouer la vérité sur l'affaire qu'elle avait soulevée.

Vincenzo avait sa carte à jouer pour inciter Florian à revenir sur sa décision. Il avait préparé sa défense avec l'aide de l'avocat commis d'office qu'on lui avait attribué.

— Nous plaiderons non coupables, lui avait conseillé ce dernier, pour ce qui est de l'enlèvement. Camille confirmera devant la barre qu'elle vous a suivi de son plein gré. Elle démentira ainsi l'accusation de son propre père. Vous ne serez plus poursuivi que pour détournement de mineure. Encore que Camille était consentante. Il faut évidemment que Camille ne se rétracte pas et ose affronter son père.

— Je ne lui demande pas un tel sacrifice. Je suis prêt à assumer toutes mes responsabilités dans cette affaire.

— Ne dites rien de plus que ce que je vous ai suggéré.

Vincenzo n'avait pas l'intention d'obliger Camille à prendre position contre ses parents. Il avait une autre idée en tête.

Quand arriva le jour de la confrontation avant le procès, amené devant le juge d'instruction, il était détendu. Il s'apprêta à revoir Florian sans se départir de son calme.

Florian, de son côté, ne ressentait aucune animosité envers Vincenzo et regrettait sincèrement ce qui s'était passé sous son propre toit. Seule Emma se montrait très remontée contre lui et décidée à ne rien lui pardonner.

Le juge questionna les deux hommes successivement, exposant les faits tels qu'ils lui avaient été relatés. Vincenzo ne le contredit pas.

Florian lui demanda de présenter des excuses pour avoir abusé de la situation et trahi sa confiance.

— Reconnaissez que je vous ai aidé à sortir de votre condition d'exilé. Jamais je ne vous ai menacé de quoi que ce soit. Dès le premier jour où Camille m'a prié de m'occuper de vous, je n'ai pas hésité, je vous ai tendu la main… Et c'est ainsi que vous me remerciez ! En détournant ma fille du droit chemin ? Vous complotiez donc dans mon dos !

Vincenzo attendait le moment opportun pour rebondir et affronter Florian sur son propre terrain.

— Comploter ! C'est vous qui me parlez de complot ? Monsieur Nozière, aimeriez-vous que je dévoile devant monsieur le juge ce que vous dissimulez dans les combles de la Renardière ?

Florian blêmit, bégaya :

— Que… que sous-entendez-vous là, Vincenzo ? Je n'ai rien à cacher…

— Je n'en suis pas si sûr ! le coupa Vincenzo.

Le juge paraissait surpris.

— Que se passe-t-il, monsieur Nozière ? intervint-il.

— Je n'ai rien à ajouter.

Florian était si troublé que le juge préféra surseoir à la confrontation.

— Nous reprendrons au début de l'après-midi, quand tout le monde sera calmé.

— J'aimerais m'entretenir en aparté avec monsieur Massili, sollicita Florian.

Le juge hésita.

— Ce n'est pas très réglementaire. Mais, comme vous êtes le plaignant et étant donné votre qualité de député…

— Ex-député, monsieur le juge.

— Ne jouons pas sur les mots… Bien, je vous accorde une demi-heure. Mais le détenu restera sous la surveillance des deux gendarmes de faction.

L'intervention de Vincenzo avait porté ses fruits. Florian était tombé dans son piège. C'était l'ultime carte qu'il avait dans sa manche.

Le juge les laissa aller discuter dans une pièce voisine.

— Pourriez-vous préciser vos propos ? demanda sans tarder Florian à Vincenzo.

— Je ne désire pas que vous vous fâchiez avec votre fille. Camille est très remontée contre vous et contre sa mère. J'en suis le premier désolé. Je ne souhaitais pas en arriver à ce stade et je vous affirme que je n'ai jamais eu de mauvaises intentions à son égard. Mon amour pour elle est aussi sincère que le sien pour moi…

— Venez-en au fait, Vincenzo. Que sous-entendiez-vous devant le juge ?

Vincenzo sembla soudain embarrassé.

— Eh bien… Si vous retirez votre plainte contre moi, je ne dirai rien de ce que j'ai découvert. De la présence de votre belle-sœur Julie dans l'aile abandonnée de la Renardière. Je suis au courant de tout. J'ai rencontré son ancien fiancé à Marseille. Il m'a tout raconté, sauf le dénouement miraculeux. Mais ce que Camille et moi avons vu ne laisse aucun doute. Vous tenez votre belle-sœur enfermée dans votre manoir. Ceci aussi est un acte illégal ! Si je le divulgue, votre notoriété en sera à jamais affectée, et la honte en retombera sur vous. Je ne désire pas en arriver là. Pour l'amour de Camille.

Florian était littéralement anéanti. Il n'avait pas imaginé un tel dilemme. Depuis sa défaite aux précédentes élections législatives, dans l'ombre il n'avait eu de cesse de renouer tous les liens utiles pour assurer son retour sur la scène électorale. Si un scandale éclatait au grand jour, il pouvait dire adieu à sa carrière politique. Pire, son honneur, son honnêteté seraient à jamais bafoués.

Il se tut. Réfléchit.

Il exigea de Vincenzo certaines conditions, que ce dernier s'empressa d'accepter. Puis, l'abandonnant à ses deux gardes du corps, il revint auprès du juge.

— Je vous ai donné jusqu'à cet après-midi ! s'étonna l'homme de loi.

— Ce ne sera pas nécessaire. Je retire ma plainte contre monsieur Massili. Je n'ai aucun grief contre lui. On s'est entretenus dans le calme. Tout est clair, à présent. J'ai commis une grave erreur. Je le reconnais…

Le juge s'étonna, mais accepta la décision de son plaignant.

Vincenzo fut relaxé le jour même, toute accusation contre lui ayant été levée.

Revenu à la Renardière, Florian monta voir Camille dans sa chambre. Celle-ci s'attendait à ce qu'il lui annonce la condamnation de Vincenzo.

— J'ai renoncé à ma plainte contre Vincenzo, déclara-t-il. Contre son départ définitif. Nous nous sommes mis d'accord sur ce sujet. À l'heure où je te parle, il est déjà loin. Maintenant, j'espère que nous reprendrons rapidement le cours normal de notre vie. Je ne souhaite que ton bonheur, ma chérie. Tu ne dois pas en douter.

Camille n'avait que ses yeux pour pleurer. Elle écouta son père sans le contredire, sans tenter de s'opposer. Il était trop tard. Tous ses espoirs venaient de s'effondrer.

Pour ne pas nuire à celle qu'il aimait, Vincenzo avait accepté de s'effacer.

Pour ne pas accroître sa peine, il était parti sans un adieu.

32

La vérité sur l'affaire Nozière

À la Renardière, l'ambiance était des plus sinistres. Camille ne se résolvait pas à la disparition brutale de Vincenzo. Elle en voulait à la terre entière. Les paroles rassurantes de son père ne lui étaient d'aucun secours. Quant à sa mère, toujours aussi maladroite, elle attisait sa rancœur et accroissait sa peine.

— Tu ferais mieux de songer à ton bac, lui conseillait-elle. Les épreuves commencent dans deux semaines. Si tu ne te ressaisis pas, tu cours à l'échec. Ce serait dommage, au point où tu en étais !

— Parce que tu crois que je me soucie encore de mon bac ! Après ce que vous venez de m'infliger, papa et toi ! Je me fiche d'échouer. Ma vie n'a plus aucun sens.

Florian était aussi très attristé. Il aimait trop Camille pour accepter de la regarder ainsi souffrir. Entre eux, jamais une telle hostilité ne s'était manifestée, jamais aucun différend ne les avait opposés de façon aussi virulente. Il ne comprenait pas comment la situation avait pu se dégrader de cette manière.

Il culpabilisait.

Emma, quant à elle, ne paraissait pas prendre le malheur de sa fille très au sérieux.

« Ça lui passera, ne cessait-elle d'affirmer devant Florian. Elle s'est amourachée de cet Italien quand elle n'avait que quinze ans. Elle n'était alors qu'une adolescente prête à s'enflammer pour le premier venu. Aujourd'hui, avec deux ans de plus, elle reviendra vite de son erreur. Qu'un garçon de son âge la courtise, elle oubliera aussitôt son Vincenzo ! C'est tout ce que je lui souhaite. »

Florian ne répondait pas, persuadé que Camille n'avait pas agi à la légère. Il connaissait mieux sa fille que quiconque et était certain qu'elle ne lui pardonnerait jamais s'il persistait à lui travestir la vérité.

Il lui devait cette vérité, si longtemps dissimulée.

Alors, sans en avertir Emma, un soir, à table, il passa aux aveux. Charlotte et Damien étaient présents et eux non plus ne s'attendaient pas à ce que la conversation revienne sur le sujet qui avait provoqué la discorde entre leur sœur et leurs parents.

— Camille, commença Florian, je désire que tu m'écoutes attentivement. Sans animosité. Et que tu essaies de me comprendre. Il faut absolument effacer ce qui nous oppose depuis le départ de Vincenzo. Tu souffres et je souffre aussi de cette situation. Cela ne peut plus durer.

Camille regarda son père, surprise. Florian venait d'ouvrir une brèche dans son cœur endurci.

— Je t'écoute, mais si tu as l'intention de me donner une leçon de morale, comme maman ne cesse de le faire, tu perds ton temps.

— Ce n'est pas le propos. Je reconnais mes torts. Je n'aurais pas dû taire si longtemps ce secret que ta mère et moi gardons depuis des années…

Camille comprit que son père était enfin sur le point de parler et ne dit mot.

— Quand tu avais un an, ta mère et moi avons effectué une croisière transatlantique à bord du *Titanic*. J'y avais invité sa sœur jumelle, Julie, j'avais obtenu trois billets pour ce voyage inaugural. Tu connais sans doute les détails du drame de cette croisière. Ta mère et moi avons été parmi les sept cents rescapés du naufrage. Malheureusement, ta tante a été portée disparue. C'est ce que nous avons cru pendant huit ans. Jusqu'au jour où nous avons été avertis que Julie en avait réchappé par miracle, mais ne s'en était pas sortie indemne. Quand nous l'avons retrouvée, elle avait perdu la mémoire, la parole, la raison. Nous avons d'abord pensé l'héberger à Montpellier dans mon hôtel particulier, rue de la Loge. Mais nous nous sommes tout de suite aperçus que nous ne pouvions la laisser seule. Alors nous l'avons prise en charge. Nous avons refusé de l'enfermer dans un asile d'aliénés. Ce n'était pas sa place. Nous avons préféré la recueillir sous notre toit, à la Renardière, et avons demandé à Maria de veiller sur elle…

— Pourquoi l'avoir traitée comme une pestiférée ? coupa Camille. Aviez-vous honte d'elle ?

Florian se tut.

Emma se sentait de plus en plus embarrassée. Elle fit une tentative pour couper court :

— Cette conversation n'a pas lieu d'être. Nous n'avons pas à nous justifier devant des enfants !

— Si ! objecta Florian. Nous leur devons la vérité. Cette femme que nous tenons recluse depuis neuf ans est leur tante. Ils ont le droit de savoir !

Emma se leva de table et se réfugia dans la cuisine, où Dorine et Maria s'activaient en feignant de ne pas entendre la dispute.

— Ce n'est pas la honte qui m'a poussé à agir ainsi, poursuivit Florian, mais la crainte pour ma carrière. J'ai eu peur pour mon image. Maintenant, je regrette mon comportement. Je n'ai pensé qu'à moi. Qu'aurait-on colporté si l'on avait appris que le député Nozière avait placé une parente proche dans un asile d'aliénés ?

— Vous n'étiez pas obligés de l'enfermer ! s'écria Camille.

— S'occuper d'elle au quotidien représentait une lourde charge. De plus, nous n'aurions pas pu dissimuler longtemps sa présence à nos côtés. Ta mère s'est opposée à rendre publique toute cette histoire. Elle a préféré ne pas l'ébruiter. Alors, nous avons mis Maria dans la confidence. Elle a accepté de venir vivre à la Renardière avec son mari. Nous avons aménagé la magnanerie et, à chacune de nos visites, nous nous assurions que ta tante ne manquait de rien. Puis nous sommes venus habiter définitivement ici, cela nous a facilité la tâche…

— L'existence que vous lui avez réservée n'est pas meilleure que celle qu'elle aurait eue dans un asile !

— Tu exagères, Camille. Julie a toujours été bien traitée sous notre toit… Quoi qu'il en soit, je te demande pardon pour tout le mal que je t'ai occasionné…

Plus tard, dans sa chambre, Camille s'effondra. Les explications de son père ne l'avaient pas rendue plus indulgente à son égard. À ses yeux, ses parents avaient commis une double faute : ils lui avaient menti à propos de Julie, et ils lui avaient interdit de vivre son grand amour.

Elle n'était pas prête à leur pardonner.

*

Le désarroi de Camille prenait le pas sur la tristesse qui avait envahi son cœur. Elle n'avait plus aucun repère, ne s'attachait plus à rien. Tout ce à quoi elle croyait s'était effondré, la confiance, l'amour, l'honnêteté, l'indulgence. Elle-même se reprochait d'être incapable d'accorder son indulgence à ses propres parents. C'était au-dessus de ses forces. La seule personne devant qui elle avait envie de s'épancher était cette malheureuse Julie, recluse dans le manoir et dans son silence. À plusieurs reprises, au cours de ses visites, Camille avait eu la sensation qu'elle aurait aimé se livrer à elle, exprimer le fond de sa pensée, lui dévoiler ses sentiments à son égard, tout simplement. Comme si elle connaissait le lien de parenté qui les unissait.

Sait-elle que je suis sa nièce ? se demandait-elle. A-t-elle encore un peu de conscience ? Réalise-t-elle la situation dans laquelle on la maintient depuis tant d'années ?

Elle voulut en avoir la certitude.

Elle décida de retourner la voir dans la magnanerie. Et de tout lui avouer. Peu lui importait si ses parents découvraient qu'elle persistait à fouiller dans le passé. Florian avait beau lui avoir assuré que toute la vérité avait été dite, elle jugeait nécessaire d'aller plus loin en essayant d'obtenir de la principale intéressée sa version des faits.

Même si Julie ne peut pas parler, j'arriverai bien à deviner ce qu'elle ne parvient pas à exprimer de vive voix, s'était-elle convaincue.

Le temps pressait. Les épreuves du baccalauréat approchaient. Elle n'avait pas renoncé, contrairement à ce qu'elle avait affirmé devant ses parents. Car elle ne souhaitait pas sacrifier son avenir. Elle s'était fixé l'objectif de partir de la Renardière le plus vite possible afin de rejoindre Vincenzo. Pour cela, elle comptait obtenir son diplôme afin d'entreprendre des études loin de Montpellier, ce qui lui permettrait d'être libre de ses mouvements et de pouvoir enfin vivre au grand jour avec l'homme qu'elle aimait. Par sa famille à Milan, elle pensait pouvoir le recontacter facilement. Cette foi en leur amour la stimulait et lui permettait d'espérer encore en des jours heureux, ensemble.

Elle ne revit Julie que deux fois. À sa première visite, elle lui parla sans détour, lui exposa les motifs de la violente dispute qui l'avait opposée à ses parents. Julie sembla réagir comme si, au fond d'elle-même, elle regrettait ce qui se passait. Elle émit quelques sanglots, secouait la tête en signe d'assentiment ou de désaccord. Quand Camille évoquait sa mère, elle s'agitait, crispait ses mains qu'elle tenait devant son visage pour ne pas se dévoiler. Quand Camille lui parlait de Vincenzo, elle se calmait.

Camille était de plus en plus persuadée qu'elle avait été défigurée et qu'elle n'osait se montrer à visage découvert pour ne pas l'effrayer.

Elle se sentait proche de sa tante… comme si elle l'avait toujours connue.

À sa seconde visite, elle lui annonça son désir de rejoindre Vincenzo par tous les moyens. Elle partirait étudier le plus loin possible après l'été. Et elle le retrouverait, elle n'en doutait pas. Elle se confia à Julie comme si celle-ci avait toute sa raison, lui demandant conseil, formulant elle-même les questions et les réponses. Julie se contentait de dodeliner de la tête.

Tout à coup, elle laissa tomber le châle qui lui couvrait le visage et tendit les mains vers Camille, qui s'était assise très près d'elle.

Celle-ci, surprise, eut un mouvement de recul.

Elle fut incapable pendant de longues secondes de prononcer la moindre parole.

Elle avait l'impression de se trouver face à sa propre mère. Les mêmes traits, les mêmes expressions, les mêmes petites fossettes au creux des joues, le même regard, en plus tendre.

Elle bredouilla :

— Mais… mais vous n'êtes pas… vous n'êtes pas défigurée !

Julie pleurait.

Ses larmes étaient plus éloquentes que les mots qu'elle ne parvenait pas à exprimer. Elle s'efforçait de se faire comprendre, sa faculté d'élocution semblait peu à peu revenir du fond de son être englouti. Comme si elle se réveillait soudain à la vie.

Camille, fébrile, était dans un état second. Elle sentait que quelque chose d'impensable était en train de se produire.

Julie se leva, chancela, se retint au rebord de la table, ouvrit ses bras pour accueillir Camille. Bredouilla difficilement :

— Mon enfant… ma petite fille…

Camille s'avança.

La lumière se fit en elle.

⋆

Elle promit à Julie qu'elle la sortirait de sa prison.

Le soir même, elle affronta ses parents très calmement.

— Vous ne m'avez pas tout dit, leur déclara-t-elle. Aujourd'hui, j'ai découvert ce que vous m'avez toujours caché...

Florian, qui pensait cette histoire à jamais terminée, s'étonna :

— Qu'as-tu encore imaginé, ma chérie ?

Emma semblait se méfier. Elle ne broncha pas.

— Julie m'a parlé. Je sais qui elle est vraiment...

— Assez parlé ! intervint Emma. Tu déraisonnes, ma fille...

— Julie est ma vraie mère. Elle me l'a fait comprendre.

— Comment peux-tu accorder crédit à une folle qui ne s'exprime plus depuis des années ? s'énerva Emma.

— Papa, avoue-moi enfin la vérité. Julie était ta maîtresse et elle a eu un enfant de votre relation. Je suis votre fille. Maman, tu n'es pas ma mère ! Je saisis mieux à présent pourquoi tu es si froide avec moi, si peu maternelle... Tu étais au courant et tu as accepté la situation, sans doute pour conserver tous les avantages d'avoir réalisé un beau mariage. Tu ne souhaitais pas tout perdre en te séparant de papa !

— Tu te trompes, Camille, intervint Florian, visiblement stupéfait par ses révélations. Julie n'est pas ta mère. Je te le jure sur tout ce que j'ai de plus précieux au monde. Elle est ma belle-sœur et je n'ai jamais eu de relations adultérines avec elle. Je reconnais tous mes torts, je suis le premier coupable de ce qui arrive au sein de notre famille, mais je ne peux te laisser croire cela. Tout simplement parce que c'est faux ! Tu es ma fille et celle de ta mère, ici présente !

La tension était montée à son paroxysme. Les esprits étaient au bord de l'explosion, l'incompréhension à son comble. Plus personne n'avait confiance en l'autre.

Quand, soudain, Maria apparut dans l'embrasure de la porte et entra dans la pièce.

— Arrêtez ! s'écria-t-elle. Arrêtez donc de vous déchirer !

Tous la regardèrent d'un air médusé.

— Camille dit la vérité ! poursuivit-elle. Mais il y a une chose qu'elle n'a pas devinée. Moi, il y a longtemps que je suis au courant. Je me suis toujours tue pour ne pas nuire au bonheur de Florian et de Camille. J'ai rapidement compris que c'était Emma et non Julie que vous cachiez dans la magnanerie de la Renardière et dont j'ai accepté de m'occuper. Je l'ai fait aussi pour Emma, à qui j'aurais tout sacrifié pour qu'elle redevienne comme avant, la jeune femme adorable, aimante, douce, que j'ai connue quand Monsieur l'a rencontrée ; la maman attentionnée de Camille…

Florian s'effondra dans un fauteuil, le souffle coupé.

Il jeta un regard effaré vers son épouse.

Celle-ci se troubla. Bégaya des mots à peine audibles :

— Ce… cette femme est folle ! Elle ne… elle ment !

Alors, Florian se redressa dans son fauteuil. S'écria :

— Emma, dis-moi qui tu es... Emma ou Julie ?

La scène serait ubuesque si elle faisait partie du roman de Vincenzo, songea Camille, partagée entre le soulagement et une forte impression de trahison, le tout baigné dans une sensation d'irréalité comme elle n'en avait jamais éprouvé. Comment avons-nous pu vivre pendant si longtemps à côté d'une usurpatrice qui se faisait passer pour ma mère ?

Emma s'apprêtait à répondre à Florian quand Charlotte et Damien déboulèrent de leurs chambres.

— Vous en faites un de ces boucans ! s'exclama Damien sans se rendre compte de la situation.

À côté de lui, Charlotte, voyant que le moment n'était pas à la plaisanterie, l'agrippa par la manche.

— Tais-toi et allons-nous-en. Ce ne sont pas nos affaires.

— Restez ! s'écria Camille. Vous avez le droit d'entendre. Nous sommes tous les trois concernés.

Emma se liquéfia sur place.

— Charlotte et Damien doivent demeurer en dehors de tout cela. Ce sont mes enfants...

— Ils sont également les miens ! la coupa Florian.

— Si peu ! ne put retenir Emma.

Saisissant l'allusion, Camille se tourna vers son frère et sa sœur.

— Toute cette histoire n'est pas si grave, les rassura-t-elle. Ne vous inquiétez pas. Retournez dans vos chambres.

Ils obéirent et laissèrent les adultes s'expliquer entre eux.

— Je commence à comprendre, avouait Florian, dressé devant sa femme. Tu viens de m'ouvrir les yeux. Tu m'as trompé depuis le début. À tout point de vue. Tu as pris la place d'Emma, profitant de votre si grande ressemblance. Voilà les raisons de ton changement de comportement après le naufrage. Ton caractère soudain plus impulsif, tes silences quand j'évoquais certains souvenirs, tes erreurs quand je te rappelais notre première rencontre, et j'en oublie ! Et que penser effectivement de ton manque d'élan maternel envers Camille ? Tu ne l'as jamais considérée comme ta fille ! Tous ces détails, je les avais remarqués, mais je les mettais sur le compte du traumatisme subi lors de la catastrophe. Comme j'ai été aveugle ! C'est donc Emma qui avait disparu et pas toi, Julie. Car tu es Julie ! Pourquoi as-tu agi de façon aussi machiavélique ? Et en plus, tu m'as trompé avec Thibaud, n'est-ce pas ? Je t'ai soupçonnée, pourtant. Sans preuve, je me suis tu. Pour les enfants. Et je suppose que tu sous-entendais à l'instant que Charlotte et Damien ne sont pas mes enfants, mais ceux de Thibaud !

Confondue, Julie ne se défendait plus.

Elle finit par avouer, l'air amère :

— Tu as été long à saisir ! Ah ! Emma, toujours Emma ! Celle à qui tout souriait. Qui avait fait un beau mariage et était destinée à une vie de princesse. À peine remise de son veuvage, la voilà héritière d'une grande fortune et déjà remariée avec un industriel, député à l'avenir prometteur ! Pendant que moi je n'avais qu'un pauvre journaliste pour me satisfaire dans mon lit, elle, elle n'avait que l'embarras du choix !

La jalousie de Julie se dévoilait enfin au grand jour.

À bout d'arguments, complètement décontenancée, elle s'enfuit précipitamment, abandonnant Florian et Camille sans voix.

Camille tomba dans les bras de son père, au comble du désespoir.

— Je suis désolée, papa. Je te fais souffrir. Je ne voulais pas. Tout est de ma faute. Tout s'écroule autour de nous. Comme je m'en veux !

Florian reprit lentement ses esprits. Consola sa fille, tandis que Maria avançait vers eux, accompagnée par Emma.

Celle-ci avait revêtu une robe claire de printemps. Maria l'avait coiffée, maquillée. Elle arborait un sourire radieux. Rien ne trahissait son handicap.

Quand elle vit Camille et son père enlacés, elle s'approcha d'eux, essaya de s'exprimer, s'y échina à plusieurs reprises, finit par balbutier :

— Je... vous aime.

Camille prit Emma dans ses bras. Lui murmura à l'oreille :

— À présent, tu n'es plus seule, maman. Nous serons toujours auprès de toi.

Julie avait disparu.

Antonin prévint immédiatement Florian que sa voiture n'était plus dans son garage.

— Julie l'a prise pour fuir la Renardière, supposa Florian. Elle sait à peine conduire !

Cette nuit-là, personne ne parvint à s'endormir. En si peu de temps, trop d'événements imprévisibles et traumatisants s'étaient abattus sur les toits de la Renardière. La réapparition d'Emma, la vérité sur l'affaire Nozière, cette terrifiante histoire digne d'un roman, occupa tous les esprits.

Au petit matin, alors que tous commençaient à sombrer dans le sommeil, deux gendarmes sonnèrent à la grille du parc et demandèrent à entrer. Antonin leur ouvrit, les accueillit et les introduisit dans le salon.

— Que se passe-t-il ? demanda Florian, descendant les escaliers en se frottant les yeux.

— Nous avons une mauvaise nouvelle à vous annoncer, lui déclara le plus gradé des deux.

— …

— Nous avons découvert votre voiture au fond d'un ravin, près du lieu-dit Pont d'Hérault. Votre épouse était au volant. Elle a été tuée sur le coup.

Épilogue

Pendant les mois suivants, la Renardière demeura refermée sur elle-même. Pour le monde extérieur, le deuil s'était abattu sur la famille Nozière. Florian refusa de rendre publique l'affaire soulevée par les investigations de Camille et les révélations de Maria. Il ne se souciait pas de son honneur ni même de sa notoriété. Au reste, il renonça définitivement à la vie politique. Sa seule préoccupation était le rétablissement d'Emma et le bonheur de ses enfants.

La disparition de celle qui s'était fait passer pour sa femme provoqua dans le cœur de tous un sentiment de désarroi et de trahison.

Charlotte et Damien étaient les plus touchés. Ils avaient traversé de loin tous ces événements et éprouvaient beaucoup de peine à admettre que leur mère ait pu se montrer sous deux visages antagonistes. Avec eux, elle avait toujours fait preuve d'affection, avait toujours été une mère exemplaire. Le plus difficile fut de leur expliquer et de leur faire admettre que Florian n'était pas leur vrai père. Ce dernier patienta plusieurs semaines avant de le leur avouer, s'interdisant de les traumatiser avec une vérité qui – tous en étaient persuadés – les anéantirait s'ils n'y étaient pas préparés. Une fois les esprits revenus à un peu plus de sérénité, il jugea qu'il leur devait toute la lumière. Contrairement à toute attente, ils ne furent pas effondrés par la nouvelle et réagirent très positivement.

— Notre père est celui qui nous a élevés et aimés, releva Charlotte quand Florian se fut expliqué. C'est toi notre père, papa. Oncle Thibaud ne s'est jamais occupé de nous. Je ne ressens rien pour lui.

Damien, moins catégorique que sa sœur, l'approuva néanmoins. Il reconnaissait en son for intérieur que Thibaud lui témoignait souvent des marques d'affection quand il rendait visite à sa mère. Trop jeune pour s'en apercevoir, il n'avait jamais deviné ses arrière-pensées lorsqu'il profitait des absences de Florian pour débarquer à la Renardière. Les cadeaux qu'il apportait suffisaient pour détourner son attention. Seule Charlotte avait commencé à ressentir quelques doutes sur ses intentions, mais s'était bien gardée d'en parler autour d'elle.

Camille obtint son baccalauréat malgré l'agitation qui venait de la dévaster. Elle ne brilla pas, mais contenta ses parents. Elle gardait toujours à l'esprit l'idée de revoir un jour Vincenzo, mais sa priorité était sa mère. Elle avait trop vécu séparée d'elle, dans l'ignorance de son existence, pour penser à s'éloigner, à donner un autre sens à sa vie dans l'immédiat. Elle demanda à son père de lui accorder une année avant de poursuivre ses études.

— Je veux m'occuper de maman, le supplia-t-elle. Rattraper le temps perdu. Mes études attendront une année.

Avec l'aide de Maria, elle put se consacrer entièrement à son rétablissement.

Florian consulta rapidement les plus grands médecins de Montpellier pour savoir si l'état d'Emma était irrémédiable ou si l'on pouvait s'attendre sinon à une guérison, au moins à une amélioration de ses capacités d'élocution et de mémoire. Après maints examens, Florian annonça à ses enfants :

— Emma est en bonne voie. Tout est encore possible. Avec beaucoup de rééducation, elle recouvrera lentement une grande partie de ses facultés.

Camille exultait. Sa vie retrouvait un sens. Son horizon se dégageait. Chaque jour, avec une patience infinie, elle sollicitait Emma, lui parlait, la questionnait, l'encourageait à se souvenir, lui racontait ce qu'elle avait vécu dans les moindres détails, en Camargue, où elle adorait se perdre avec Pégase dans les vastes étendues salines, à observer l'envol des flamants roses, des ibis ou des avocettes ; dans les Cévennes, où elle aimait effectuer de longues randonnées pédestres avec son père sur les chemins de transhumance. Elle lui raconta à nouveau son amour pour Vincenzo, la passion de ce dernier pour l'écriture, pour la liberté, son combat pour le triomphe de la démocratie dans son pays... Emma l'écoutait attentivement, prononçait quelques mots qui lui revenaient. Ses progrès étaient lents mais pleins d'espoir.

Elle finit par s'exprimer avec assez de précision pour donner enfin la part de vérité qui manquait à tous pour appréhender le terrible drame où tout avait basculé dans sa vie.

Camille fut la première à l'entendre. Elle rapporta aussitôt les explications de sa mère à Florian :

— Voilà ce qui est arrivé pendant la nuit du naufrage. Maman est parvenue à se faire comprendre... Quand tu l'as laissée avec Julie sur le pont d'embarquement, maman a refusé au dernier moment de monter dans le canot de sauvetage. Elle ne voulait pas se séparer de toi. Julie, elle, était complètement paniquée. Elle a tenté de la dissuader. Elle l'a retenue en s'agrippant à la manche de son manteau. Autour d'elles, la foule s'agglutinait. Julie a bousculé maman, l'a poussée contre le bastingage. Maman est passée par-dessus bord...

— Emma... enfin, Julie m'a soutenu que sa sœur était retournée dans sa cabine pour y récupérer ses bijoux. Qu'elle l'avait suppliée de ne pas la laisser seule. Puis elle a été obligée de monter dans le canot. Et elles ne se sont plus revues.

— C'est une version mensongère des faits. Julie a poussé maman, la projetant dans l'eau glaciale. Elle t'a menti. Quand elle a réalisé la disparition de sa sœur, elle a pensé prendre sa place pour les raisons que nous connaissons. Elle la jalousait depuis leur plus tendre enfance !

— Emma ne sait pas nager. Le choc a dû être terrible. Elle est restée dans l'eau trop longtemps. Lorsqu'elle a été repêchée, elle devait être évanouie et quand elle est revenue à elle, sur le *Carpathia*, elle ne se souvenait plus de rien…

Florian semblait revivre le naufrage du *Titanic*.

— Si seulement je n'avais pas abandonné ta mère au moment du drame ! Rien de tout cela ne serait arrivé…

Camille serra son père dans ses bras.

— Tu n'as pas à te culpabiliser, papa. La seule coupable dans cette tragédie, c'est Julie, qui a profité de ton désarroi pour voler l'existence de maman.

*

Emma refit lentement surface. Elle reprit auprès de son mari et de sa fille, mais aussi auprès de Charlotte et de Damien, une existence presque normale. Elle ne récupéra pas entièrement toute sa mémoire ni sa faculté de se déplacer. Elle demeura en fauteuil roulant, mais elle remerciait tous les jours le ciel de lui avoir permis de retrouver sa fille et son mari, qu'elle n'avait jamais vraiment oubliés, même au plus profond de son abîme.

*

Au printemps 1930, dans une grande librairie de Montpellier, un jeune écrivain dédicaçait son second roman intitulé *Les Couleurs de l'oubli*. Les lecteurs se pressaient dans les allées.

Parmi eux, Camille, un bébé dans les bras, s'approcha de l'auteur, un livre à la main.

Elle attendit patiemment son tour. Se présenta devant l'écrivain.

Vincenzo leva les yeux. La découvrit, surpris. Lui sourit. Lui demanda :

— C'est pour qui ?

Elle lui rendit son sourire et lui répondit :

— Pour notre enfant… et pour la vie.

Saint-Jean-du-Pin
13 octobre 2021-15 avril 2022

Table

TROISIÈME PARTIE

QUATRIÈME PARTIE

CINQUIÈME PARTIE

Vous souhaitez en savoir plus sur les livres
et les auteurs de la collection Terres de France ?

Retrouvez toutes les informations sur le site
www.collection-terresdefrance.fr
et abonnez-vous à notre lettre d'information.

Suivez-nous également sur notre page Facebook,
notre compte 𝕏 et Instagram.

#lisez! engagé
www.lisez.com
Pour plus d'information :
Imprimé sur du papier issu de forêts gérées durablement.

CET OUVRAGE
A ÉTÉ ACHEVÉ D'IMPRIMER
SUR ROTO-PAGE
PAR L'IMPRIMERIE FLOCH
À MAYENNE EN AOÛT 2024

N° d'impression : 105264
Imprimé en France